Cabaret Biarritz

José C. Vales

Cabaret Biarritz

José C. Vales

Premio Nadal de Novela 2015

Ediciones Destino
Colección Áncora y Delfín
Volumen 1327

Ediciones Destino es un sello de Editorial Planeta, S. A.
Diagonal, 662-664. 08034 Barcelona
www.edestino.es
www.planetadelibros.com

Primera edición: febrero de 2015

ISBN: 978-84-233-4928-9
Depósito legal: B. 982-2015
Impreso por Unigraf
Impreso en España-*Printed in Spain*

El papel utilizado para la impresión de este libro es cien por cien libre de cloro y está calificado como papel ecológico.

Cabaret Biarritz

Los pecados estivales

[Las entrevistas completas de Georges Miet por vez primera traducidas al español, con un estudio preliminar a cargo de E. M. Inxausti]

Índice

J'ai pour moi les vents, les astres et la mer.

Introducción

Génesis, olvido y resurrección de las «entrevistas de Biarritz»

Edición y traducción de Eliazer Marcos Inxausti

No debería ser necesario repetir aquí, por sabido y reiterado hasta la saciedad en numerosos estudios previos, que fue Philippe Fourac, propietario y director de la casa editorial La Fortune, quien en 1938 encargó al escritor Georges Miet la redacción de una novela que tuviera como argumento principal los terribles y dramáticos acontecimientos que algunos años antes sacudieron la turística y elegante población de Biarritz, al sur del país.[1]

Philippe Fourac, gran amante de los libros (ya que no de la literatura), había sido durante años el responsable de las publicaciones más populares de La Fortune (digamos, *Les sortilèges de Camille*, del defenestrado Pierre Salme, o el relato —más subido de tono aún si cabe, por no decir abiertamente pornográfico— *Profondeurs*, de Rémi Fauvel). Cuando los propietarios de La Fortune alcanzaron una edad en la que ya no distinguían un plato de sopa de un libro —y, con frecuencia, preferían lo primero a lo segundo—, sus herederos llegaron a un acuerdo con Philippe Fourac

1. La mayor parte de los datos relativos a la vida de Georges Miet se han tomado de *Georges Miet: la voix et la parole* (Auvergne, París, 1979), de Roland Dutel, considerado el biógrafo «oficial» del escritor.

para que éste se hiciera cargo de la empresa, definitivamente y en propiedad, dado que ellos nunca estuvieron interesados en el negocio editorial.

Fourac procuró conservar el tono popular de la casa impresora y mantuvo en nómina al famosísimo Hibou (cuyo nombre verdadero era Pascal Trémoinne), célebre en su tiempo por su afición a sacar a relucir su violentísimo látigo crítico y hacerlo restallar con singular furia en el extinto *Le Nouvel Quotidien* de París.[2] La Fortune también contó con la colaboración de un arqueólogo belga que se ocupaba de la colección de historia (historia antigua fundamentalmente, incluida la historia bíblica, Egipto, Mesopotamia, Grecia y Roma) y de una aristócrata de cierta alcurnia, residente en Suiza, que recomendaba «libros para las damas». Estos libros para damas se dividían entre los de costumbres pintorescas, modales sociales, historias curiosas, viajes exóticos, trucos femeninos (de todo tipo), modas galantes y amores varios (entre los que había relatos que avergonzarían a las muchachas más ligeras de la plaza de Pigalle). Por su parte, Fourac siguió publicando relatos populares, que en su opinión eran los que querían leer los franceses. (Se asegura que rechazaba los libros que «apestaban a literatura» y criticaba sin piedad a los imitadores modernos de Balzac, Hugo, Stendhal, Flaubert o Maupassant; de las innovaciones vanguardistas nunca quiso saber nada y hablaba de ellas como «infecciones y enfermedades terribles de la vanidad»). El editor de

2. Hibou cayó en desgracia cuando tuvo la oportunidad de dar al público una novela propia: la lamentable pobreza de su obra creativa rebajó para siempre la presunta solvencia de su furiosa crítica.

La Fortune tuvo varios éxitos notables, entre los que se cuentan *La perfidia de Margaret Jaunty*, de una escritora inglesa llamada Lisa Wanton, y una colección de relatos humorísticos que firmó (aunque seguramente no escribió) un actor de comedia que se hacía llamar Félon.

El editor había conocido en 1936 al joven Georges Miet, un muchacho artrítico, cojo y casi ciego cuyo talento apenas si había asomado en varios relatos que obtuvieron algunos galardones menores en salones literarios de provincias y en ciertas instituciones académicas de segundo orden. Georges Miet (París, 1916) en aquella época deseaba fervientemente ser escritor y vivir de la escritura (ya que no de la literatura). Se da por seguro que el director de La Fortune leyó un artículo suyo en un panfleto político de barrio y le pareció que aquel desconocido Georges Miet podría servirle para «componer libros». Esta expresión servía para definir las distintas *funciones* de cada cual en la elaboración literaria: el propietario de la editorial se ocuparía de buscar los asuntos y argumentos que considerara susceptibles de ser rentables en quioscos y librerías, y el joven Miet se encargaría de redactarlos de un modo atractivo, especialmente para las damas, que eran las que —en su opinión— necesitaban y exigían más entretenimiento novelesco. Por supuesto, no había ningún escritor —que se tuviera por tal— dispuesto a consentir aquella infame componenda libresca (ya que no literaria). En todo caso, el avisado Fourac consideró —perspicacia empresarial— que aquel joven Georges Miet, andrajoso y tullido como parecía, seguramente sería más pobre y tendría más pulgas que las ratas de Saint-Germain, y por tanto era muy posible que aceptara algún encargo, que pudiera firmarlo con seudónimo y, de paso, fuera aprendiendo el oficio de escritor, que no es tan sencillo como se cree en nuestros días. Y así, donde ningún escritor se avino a colaborar por culpa de las vanidades y orgullos de los autores modernos, el joven Georges Miet se entregó con pasión de verdadero literato a redactar las historias más deplorables que se le pasaban por la cabeza a su patrón, Philippe Fourac.

Consta que Georges Miet estuvo escribiendo historias de dudoso valor (literario y moral) para La Fortune durante tres años seguidos. Utilizó distintos seudónimos (el más famoso, Marc Avent) y tuvo medianos éxitos no remunerados con *Las elegancias de París* (una comedia amorosa, picante pero liviana), *Nunca volverás de Passchendaele* (un drama bélico, ambientado en la Gran Guerra) y un libro de viajes exóticos (India y Nepal), redactado en una mesa esquinera de la Biblioteca Nacional de París.[3]

En 1938, tal y como se ha avanzado al principio de este prólogo, y probablemente con el fin de calmar las vanidades literarias del joven —y de paso mantenerlo amarrado al duro banco de la editorial—, Philippe Fourac le encargó a Georges Miet una novela «seria» sobre los terribles y dramáticos sucesos acaecidos en Biarritz durante el verano de 1925. (En realidad, aunque tal vez se hablara de un trabajo de alguna enjun-

3. Sobre las novelas de La Fortune y otras editoriales de su clase, véase Minneard, C.: *Histoire de la littérature populaire française*. Colossal, París, 1982.

dia literaria, Fourac probablemente no esperaba sino una novela donde los aspectos más truculentos, sanguinarios y morbosos pudieran rentabilizarse en las librerías y los quioscos populares). Al parecer, y según todos los indicios, Georges Miet abordó aquel trabajo con enorme entusiasmo, a pesar de que el impresor en ningún caso le proporcionó el dinero necesario y las condiciones apropiadas para que pudiera entregarse al arte literario en unas circunstancias que se asemejaran a las de un verdadero autor. De modo que nuestro escritor afrontó la tarea acuciado por la penuria y la miseria.

Se da por seguro que Georges Miet comenzó los trabajos de documentación en la primavera de 1938 —casi trece años después de los hechos en cuestión—, y aquel mismo verano se desplazó a Burdeos, y luego a Biarritz, para entregarse a una tarea que consideraba el trabajo literario más importante de su desaseada vida. Se ignora por completo dónde se alojó en Burdeos —probablemente en la estación de ferrocarril—, pero en la ciudad costera ocupó una habitación interior de la Maison Malevitch, una pensión situada tras la iglesia de Sainte Eugénie y regentada por dos hermanas moscovitas que —según ellas— pertenecían a la nobleza y, naturalmente, al gran exilio ruso de las décadas anteriores. Durante sus estancias en París, Miet ocupaba el sótano de una peluquería, donde consiguió instalarse con bastante comodidad, al parecer.

De las escasas anotaciones personales del joven Georges Miet se deduce que al menos dedicó aquel verano al estudio de la documentación oficial, que visitó la gendarmería y los juzgados de Biarritz, de

Burdeos y de París en busca de pruebas y testimonios administrativos precisos. Tal y como se ha advertido, los espantosos sucesos que pretendía narrar habían acontecido casi tres lustros antes de que él comenzara su trabajo, de modo que muchos documentos se habían perdido, o se habían extraviado, o se habían consumido entre el polvo y el tiempo, o se los habían comido los gusanos y las polillas, o se encontraban en tan lamentables condiciones que resultaban inservibles. Aquel invierno —si hemos de creer fuentes secundarias—, Miet regresó a París —y a su acogedor despacho en la peluquería—, donde comenzó una febril tarea investigadora en las hemerotecas y las bibliotecas de la capital; se supone que dedicó todos sus esfuerzos a buscar y anotar elementos complementarios a la historia, relativos al contexto social, histórico y político. Por desgracia, aunque sabemos con cierta seguridad que las labores de documentación coparon casi seis libretas enteras, esos manuscritos se perdieron en el incendio que asoló la peluquería tras la muerte del escritor, en 1946.[4]

En cualquier caso, como se ha precisado, Georges Miet comenzó a preparar sus famosas entrevistas en la primavera de 1938. Durante el invierno había acudido a una academia de taquigrafía y estenografía en la que le enseñaron «a transcribir con toda precisión y rapidez las palabras de una persona que hablara con una cadencia común y un ritmo normal».[5] Dichas entrevistas *«à-la-Miet»* se alargaron durante más de

4. Véase Baldwin, C.: «Les papiers perdus de Georges Miet», en *Revue-au-Revoir*, XVII [nov. 1995], págs. 33-37.
5. Ídem, pág. 66.

seis años. (Como era previsible, a los pocos meses el editor propietario de La Fortune dejó de proporcionarle sustento económico y le comunicó que ya no le interesaba aquella historia ni lo que Miet pudiera escribir de ella. Al parecer le ofreció otros temas y otros argumentos más populares o alimenticios, pero Miet ya estaba enfangado en los espeluznantes acontecimientos de Biarritz y se negó a volver a La Fortune). ¿Cómo sobrevivió durante esos años en los que, además, el país estuvo inmerso en la Segunda Guerra Mundial y sometido al poder alemán? Nadie lo sabe a ciencia cierta. Roland Dutel, biógrafo «oficial» del escritor, asegura en su *Georges Miet: la voix et la parole* (1979) que el autor ejerció de carbonero al menos en tres períodos distintos, trabajando hasta la extenuación por las noches y en las madrugadas de París; el dinero que conseguía con ese y otros trabajos invernales probablemente lo empleaba en verano para viajar y realizar sus famosas entrevistas.

Para cuando se liberó París, en agosto de 1944, Miet ya debía de haber completado todas sus entrevistas, pero la desarreglada vida (demasiado trabajo carbonero, demasiada absenta y demasiadas humedades en la peluquería, al parecer) y las miserias de la guerra habían hecho mella definitivamente en la maltrecha salud del escritor. En 1945, casi al borde de la muerte, como explica su biógrafo —con excesivo dramatismo, a mi juicio—, Miet acude en busca de compasión a La Fortune y escribe una carta a su propietario en la que se ofrece a completar la novela («la gran novela de Biarritz», apunta literalmente) a cambio de un modesto anticipo...

Hay un algo de trágico en este episodio de la vida de Miet. El escritor, absorto en las labores de su novela, ignoraba que el editor Fourac había muerto en lamentables circunstancias un año antes, en el transcurso de un asalto de la Resistencia. (Al parecer, Fourac había estado publicando panfletos y manuales para las SS y las autoridades nazis, y alguien lo había delatado. Los elementos más radicales y subversivos de la Resistencia descubrieron que el almacén de La Fortune estaba atestado de libros y panfletos colaboracionistas que explicaban cómo domeñar la voluntad francesa. Aunque el cadáver ahorcado de Fourac estuvo colgado en la fachada de La Fortune durante tres días, Miet no llegó a saberlo).

Naturalmente, nadie contestó la llamada de auxilio de Georges Miet. Creyéndose —con razón— abandonado y solo, Miet murió el 6 o el 7 de enero de 1946, probablemente por unas fiebres tifoideas, en el sótano mohoso e insalubre de aquella peluquería del barrio de Saint-Germain. El inmenso trabajo de Miet, por tanto, quedó abandonado a su suerte, en la oscuridad más deplorable que pueda imaginar un autor: que nadie sepa que ha escrito algo, que nadie esperara que lo hubiera escrito y que, además, nadie tuviera el más mínimo interés en leerlo.

Por fortuna, tras algunas peripecias ciertamente poco edificantes,[6] según Roland Dutel, el avispado anticuario Gilles P. Vue encontró los cuadernos de

6. Para la historia de los manuscritos de Miet, aparte de los textos citados, véase Renoir, C.: *La littérature inaudite (1939-1945)*. Bergson, París, 1966; págs. 336-339.

Miet e intentó vender los manuscritos a distintas casas impresoras. Como las entrevistas de Miet se ofrecían «en lote», junto a otras decenas de manuscritos perdidos de distintos autores (la mayoría desconocidos entonces y hoy), algunos encontraron acomodo en los planes de editoriales, librerías, revistas y almanaques. Pero ese no fue el caso de los cuadernos de Miet, que fueron rechazados sin más por todas las casas editoras a las que se les ofrecieron. En 1961, por fin, los manuscritos con las entrevistas llegaron a manos de un subalterno del afamado editor Dégriffé.

Desde que Emmanuel Dégriffé se hizo con la obra de Georges Miet, la comunidad literaria y académica comenzó a reclamar en vano la necesidad de cumplir con la obligación moral e intelectual de publicar las llamadas «entrevistas de Biarritz» y llenar de este modo un vacío que durante decenios había impedido el acceso de los lectores y los investigadores a unos documentos de un singular valor histórico, social y cultural.

En algún momento (tal y como se narra en el mediano *Dictionnaire de Curiosités Littéraires Parisiennes*),[7] se pretendió retomar la idea inicial de reformular las entrevistas en la forma de una narración convencional: se daba por cierto y seguro que eran la base de una novela ulterior, y a lo largo de las últimas décadas en Francia no han faltado sugerencias que hayan imaginado cómo sería el relato que podría surgir de aquellos cuadernos. Sin embargo, el paso de los lustros y la solidez de las entrevistas de Georges Miet

7. Murard, T. y Fieschle, A.: *Dictionnaire de Curiosités Littéraires Parisiennes* (6 vols.). L'Humanité Ed., París, 1966.

obligaron a observar su trabajo desde otra perspectiva.

Camille Muletier, profesora de literatura en la cátedra J.-J. Rousseau de Lyon, ya apuntó en los primeros años ochenta la posibilidad de que la *«assommant»* novela de Georges Miet... *ya estuviera escrita*, y que «precisamente» tuviera la forma de esas entrevistas. Desde entonces —y hasta nuestros días— la idea de proceder a una elaboración novelesca de las entrevistas de Georges Miet ha quedado completa y afortunadamente descartada. Y, en realidad, como apuntaba la doctora Muletier en su conocido trabajo, «no hay mejor modo de honrar a Georges Miet y su frustrada pasión literaria que transcribir sus entrevistas tal y como él las compuso»; y, por otro lado, añade con sensata perspicacia, seguramente «no hay mejor modo de exponer los dramáticos acontecimientos ocurridos en Biarritz en aquel verano de 1925».[8]

Por fin, tras arduas y complejas negociaciones con los propietarios de los derechos y con algunos representantes legales de los individuos implicados, el corpus completo de las entrevistas de Georges Miet se publicó hace seis años en Francia (Ed. Atlantis, Burdeos, 2009). La presente edición crítica, en su traducción al castellano, ofrece los textos íntegros de Georges Miet, anotados conforme a los criterios historiográficos y filológicos más estrictos. La publicación de las «entrevistas de Biarritz» resuelve definitivamente uno de los incómodos problemas de la novelística francesa y, de otra parte, llena un vacío que muchos especialistas

8. Muletier, C.: «La nouvelle idéale de Georges Miet», en *Littéralement*, n.º 86 (febrero 1982), Lyon.

habían denunciado reiteradamente en las últimas décadas.

Por lo que toca a la edición del texto, cabe advertir que los cuadernos manuscritos de Miet no tienen un título específico, aunque en la última página de la segunda libreta el transcriptor anotó y subrayó reiteradamente: «*Des pechés estivantes*» (Los pecados estivales o los vicios estivales). La mayoría de los especialistas siempre creyó que tal debería ser el título del compendio, y tal es la cabecera de la edición francesa de 2009.[9] El editor español, sin embargo, ha creído más oportuno conferir a este extraño libro un aire más elegante, llamativo o sugerente, y ha decidido titularlo *Cabaret Biarritz*.[10] También debe advertirse que los capítulos 16 y 17, así como el 22 y el 23, se han intercambiado respecto al orden de su publicación en Francia porque, sensatamente —en este caso—, se ha considerado que en su nueva posición proporcionaban más coherencia al conjunto. También se han eliminado algunos párrafos irrelevantes, otros ilegibles y otros ciertamente incomprensibles. En cualquier caso, todas las intervenciones, tanto las de un servidor en calidad de traductor como de los editores, se anotan oportunamente en su lugar preciso.

9. Cfr., entre otros, los trabajos de Dégourd, de Étam o de Léonard (v. *Bibliografía*).

10. Es mi responsabilidad personal, como filólogo y estudioso de textos históricos y literarios, advertir aquí y dejar constancia de que no tengo ninguna responsabilidad en esa decisión, absolutamente atribuible a la tozudez del señor editor.

Bibliografía

Baldwin, Cesare: «Les papiers perdus de Georges Miet», en *Revue-au-Revoir*, XVII [nov. 1995].

Beaufils, Monique y Julie: *Biarritz, mémoires en images* (4 vols.). Alan Sutton Éditions, 2001-2004.

Dégourd, Léopold: *Sur le titre «Des pechés estivantes», de Georges Miet*. Renoir, París, 1977.

Dunst, Ofelia: *Georges Miet: éphémère*. Bourges Université, Bourges, 1999.

Dupont, Lucille: *Nostalgie*. Bergson, París, 1968.

Dutel, Roland: *Georges Miet: la voix et la parole*. Auvergne, París, 1979.

Étam, Thomas: *Interview game*. Belford, Londres, 1989.

Halbwachs, Maurice: *Les causes du suicide*. Alcan, París, 1930.

Hémi, Pascal: *La fin des spirites*. Bonnard, París, 1997.

Klinsmann, Jeanne: *Nôtre vie à Biarritz* (3 vols.). Atlantiquité, Burdeos, 2003.

Léonard, Simon: *Les écrits de Miet: dialogue et monologue*. Graphics, Amiens, 2001.

Minneard, Charles: *Histoire de la littérature populaire française*. Colossal, París, 1982.

Muletier, Camille: «La nouvelle idéale de Georges Miet», en *Littérale-ment*, n.º 86 (febrero 1982), Lyon.

Murard, Tadeus, y Fieschle, Amande: *Dictionnaire de Curiosités Littéraires Parisiennes* (6 vols.). L'Humanité Ed., París, 1966.

Renoir, Ciril: *La littérature inaudite (1939-1945)*. Bergson, París, 1966.

Tire, Sophie: *Quotations universelles* (19 vols.). Compendium, París, 1989.

VV. AA.: *La belle histoire de Biarritz* (9 vols.). Antiquedit, Biarritz, 1949.

Cabaret Biarritz
Los pecados estivales

I

M. Léonard Montagnard

De *La Petite Gironde,* Burdeos[11]

Los periodistas, los sepultureros y los gusanos somos los únicos que sacamos provecho de los muertos. Y en aquella época, a mí los muertos me venían muy bien, qué quiere que le diga. Una cosa le puedo asegurar: los periodistas sabemos mucho de muertos. No todos los muertos son iguales, aunque los poetas hablen de la igualdad de todos los hombres en la muerte y esas tonterías. Blablablablablá... No es lo mismo un muerto común, digamos, por pulmonía o por la gripe española, que un muerto al que le han rebanado el cuello con un corvillo; del mismo modo que no es lo mismo un muerto en los caminos de Auvernia que en un palacio de París. Para nosotros, los muertos valen también lo que valieron en vida: un rey nos da (al sepulturero y a mí) más dinero que un mendigo. Y si me apura, también los ricos proporcionan más alimento a los gusanos: al respecto, un orondo y opulento potentado no tiene comparación con un miserable famélico. Esa his-

11. *La Petite Gironde* era el periódico más importante del suroeste de Francia y gozaba de una larga trayectoria histórica que se remontaba a su fundación en 1872. Propiedad de la familia Chapon-Gounouilhou, a lo largo de su andadura colaboraron en sus páginas firmas de enorme prestigio, como Bénac, Bauër o Maurois. *(Todas las notas son del traductor, salvo cuando se indica).*

toria repetida de que la muerte iguala a todos los hombres es... un cuento para espíritus cristianos. Un muerto ilustre, qué sé yo, como Goethe o Napoleón o Mozart o el apóstol Santiago, por ejemplo, sigue proporcionando dividendos a periódicos, editoriales, librerías, revistas, y las ciudades donde están enterrados naturalmente obtienen sustanciosos beneficios de los turistas y los visitantes que acuden a sus túmulos como devotos peregrinos. La gente habla de los muertos como si nada, sin embargo... Piensan que son ceniza, y nada más: pregúnteles a los impresores de París si Victor Hugo no es más que cenizas. Por otro lado, también es muy importante la forma de morir: porque el muerto puede ser un mendigo, o una prostituta, pero si mueren en su cama... ¿a quién le importa, sino al arrendatario que se ha quedado sin los diez francos semanales del alquiler? Sin embargo, si aparecen con las tripas fuera y se desconoce la identidad del asesino... la cosa tiene más interés. Y más interés significa más venta. Y más venta significa más felicidad. Por eso los muertos me venían muy bien.

Pero supongo que no le interesarán mucho mis teorías sobre los muertos. Aún tengo otra. ¿Quiere escucharla? Pues tengo para mí que los muertos huelen peor cuanto más infames hayan sido sus vidas. ¿Por qué cree que los santos huelen a flores cuando se mueren? Bueno, eso está en todos los libros: estúdielo usted, si no me cree. En muchas abadías y en monasterios de hombres píos, cuando por cualquier circunstancia han tenido que abrir las fosas de los santos varones que allí se habían enterrado, se han constatado vaharadas de perfumadas esencias, como de rosas y jazmines; y se asegura que los enterradores y sepultureros a veces se han desmayado debido a la santidad que desprenden esos vapores. Precisamente tenía yo un libro por aquí que contaba todo eso con mucha eficacia... ¿No le interesa? Bueno, si no le interesa...

¿Y qué le interesa, entonces? Ah, sí... *eso*. Ya. Hum...

Le puedo decir que en aquella época yo era jefe de sección en *La Petite Gironde*, y como no sólo vendíamos el periódico en Burdeos, sino que lo distribuíamos por todo el sur, hasta Marsella, yo me ocupaba de buscar las noticias más interesantes de la región de la Gironde, de las Landas, de Gers y otros departamentos. Teníamos librerías, quioscos y franquicias en casi todas las ciudades de importancia del sur: en aquella época *La Petite Gironde* era un diario de primera categoría, ¿sabe usted? Como todos los periódicos de la época, nosotros dedicábamos mucho espacio a las nuevas modas políticas de Italia y Alemania, y a las hambrunas rusas, y todo aquello, pero a la gente le interesaban más las aventuras y las expediciones, como la de aquel inglés que quiso subir el Everest, o las aventuras en Egipto o... Sí, en aquel entonces se llevaba mucho la cosa egipcia. Pero, en fin, un periódico regional como el nuestro tenía también la obligación de ocuparse de las pequeñas historias de nuestros pueblos. A la gente de provincias le interesa saber quién se muere. No es como en París, donde tanto da que se muera uno u otro. En provincias es importante. Lo de los muertos, digo.

Un caso aparte era Biarritz, claro. Durante el verano, Biarritz era el centro del mundo. El señor Forestier, que era el subdirector del periódico y tenía úlcera de estómago, siempre parecía nervioso y angustiado por todo lo que ocurría en Biarritz. Había que averiguar si había llegado alguien de importancia al Hôtel du Palais o al Hôtel d'Angleterre, si se había visto a alguna beata española en Sainte Eugénie, si algún conde polaco se había arruinado en el casino de Bellevue o si se le había visto algo más que las pantorrillas a alguna desvergonzada y noble parisina en la Grande Plage. Todos los días, después de que yo le presentara las noticias y los breves del Tarn o de Aveyron, el señor Forestier me preguntaba: «¿Algo nuevo por Biarritz?».

Hubiera o no algo nuevo por Biarritz, rara vez podíamos anunciarlo, porque aunque llegara al Hôtel du Palais un vizconde ruso o un *sire* escocés o una *contessa* italiana, sus nombres eran tan largos y tan incómodos que el linotipista siempre se enfurecía, gritaba y pataleaba, y se negaba a componer aquellas retahílas atestadas de tes, eses, uves dobles, erres y zetas. Odiaba sobre todo el alemán y aseguraba que los austrohúngaros y los prusianos habían perdido la Gran Guerra porque eran incapaces de entenderse en esa endemoniada lengua. Un linotipista irritado es un horror.

A nuestros lectores, en cualquier caso, les interesaban menos los acontecimientos sociales y más los crímenes. Pocas cosas excitan tanto la curiosidad y las emociones como los asesinatos, los suicidios, las largas enfermedades, la miseria con horrible final, las grandes epopeyas de la desgracia, la apoteosis funeraria... Todos los periódicos de aquella época —y de la nuestra— recorrían los caminos de Francia como sabuesos buscando una pasión criminal, un degüello amoroso, una envidia asesina, un rencor homicida, un suicidio heroico... Había por aquel entonces una ley no escrita, según la cual los periódicos debíamos ofrecer ese tipo de noticias a modo de folletín, de modo que las historias se alargaran durante el verano, durante las fiestas navideñas, a lo largo de varias semanas... Naturalmente, los crímenes más interesantes, con sus respectivas investigaciones, los dejábamos para el verano. A nuestros lectores les gustaba disfrutar del periódico en casa o en el café, por la mañana o por la tarde, y entretenerse con esos largos relatos truculentos, en los que se describían los rasgos perniciosos de algún asesino, las histerias de alguna loca, las infames sarracinas de algún carnicero, de alguna monja celosa, de algún sepulturero engañado, de alguna condesa que ejerce la prostitución nocturna y recibe al primer ministro por la mañana...

Es curioso, señor Miet: por alguna razón, la muerte nos obliga a lloriquear y a hacer aspavientos, y a darnos golpes en el pecho y embadurnarnos la frente y la cabeza con ceniza... como si no supiéramos que la muerte es lo que ocurre siempre. La gente se muere, mi querido amigo. Y siempre se ha muerto: no debería sorprendernos. La gente tiene la costumbre de morirse desde tiempos inmemoriales: una costumbre ancestral. Y, sin embargo, nos conmueve hasta derrumbarnos y nos atrae en los periódicos y en los libros, y nos obliga a leer los obituarios, y a indagar en todos los aspectos luctuosos de esos episodios mortuorios, y a asistir emocionados a los espectáculos fúnebres...

Por eso, cuando supe que había ocurrido *todo aquello*, pensé que el suicidio de aquella muchacha podía ser mi salvación. Aquel año los carniceros sanguinarios habían estado perezosos y no habían ejercido su violencia más que con las chuletas de vaca, los sepultureros engañados habían hecho la vista gorda, las monjas histéricas se llevaban bien con sus hermanas y las condesas de doble vida habían ahorrado lo suficiente como para no entregarse a peligrosos vicios nocturnos. De modo que una joven suicida me permitía imaginar oscuros laberintos que, a su vez, despertarían el gusanillo de la intriga y la curiosidad en los lectores estivales. Con un poco de suerte, la muchacha habría sido seducida por un conde ruso (o aún mejor, un sacerdote ortodoxo ruso) y, al comprender que dicha relación estaba condenada al fracaso, a la vergüenza o a la desesperación, se habría arrojado por los acantilados de Biarritz. Así que *todo aquello* me permitiría tener en vilo a los lectores durante al menos dos semanas.

Sí, claro... naturalmente. Le contaré lo que recuerdo.

Todo aquello... Sí, todo aquello ocurrió el verano de 1925. La cosa empezó con un desgraciado accidente... una bañista inglesa se había visto arrastrada por la corriente y su acompañante, un inglés, y un miembro de la Société des Guides Baigneurs se ahogaron intentando salvarla. El guía se llamaba Paul Fouquet o Fourquet. Y yo diría que eso ocurrió hacia el 23 o 24 de julio. (Siempre hay ahogados en Biarritz. Malas corrientes. Imprudentes. Turistas. Hum). Me llamó Vilko desde Biarritz y me lo contó; le pedí que me hiciera un breve y me lo enviara en el correo de la tarde. Luego yo mismo lo adorné un poco aquí, y procuré que la noticia quedara patética y aterradora, aunque con poco éxito. Los ahogados no tienen buena fama, como los suicidas. ¿Ha leído usted los trabajos del señor Halbwachs? Muy interesantes.[12]

Y resultó que dos o tres días después, no recuerdo bien —pero podrá encontrar usted la fecha precisa sin dificultad, porque los periódicos hicieron puntualmente sus crónicas y relataron el caso por extenso... y a veces con excesivo detalle, para el gusto de los espíritus más sensibles—, me volvió a llamar Vilko.

Vilko. ¿No le he dicho quién era Vilko?

Oh.

Vilko era el seudónimo de Paul Villequeau. Era un joven al que yo apreciaba muy sinceramente: escribía artículos de vez en cuando para *La Nouvelle Gazette Illustrée de Biarritz*, pero éste, como los otros cuatro o cinco periódicos de la villa, apenas era más que una hoja mal impresa con los horarios de los trenes de la Gare du Midi y las misas de Sainte Eugénie. La cabecera del periódico era tan larga que ocupaba casi la mitad de la primera plana, y eso les venía muy bien, porque casi nunca tenían nada nuevo que contar. El caso es que al joven Vilko aquellas colaboraciones apenas le daban para comer; de modo que si había alguna noticia de importancia en la villa, Vilko me llamaba con la esperanza de que yo le encargara redactar un breve, lo cual, por otra parte, solía ocurrir. Me gustaba ese muchacho porque explicaba muy bien y con mucha precisión cómo se moría la gente y, al mismo tiempo, era

12. Maurice Halbwachs (1877-1945); seguramente se refiere a *Les causes du suicide*. Alcan, París, 1930. La entrevista al viejo periodista, según las anotaciones de Georges Miet, se celebró en noviembre de 1938.

brillante en la descripción de los esplendores y elegancias de Biarritz. ¿No le parece curioso? Es como si Caravaggio, especialista en pintar cadáveres tumefactos, contara al mismo tiempo con la habilidad de Boucher o Fragonard y sus finezas rococós. Pero... bueno, el talento recae de manera aleatoria y caótica sobre los periodistas, y Vilko tenía esa particularidad.

Pues bien, le decía a usted que recuerdo perfectamente la llamada de Vilko. Creo que no eran aún las diez de la mañana. La conferencia era un espanto: su voz sonaba como si en el auricular hubiera un insecto aterrorizado y enloquecido: «¡En el puerto, señor Montagnard, en el puerto!». Entre chasquidos y chisporroteos, pude adivinar que algo espantoso había ocurrido en el pequeño puerto de pescadores de Biarritz, aunque el pobre Vilko parecía incapaz de decírmelo de una vez. «¡Se la han comido los peces!», le oí gritar al otro lado del auricular. «¿Qué ha ocurrido, Vilko? ¿Me oyes...? ¿Qué ha ocurrido?». Tras una nueva tanda de chisporroteos y zumbidos metálicos, oí la voz temblorosa de mi corresponsal, explicándome lo acontecido: «La muchacha de la librería Operclaritz. Desapareció antes de la galerna. Y esta mañana la han encontrado los pescadores, en el puerto. ¡Muerta!».

¿Le he dicho ya que a mí los muertos me venían muy bien? Ya. Bueno, no importa. Le dije a Vilko: «Ocúpate tú. Al precio de siempre: veinte francos; veinticinco, si puedo. Quiero un breve con el correo de la tarde».

La cosa no era tan sencilla como mi corresponsal me había explicado a través del teléfono, en realidad.

La muchacha de la librería Operclaritz se llamaba Aitzane Palefroi y tenía dieciséis años. Efectivamente, había desaparecido dos días antes, o quizá tres, justo antes de una inesperada y espantosa galerna estival; los marineros la encontraron colgando de una de las argollas que utilizan para sujetar las barcas en una dársena del puerto. Por azares del destino —o de la meteorología marítima—, alguna ola la lanzó por encima de los muros del pequeño puerto de pescadores, al parecer, o la arrastró por su embocadura, y en medio de la violentísima tormenta, un pie de la muchacha fue a introducirse por la argolla, donde quedó sujeta y colgando como una muñeca, desnuda y desvencijada. La primera impresión de Vilko fue que tenía la cara comida por los peces, pero tal vez se hubiera despellejado al golpearse con las rocas de la costa o con los muros del puerto. Eso no se podía saber.

Tal y como le había pedido, Vilko me envió el breve con el correo vespertino. Tendrá que buscarlo en alguna biblioteca o en los archivos de *La Petite Gironde*, porque yo no lo tengo.[13]

Aquella noche, después de dejar compuesto el periódico, regresé a casa pensando en los grandes beneficios que rinden las tragedias: el dolor y la muerte de unos es la felicidad y la supervivencia de otros... Recuerdo que, como siempre en estos casos, en mi pecho

13. El breve aparecido en el periódico del 29 de julio de 1925 decía: «Ayer día 28 de julio los pescadores del puerto de Biarritz encontraron el cuerpo cadáver de una joven desaparecida tres días antes en la villa. La joven, de nombre Aitzane Palefroi, tenía dieciséis años y era aprendiza en la librería Operclaritz; apareció desnuda, ahogada y completamente muerta, colgada por un pie en un amarradero de hierro en el dicho puerto. Se ignora en qué circunstancias pudo caer al agua. Vilko-Biarritz».

se entremezclaba la alegría de una perspectiva periodística halagüeña con la visión de aquella canéfora suicida, Aitzane Palefroi, de dieciséis años, desnuda y desvencijada, colgada como una muñeca abandonada de una argolla del puerto de Biarritz.

A la mañana siguiente —tras ciertos presagios oníricos que me advirtieron que la historia de la suicida de Biarritz «tenía folletín»— ordené que hicieran llamar a Marcel Galet, nuestro fotógrafo, y le encomendé la tarea de viajar a Biarritz y fotografiar todo lo que pudiera fotografiarse en relación con el caso de la aprendiza de la librería Operclaritz. Le dije que se pusiera en contacto con Vilko y que trabajaran en el asunto de la muchacha del puerto. Como no le gustaba mucho viajar, tuve que prometerle más dinero del aconsejable y hablé con el gerente para que reservara una partida con el fin de seguir «el caso de la suicida de Biarritz»: tenía para mí que aquellos desvelos nocturnos eran una suerte de señal o indicio de fortuna periodística. Estaba persuadido de que Aitzane Palefroi, de dieciséis años, que apareció colgada de una argolla en el puerto de Biarritz, me proporcionaría más lectores que cien carniceros, monjas, sepultureros y condesas pervertidas.

¿Le he dicho ya que a mí los muertos me venían muy bien?[14]

14. Al final de esta entrevista, Georges Miet escribió: «Muchas cosas permanecen y permanecerán durante largo tiempo ignoradas». No se ha podido precisar con exactitud si estas palabras fueron pronunciadas por el señor Montagnard o se trata de una idea personal de Miet o es una cita extraída de algún texto ajeno. El librero Jacques-Julian, de La Catastrophique, que fue consultado a última hora, asegura que se trata de una cita de Darwin, pero, por falta de tiempo, no ha sido posible confirmarlo.

2

Odette (Elise Vsard)

Gouvernante del Château Basque (Villa Belza)

¡Ah, Biarritz, Biarritz! Biarritz la incomparable, Biarritz la inmortal... ¡Sensacional! ¡Fantástica Biarritz! ¡Espléndida Biarritz!

¿Quiere un té, señor Miet?

Claire, por favor...

¡Ah, Biarritz! La vida y los placeres no se conocen si no se vivieron aquellos años dorados de Biarritz. Hoy[15] me ve usted regentando este humilde salón de té, aquí, en el sombrío París, pero de mí dependieron todos los lujos y esplendores del Château Basque... o debería decir mejor... Villa Belza.

¿Qué?

¿No sabe qué es Villa Belza? ¿Nunca ha estado en Biarritz? Oh. Pobre señor Miet. ¿Nunca ha estado en Biarritz? Oh. Ahora comprendo esa expresión funeraria en su rostro...

Aguarde un instante: iré a buscar una postal de aquellos años y le contaré todo lo que quiera saber.

[...]

15. Esta entrevista se celebró en el salón japonés llamado Café Biarritz de la calle Les Poirieres de París, que estuvo abierto hasta mediados los años sesenta, cuando falleció su propietaria: Elise Vsard. En cuanto a la fecha, se da por seguro que tuvo lugar en el verano de 1938, cuando Miet aún no había viajado a Biarritz.

¿Ve, señor Miet? Esto es Villa Belza. Sí, parece una casa encantada, ¿verdad? Eso es porque el señor Alphonse Bertrand, que fue el señor arquitecto, pensó que a ese promontorio rocoso frente al mar le vendría bien una mansión gótica. Y, claro, el torreón es como... de cuento de hadas. Lo construyeron a finales del siglo pasado, justo delante de unos roquedales donde bate el océano con una furia espantosa durante casi todo el año, porque allí hay malas corrientes. Por supuesto, al elevarse esta maravillosa villa gótica sobre el promontorio y el mar, la impresión desde cualquier perspectiva era fabulosa. Con aquellos miradores transilvanos, los tejados pizarrosamente oscuros de castillo medieval, sus chimeneas británicas, los pináculos y las cruces, su frondoso y umbrío jardín atlántico, Villa Belza... que no significa más que villa negra, causó horror durante muchos años, y en el pueblo se contaron las historias más inverosímiles y ridículas que se puedan imaginar. Decían que allí se celebraban aquelarres, que vivían brujas, que era una casa encantada, que se cometían crímenes... ¡Oh, Dios bendito...! Si hubieran conocido a la propietaria, madame Dufresnay, no se habrían atrevido con semejantes fábulas. La señora Dufresnay le alquiló la villa a mi jefe, el señor Grégoire Beliankine —que, por si no lo sabe, era cuñado del señor Stravinski, el músico—. Eso ocurrió... en 1922..., no, espere, en 1923. El señor Beliankine ya tenía un famoso restaurante ruso en la calle Gardères, cerca del Bellevue, que se llamaba Château Basque, así que procuró evitar el terrible nombre de Villa Belza al tiempo que insistía en llamarlo como su próspero negocio de la calle Gardères. Pero los nombres y las palabras son como espíritus burlones, y van y vienen, se quedan y se marchan, sin tener en cuenta los sentimientos y los deseos de las personas... y por eso no hubo manera de que Villa Belza fuera jamás el Château Basque. Yo conozco bien cómo los nombres escogen las cosas y las personas, y no al revés. Toda mi vida llevo exigiendo que me llamen Elise, que es el nombre que me impusieron mis padres, y, sin embargo, toda mi vida me han llamado Odette. ¿Por qué? No lo sé. Lo mismo le ocurría a Villa Belza: no importaba cuán grande fuera el cartel en que anunciaban los suculentos menús y espectáculos del Château Basque, la gente siempre decía: «¿Château Basque? No, no... El Château Basque es el de la calle Gardères. La casa gótica junto al mar es y será siempre Villa Belza».

En fin, mi jefe, el señor Beliankine, invirtió un dineral en la mansión... La casa tenía teatro, cabaret (oh, nuestro Cabaret Biarritz, en el sótano de la mansión, ¡tan excitante, tan *bizarre* y tan *baroque*!), restaurante, salón, biblioteca. ¡Era el lugar más espléndido y maravilloso que jamás se haya visto! Humildemente, yo me ocupaba de que el fabuloso ejército de cocineros, artistas, músicos, acróbatas, bailarines, niñas, ujieres, camareros y...

No. No he dicho *'niñas'*. ¿Por qué iba a decir *'niñas'*?[16]

Yo me ocupaba de que todo estuviera en su lugar y de que aquel prodigioso teatro de alegría, gozo y diversión se representara cada día —y sobre todo, cada noche— con elegante y milimétrica precisión.

Por nuestras fiestas japonesas —«el delirio de la

16. En el or., *filles*; presumiblemente, *filles de joie*.

elegancia sensual», decían los periódicos—, así como por los grandes festivales de Neptuno y Baco, pasaban los personajes más importantes de la nobleza europea: reyes, princesas, príncipes, condes, duques y toda la retahíla nobiliaria que se le pueda ocurrir a usted. Recuerdo que al príncipe de Gales le encantaban las noches exóticas, bien estuvieran dedicadas al reino de Siam, bien se inclinaran por la antigüedad egipcia o griega. Villa Belza era el paraíso de todos los placeres: todas las delicias gastronómicas se cocinaban en los sótanos de nuestro restaurante, y las damas enloquecían con la sensualidad de cremas, natas, frutas y dulces, y se relamían con las cascadas de vinos embriagadores y licores perfumados. Todos los espectáculos eran un puro recreo para los sentidos y las emociones más deleitosas, porque las visiones voluptuosas y las escenas fantásticas propiciaban encantos sin fin. En el segundo piso teníamos una gran sala, de arrebatador lujo, donde libremente podían acudir damas y caballeros para solazarse en compañía de todos aquellos que...

Recuerdo que en cierta ocasión organizamos una noche de África: contratamos a fabulosos efebos y a voluptuosas ninfas nubias que hicieron maravillas con los caballeros y las damas en la frondosa selva en la que convertimos el jardín: lianas, flores perfumadas, lechos de fresca hierba, frutos colgando de los árboles, animales exóticos... Jamás he visto un deseo tan ferviente de placeres sensuales en mi vida.[17]

17. Aunque pueda parecer exagerado, hay constancia documental de estas fiestas en los Archives municipales de Biarritz, así como en Monique y Julie Beaufils: *Biarritz, mémoires en images* (4 vols.). Alan Sutton Éditions, 2001-2004; y puede asegurarse que la entrevistada se quedaba corta en sus lujuriantes descripciones.

Nadie echaba de menos los esplendores y los antiguos lujos de antes de la Gran Guerra.

¡Biarritz! ¡Sensacional Biarritz! ¡Fantástica Biarritz! ¡Espléndida Biarritz!

Por Biarritz, igual que por San Sebastián, pasaron los fulgores principescos de Serbia y Rusia, por allí transitaron las zarinas de rostros translúcidos y rubicundos y los grandes duques de bigotes encerados, y los reyes de España y de Suecia... Bueno, no le descubro nada si le digo que el rey de Inglaterra, Eduardo VII, pasaba sus buenas temporadas en Biarritz, y no era raro verlo en la *promenade* de la Grande Plage dando un paseo con su perrito. (Claro, también visitaba París... Al parecer era cliente asiduo de una *maison close* donde la dueña había dispuesto una habitación *indienne* exclusiva para él, y a la que acudían muchachas con atavío hindú de tres en tres, para complacer con sus sensuales bailes orientales al monarca británico... Bueno, ya sabe: los franceses siempre hemos puesto toda nuestra delicadeza y toda nuestra elegancia al servicio de las necesidades británicas).

Tras la Gran Guerra, a una ciudad hermosa, luminosa, brillante y sensual como Biarritz no le costó mucho recuperar los lujos y las exquisiteces de antaño. El señor Beliankine solía decir que aquel vehemente furor hedonista se debía al deseo de olvidar las horrendas tragedias de la guerra, y así debía de ser, porque ahora que los espantos de la guerra habían quedado atrás, el casino municipal, frente a la Grande Plage, hervía todas las noches con grandes fiestas a las que acudía lo más granado de la sociedad europea. En los escenarios, piezas de *varietés* y *music hall*, todas las noches, además de *matinées* elegantes con conciertos y obras de teatro, y óperas nocturnas en ocasiones. En el Casino Bellevue también había una magnífica sala de teatro y conciertos, aunque en mi época estaba un poco maltrecho, porque se había utilizado como cuartel durante la Gran Guerra. En los establecimientos públicos, y en los hoteles y en las villas, corría la alegría y el espumoso vino del señor Moët, y la vida bullía en la calle Mazagran, en el Biarritz-Bonheur, junto a la estación del BAB, y en la plaza de la Liberté, con sus comercios, librerías, sombrererías, joyerías y... Los veraneantes de postín podían pasar toda la temporada de fiesta en fiesta, de baile en baile, de paseo en paseo y de conversación en conversación, y no cenar ni una sola vez solos, salvo si era eso lo que deseaban. Desde el faro a la Côte des Basques, había en Biarritz suficientes palacios, hoteles, villas y mansiones como para pasar una noche en cada uno de ellos y no tener que pagar alojamiento en toda la temporada.

Y si durante la noche Biarritz era un prodigio de diversión y entretenimiento, por el día reinaban la elegancia y la cortesía. Las sombrillas y los sombreros más finos, adornando las bellezas de París, Londres, Sarajevo, Varsovia, Moscú, Madrid y San Sebastián, paseaban por la *promenade*, frente al Casino, y las damas con espíritu más deportivo alcanzaban incluso el Rocher de la Vierge o incluso el Puerto Viejo. Para los elegantes visitantes estivales de Biarritz siempre había en qué entretenerse, y cuando no eran fiestas marineras, con traineras o regatas de veleros, había carreras de bicicletas, o partidos de golf, o exposiciones de arte y pintura moderna, o lecturas amenas, o partidos de *croquet*, o *gymkhanas* de automóviles, o cine, o se celebraba la fiesta de las flores...

Las jóvenes de familias pudientes no echaban de menos en Biarritz los ligeros y modernísimos vestidos de la señorita Chanel, o los lujos de Molyneux o Maggy Rouff, porque también en aquella época se instalaron en la villa las grandes casas de París y de Londres. Mappin & Webb por ejemplo, creo que ya tenía tienda en Biarritz por aquel entonces. No era raro cruzarse en la avenida con algún maharajá o con algún cadí de Marruecos o de alguno de esos países con mucha arena.

En Biarritz todo resultaba maravilloso: si he de hablar por mis recuerdos, no tengo palabras para alabar ese océano que brilla con refrescantes azules por la mañana y arde en fulgores incandescentes al atardecer, cuando muchos veraneantes se acercan a la Atalaya, o al faro, o al Rocher des Enfants para despedir al sol diario. Las calles soñolientas del verano, las terrazas y los emparrados pintorescos de los bigotudos biarrotas, la elegancia de los palacios y los hoteles, la alegría cultivada y distinguida de la clientela estival, las reuniones y cenas, con sus rocambolescos menús de ostras, pescados inverosímiles, jamón de York *à la gelée sur socle* y otras delicias, compotas de verduras imposibles, frutas exóticas y *champagne frappé*... Biarritz siempre ha destilado buen gusto, refinamiento y selección.

Y para los bohemios que despreciaban con gesto displicente las joyas, los tocados, las sedas, los zapatos, los brocados, los vestidos, las murmuraciones, los rumores y las malicias de los elegantes, siempre cabía la posibilidad de buscar escenas pintorescas en el puerto de los pescadores, o en la calle Silhouette, que va hasta el mercado de Les Halles, con sus asombros gastronómicos, con sus cabezas de cerdo colgando, sus pescados de ojos perplejos, sus langostas alpinistas en las cestas, sus quesos apestosos, sus hatillos de espárragos, de acelgas o puerros, y las canciones populares de las floristas. Por la otra calle, llamada Mazagran, baja el viajero serpenteando entre tiendas de distintos linajes, como el *magasin* Au Souvenir, donde puede usted comprar fotografías y tarjetas postales, y todo lo que necesite de Francia y de España; en otros establecimientos se pueden adquirir vestidos y paños, antigüedades, helados y cocos, pasteles, tapicerías, cordelerías, menaje, especias finas, periódicos y libros en varias lenguas. En esa calle se encontraría usted con todas las doncellas y los mayordomos imaginables, ocupados en comprar mal y coquetear bien, mientras cumplían a regañadientes con los recados que les hubieran encomendado.

En aquella época las playas de Biarritz también eran propicias para los jóvenes con predisposición a las bellas artes y al esbozo de escenas pintorescas. La Grande Plage era más señorial: eso hay que admitirlo. (Bueno, antaño se llamaba la Côte des Fous, por algo sería). A la hora del baño, los más osados se cogían de la mano y se metían en el mar hasta las rodillas: eran los fabulosos *bains de pied*; no faltaban atolondrados que se adentraran en el océano hasta la cintura. Lo más interesante de la playa era la innumerable cantidad de actividades que podían disfrutarse: concursos de fortalezas de arena contra las olas, concursos de figuras de arena, saltos y brincos, vuelo de cometa y juegos de pelota. Naturalmente, los más jóvenes eran quienes más disfrutaban de la playa, y supongo que seguirán disfrutando. Para muchos extranjeros bárbaros, como los alemanes, los ingleses o los suecos, todo aquello del agua y las olas era muy novedoso. La mayoría de las mujeres nunca se bañaba, porque lo consideraban una indecencia peligrosa. Pero Biarritz siempre fue un lugar propicio a las modernidades, y como acudían gentes de los círculos más cultos y vanguardistas de Europa, desde Estocolmo a Madrid, y también muchos americanos, siempre había damas dispuestas a arriesgarse a los rumores que recorrerían los salones en las fiestas nocturnas. Algunas de ellas —y no me refiero sólo a las *cocottes* que bailaban por las noches en el *music hall* y en otros espectáculos ligeras de ropa y de vergüenza— solicitaban a los hercúleos *guides bagneurs*, con sus elegantes pantalones marineros rojos, que las enseñaran a nadar.

Hay otras dos playas en Biarritz: una es la pequeña bahía del Puerto Viejo. Esta playa fue hasta mediados del siglo pasado el verdadero puerto pesquero de la villa, ¿sabe usted?, pero luego se construyeron las nuevas dársenas, con unos altísimos y fortísimos muros que protegen a los barcos pesqueros de las habituales furias cantábricas. Los días buenos, del puerto de pescadores salen unas embarcaciones que la llevan a una a ver todas las playas por menos de dos francos: si va por allí, sólo tiene que preguntar por el *Bateau Promenade* del señor Hareng. En la playa del Puerto Viejo había unas casetas para vestirse y desvestirse, pero una tormenta invernal las destruyó, y el municipio tuvo que construir otras: las nuevas cabinas tenían agua caliente y tendedero. La otra playa se llama Côte des Basques, pero a ese lugar sólo acuden los aventureros más arriesgados. Allí el oleaje es aterrador. Se han construido muchas veces cabinas para bañistas en esa parte de la costa, y muchas no han durado ni una temporada, porque las tempestades que asolan esa playa son para no nombrarlas.

Claro, si no conoce usted Biarritz, no sabrá cuán escarpada es la costa en esa parte, y los farallones y roquedales afilados que hay. Pues bien, a veces el Ayuntamiento contrataba a unos funambulistas marinos, que hacían acrobacias sobre las olas y en las espantosas rocallas donde quiebran las espumas. Si uno tenía suerte, tal vez acertara a ver a uno de aquellos aguerridos *plongeurs*, que se lanzaban desde lo alto de las rocas al mar. Nadie sabía cómo conseguían salir del océano con vida.

Precisamente el año en que ocurrió *todo aquello*...

Aquel verano de 1925... ¡Oh, sí..., aquel verano...! ¡Sí, hubo una controversia divertidísima, señor Miet! ¿Quiere que se la cuente? Verá: el año anterior se había dictado un decreto por el cual se levantaba la prohibición de vestirse o desvestirse en la playa a la vista de todo el mundo. Entiéndame, señor Miet: ya no era obligatorio utilizar las cabinas para quitarse la ropa y quedarse en bañador. Desde luego, aquello fue una tragedia para el sindicato de Baigneurs, que tenía el monopolio de las casetas y las tiendas de colores donde los más pudorosos se quitaban la ropa que llevaban encima del bañador. La Société des Guides Baigneurs tuvo que despedir a algunos empleados, y supongo que acabarían recolocándose en el puerto o en los hoteles.

Además, para sofoco de los más timoratos, por aquellos años comenzaba a utilizarse el escandaloso bañador *une-pièce,* lo cual provocaba acaloramientos y fiebres en los caballeros, y gritos de indignación furibunda entre las damas más piadosas y recatadas. Si hay que acudir a la verdad, yo diría que aquellos bañadores eran propios de *cocottes*: esas jóvenes de París o de Berlín ya estaban acostumbradas a que todo el mundo las viera desnudas en los cabarets y no les importaba que sus bañadores insinuaran sus libidinosas vergüenzas en la playa. Yo nunca me lo puse, aunque aún tenía edad y figura para ponérmelo: escriba eso.

En todo caso, aquel verano de 1925 se entabló una tremenda batalla campal en la prensa de Biarritz, a cuenta de los bañadores, la pudibundez, las casetas, los guías de baños, los despidos y los ahogamientos. Ahora que lo recuerdo, resulta bastante divertido: en los periódicos de Biarritz, e incluso en los de otras ciudades, y en la *promenade* y en los casinos hubo un debate moral, laboral e indumentario de proporciones colosales. No sé si fue en *Le Progrés* o en *Le Journal de Biarritz*: en esos periódicos se llegó a hablar de una guerra civil donde la decencia, la vergüenza, la longitud de las perneras, los escotes, las caderas femeninas y el sueldo de los mantenedores de las sombrillas, las cabinas y las tiendas serían las armas que esgrimirían los contendientes. Una dama polaca, cuyo nombre no recuerdo, aunque sería Schnizweg o Wegschinz o algo parecido con muchas zetas y uves dobles, organizó un escándalo superior cierto día en la terraza del

Casino, frente a la playa. La mujer, a voz en grito, amenazó con abandonar Biarritz si no se guardaban las mínimas garantías de decoro en la indumentaria de baño. Todo fue porque unas muchachas de París, que actuaban por la noche en un hotel, estaban en la playa ensayando sus bailes... sí, cierto, un tanto subidos de tono, y en bañador *une-pièce*... Pero tampoco era para tanto, me parece a mí.

Pero... en fin, aquel verano de 1925 se recordará siempre por... bueno, ya sabe.

Por eso está usted aquí hablando conmigo, ¿no es cierto?

Le diré lo que recuerdo.

Sí, aquel verano de 1925... una bañista inglesa... una desgracia. Se vio arrastrada por la corriente y un hombre..., un inglés, y un miembro de la Société des Guides Baigneurs se ahogaron intentando salvarla. Hay muy malas corrientes en el mar de Biarritz. Eso ocurrió a mediados de julio. Sí: fue una gran conmoción. Aunque los aldeanos... ya sabe cómo es la gente común de esos territorios provincianos: decían que si esa inglesa se hubiera estado en su casa, tomando té y plantando hortensias como todas las inglesas, no se habría ahogado, y que, no siendo pescadores o marinos, es una necedad adentrarse en un lugar tan peligroso como el mar, donde, como se sabe, hay tantísima agua. El mar, que para unos era un temor y un peligro, era para otros un motivo de gozo, de alegría y de disfrute veraniego.

Poco después de que se ahogara aquella turista inglesa..., quizá dos o tres días después —extrañamente, pues no suelen darse esos temporales en julio—, hubo una galerna espantosa. Los furiosos vientos del noroeste batieron la costa de Biarritz durante tres días, ennegrecieron los cielos y retorcieron los tamarices, hasta dejarlos exhaustos y rociados con agua salada. Durante esos días no hubo *promenades* frente al mar, ni sombrillas blancas que protegieran las mejillas de las jóvenes, ni bañadores desvergonzados, ni paseos en barca, ni competiciones de cometas, ni damas que mordisquearan cocos o comieran helados frente al Casino. Aquellos desapacibles días de viento y lluvia se destinaron a largos desayunos perezosos en las habitaciones, a las interminables sesiones de peluquería y manicura, a comprobar los vestidos de noche que aún permanecían en los baúles, a los almuerzos que se habían aplazado *sine die*, a las partidas de *bridge* en el hotel, en los casinos o en las villas particulares, a las veladas de té con ración doble de chocolate y cotilleos, a las torturas de un fonógrafo estridente, al lucimiento de nuevas joyas en la cena, a interminables sesiones de cartas en las salas del Bellevue, a nuevas amistades que ascendían como las burbujas de Moët y a noches de bailes lánguidos y sensuales en brazos de encantadores desconocidos en Villa Belza.

Los propietarios de los hoteles, igual que mi jefe, el señor Beliankine, clamaban al cielo contra los días de galerna, porque no les quedaba más remedio que contratar más y más atracciones y espectáculos para entretener a los clientes, que apenas podían salir de sus establecimientos y no tenían la posibilidad de disfrutar del aire libre y los paseos. En los hoteles tenían que adquirir más periódicos, más revistas, más libros; tenían que comprar más comida, pues las invitaciones escaseaban; tenían que pagar más al pianista y a la cantante; tenían que buscar una orquesta nueva, un grupo de magos o un cuerpo de baile que animara las largas y calurosas veladas nocturnas.

Pero, por fin, el 28 de julio amaneció uno de esos días preciosos de Biarritz: el mar de aguas turquesas refulgía en deslumbrantes brillos estivales y las olas, juguetonas y mansas, iban a entretenerse con los delicados pies de las damas más madrugadoras y atrevidas. En las habitaciones de los hoteles se abrían las cortinas, la brisa matinal mecía las sedosas telas y brillaban las sonrisas femeninas ante la promesa de un maravilloso día de verano. Y en las calles del pueblo comenzaba una nueva jornada de ajetreos y labores.

Pero en el puerto... En el puerto...

Oh, pobre muchacha.

3
Martine T.
Servicio doméstico[18]

A mí no me gusta hablar de los demás.

Cada cual tiene sus particularidades y sus circunstancias, y no es cosa de andar de un lado para otro haciendo recados de rumores y maledicencias. Las criadas y, en general, los que vivimos en el piso de abajo nunca acabaríamos nuestras labores si anduviéramos gastando saliva en decir esto o aquello de nuestros patrones, por muy buenos o malos que fueran. No: a mí no me gusta hablar de los demás, y menos aún de aquellos que me han dado de comer. En este mundo cada uno tiene su lugar: y las criadas estamos en los fogones y con la cofia, del mismo modo que las gaviotas están en el puerto y en los farallones. ¿Ha visto usted alguna gaviota limpiando la plata? ¿Ha conocido usted a alguna cocinera o a alguna camarera comiendo arenques en los acantilados? Pues no. Naturalmente. Ésa sí que es la verdadera ley natural, y no lo que dice

18. Miet anotó en el margen la fecha y la hora a la que había convenido la entrevista con Martine T. (14 de marzo de 1941, a las cinco de la tarde). Por tanto, habían transcurrido quince años desde que tuvieran lugar los hechos y la propia Martine tenía ya más de treinta años cuando habló con Miet. En una anotación posterior, al final de la entrevista, el escritor garabateó Tourneur o Tourreur en un lateral; es muy posible que éste fuera el apellido de Martine, aunque de ningún modo puede considerarse definitivo o seguro.

ese señor inglés de los monos. En este mundo cada cual tiene su lugar, y ha de conformarse con él, porque de lo contrario el mundo entero sería bolchevique, o ruso, o incluso algo peor, aunque no se me ocurre que pueda haber nada peor en esta vida que cocineras y gaviotas bolcheviques.

Le repito que a mí no me gusta hablar de los demás, pero si tuviera que hacerlo, no saldrían de mi boca más que buenas palabras. Gracias a Dios, eso sí que puedo decirlo con orgullo, siempre he tenido patrones buenos, compasivos y generosos... salvo tal vez aquel viejo avariento y asqueroso de la calle Peyrolubie, el señor Voulle-Picard, que salía por las noches a rebuscar en la basura de Les Halles y quería que yo cocinara aquellos restos que traía a casa, con bichos y gusanos y barro; y me amenazaba y me llamaba ingrata porque yo no quería comer lo mismo que él. Y todas mis señoras han sido cariñosísimas y amabilísimas conmigo, y muy decentes... en general, salvo aquella inglesa indeseable que se las daba de mojigata, y que le hacía pucheros a su marido, que era lord, o sir, o algo así, y resultaba que cuando él se iba al casino, recibía en casa a un español que se peinaba como Rodolfo Valentino y... y ahí se acababa todo el parecido. Puedo hablar con seguridad de eso porque la señora me tenía encomendada la tarea de abrirle la puerta trasera del patio a aquel Rodolfo Valentino de saldo, y que lo hiciera subir por la escalera del servicio... Pero, en fin, ésos no cuentan.

Usted quiere que yo le hable del señor Villequeau y yo le digo que a una servidora no le gusta hablar de los demás, aunque, bien pensado, si es para hablar bien, más virtud que pecado será... Le diré cuatro cosas de nada y así cumpliré con mi reputación y su curiosidad.

El caso: que yo entré en casa del pobre señor Villequeau aquel invierno. En enero, después de cumplirse el año de 1924, entré en casa del señor Villequeau... ¿Sabe usted que lo llamaban Vilko? Porque él era escritor, ¿sabe?, un escritor muy bueno, y con mucho talento; y entonces, como era escritor, se puso ese sobrenombre de Vilko, igual que otros escritores, como Aimard, o Valoris o Collodi o Montépin.[19] Y estoy segura de que podría haber escrito novelas tan buenas como las de la señora Corelli si hubiera tenido un poco de fortuna.

El caso: que la señora Prie y yo entramos juntas en casa del señor Villequeau; la señora Prie entraba de cocinera, y yo, que tenía quince años, de doncella, y camarera, y eso. El señor Villequeau se había casado un año antes, pero no había podido coger casa hasta ese momento porque él no tenía mucho dinero y su suegro prefería contribuir más a la felicidad del banquero que a la de su hija y su yerno. Alquilaron una casa pequeña en Sentier des Corsaires, cerca del Puerto Viejo, y aprovecharon la circunstancia de que era un callejón empinado, estrecho y torcido para convencernos de que por allí no podían meter el gran piano de cola de la señora. La casa tenía dos pisos y el principal, además de los sótanos, donde vivíamos y

19. Aunque el avisado lector no precise mayores aclaraciones, puede apuntarse que Xavier de Montépin no era un seudónimo, aunque sí lo eran Gustave Aimard, Maxime Valoris y Claudio Collodi, que correspondían respectivamente a Oliver Gloux (1818-1883), Maurice Jogand (1850-1917) y Carlo Lorenzini (1826-1890).

trabajábamos la señora Prie y yo. En el segundo piso era donde tenía el despacho el señor Villequeau, con todos sus libros y todos sus periódicos. El señor Villequeau, a pesar de su juventud, era un hombre cultísimo, aunque un poco *vanguardista* para mi gusto, porque creía en los microbios, en la vitamina D y en la radio; también le gustaba ir al cine y, aunque sólo tenía una bicicleta, cuando se enojaba (cosa que ocurría en muy escasas ocasiones), amenazaba con comprarse un automóvil y «desaparecer tan rápido como Houdini».

El caso: que desde el principio vimos la señora Prie y yo que en aquel matrimonio había rincones que no se aireaban y que hedían a sacristía. Resultó que la señora Chloé Villequeau, que era una joven muy hermosa, aunque de mirada lánguida y de temperamento nervioso, a mi juicio, había hecho votos particulares de castidad en Cambo, de donde era su familia. ¿Pero cómo puede ser eso? ¿Y ha tenido el valor de casarse?, nos dijimos la señora Prie y yo en la cocina, espantadas ante semejante engaño. Por averiguaciones, y por algunos indicios que dejaba caer al acaso la mismísima señora Villequeau, supimos que el señor no sabía nada de esos votos cuando contrajo matrimonio. Según Françoisette, la criada de *mademoiselle* Bellay, el señor Villequeau podía presentarse en Sainte Eugénie o en el registro del ayuntamiento, y decir que su matrimonio no valía nada, porque la señora Chloé no quería saber nada de sus obligaciones y... (Apunte usted ahí que yo por aquella época, con quince años, no sabía nada de obligaciones matrimoniales, pero como la cocinera y Françoisette, la criada de *mademoiselle*

Bellay, hablaban de «obligaciones»... Por eso lo digo). Pero, en fin, el caso es que el pobre señor Vilko no fue ni a la iglesia ni al ayuntamiento, bien fuera porque no quería ponerse en evidencia, o porque le diera vergüenza, o... Así que se conformó con una convivencia «en galante compañía», como se dice, y aprovechando que no podía dedicar su tiempo a su esposa, se lo dedicó a los libros. Puede que el señor Villequeau quisiera de verdad a su mujer, y no deseara hacerla pasar por la vergüenza de un repudio o un divorcio, o alguna de esas cosas espantosas de París.

Al poco, tal vez en marzo o en abril, empezó a frecuentar la casa un abate que a mí me pareció entonces muy viejo, pero puede que no tuviera más de cuarenta años. En la casa todos lo llamábamos «el abate de Cambo», porque venía de allí. Al parecer, la señora Chloé hizo sus votos ante aquel clérigo, pero yo no recuerdo ahora si era franciscano, o jesuita, o benedictino, o de qué regla..., ni creo que llegara a saberlo nunca. El caso es que cuando llegaba el abate de Cambo, el señor Vilko cogía el sombrero y se iba, aunque estuviera diluviando y corrieran ríos de agua por la calle Mazagran y se viera la espuma de las olas desde la plaza de la Liberté al romper contra las rocas. El pobre señor Vilko se ponía enfermo en cuanto olía la pestilencia a sepulcro que desprendía aquel abate de Cambo. La señora Chloé ordenaba que subiéramos al salón chocolate y pastas, y ella se ponía muy nerviosa (aunque ya le digo que me parece a mí que era de ese carácter un poco histérico), y bajaba enseguida con la Biblia o con un misal o con... bueno, con un libro negro como la pez, y se sentaba en el diván muy formal, y con la cara compungida. No creo que el abate de Cambo y la señora hicieran nunca nada reprobable, entiéndame, porque siempre dejaban la puerta del saloncito abierta, y cuando yo pedía permiso para entrar con el chocolate o con el café, o lo que se me hubiera pedido, el abate de Cambo no cambiaba de conversación, ni se quedaba callado, ni ahuyentaba la mirada. Siempre que me detuve a escuchar con atención para ver qué decía, aquel don Ataúd hablaba de la virtud de las mujeres, y andaba constantemente de un lado para otro con Ruth, y María Magdalena, y Salomé, y Judith, y Sara, y Jezabel, y Esther, y para él unas eran santas y divinas, y las otras unas prostitutas de Babilonia.

El caso: pronto descubrí por qué la señora Chloé enfermaba y se veía obligada a guardar cama durante dos o tres días después de cada visita del abate de Cambo. Un día que se encontraba... No debería entrar en estos detalles, tal vez [...].[20] [...] y como estaba tan encogida todo el mundo pensaba que tenía reumatismo, y algunas señoras que la visitaban le decían que no debería pasar los inviernos en Biarritz, porque son muy húmedos, y llueve ocho días a la semana, y es imposible que una persona con reumatismo y angustia de huesos pueda curarse con un tiempo tan malo. La señora Chloé no negaba que aquello fuera reumatismo, aunque siempre prefería dejar para «otro momento» las conversaciones sobre los remedios óseos y las cataplasmas reumáticas.

20. Aquí, tres renglones tachados e ilegibles en el original. En el segundo renglón parece adivinarse la frase: «No vayan a pensar de mí que soy una miserable».

El caso: un día estaba tan dolorida y tan encogida que me pidió que la ayudara a ir al baño, pues no se sentía con fuerzas para bajar las escaleras. Tenía muy mala cara, a pesar de lo hermosa que era, que parecía una Magdalena con el pelo tan largo y rizado (porque lo llevaba *à la préraphaélite* y nunca se lo cortó a la moda), y estaba muy pálida y me parecía que sufría mucho. Cuando le preparé el baño con agua caliente, me dijo que podía irme, como siempre, pues nunca me pidió que le frotara la espalda con una toalla ni me reclamó para menesteres semejantes, como han hecho otras señoras menos pudorosas. Pero al girarme para cerrar la puerta y bajar a mis asuntos, vi cómo se deslizaba por su palidísima piel aquel batín con motivos japoneses, tan blanco y tan rojo, y pude ver la espalda de la señora Chloé Villequeau. A principio creí que eran las sombras de su pelo, pues se anudaba la larguísima melena rizada en la nuca, y el cabello le caía como en torbellinos negros y brillantes por la espalda; pero tardé... —¿qué diré yo?, ¿medio instante?— en cerrar la puerta, y vi que aquello no eran sombras, sino unas profundas heridas que le cruzaban de parte a parte la espalda. Tales eran las cicatrices y las heridas que yo, a mis pocos años, me encogí como si yo misma sintiera la carne viva de aquellas espantosas magulladuras. Bajé compungida y con lágrimas en los ojos a la cocina, pero no le dije nada a la señora Prie, porque yo siempre he sido muy discreta, como tengo a gala y ya le he dicho a usted.

El caso: sabiendo que no eran los huesos ni los reúmas los que mortificaban a mi señora, me propuse confirmar primero si aquello que yo había visto eran heridas, como de latigazos o correazos, o cosa semejante; lo segundo, saber si el señor Villequeau era el responsable de aquellas desolladuras (cosa que me parecía a mí inimaginable de todo punto); y tercero, resolver el caso ayudando a mi señora del mejor modo que pudiera. Porque una cosa pensaba yo a mis quince años, y era que mal estaba que la señora Chloé no quisiera cumplir con su marido en las cosas matrimoniales (fuera lo que fuera lo que aquello significara), y otra cosa bien distinta que el señor azotara a la pobre señora hasta abrirle aquellas horribles mataduras carniceras.

Una noche, al ir a peinar a la señora, abrí un poco el cuello del camisón como si lo hiciera sin querer, y comprobé que una de aquellas espantosas cicatrices le subía por la espalda y le llegaba hasta el cuello. «Señora, tiene aquí una pequeña herida...», le dije yo, como sin darle importancia. «Le voy a poner un poco de *liqueur* de Dakin, y se la lavaré y se la curaré un poco». Ella protestó, ¿sabe usted?, como si no quisiera que yo me inmis... imnis... como si no quisiera que yo metiera la nariz en sus asuntos, y me decía: «Noesnadanoesnada», y se cubría la herida con el pelo. Pero yo no le hice caso, y bajé enseguida a la cocina y subí la cesta del botiquín, y le curé aquella herida del cuello que ya estaba supurando un pus blanco muy feo. Y aprovechando la ocasión, le eché el camisón por la espalda, y pude ver claramente la carnicería que tenía allí. Creo que los matarifes en los mataderos son más piadosos y caritativos, y no hacen semejantes despellejaduras a los cerdos, a los corderos y a los terneros. Le bajé con cuidado el camisón hasta la cintura, y coloqué la larga melena rizada por delante del hombro, para poder curar aquel horror. De vez en cuando yo miraba de reojo hacia el espejo de la cómoda, para verle la cara a la señora, pero ella permanecía con la mirada humillada, con las manos en el regazo, y se dejaba curar sin decir nada. No quise preguntar en aquella ocasión quién le había hecho aquello, aunque durante varias noches seguidas soñé con el señor Villequeau, con el rostro encendido de furia, golpeando con una vara a la señora... A veces no era el señor Villequeau, sino el abate de Cambo.

El caso: que tuve que curar a la señora en tres ocasiones más, antes de averiguarlo todo por mí misma, y, por razón de discreción, sin decirle nada a nadie —salvo algún indicio a la señora Prie, porque me apremió mucho, y alguna sugerencia a Françoisette, la criada de *mademoiselle* Bellay, y a Lucien, el cartero, el muy sinvergüenza, que yo creí que me cortejaba, y hacía lo mismo con todas las criadas de Biarritz [...].[21]

Una noche —y esto fue una enorme casualidad, como pocas se dan en la vida, porque jamás se me ocurriría a mí espiar a mi señora—, resultó que a la hora de las brujas sentí que me ardía la garganta, y que tenía como una quemazón incomodísima, y una sed espantosa. (A la mañana siguiente comprendí que la sed se debía a las sardinas en salazón que había cenado, pero dejemos las sardinas en su salazón y vayamos al caso). Y el caso es que me levanté como sonámbula, y

21. En este punto, la *digressio* de siete párrafos de la señora Martine T. sobre las conductas amorosas de los carteros parece irrelevante para el desarrollo de la acción, y se ha eliminado por completo. *(N. del ed.)*.

cuando me disponía a pasar a la cocina, donde había agua en abundancia, de repente creí oír como lejanos lamentos procedentes del cielo. En realidad no llegaban desde tan arriba, sino desde el tercer piso, donde tenía la alcoba mi ama. Entonces, procurando no hacer ruido en aquellas escaleras que crujían como endemoniadas, llegué a la puerta del dormitorio de la señora Chloé Villequeau. Y oí primero como unos pequeños chasquidos, como cuando una se da en la mano para espantarse una mosca. Y se oían a cada poco, como si la mosca no se fuera nunca y la señora Chloé tuviera que espantarla a cada momento. (Yo sabía que la señora estaba sola, porque, como en sueños, creí ver una delgada línea amarilla por debajo del estudio del señor Vilko cuando pasé por el piso segundo, y eso significaba forzosamente que el señor se encontraba allí trabajando o leyendo). Al acercarme más a la puerta del dormitorio de la señora, pude oír con más claridad aquellos acompasados chasquidos. No era capaz de imaginar qué podía producir aquel ruido, así que me acerqué a la puerta y apliqué la oreja a la madera, con la ingenua idea de que aquello me pudiera proporcionar alguna pista. (En las novelas se dice que los criados espían a sus señores por el ojo de la cerradura, pero eso lo dicen los novelistas, que no saben ni cómo es el ojo de una cerradura, pues por ese minúsculo agujero es imposible ver nada; si lo sabré yo). Y le digo: yo no oía más que chasquidos. Pero al aplicar la oreja, pude intuir como leves quejidos, que poco a poco resultaban más claros y audibles. Como «Ah, ah, ah...», un «ah» después de cada chasquido. Después comencé a oír lamentos más claros, y sollozos, y unos hipidos que daban lástima. Yo sabía —aunque estaba medio dormida por sonambulismo— que la señora estaba sola, y no acertaba a comprender qué ocurría en el interior de la alcoba. De repente oí cómo mi señora dejaba escapar un «ah» espantoso, como cuando una se salta una uña por accidente o como cuando a una le duele una muela podrida. Y luego, sin más chasquidos, oí claramente como si desde el techo de la habitación cayera al suelo un costal de harina. Claro: no tardé ni medio instante en darme cuenta. Como los costales de harina no tienen la costumbre de caer del techo en las alcobas decentes, lo más natural era que aquel golpe sordo y amortiguado fuera el que había producido mi señora al derrumbarse en el suelo.

Aunque yo estaba medio adormilada, y en ese estado de sonambulismo que le decía antes, me apresuré a abrir la puerta, y allí me encontré con el jarrón de rosas.[22] Estaba mi señora tendida en el suelo, con el camisón por la cintura, y con la espalda al aire... ¡y tenía tales heridas sangrantes en la espalda que a punto estuve yo misma de caer rodando por el suelo, con lo que la desgracia habría sido doble! Busqué con la mirada, *atónita y estupefacta*,[23] a la persona que le pudiera

22. Naturalmente, como traductor, sé que la expresión *«découvrir le pot aux roses»* es descubir el secreto, y soy consciente de que tal vez debería haberla traducido como «descubrir el pastel», pero me pareció que a la imagen de la criada descubriendo a su hermosa patrona tendida y ensangrentada en el suelo le convenía perfectamente la traducción literal del francés. En cualquier caso, si al lector no le gusta, puede borrarla y escribir encima la que más le convenga.

23. Con toda seguridad, la criada no pronunció la expresión *«abasourdi et stupéfait»*, y debe entenderse como una licencia del escritor Georges Miet. Y lo mismo cabe imaginar de otras tantas expresiones inimaginables en boca de una criada poco instruida.

haber infligido semejante carnicería a mi ama, pero como era de esperar, a nadie vi porque nadie había. Al acercarme a mi señora Chloé descubrí al verdugo, que no era otro que un pequeño látigo de cuero con puntas de hierro, como los que utilizan los penitentes. Con aquel instrumento diabólico se había estado azotando mi señora. Recuerdo que en aquel momento pensé, como he pensado muchas veces después, que si era la mano de mi señora la que azotaba su espalda, era la voluntad de aquel abate sepulcral la que la gobernaba. Con un trapo de secar la vajilla que llevaba en el delantal —¡si estaría adormilada!— intenté calmar aquellas espantosas magulladuras, pero cuando presionaba aquellas carnes tumefactas, se abrían y salía la sangre como si fueran lágrimas. Al darme cuenta de lo sucio que estaba el trapo de secar los cacharros, lo aparté a un lado, y fui corriendo al tocador, donde había varios paños de los que se... bueno, eso a usted lo mismo le da, el caso es que cogí varios paños y fui cubriendo su espalda con cuidado, al tiempo que le decía: «Señora, por Dios, ¿pero qué ha hecho?», y cosas así supongo que le diría, porque no me acuerdo bien. Por el sonambulismo que tenía.

El caso: que arranqué con un fuerte tirón el *dessus-de-lit* y cubrí a mi señora, que permanecía tendida boca abajo en el suelo, sobre una alfombra, junto a la cama, y que cada vez parecía encogerse más por la debilidad y el dolor. Dejándola así, y rezando para que no se muriera mientras estaba ausente, bajé corriendo las escaleras y llamé al estudio del señor, pero entonces me di cuenta de que la estancia estaba a oscuras y que el señor no se encontraba allí. No me atreví a llamar a su dormitorio, así que bajé corriendo a la cocina, donde estaba la cesta con las medicinas, y volví a subir corriendo. Casi sin aliento llegué a la habitación de la señora, y enseguida me dispuse a curar y a desinfectar aquella carnicería que mi enloquecida ama se había cometido. Con mis quince años, hice todo lo que pude por aliviar sus dolores, aunque creo que perdió la conciencia varias veces mientras yo le hacía las curas. Cuando la hube vendado, le volví a subir el camisón y, como comprendí que me escuchaba y me comprendía, le pedí que hiciera el esfuerzo de subir a la cama y procurara descansar. También intenté que bebiera un poco de agua, pero no quiso. Sólo farfullaba palabras sueltas y sin sentido, que yo apenas comprendía, y decía «amor», «mi vida», «Cristo», «enamorado», «esposo mío», «Dios mío», y cosas así. Yo en aquel entonces no entendía qué relación podía guardar aquella carnicería de su espalda con el amor y con Jesucristo, y aunque luego he leído alguna cosa sobre los místicos y los ascetas y los ermitaños, tampoco estoy muy segura de comprenderlo ahora.

El caso: cuando quise incorporarla para ayudarla a subir a la cama, vi en su rostro una sonrisa y un pálido sosiego como no había visto nunca, una suerte de beatífico enamoramiento, más propio de una muchacha que acaba de ver al mismísimo Rodolfo Valentino entrar por su ventana que de una mujer al borde de la muerte. Todo aquello me parecía un completo desbarajuste, y aquella locura de sangre, látigos, oraciones, enamoramientos, Rodolfos, éxtasis, sonrisas, Valentinos, heridas y magulladuras me resultaba incomprensible; y no creo que ni los mismísimos doctores vieneses pudieran desenredar semejante madeja. La senté en el borde de la cama y, al cogerle las piernas para levantárselas, noté que tenía en el muslo como una especie de espinos que me arañaron la mano, pues las agujas penetraron el lino del camisón y asomaron amenazantes al exterior. Mientras la tumbaba de costado, para que pudiera aliviarse el sufrimiento, la oía suspirar y quejarse... aunque por momentos aquellas quejumbres me parecían... bueno, me parecían otra cosa. El caso: o me atrevía a levantarle el camisón y procuraba quitarle aquellos espinos de la pierna, o la dejaba allí, y me bajaba a mi alcoba con la confianza de que Dios se apiadaría de ella, dejándola vivir o llevándosela al Paraíso para siempre. Y, entiéndame usted, no es que yo desconfíe de Dios, pero me pareció más humano y caritativo intentar quitarle aquellos espinos a mi señora, y permitir que Dios se ocupara de otros asuntos más importantes, como insuflar seso y conocimiento a los generales para que no vuelvan a enzarzarse en otra horrible guerra como la del catorce. ¿Usted no fue a la guerra? ¿Por qué? ¿Porque está cojo? ¿Y con ese ojo derecho no ve nada?

Bueno, el caso es que con mucho cuidado le levanté el camisón a mi señora Chloé y vi aquello. Para mí, en aquel entonces, no era más que un alambre de espinos enrollado en el muslo de mi señora; luego supe que aquel instrumento infernal se llama cilicio y que algunas congregaciones religiosas lo utilizan como mortificación de la carne y... ¿Qué le parece? ¡Ésas eran las enseñanzas de aquel abate podrido de Cambo! Si quiere que le diga mi parecer sincero, yo creo que a Dios no le puede interesar que unos muslos hermosos, blancos y suaves como los que tenía mi señora se vean magullados de semejante forma. No veo yo qué interés puede tener Dios o Jesucristo, o cualquier santo, por decir un algo, en que una mujer se mortifique de semejante modo. La compasión venció al pudor y, a pesar de lo cerca que estaba aquella alambrada del sexo de mi señora, pude quitárselo, pues tenía una especie de hebillas en la parte exterior. Algunas espinas estaban muy hundidas en la carne, que enseguida empezó a sangrar, y otras casi rasgaban su sexo, y al verlo casi me encogí yo misma de dolor. Por el contrario, mi señora Chloé, al notar cómo la liberaba de aquella tortura, dejó escapar un gemido de placer que me desconcertó enormemente. Por fortuna, aquellas heridas me obligaban a pensar poco y a actuar con presteza, y no dediqué mucho tiempo a meditar por qué mi señora parecía gozar con aquello que a mí me resultaba espantoso y dolorosísimo. Toda la noche estuve curando a mi señora... aunque eso no me eximió de cumplir con todas mis pesadas tareas al día siguiente.

La señora Chloé Villequeau nunca mencionó aquello. Ni me agradeció ni me reprochó lo que hice, y en eso veo cuál es el abismo que separa a los criados de los señores. Pero como a mí no me gusta hablar mal de nadie y sé muy bien cuál es mi lugar en este mundo, no anduve con murmuraciones a nadie, salvo a la señora Prie, porque siempre me obligaba a contarle todo, a Françoisette, porque era mi amiga del alma, y al cartero, que... ¿Cree usted que todos los carteros son infieles? Yo tengo dos sobrinas, que ahora tienen seis y siete años, y siempre les digo que tengan cuidado con los carteros y que, si pueden, ni se enamoren ni se casen con un cartero [...].[24]

El caso: transcurrieron varios meses, y yo seguí curando casi diariamente las heridas de mi señora con toda la dedicación de una Florence Nightingale. Debo decirle, señor Miet, que las heridas cada vez eran más feas, que la señora cada vez estaba más desmejorada y que cada vez me parecía más cercana una resolución trágica de aquel misterio. El abate de Cambo, con su pestilencia de panteón, seguía viniendo a casa. En ocasiones se presentaba dos veces por semana, y hasta tres, y luego había que ventilar toda la casa, por culpa del hedor a muerto que dejaba aquel hombre en todas las estancias por las que asomaba. La señora Prie decía que si sería el sepulturero de Cambo. Pero entonces ya prestaba yo más atención a lo que le decía a mi señora, y cuando les subía el té o el café o el chocolate, descubría al abate sepulturero diciéndole a mi señora cuáles eran los beneficios de «la mortificación de la carne»; y en ocasiones le leía esos párrafos de los evangelios donde dicen cómo Herodes castigó a Nuestro Señor Jesucristo, y la convencía para que se flagelara del mismo modo, «por razón de la *imitatio*». ¿Qué significaba eso? Yo no lo sé, pero la razón de la *imitatio* me pareció a mí muy mala razón, porque mi señora se estaba matando y desangrando, y no veía yo en qué podía complacer eso al Señor.

Y lo que más me atormentaba —y esto sí que me lo guardaba para mí— era ese extraño placer que pa-

24. Nuevas aportaciones sobre las relaciones de la señora Martine T. con el cartero. Se han suprimido por irrelevantes e impertinentes en el caso. *(N. del ed.)*.

recía gozar mi señora Chloé con su martirio. A veces, cuando la estaba curando, o cuando le quitaba el cilicio del muslo, y se lo curaba con toda la suavidad de que era capaz, mi señora volvía los ojos, y los dejaba en blanco, y exhalaba como un profundo suspiro de placer que yo sólo he...

Bueno, el caso, que es lo que usted quiere saber, señor Miet: resulta que un día estaba mi señora sufriendo o gozando en su alcoba —yo ya era incapaz de distinguir si se quejaba o gemía de placer, pues últimamente sus vagidos se oían por toda la casa—, y yo me disponía a bajar a la cocina a buscar la cesta de las curas, cuando el señor Vilko entró apresuradamente en la casa y pasó a su estudio como alma que llevara el diablo. Al cruzarme con él en la escalera, me dijo: «Una tragedia, Martine, una tragedia». Como huyó despavorido de nuevo hacia la calle, no pude saber a qué se refería.

Al poco llamó a la puerta Françoisette, la criada de la señorita Bellay, que venía de comprar en Les Halles, y, con las mejillas enrojecidas y los ojos llorosos, me dijo: «¡Ay, qué tragedia, Martine, qué tragedia...!». La hice pasar al saloncito de la cocina, con la cesta de curas en la mano, olvidando por un momento a mi señora —pues parecía que en aquel momento estaba disfrutando enormemente de sus sufrimientos—, y bajé con ella hasta los fogones, importunándola y tirándole de la manga para que me dijera a qué tragedia se refería.

«Aitzane —me dijo al fin—. Aitzane Palefroi, la aprendiza de la librería Operclaritz..., se ha tirado al mar. La han encontrado muerta en el puerto. Colgadita de un pie en una argolla, y con la cara comida por los peces. Pobrecita...».

Se me cayó la cesta de las manos y no me dio el corazón para recoger el desastre.

Porque Aitzane tenía nuestra misma edad, o poco más. Y mi imaginación no tardó ni medio instante en hacer figura de mi persona en aquel estado, desnuda y avergonzada, colgada de una argolla, en el puerto de pescadores. Alguna vez Françoisette, Aitzane y yo habíamos coincidido comprando pescado en el mercado, en el despacho de Maurice —«*le bel Maurice*», lo llamábamos en nuestra ingenuidad juvenil—. A Françoisette y a mí Aitzane siempre nos causaba admiración, porque muchas veces la veíamos llevar libros a los hoteles y a las villas, y andaba con tanta desenvoltura por Biarritz que cualquiera diría que incluso sabía lo que decían aquellos libros. Aitzane nos parecía una niña muy guapa, eso hay que decirlo, y más adelantada de cuerpo que las demás de su edad. Y supongo que también era muy lista, y por eso la dueña de la librería Operclaritz la había contratado como aprendiza, para llevar los pedidos y atender en el mostrador.

Aquel espantoso suceso lo trastocó todo, en el pueblo y en la casa, que entró en completo desbarajuste desde ese mismo día, porque el señor Vilko se iba a encargar de investigar el caso para un periódico muy importante de Burdeos, y la señora tendría toda la casa a su disposición para sus placeres mortificantes y para recibir al abate don Ataúd.

Cuando Françoisette se fue, se me encogió el alma pensando en la pobre Aitzane, y mientras la señora

Prie andaba de un lado a otro con los lenguados, los puerros y los repollos, sólo se me ocurrió preguntarme cuánto tardarían los muertos en llegar al Cielo. Me arrodillé para recoger las vendas, y el Dakin, y el agua de Javel, el fenol y todas las medicinas de la cesta de las curas, y entonces oímos a la señora Chloé en el último piso: «Ay..., ay, ay, Dios mío, ah..., ah..., oh..., ¡Ay, Dios mío...! ¡Aaaaah!».

4
Marcel Galet
Fotógrafo

Enviaron a uno de esos tunantes que venden periódicos en las esquinas. En aquella época yo tenía el despacho de fotografía en la *rue* de la Devise, cerca del río, casi en el centro de Burdeos. Vino el muchacho y me dijo que el señor Montagnard, de *La Petite Gironde*, quería verme, y que era urgente, y que dejara todo lo que estuviera haciendo y me presentara en las oficinas del periódico antes de que llegaran mis zapatos. (Sí, no se extrañe, señor Miet: esos *coquins* se inventan el francés cada día, y en aquella época utilizaban esa expresión). No es que no estimara al señor Montagnard, entiéndame: era un buen hombre y yo lo apreciaba mucho, aunque siempre estuviera hablando de lo bien que le venían los muertos. Y tampoco tenía ningún inconveniente en trabajar para los periódicos: eso era lo que había hecho toda mi vida, desde que tuve en mis manos aquella vieja Voigtländer Brillant. No, mi reticencia a trabajar para el señor Montagnard y *La Petite Gironde* guardaba relación con asuntos como mi despensa, la mansarda en la que vivía, el trato que me dispensaba Camille —la camarera del bistró La Brûlerie—, mis viajes a los Alpes, la calidad de mis cigarrillos, el sastre de La Londonienne, las corbatas de

La Foutaise, y otros aspectos agradables de la vida. El señor Montagnard, como todos los periodistas del mundo, me encomendaba trabajos por los que me pagaba una cantidad ridícula, insuficiente a todas luces para procurarme una mínima felicidad en este mundo. Además, en los periódicos nunca tienen en cuenta los numerosísimos gastos que acarrea la profesión de fotógrafo, y la cantidad de materiales que precisamos para cumplir honradamente con nuestro oficio, y lo mucho que desperdiciamos, por no hablar del tiempo que nos vemos obligados a emplear para obtener una sola imagen, a veces corriendo riesgos extraordinarios. Y no es que quiera quejarme, pero las tarifas de los artistas fotógrafos apenas habían subido desde que acabara la guerra.

Cuando todo el continente se volvió loco, a principios de agosto de 1914, yo aún no había cumplido los veintiún años. Desde los doce había estado trabajando de aprendiz en el despacho de fotografía de un tío mío, en París, donde hacíamos retratos a los particulares. Mi tío tenía un desván donde apilaba un montón de trastos y artefactos que servían para «ambientar» las fotografías. Por ejemplo, si un caballero quería hacerse un retrato elegante, disponíamos una mesa con libros, o colocábamos un mastín de cerámica, que siempre quedaba muy fotogénico, o una planta exótica para representar sus viajes por el mundo (aunque el retratado no hubiera ido más allá de Montparnasse). Y a las señoras les poníamos muchas plantas y flores, porque era lo que les gustaba y, como decía mi tío, «proporcionan una imagen de delicadeza, ingenuidad y pureza a la que los caballeros no pueden resistirse». Aunque mi tío apenas me dejaba tocar las cámaras y las lentes, me permitía estar presente en el proceso químico, que a mí me parecía mágico y sobrenatural. Y aunque nunca fui muy despierto, al final aprendí... Mi padre siempre dijo que yo era como las zarzas, que nunca serviría para nada más que para molestar; pero, como las zarzas, acabé dando fruto sin que nadie me hiciera demasiado caso, con unas cuantas lluvias y unas cuantas horas de sol, como por voluntad divina.

A mí me movilizaron el 1 de agosto, como a casi todos. Estuve de la toma de Vimy, en mayo de 1915 [...].[25]

25. A continuación, el fotógrafo Marcel Galet se alarga innecesariamente con una premiosa y prolija descripción de sus aventuras bélicas. Comenta que al año siguiente, esto es, en 1916, fue asignado al Servicio de Propaganda del Ejército, en el 33 del general Pétain. Al parecer se encargaba de fotografiar los heroísmos de aquella «apestosa carnicería», y luego enviaba las películas a París; en el Ministerio de la Guerra se encargaban de publicarlas o guardarlas, dependiendo de las circunstancias. Marcel Galet afirma que estuvo con el X de Fayolle, en la matanza del Somme, y luego con el IV de Duchesne en el Chemin des Dames. Y añade: «Estuve también en otros lugares, pero en aquella guerra ocurría una cosa extraña, y era que los soldados con frecuencia no sabían dónde estaban, ni cómo se llamaban los pueblos por los que pasaban, ni si podían esperar ayuda de los ingleses o de sus compatriotas franceses. Y otra cosa curiosa que ocurría era que, a pesar de la ferocidad de los combates, y del espantoso ensañamiento que hubo, con frecuencia los soldados alemanes, británicos y franceses ignoraban las órdenes e intercambiaban chocolate y tabaco, y bebidas, aunque a la semana siguiente tuvieran que volver a ametrallarse y lanzarse granadas. Esto ocurrió muchas veces, y algunas noches se reunían en las trincheras para jugar a las cartas, o por las tardes jugaban al fútbol... aunque eso nunca me dejaron fotografiarlo». En el plano personal, el fotógrafo insiste en hablar de una enfermera llamada Minerva Potiron (Minnie), con la que al parecer contrajo matrimonio en noviembre de 1919, cuando se firmó el armisticio del bosque de Compiègne. La joven pareja, según el interminable relato del entrevistado, se trasladó luego a Burdeos, de donde era natural la enfermera. Pero «después de la guerra, la gente no tenía ganas de retratos ni de gastarse los pocos francos que tenía en un lujo semejante» y los Galet se vieron acuciados por «la penuria y las deudas». «La fotografía es un oficio carísimo», reitera el señor Galet en numerosas ocasiones

[...]

Pero cuando Minnie se fue, mi mente pareció aclararse y despejarse, y entonces comprendí que no tenía por qué reducirme a los retratos, sino que bien podía hacer reportajes elogiosos para las autoridades, como había hecho durante la guerra, o para los periódicos y las revistas, o para las casas impresoras de libros, o podía dedicarme a hacer tarjetas postales, que era la locura de aquellos años.

Y, en fin, así fue como empecé a trabajar para *La Petite Gironde* y el señor Montagnard. (Por eso, aun cuando después mi fortuna diera un giro notable y para bien, me costaba decirle que no al señor Montagnard, porque siempre recordaba que fue él quien me sacó de la miseria en la que me había abandonado Minnie). Y así, poco a poco, fui salvando las muchas deudas que había contraído, y gracias a los lectores de periódicos y a algunos trabajos parecidos —a los que accedí por recomendación del señor Montagnard, también—, un día salí a la calle sin deudas y con sombrero. Y era feliz con lo poco que tenía: en eso tienen

---

durante su testimonio. «Yo me pasaba las horas a la puerta de mi despacho de fotografía, esperando que alguien entrara y calculando si con el escaso dinero que ganaba podría pagar el alquiler del establecimiento, el alquiler del apartamento en el que vivíamos Minnie y yo y los alimentos que no nos quedaba más remedio que comprar si no queríamos morir de hambre. No se me ocurrió pensar que mientras yo me planteaba aquellas dudas, Minnie las había resuelto de un plumazo. Se había reencontrado con un antiguo amor juvenil, de antes de la guerra, y había decidido irse con él a... no sé... ahora no recuerdo bien adónde demonios se fueron. Supongo que lejos». El fotógrafo advierte que «mientras Minnie estuvo a mi lado, nunca tuve más de tres francos en el bolsillo», y apostilla: «Pero cuando Minnie se fue, mi mente pareció aclararse y despejarse, y entonces comprendí que no tenía por qué reducirme a los retratos, sino que bien podía hacer reportajes elogiosos para las autoridades, como había hecho durante la guerra...». *(N. del ed.)*.

razón los filósofos, amigo Miet, que la felicidad consiste en no desear más que lo que uno tiene. Por desgracia, yo tengo poco de filósofo, y prefería cenar en el elegante bistró de Mon Margot a comer una lata de sardinas en casa, y por alguna razón extraña prefería pasar la tarde en el cine viendo a Mary Pickford que en un parque viendo a las palomas y los gorriones disputarse una miga de pan.

El día que se presentó en mi despacho de fotografías la señora Christabel Marais —fuera cual fuera el día, porque no lo recuerdo, aunque debía de ser octubre o noviembre de 1921— fue uno de los momentos más afortunados de mi vida. Madame Christabel —seguramente se llamaba Marianne o Françoise, pero yo no soy nadie para cambiarle el nombre a las personas— se presentó con toda la formalidad del mundo en mi establecimiento y me dijo que necesitaba que fotografiara a sus chicas. «Muy bien —le dije—; traiga a sus hijas y les haré unos retratos encantadores». La señora me miró con un gesto de impaciencia y, mientras se quitaba sus guantes impolutos, me contestó: «No son mis hijas. Son mis chicas. Doce». No soy muy avispado, así que tardé algunos instantes en darme cuenta de lo que estaba ocurriendo. «¿Doce...?», dije, por no parecer estúpido y fracasando estrepitosamente. «Verá, señor Galet», me dijo, pasando un dedo por el mostrador y confirmando, por su gesto, que tenía razón cuando pensaba que los despachos fotográficos son una sima de polvos peligrosos y nocivos. «Tengo intención de convertir mi establecimiento en el más elegante de la ciudad, y antes de eso incluso tengo intención de ganar mucho dinero y beber mucho champán, para lo cual necesito que usted retrate a mis chicas. Espero que tenga usted el talento suficiente como para que los retratos en elegante bromóleo inciten delicadamente al amor. ¿Me ha entendido?». Por fortuna no soy tan sincero como para decir la verdad siempre que se me exige, y mentí honradamente diciendo que había comprendido sin el menor resquicio de duda y que cumpliría a la perfección con todo lo que me había ordenado. Y, recordando los hábiles recursos estéticos de mi tío, en París, le pregunté si quería que les pusiera muchas flores a las chicas. «Bueno —me dijo—, ponga todas las flores que quiera, siempre que no las tapen demasiado». Reconozco que cuando se presentaron en mi establecimiento aquellas doce mujeres, estuve tentado de llamar a la gendarmería. Sentadas en las butacas del estudio, en los cajones, en el mostrador o en cualquier lugar que encontraban a su gusto, aquellas doce mujeres eran como doce apóstoles de la lujuria: escandalosamente hermosas, se atusaban el pelo, o se pintaban los labios, o se miraban en los espejuelos, o conversaban entre risas, sin prestarme atención y, sin embargo, esperando mis órdenes, mientras yo disponía las luces, y el «escenario», y preparaba todos los instrumentos necesarios. Cuando lo tuve todo dispuesto, les dije —así, en general— que ya podíamos empezar.

«Ah —exclamó una de ellas, retocando sus labios acarminados al estilo oriental—, ¿y dónde nos quitamos la ropa?».

Bueno... yo había visto muchas tragedias en la guerra, y creí que ya nada me aterrorizaría en este mundo. Pero eso sólo era cierto en una mitad: ninguno de los horrores de los hombres me amedrentaría; sin embargo, la belleza de las mujeres podía derribarme y abatirme sin el menor esfuerzo.

Los que no somos muy inteligentes, amigo Miet, debemos andarnos con ojo y ser listos, y en aquella ocasión consideré que lo más pertinente era comportarme como si hubiera celebrado esas sesiones fotográficas muchas veces, y casi a todas horas. Y aunque me temblaban las rodillas cada vez que una de aquellas bellezas posaba delante de la cámara, yo hacía como si no las viera y procuraba concentrarme en los contrastes de las luces y las sombras, en los brillos, en el enfoque y en otras cuestiones técnicas. El miedo y el temor a aquellos doce apóstoles de la lascivia fue lo que me permitió hacer unas fotos de una delicadeza y una belleza extraordinarias: todas ellas aparecían con gasas y sedas que lánguidamente resbalaban por sus hombros y por sus temblorosas caderas, y las flores que ordené traer de Le Rosemonde fueron dejando caer sus pétalos en la sedosa piel de aquellas mujeres. Las perlas fingidas, y los brazaletes o los anillos, así como las diademas de diamantes falsos y las cadenitas que adornaban sus manos, sus cinturas y sus tobillos, conferían brillos y resplandores sensuales a aquellas fotografías, hasta el extremo de que en el revelado sufrí tantos desvanecimientos como en la mismísima sesión.

Madame Christabel quedó muy satisfecha del trabajo: me pagó muy generosamente aquel servicio y supongo que le debo a ella la insólita afluencia de trabajos posteriores: comencé a recibir encargos de otras casas de tolerancia y salones festivos de Burdeos, y al cabo me reclamaron de París, adonde comencé a viajar asiduamente, para entregarme a interminables sesiones fotográficas con las *cocottes* más hermosas y desvergonzadas de la capital. En París eran más imaginativos que en Burdeos... seguramente porque en las ciudades grandes enseguida se cansan del amor común y tienen la necesidad de buscar aderezos y disfraces que animen su apatía o su aburrimiento esplenético, como dicen.

Por aquel entonces se llevaba mucho la moda egipcia, porque todos los periódicos venían repletos con noticias del faraón Tutankamón y sus espléndidos tesoros, que habían descubierto unos arqueólogos ingleses. Muchas chicas querían retratarse al estilo egipcio, muy serias y con los brazos en ángulos rectos, como aparecen las figuras de los jeroglíficos. La mayoría venía ya con sus aderezos, porque solían representar los vicios egipcios en sus cabarets o en los tugurios donde actuaran. En general, todo el exotismo desértico estaba muy de moda, y había una verdadera pasión por el ambiente árabe. Recuerdo que en una ocasión fotografié a seis chicas que hacían un espectáculo en Pigalle llamado «El harén», en el que bailaban *à-la-musulmane* —así lo llamaban ellas—, y se contoneaban de un modo peligrosísimo. Aunque no había ninguna necesidad, pues en la fotografía no se aprecia el movimiento, aquellas muchachas me hicieron una demostración completa de su arte danzante. Y, aunque no soy especialmente religioso, estoy seguro de que aquello era pecado. Las fotografié lánguidamente recostadas en un piélago de cojines y almohadones, sedas, terciopelos y brocados, luciendo sus pechos, sus níveas caderas y sus piernas, acunándose sensualmente entre los plumíferos acolchados y gozando con el tacto de fingidas cadenas de oro y diamantes falsos... como si estuvieran esperando al coronel Lawrence. Sí, desde luego: aquello era pecado. Entre las *cocottes* inglesas, no sé por qué, estaba muy de moda el estilo hindú: era más pudoroso, pero yo siempre sospeché que aquel recato hindú sólo ocultaba más perversiones que la generosidad árabe. Los gustos de los parisinos son interminables: las muchachas se veían obligadas a vestirse de diablesas para cumplir con sus espectáculos eróticos, o de ninfómanas romanas, o de generosas diosas wagnerianas, o de tirolesas, o de españolas sanguinarias, o de angelicales querubines, o de sensuales tenistas.

Aquello me proporcionaba tanto dinero como el que podíamos desear los establecimientos de lujo que comencé a frecuentar y yo. Una casa impresora me propuso completar una colección de naipes franceses con fotografías de señoritas luciendo sus encantos. Después de aquella magnífica baza —si me permite la broma—, me encomendó una serie de tarjetas postales «privadas», un trabajo que me permitió lujos hasta entonces insospechados.

Así que... cuando vino aquel muchacho y me dijo que el señor Montagnard me reclamaba en su oficina, lo único que pude pensar fue que el viejo periodista quería endilgarme aquel verano un trabajo desagradable por el que tendría intención de pagarme una miseria. Pero... ¿cómo iba a decirle que no a la persona que me había abierto las puertas del mundo? Puede que los últimos años de mi vida hubiera visto más cuerpos que almas, pero nunca he sido insensible a la generosidad y al buen corazón de los amigos.

«Vaya, mi joven Marcel..., ¡menudo traje elegante! —me dijo el viejo Montagnard al verme aparecer por su despacho—. Parece que esas golfillas te están llenando los bolsillos... Bueno, pues olvídate de ellas. Te necesito en Biarritz».

Me explicó que había aparecido muerta una muchacha en el puerto, y que «olía» una buena historia. «Seguramente un suicidio amoroso: necesito una historia de pasiones furibundas que me dure hasta el final del verano. Si tenemos suerte, es posible que se haya quitado la vida por un noble polaco o por un lord inglés. Biarritz está lleno de aristócratas y potentados y políticos y militares: si alguno de esos sinvergüenzas tiene algo que ver con el caso, encárgate de hacerle un buen retrato».

Ya estaba dispuesto a decirle que lamentablemente no iba a poder ocuparme de aquel trabajo, porque tenía un compromiso ineludible en un cabaret de Charente, donde tenía que retratar a una joven oriental de singular belleza y... «Ten un poco de dignidad, Marcel, y no me compares a una china con una muchacha muerta por amor en Biarritz», me dijo, y ni entonces ni ahora estoy seguro de qué me quiso dar a entender. «Te vas a Biarritz. Mañana. A primera hora. Aquí están los billetes de tren. Te estará esperando Vilko en la estación. Suerte. Cierra la puerta cuando salgas». Me tendió un pagaré con la generosísima suma que el diario me abonaba por aquel servicio y... en fin, al ver la cantidad, reconozco que en aquel momento consideré que sería una traición y un gesto de profundo antipatriotismo abandonar aquel trabajo en Biarritz para entregarme a las delicias orientales.

No era la primera vez que trabajaba con Vilko. Un año antes, o quizá algo más, el propio Montagnard me había enviado a Biarritz para hacer las fotografías de una carrera de automóviles; Vilko redactó la noticia que acompañó las fotografías o, si lo prefiere, yo hice las fotografías que ilustraban los textos de Vilko...

Sí, pobre Vilko. Mi buen amigo Vilko. Era un muchacho estupendo. Pasamos buenos ratos juntos, ya lo creo. Era un par de años más joven que yo. Le gustaba escribir. Novelas y eso. Recuerdo que a veces, tomando una copa de champán nocturno en algún hotel de Biarritz o en el club de golf, me amenazaba con el dedo y me decía: «Marcel, yo voy a ser novelista. Pero nada de literatura: sólo voy a escribir libros buenos, como los de Dickens». Y se desternillaba de risa. Pobre Vilko... Era un muchacho estupendo, ya lo creo. Su mujer... Chloé —creo que se llamaba así—, en fin, le daba algunos quebraderos de cabeza domésticos. No le voy a decir... Bueno, dejémoslo.

Al día siguiente cogí el primer tren que bajaba a Biarritz. Los viajes son un engorro para los fotógrafos: tenemos que cargar con cámaras, con trípodes, con filtros, con los químicos, las cubetas, y con mil aparejos más... Siempre vamos cargados como mulas. Además, tenemos que tener cuidado cuando viajamos, porque a los mozos de estación tanto les da una cámara para impresiones nobles de goma bicromatada como un saco de garbanzos, y tratan ambos cargamentos del mismo modo. A medida que la locomotora carbonera me acercaba a Biarritz, comencé a anticipar la alegría de ver a mi buen amigo Vilko y de —¿por qué no?— pasar una estupenda semana de trabajo veraniego en una de las ciudades más elegantes y divertidas del mundo. Recuerdo que pensé en la posibilidad de hacer panorámicas para tarjetas postales: podía subir hasta el faro y fotografiar la playa, o hacer otro tanto desde el Rocher des Enfants, o buscar encuadres insólitos en los roquedales que hay frente al puerto de pescadores, o buscar *perspectivas* en el Rocher de la Vierge. No estaba seguro de que mis clientes habituales quisieran comprarme fotografías panorámicas, pero siempre podía vendérselas a otras impresoras más tradicionales. Por otra parte, tal vez podría fotografiar a una princesa —o a una duquesa, o a una marquesa, o a una condesa— en la playa de Miramar, que está junto al Hôtel du Palais. Estaba seguro de que Montagnard no despreciaría unas pantorrillas coronadas jugueteando con las olas espumosas...

Vilko me esperaba en el andén de la Gare du Midi, que bullía con baúles, maletas, bolsas de golf, armarios con ruedas, sombrillas, bigotes elegantes, turbantes indios, señoritas que desafiaban la fidelidad matrimonial más acendrada, jóvenes caballeros que provocaban momentáneos sofocos femeninos, *flappers* con sus sombreritos de campana dispuestas a entregarse al charlestón o al tango en cuanto se les presentara la menor oportunidad, vestidos matutinos a la antigua usanza cruzándose con los sobrios y elegantes modelos al nuevo estilo de la señorita Chanel... El verano anterior, sin ir más lejos, habían pasado por Biarritz el príncipe de Gales, el príncipe Carol de Rumanía, el rey Alfonso XIII de España y hasta el maharajá de Kapurtala. Aquel día había una luz maravillosa en Biarritz, la brisa estival traía perfumes marinos y salados, y mi amigo me recibía con los brazos abiertos.

Como se decía entonces... *La belle saison à Biarritz c'est for-mi-da-ble!*[26]

Aquel encuentro con Vilko fue perturbador, porque al tiempo que me tendía la mano, me espetó: «Bienvenido, Marcel: últimamente el mar sólo nos trae muertos».

Montagnard me había reservado una habitación en el Hôtel de l'Europe, en la calle Du Helder, frente a la plaza de la Liberté. Por desgracia, se le olvidó pensar en la necesidad de un cuarto oscuro para los revelados, y Vilko y yo tuvimos que perder más de dos horas convenciendo a los dueños del hotel de la necesidad de contar con una sala donde colocar las cubetas y todo el material necesario.

Recuerdo que no había comido en todo el día y le propuse a mi amigo Vilko ir a almorzar al Carlton. Quedaba un poco a trasmano, cerca de la iglesia de los rusos, pero me encantaba aquel lujo suntuoso, tan antiguo, tan rancio y tan inglés, y aquel salón restaurante, con sus columnas cuadradas y sus enormes lámparas de cristal, y todo tan lleno de alfombras, como si fuera un club londinense. Vilko miró hacia otro lado y protestó que teníamos mucho trabajo, pero no le hice mucho caso: sabía cuál era el problema y sólo le pedí encarecidamente —le rogué— que me permi-

26. Me pareció que la expresión era tan amena y florida que debía dejarla en francés; por otra parte, se entiende fácilmente en todas las lenguas.

tiera invitarle a comer en el Carlton, porque era mi cumpleaños. (Era mi cumpleaños, era mi cumpleaños... Entiéndame, señor Miet, éstas son mentiras que no van a parte ninguna cuando de lo que se trata es de ir a comer con un amigo y procurar que no se sienta incómodo por razones financieras).

«Pero, Marcel..., el cadáver de esa muchacha...», me dijo al final, rendido a mis invitaciones, mientras bajábamos por la avenida.

«No te preocupes, Vilko: te apuesto lo que quieras a que el cadáver de esa muchacha no irá a ninguna parte y esperará pacientemente a que vayamos a visitarla».

5
Anatole Billard
Gendarmería

Yo fui uno de los primeros en llegar, sí. Subió sofocado un muchacho, desde las casas de los pescadores, y nos dijo que había una mujer muerta en el puerto. Mi compañero DuThiers y yo bajamos corriendo, y lamentando el engorro que suponía otra muerta en la ciudad. Tres días antes, aún no se había desatado la galerna, se había ahogado una inglesa, arrastrada por la corriente; y un inglés, amigo suyo al parecer, y uno de los *guides baigneurs* también se ahogaron al intentar rescatarla. Así que en menos de una semana teníamos cuatro muertos. A una ciudad como Biarritz le sientan fatal los muertos: aquí se celebra la vida, ¿sabe usted?, y la *belle saison* es para disfrutar de la vida, no para arrojarse al mar como insensatos *plongeurs*.

La muchacha del puerto era la aprendiza de la librería Operclaritz; tenía dieciséis años. Estaba colgada boca abajo, desnuda, prendida por un tobillo a una de las argollas que utilizan los pescadores para amarrar los barcos. Cuando llegamos mi compañero DuThiers y yo, la marea estaba subiendo, y la muchacha ya tenía la cabeza debajo del agua. Había varias barcas con pescadores a su alrededor, pero no habían querido tocar el cadáver hasta que llegara la autoridad. El cuerpo estaba azul, casi negro en algunas partes. Y eso era porque la tempestad de la galerna lo había golpeado contra las rocas de un modo espantoso.

Por muy feroz que fuera la tormenta, puedo asegurarle que no sé cómo demonios pudo quedar la muchacha enganchada de ese modo en un amarradero en el puerto. Pero... en fin, yo no soy pescador: ellos dicen que es habitual que la galerna meta en las dársenas del puerto gaviotas ahogadas, peces golpeados contra las rocas, cadáveres de animales arrebatados a las playas, algas negras del fondo del mar, e incluso ruedas de automóviles o botas, trajes de baño o pelucas. Naturalmente, uno puede entender que las olas traigan al puerto esas basuras, aunque me cuesta admitir la casualidad de que el cadáver tumefacto de la aprendiza de la Operclaritz quedara colgado de una argolla... de aquella manera.

Mi compañero DuThiers y yo bajamos a una barca y ordenamos a los marineros que intentaran liberar el tobillo de la muchacha para poder sacarla de allí. La argolla estaba a un metro por debajo del borde del muelle. Un pescador, tendido sobre el dique, intentaba mover la argolla, y otro, desde la barca, sujetaba a la muchacha y la giraba un poco, para poder liberarla. A mi compañero y a mí nos daban náuseas por el hedor del cuerpo en descomposición, pero a los pescadores no parecía importarles, porque están acostumbrados a la pestilencia del pescado podrido. Al final, el tobillo giró y la muchacha cayó con todo su peso sobre el borde de la barca en la que nos encontrábamos. Ni el marinero ni yo pudimos hacernos con ella, y cayó al agua con un chapoteo alegre, como si la pobre hubiera decidido darse el último baño en las aguas de Biarritz. Enseguida nos las arreglamos para *acomodarla* en la barca y DuThiers la envolvió en una manta vieja. Cuando subimos el cadáver al muelle, allí se encontraba ya Démosthène Urruticoetxea-Blas, el secretario del juez DuPont, con miles de papeles por todas partes, apuntándolo todo en perfecto desbarajuste y haciendo firmar a todos los presentes sus interminables formularios, hubieran estado o no presentes cuando se descubrió el cadáver. Mi compañero DuThiers y yo también tuvimos que firmar seis o siete documentos antes de permitir que los empleados de Le Douce Adieu se ocuparan de llevarse a la muchacha.

La joven se llamaba Aitzane Palefroi, tenía dieciséis años y, como le he dicho, era aprendiza de la librería Operclaritz. Había estudiado en un liceo de Burdeos... (bueno, lo que pueden estudiar las muchachas en los liceos, entiéndame), pero había tenido que abandonarlo todo cuando su padre falleció y su madre decidió regresar a Bidart, donde vivía casi toda su familia. La muchacha intentó encontrar trabajo en los alrededores, y como tenía buena disposición y, al parecer, alguna cultura, la dueña de la Operclaritz la contrató por un pequeño salario. Aitzane se ocupaba de atender en el mostrador, de empaquetar los envíos y, con frecuencia, cogía una bicicleta de la empresa y repartía los pedidos por las villas y los hoteles. También se encargaba de reponer los libros en las bibliotecas de los establecimientos turísticos. La señora Operclaritz, dueña de la librería, nos dijo que la muchacha había ido a anotar por la tarde los libros que se pedían en el Palais, en el Hôtel des Princes, en el Hôtel d'Angleterre, en Le Grand Hôtel y en otros establecimientos, pero que no había vuelto. Eso ocurrió tres días antes, justo cuando comenzó la galerna. Al principio creímos que la muchacha habría decidido aprovechar la ocasión para escabullirse y librarse de las penosas labores del despacho librero y se habría entretenido mirando el espectáculo de las olas, como hacen los jóvenes con frecuencia; probablemente, pensamos, había decidido ir a ver la furia del mar con algún acompañante romántico y, sin querer, por descuido o negligencia, una ola la había arrastrado al fondo del mar. Después conocimos dos detalles importantes: el primero, que Aitzane Palefroi era una muchacha muy seria y formal, que no tenía admiradores románticos con quienes ir a ver la furia de Neptuno, y que había cumplido con todos sus recados; el segundo detalle apuntaba que la muchacha era de carácter triste y meditabundo, y muy dada a la lectura, a las novelas y a la poesía, de lo cual fácilmente se pudo inferir que —no habiendo amores de por medio— había sido la melancolía la causa de su desdicha, y quedó más que probado que la joven aprendiza se había quitado la vida por gusto y por desesperación de la existencia, como tantos otros jóvenes de nuestro tiempo, por desgracia.

Los suicidios son la peste de nuestro tiempo, amigo Miet. Dicen que en la Gran Guerra murieron diez millones de personas... pero al menos murieron por algo: por París, por la libertad, por el archiduque Francisco Fernando, por Sarajevo, por Rusia o por el Imperio austrohúngaro... Pero morir por nada, y tan jóvenes, es algo que uno no puede comprender. ¿Recuerda aquel muchacho del liceo de Clermont-Ferrand que se pegó un tiro en el aula, mientras el maestro recitaba el *rosa-rosae*? Dicen que fue como un juego, aunque nunca se pudo esclarecer qué tipo de juego era y en qué consistía exactamente. Aquello ocurrió antes de la guerra: en las semanas siguientes una aterradora cantidad de muchachos se quitó la vida en Lyon, en Bourg-en-Bresse o en Vauvert, hasta el punto de que el ministro de Instrucción Pública tuvo que presentarse en la Asamblea para dar explicaciones. Y la explicación que dio es que aquel muchacho suicida leía demasiados libros, sobre todo de ese Schopenhauer. (Yo no sé nada de filosofía, ya se lo digo claramente, pero a mí ese Schopenhauer me parece un triste empeñado en que todo el mundo esté triste).

En definitiva: dadas las circunstancias filosóficas y la ausencia absoluta de intereses amorosos, me vi obligado a declarar culpable de la muerte de Aitzane Palefroi a la propia Aitzane Palefroi. Créame, amigo Miet, que si hubiera podido acusar y detener a ese Schopenhauer, lo habría hecho. Es un espanto que estas muchachas tan jóvenes se quiten la vida de este modo.

Según la Société des Guides Baigneurs, la muchacha probablemente se arrojó desde el Rocher de la Vierge, y desde allí las corrientes la zarandearon entre los farallones de Le Boucalot, La Surprise y Couloum hasta meterla entre los diques y las dársenas del puerto. Esto lo sabían los *guides baigneurs* después de muchas investigaciones sobre las corrientes de Biarritz.

Durante años habían estado lanzando pequeños troncos de madera, o colorantes, o papeles, y habían conseguido trazar un mapa de las corrientes más peligrosas de la costa. Por ejemplo, hay una corriente mala entre la Roche Ronde y La Frégate, que son dos inmensos roquedales que hay frente a la playa de Miramar; y luego hay otra corriente muy mala cerca del Rocher des Enfants.

Además... bueno, usted viene de París, y quizá no lo sepa... pero el viento de la galerna es muy malo. Peor que el viento del sur. Vuelve locas a las mujeres de espíritu sensible, ¿sabe usted? En toda la comarca hay *accidentes* parecidos cuando hay galerna. En ocasiones, las autoridades decimos que tal mujer se cayó por descuido al mar, o justificamos que tal muchacho tropezó en el acantilado, o explicamos que dos religiosas se envenenaron con láudano por desconocimiento, o damos a entender que una enfermera negligente ha suministrado más morfina de la recomendable a un paciente... Pero sabemos que tras los descuidos, los tropezones, los desconocimientos o las negligencias está ese asesino viento de la galerna, que vuelve locas a las personas de corazón tierno.

La gendarmería se ocupó de llamar a los familiares de la muchacha. La madre estaba enferma y no podía venir a Biarritz, y sus tíos y sus primos al parecer tenían ocupaciones o algo..., no lo recuerdo. Lo que sé es que la señora Operclaritz se negó a pagar los gastos del funeral, así que al Ayuntamiento —porque no dijeran que las instituciones municipales no tienen corazón ni entrañas— no le quedó más remedio que abonar una pequeña cantidad para que el sencillo ataúd de la muchacha estuviera en una sala del sótano de la gendarmería durante aquella mañana y aquella tarde, y que al anochecer los oficiales de Le Douce Adieu lo llevaran al cementerio de Sabaou y la enterraran con un pequeño responso a cargo del capellán del camposanto o del sepulturero de guardia. Como había sido un suicidio, ninguna iglesia quiso acoger el cadáver, así que tuvimos que despejar un cuarto trastero para colocar el féretro.

Como le he dicho, no hubo familiares que velaran el cuerpo y apenas seis o siete curiosos se acercaron a ver los restos mortales de Aitzane Palefroi, con la consiguiente frustración y resentimiento al comprobar que la muchacha del féretro tenía envuelta la cabeza con un trapo de fregar el suelo y, por tanto, no podrían verle el rostro «comido por los peces». La mujer que limpiaba la gendarmería había tenido piedad de la muchacha y, por su cuenta, había retirado la manta vieja en que la llevamos, le había puesto un camisón viejo suyo, le había envuelto la cabeza con el dicho trapo de fregar el suelo (limpio, naturalmente, dentro de lo que cabe) y le había cruzado las manos sobre el pecho.

Démosthène Urruticoetxea-Blas, el secretario del juez DuPont, estuvo allí continuamente, alumbrado por una lamparilla fúnebre, revolviendo los miles de papeles de su cartapacio, obligándome a rellenar formularios de vez en cuando e importunándome sobre asuntos legales sobre los que yo no tenía la menor idea. Con sus gafas de moldura metálica dorada asomadas al precipicio de su nariz, no hacía más que preguntarme si podía decirle la hora del fallecimiento, si podía mostrarle la partida de nacimiento de la muchacha, si conocía el domicilio de la señora de la limpieza que había aseado el cadáver, si me había puesto en contacto con la familia... y mil asuntos más que acabaron por levantarme un fuerte dolor de cabeza.

De los escasos biarrotas que pasaron por el sótano de la gendarmería para ver a la muerta, sólo me llamaron la atención dos muchachas jóvenes que me aseguraron que habían hablado en alguna ocasión con la suicida. Permanecieron durante un rato frente al ataúd, santiguándose y murmurando: «¡Qué horror, Françoisette!», «¡Qué espanto, Martine!». Era un espectáculo digno de ver: aquellas dos jovencitas, en la penumbra, a la luz de una bombilla macilenta, delante de un cadáver de su misma edad, metido en un ataúd barato, enjugándose las lágrimas con sus pañuelos de puntillas. Una de ellas era la criada de *mademoiselle* Pauline Bellay. Y tengo para mí que la otra era la criada de aquel periodista que... ¿cómo se llamaba? Sí, eso es: ¿cómo ha dicho usted? Sí, sí, seguro; así se llamaba: Paul Villequeau. Y lo llamaban Vilko. Sí.

El señor Villequeau y un fotógrafo también fueron a ver a la muerta. Recuerdo que cuando el señor Villequeau y su amigo entraron en la sala, las criadas les hicieron una levísima reverencia, dijeron «señor» y se fueron apresuradamente.

Ese señor Villequeau y su fotógrafo... Sí. Allí estuvieron. A mí no me gustan los periodistas, ¿sabe usted? Podría yo decir mucho —y malo— de los reporteros, y cómo están siempre intentando enfangar la vida de los pueblos, y de las personas, y moviendo pendencias y exaltando los sentimientos bastardos de individuos con pocos escrúpulos. Pero no voy a decir nada.

Bueno, señor Miet: que se presentaron en el sótano aquel par de individuos: el tal Vilko y su fotógrafo, que venía con algunos aparejos de los de su oficio. Conversamos educadamente sobre lo acontecido, y el reportero me hizo algunas preguntas ladinas, pero yo le di largas y no quise entrar en detalles. Después de dorarme un poco la píldora[27] —como si uno fuera un ingenuo—, el periodista me dijo que estarían muy agradecidos si les permitiera hacer alguna fotografía del cadáver. No es que aquello me pareciera bien, pero no vi modo de negarme; aunque las cosas fueron muy distintas cuando el reportero quiso apartar el trapo de fregar suelos para poder verle la cara a la muchacha. «Eso no se puede hacer», dijo una voz agusanada desde un rincón. Era Démosthène Urruticoetxea-Blas, el secretario del juez DuPont, que aún seguía allí, en la oscuridad, vigilando el cadáver de la muchacha como un buitre legal. «Si quieren hacer fotografías, tendrá que ser así. Con el trapo de fregar suelos, que tiene el código 33 del sumario, y con el camisón viejo de la señora Fulbert, que tiene el código 34 del sumario. Si desean proceder a ulteriores acciones, deben rellenar los formularios B-11, D-44 y S-92 y enviar una solicitud formal a su señoría el juez DuPont, para lo cual puedo ofrecerles un modelo legal, que debe ir acompañado de tres pólizas de 6 céntimos, y un...». Aquel hombre tenía la administración fun-

27. Or.: *«dorer la pilule»*.

cionarial de la Tercera República Francesa en su mollera, y le puedo asegurar que no era fácil soportarlo.

Al parecer el reportero y el fotógrafo coincidieron en admitir que no tenía mucho sentido enfangarse en aquella burocracia, aunque, según decían, habría resultado impactante ver la cara de la muchacha, «comida por los peces», en la primera plana de *La Petite Gironde*. Desde luego. Pero era inútil solicitar permisos y autorizaciones cuando se iba a proceder a la inhumación del cadáver aquella misma tarde.

Aun así, el fotógrafo consiguió que el secretario accediera a una curiosa petición. Dijo que la muchacha tenía un anillo de bisutería en la mano izquierda, aunque apenas era visible por la hinchazón y la tumefacción de los dedos, pero que si se le permitía girarlo, podría poner a la vista el pequeño cristal que lo adornaba. El secretario asintió de mala gana, aunque tomó nota profusamente y comentó algo sobre registros ineludibles...

El fotógrafo montó su trípode y su cámara e hizo varias pruebas, y luego realizó distintas tomas hasta que pareció quedar satisfecho, utilizando para la iluminación una de aquellas viejas lámparas de arco y un reflector de aluminio —aún no se habían inventado las lámparas que hay ahora, pero los fotógrafos ya no aterrorizaban a la gente con las explosiones de magnesio—. Cuando acabó todas sus intrincadas operaciones técnicas, sacó una cámara muy pequeña del bolsillo, más propia de espías que de periodistas, e hizo otra tanda de fotografías.

Ya se iban los dos periodistas cuando Démosthène Urruticoetxea-Blas, el secretario del juez DuPont, salió de su escondrijo en la oscuridad y les dijo que tenían que completar varios formularios y distintos impresos, y firmar en otros tantos documentos que exigía la ley y la administración local, departamental y nacional. El señor Villequeau y su acompañante aún tuvieron que permanecer en el sótano una buena media hora, cumplimentando toda la documentación que exigía la inmensa maquinaria del poder judicial. Y cuando por fin se pudieron desembarazar del secretario judicial y salieron por la puerta, se cruzaron con tres empleados de Le Douce Adieu, que le pusieron la tapa al ataúd y, tras rellenar los formularios G-33 y Mort-12, se llevaron el féretro con la promesa firmada por triplicado de que enterrarían a la muchacha en el cementerio de Sabaou.

6

Gedeon Wilcox

Rentier

Nadie podrá reprocharme que descuidara mis obligaciones para con Trixie o que no la quisiera (en fin... dentro de lo que cabe y lo que se considera habitual en los decentes límites de la amistad fraternal). Ahora bien, que yo apreciara a Beatrix en la medida que se exige a un amigo, e incluso más, no tiene nada que ver con el hecho de que no soportara su manía de viajar en automóvil por toda Europa.

Naturalmente, ella estaba encantada y la vida le parecía una maravilla siempre que pudiera recorrer como un asteroide enloquecido esas carreteras de Dios en aquel vehículo endemoniado. «Por Dios, Gedeon —me decía—, ¡si es un *cabriolet* Vauxhall 23·60 del año 22! ¿Dónde has visto nada mejor?». Puedo asegurarle, señor Miet, que había visto a lo largo de mi vida al menos doscientas cosas mejores que aquel diabólico Vauxhall rojo como el infierno.

Y aunque soy escasamente proclive al enojo, ya que apenas hay en este mundo asuntos que me puedan interesar, ni para bien ni para mal, usted comprenderá que alguna razón tenía yo para estar ligeramente enojado con mi joven amiga: a Beatrix no sólo le encantaba viajar en automóvil, lo cual es ya en sí mismo una incómoda irresponsabilidad, sino que se aderezaba como si fuera a disputar las 24 Horas de Le Mans y estuviera dispuesta a competir con Léonard y Lagache. Mi querida madre, que la quiso siempre como a una hija, siempre le aconsejaba, tal y como señalaban los preceptos de la señora Giles de Montmorency, una indumentaria *à propos*, ya que el verano era la época de las muselinas y los *piqués*, los amplios vestidos de flores, modestos y sencillos, medias caladas y zapatos blancos, junto con los inevitables *surahs, foulards* y *mohairs*... Sin embargo, siempre que por su bien le recordaba yo los preceptos de mi madre y de la señora Giles de Montmorency, Beatrix me replicaba con un bah-bah-bah y repetía que resultaba incomodísimo viajar en el Vauxhall con las muselinas y los *piqués*. Así que se ponía un casco de cuero y unas gafas y una chaquetilla corta de piloto aéreo, se embutía en aquellos pantalones de lona —in-de-cen-te-mente, a juicio de mi querida madre y de cualquier madre del mundo, y seguramente también a juicio de la señora Giles de Montmorency, si hubiera podido verla—, se calzaba unas botas negras con la inscripción «Flight Engineer» —¿de dónde demonios las habría sacado?— y se lanzaba a las carreteras con la furia desatada de un barón Richtoffen.

Aquella mañana salimos de San Sebastián, donde habíamos pasado una semana, en el hotel Niza, que antes se llamaba hotel de la Playa y Bella Vista, porque está frente a una playa maravillosa que tienen en esa ciudad. ¿No conoce usted San Sebastián? (Oh, qué raro. ¿No tiene usted ganas de vivir?). Nos hospedábamos en ese hotel porque mi madre nos había encarecido el buen hacer de la familia del señor Linder, que fue cocinero del káiser.

Confiaba yo en pasar en esa ciudad de San Sebastián las ardientes semanas de agosto cuando, de repente, una mañana, Beatrix bajó ataviada con su indumentaria de piloto de carreras. «Nos vamos», me dijo. «A Biarritz». Me quedé con la boca abierta y con la tostada de mantequilla y mermelada de fresa al borde del abismo. «¿Pero cómo..., cómo..., cómo...?», pregunté con toda la intención del mundo, aunque no con la suficiente vehemencia, como pude comprobar. Ella se acomodó el *foulard* de seda blanca que se anudaba al cuello cuando viajábamos y ordenó que prepararan el Vauxhall.

Beatrix había bajado a desayunar mucho antes que yo, por aquella costumbre insana que tenía de levantarse muy temprano e ir a tomar las aguas. Yo bajaba después, porque a mí las prisas y los apresuramientos me dan ardor de estómago. Mientras daba cuenta de mi desayuno impecablemente británico, había visto a mi querida amiga Beatrix en el salón de lectura, hojeando los periódicos. A San Sebastián llegaba *La Petite Gironde* —para alivio de los turistas franceses, a los que tanto les cuesta aprender cualquier otro idioma que no sea el suyo—; y al parecer en ese periódico mi arrebatada amiga había visto la firma de aquel muchacho...

Beatrix ordenó al botones que enviara nuestros baúles a Hendaya, si es que habían terminado ya las obras ferroviarias, y si no, a Bayona, desde donde se podrían embarcar en el BAB (el tranvía Bayonne-Anglet-Biarritz). En el equipaje se había especificado claramente «Hôtel d'Angleterre». Después, arrojó violentamente dos maletas y tres sombrereras en el asiento trasero y se puso al volante del vehículo con una sonrisa. «¡Hasta la vista, Santa Clara!».[28] Lo decía así, en español, y se refería a una isla que hay en medio de aquella extraordinaria bahía, porque tenía la costumbre de nadar hasta esa isla todos los días a la hora del baño, y regresaba dos horas después, tras lo que ella denominaba *«bains de soleil»*. ¿A qué se refería? Prefiero no pensarlo. En fin, antes de que mi estómago hubiera digerido el té con tostadas de aquella mañana, me vi catapultado por las infames carreteras de España y Francia a unas aterradoras 50 millas por hora. Creo que en aquel trayecto tuve deseos de morir alrededor de unas seis o siete veces. Pero ya sabe lo que me decía: «Por Dios, Gedeon, ¡si es un *cabriolet* Vauxhall 23·60 del año 22! ¿Dónde has visto nada mejor?». A juzgar por las caras de los paisanos guipuzcoanos, debíamos de parecer el mismísimo infierno sobre ruedas.

Si he de serle sincero, señor Miet, aquel viaje a Biarritz no me gustaba nada. Por varias razones. La primera, porque me obligaba a abandonar San Sebastián, que es como Brighton, pero con sol, alimentos dignos de un estómago civilizado y una playa por la que uno puede caminar sin despellejarse los tobillos. La segunda, porque me obligaba a un viaje infernal en el dichoso Vauxhall 23·60 del año 22, con las consiguientes incomodidades derivadas del polvo de los caminos, el sol inclemente, la falta de sosiego, el estruen-

28. En esp. en or.

do del motor, el olor a gasolina y los meteóricos insectos que tenían la costumbre de estamparse en mi cara. Y la tercera, porque no conocía Biarritz y no tenía el menor interés en la persona que buscaba mi amiga Trixie.

En fin, era todo un engorro. Para calmar mi ansiedad y mis problemas estomacales, Beatrix me anunció que en Biarritz me encontraría a mis anchas, porque allí no se había prohibido el juego, como en San Sebastián, de modo que —según ella— podría pasar las mañanas, las tardes y las noches en los casinos sin tener que ocuparme de otra cosa que no fuera dilapidar mis rentas. No es que me agradaran aquellas insinuaciones que hacían referencia a mi gusto por el azar y el sosiego social, pero he de reconocer que la idea de ver pasar apaciblemente las calurosas horas del verano en conversaciones amables y en perezosas tardes estivales me resultaba sobremanera atractiva...

[...]

Naturalmente... debería contarle... Desde luego, desde luego: empezaré por el principio, que es por donde deben comenzar las historias.

Disculpe, señor Miet.

Gracias, señor Miet.

Si hubiera conocido usted a Beatrix, no le extrañaría que un servidor sintiera por ella la devoción que me complacía en profesarle. (A pesar del Vauxhall y otros pequeños detalles). Yo la conocía desde tiempos inmemoriales..., quiero decir, la conocí cuando ella sólo era una niña de apenas nueve años, porque las propiedades de su familia y la mía colindaban en una hermosa alameda cerca de Forthill. Era hija de lord

Carvanon Ross, y nieta del baronet George Charles Ross de Kew. A poco enterado que esté usted de las genealogías nobiliarias, sabrá que George Charles Ross era hijo del consejero real George Ross y de la baronesa Buttgereit-Dientzenhofer. Así pues, cuando aquella niña de nueve años se presentó en mi casa, por sorpresa, saltando por la ventana de la *terrasse*, con una espada de madera en la mano, y le pregunté muy formalmente cuál era su nombre, me dejó estupefacto con un contundente «Soy Beatrix Ross Buttgereit-Dientzenhofer, hija de lord Carvanon Ross, representante en los Lores, nieta del baronet George Charles Ross de Kew, y bisnieta del consejero real George Ross y de mi bisabuela la baronesa Sönke Buttgereit-Dientzenhofer, y como prueba de mi abolengo, aquí tengo este mechón pelirrojo, que demostrará aquí y en cualquier parte del mapamundi quién soy».[29] Yo acababa de abandonar la carrera de Leyes en Oxford —por culpa de mis tensiones estomacales—, y aquella respuesta me sobrecogió, de modo que comprendo que pueda marearse con tanta retahíla nobiliaria, si no está acostumbrado al abolengo; pero ha de saber que en aquella jovencita de nueve años ardía aún el fuego de su bisabuela, una mujer de un carácter endiablado, y efectivamente aquel mechón pelirrojo que

29. La baronesa Sönke Buttgereit-Dientzenhofer fue motivo de escándalo en su momento, porque se enfrentó a su familia para contraer matrimonio con el consejero Ross, aunque años después revirtió en ella el título nobiliario de la linajuda familia alemana. Pasó la mayor parte de su vida en la casa solariega de los Ross, en Kew, donde fundó un dispensario para los campesinos, y murió en Londres a edad muy avanzada —tanto que llegó a conocer a su bisnieta Beatrix—. En un periódico local de Kew dejó escrito un breve relato fantástico («*Two*»), sobre apariciones y fantasmas, hasta ahora inédito.

adornaba su morena cabellera parecía confirmarlo. Por cierto, he de advertir que el fulgor de dicho mechón no fue menguando con el tiempo, sino que, bien al contrario, se encendía cada vez más con el paso de los años. Y yo habría jurado que ardía en llamas vivas cuando Beatrix se enfurecía o se indignaba o era víctima de la desesperación. En eso, al parecer, era igual que su bisabuela.

Desde aquel momento me convertí —por convicción y devoción— en el tutor moral e intelectual de la pequeña Beatrix. Pude ejercer mi magisterio filosófico sobre todo en verano, cuando le concedían las vacaciones estivales y regresaba a casa. Sus padres se ausentaban en verano, pero ella permanecía en la casa solariega, porque en su familia era costumbre que los padres viajaran solos, y así evitaban que los hijos molestaran su descanso anual con impertinencias y caprichos. (Éste es un expediente que siempre me ha parecido muy inteligente, y si yo hubiera tenido la desgracia de concebir hijos, lo habría seguido sin ninguna duda). A Beatrix no le importaba —o eso parecía, al menos—, porque su carácter alegre y emprendedor siempre le permitía imaginar aventuras en las que emplear sus inagotables energías. A veces, con el consentimiento de las *chaperones* internas, conseguía animar a cuatro o cinco jovencitas de los alrededores, a las que, como a ella, les habían correspondido unos padres «independientes», y las empujaba a descubrir un bosquecillo cercano, o proponía exámenes minuciosos de las estrellas estivales, o se entregaba a la colección de insectos, o convencía a sus compañeras para que se cambiaran los nombres y adoptaran los de Wilson, Bowers, Oates y Evans, y ella se hacía llamar capitán Scott. Sólo fue castigada en una ocasión, cuando tras pasar una tarde en Londres, se presentó en casa con unas escarapelas verdes y blancas, con el anagrama de la WSPU.[30]

Le diré que, dado que era una niña, semejante actividad no me desagradaba, aunque con frecuencia me asombraba su inagotable energía; a veces, cuando saltaba el murete de piedras que separaba nuestras propiedades y venía a visitarme con su famosa espada de madera o con una banderita de expedición antártica, su incansable actividad me producía un agotamiento insuperable, y tenía que abandonar lo que estuviera haciendo —que a menudo no era más que leer el periódico— y subir a mi habitación a dormir y a descansar.

Cuando aquella niña cumplió los dieciséis años y llegó el momento de decidir su futuro, sus padres pasearon a Beatrix por la pasarela matrimonial de Europa, como se decía entonces. Era evidente que la familia estaba muy interesada en que su niñita no abandonara jamás los mullidos placeres de la vida nobiliaria. Lo cual significa, mi querido amigo Miet, que en Inglaterra una joven hermosa y de apellidos sonoros no sólo puede acceder a una gozosa vida personal, sino que puede también proporcionársela a su familia.

Aquel mismo año los Ross viajaron a Biarritz por primera vez. En las postales y cartas que me enviaba mi joven y aventurera amiga, para tenerme al tanto de

30. Women's Social and Political Union, la formación de Emmeline Pankhurst que luchó a principios de siglo por el voto femenino: eran «las sufragistas», que consiguieron su objetivo por fin en 1918.

sus andanzas, me explicaba que su padre había escogido la pasarela del lujoso Palais Biarritz, donde se concentraban todas las cabezas coronadas, los diplomáticos y los muchos potentados que visitaban la ciudad. (He de decir que yo también podría haber viajado con ellos, pues nada me lo impedía, pero la sola idea de abandonar mi casa me producía un ardor de estómago molestísimo; mi madre también estaba de acuerdo: no había necesidad de ir a parte ninguna, pues uno nunca está mejor que rodeado de los objetos y las personas que conoce y que no le causan ni angustia ni sobresalto).

Por aquel entonces Beatrix ya era una perfecta ruina como señorita, defecto del que yo me alegraba sinceramente, pues si hubiera sido una dama formal, cualquier noble europeo la habría pretendido, y podría haberme privado de su alegre compañía para siempre; sin embargo, su comportamiento aventurero y alocado la preservaba de las miradas más exigentes. De modo que, personalmente, estaba convencido de que sólo la querría un inglés.

Beatrix me decía que tenía que hacer grandes esfuerzos para conseguir darle esquinazo a la *chaperone* que se empeñaba en vigilarla, pero los mil y un recovecos alfombrados del Palais le permitían componer argucias suficientes como para que su carcelera acabara mirando perpleja y desconcertada a oriente y poniente sin saber por dónde se había escabullido Trixie.

Tras varias cartas dubitativas, Beatrix me confesó —en una larga misiva llena de insoportables romanticismos adolescentes— que su deseo de ir sola a la playa tenía nombre, y éste no era otro que Paul Villequeau, que correspondía con precisión a un muchacho francés cuya familia probablemente ni siquiera habría servido como arrendataria de la suya y, desde luego, no de la mía. (Los muchachos del pueblo solían llamarlo Vilko, porque eran incapaces de pronunciar correcta y francesamente Villequeau). Como Beatrix había aprendido un aseado francés en la escuela, no tuvo mayores dificultades en conversar con aquel muchacho. Supongo que era por pudor juvenil por lo que Beatrix me aseguraba que se reunía con aquel rufián *y con otros* jóvenes en la playa —lo cual me tuvo sobresaltado durante varios días—, con los que entretenía las mañanas y las tardes estivales.

Varios días de silencio, sin cartas ni tarjetas postales, me advirtieron de la inminencia de una tragedia sentimental. Haciendo un esfuerzo emocional mayor del que convenía a mi estómago y a mi salud en general, le escribí una carta a mi joven amiga exigiéndole que me contara pormenorizadamente qué estaba ocurriendo entre las casetas y los coloridos toldos de la Grande Plage de Biarritz. Trixie me envió una carta en la que, esencialmente, me decía que no había hecho nada malo, me aseguraba que no había hecho nada malo, me juraba por éstas y por las otras que no había hecho nada malo, y que desde luego jamás se le pasaría por la cabeza....

Sí, se besaba con Vilko.

Puede usted imaginarse el disgusto. ¡Una Ross Buttgereit-Dientzenhofer besándose con un muchacho francés cuyo nombre ni siquiera sus amigos sabían pronunciar! ¡Probablemente llevaba boina y los pantalones recortados por debajo de la rodilla! ¡Un francés! ¡Cielo santo! Aquel día apenas habría podido cenar, si no hubiera sido por la condesa de Waldorf-Simpson, que se presentó de... En fin, eso no importa ahora. El caso es que estuve dos días enfermo, aunque no mucho. Y la preocupación.

Poco después Trixie me envió una carta en la que confesaba que estaba aterrorizada, asegurándome que incluso temía por su vida, ya que si llegaba a oídos de lord Ross que su preciosa hija andaba zascandileando con los muchachos de Biarritz y con turistas franceses y españoles en vez de paseando con sombrilla blanca por la *promenade* y tomando té en el Casino, era muy posible que acabara sus días en un convento escocés o en alguna otra prisión semejante. De todos modos, decía, estaba decidida a arrostrar todos los peligros por su joven amante. Me aseguró que cierto día había concertado una ominosa cita con el dicho Vilko y habían echado a caminar de la mano de buena mañana, y habían llegado hasta el faro, y allí le habían pedido al farero (al que llamaba con toda confianza Bastian) que los desposara (ficticia y sentimentalmente, supongo), a lo cual el tal Bastian había accedido irresponsablemente... —ahora comprenderá por qué se dice lo que se dice de los fareros— pronunciando unas espantosas palabras que...

«À tout jamais». ¿Se da cuenta, señor Miet? *«À tout jamais!»*.

Los dos muchachos, cogidos de la mano y desposados gracias al sacerdocio farero de aquel Bastian, se entretuvieron tanto aquella mañana que mi joven Trixie llegó a la hora del té al Palais, cuando su padre estaba a punto de llamar a los maestros *baig-*

neurs para que buscaran a su hija en el cementerio de Neptuno...

Todos aquellos alardes sentimentales de mi joven amiga, francamente, casi me producían desvanecimientos y mareos. Que los jóvenes de quince o dieciséis años digan que se amarán para siempre es intolerable; que lo escriban es indecente; y que lo cumplan es imposible.

Luego tuve noticias de detalles aún más graves, como que ambos se saltaban las cuerdas que delimitaban los baños de varones y mujeres; que de algún modo mi querida Beatrix había aprendido a nadar y se adentraba en el mar hasta lugares donde el agua alcanzaba tres varas de profundidad; que en ocasiones alquilaban barcas a los pescadores para ir a dar paseos por aquellas violentas costas de Biarritz.

Yo pensé que el cielo había venido en auxilio de mi joven amiga, de la familia Ross Buttgereit-Dientzenhofer y de mí mismo, cuando apenas tres o cuatro días después de aquello lord Ross anunció que toda la familia regresaba a Londres por cuestiones políticas de la más alta importancia. En mi opinión, las cuestiones políticas de la más alta importancia eran que el Palais le resultaba intolerablemente caro, que los devaneos amorosos de su esposa le resultaban intolerablemente públicos y que las perspectivas matrimoniales de su hija Beatrix en Biarritz le resultaban intolerablemente pobres.

Reconozco que tal vez confié más de lo debido en los efectos de la distancia sobre el amor adolescente. Era mi esperanza que aquel matrimonio farero se disolviera como las brumas matinales, pero nunca sospeché que los adolescentes pudieran alcanzar semejante grado de pertinacia y obstinación. Uno nunca sabe por qué el amor se empecina con tanta frecuencia en contravenir las leyes de la sensatez económica y social.

Un día, para sobresalto de mis sensibles emociones, Trixie me confesó que en su escritorio —y abrió un cajón secreto— guardaba un enorme fajo de cartas, anudadas con cinta azul, en las que una mano juvenil desplegaba todo su ingenio a la hora de sembrar flores y corazones en los sobres. Me habría gustado pensar que se trataba de alguna amiga con vocación jardinera o algún pariente lejano con intenciones de ser cardiólogo. Pero no cabía engañarse. La señorita Ross Buttgereit-Dientzenhofer me confirmó que el remitente firmaba con la temida V.

V de Vilko.

A lo largo de los años siguientes, y durante la guerra, me vi en la necesidad —aunque con la discreción necesaria— de prestar una atención especial a las actividades del Royal Mail. Las cartas menudearon durante meses, e incluso años, pero finalmente el implacable paso del tiempo hizo su labor y un día, de repente, sin previo aviso, supe que aquella correspondencia se había roto para siempre. Beatrix no se mesó los cabellos, ni dejó correr las horas llorando bajo el roble del jardín, ni perdió el apetito, ni palideció o clamó al cielo contra los amantes infieles. Cuando no se estaba riendo y tramando viajes expedicionarios alrededor del mundo, su carácter adoptaba rasgos de una grave seriedad y reflexión; y en muchas ocasiones temí que tomara decisiones equivocadas, arrastrada por la furia de su mechón pelirrojo, por su idea romántica de la justicia o ante episodios de patente vulgaridad o zafiedad. (Creo que esta incapacidad para soportar la vulgaridad también era herencia de su bisabuela Sönke Buttgereit-Dientzenhofer).

Beatrix era una joven preciosa, por si no lo sabe usted. Aparte de aquel mechón rojo, indicio de su virulencia infernal, tenía una piel blanca y suave, unos ojos llameantes, una nariz austrohúngara y unos labios algo más que gordezuelos para la moda. Tuvo numerosísimos pretendientes, como es natural, a los cuales fue ignorando sucesivamente, escuchando sus plegarias, sus llantos y sus apasionadas declaraciones, asistiendo con una mezcla de vanidad y lástima a aquellos tristes espectáculos amorosos.

Con todo, aquello no podía durar y, al final —con el concurso de varias familias y del obispo de Canterbury, a quienes comenzaba a irritar semejante tozudez antimatrimonial—, el caballero Hillock presentó candidatura al preciado matrimonio de Beatrix Ross Buttgereit-Dientzenhofer. El caballero Hillock tenía un apellido corto. Sin embargo, era educado, agraciado, buen conversador, persistente, y tenía suficientes argumentos financieros como para que toda la familia de Trixie —y todo el vecindario— pusiera cuanto estaba en su mano para favorecer las nupcias.

Innecesario será comentar, señor escritor, que finalmente mi querida Trixie cedió a las solicitudes de todos los que bien la queríamos. Contrajeron matrimonio en Birmingham, que era la patria de esa rama de los Ross Buttgereit-Dientzenhofer, por mucho que

Beatrix siempre dijera que ella era alemana, señalándose su mechón pelirrojo.

Para mi disgusto, el caballero Hillock se comportó entonces de un modo estrafalario: mi idea era que la joven pareja cogiera casa en la vecindad —digamos Spinney Hall, Stronghold o Ledge Manor—, porque así podría disfrutar de la compañía de mi queridísima amiga sin que ello entorpeciera sus deberes matrimoniales, cualesquiera que fueran.

Por desgracia, el caballero Hillock apenas tardó dos semanas en llevarse a Trixie a un lugar apartado y lejano, a siete vidas de distancia de mi casa, a un caserón solitario llamado Mulberry Hall. Mi joven amiga, cuando venía a visitarme, me aseguraba con los labios que era feliz y dichosa, aunque yo era capaz de ver cómo su mirada se apagaba del modo más lamentable. Mulberry Hall era un lugar aislado del mundo, gris y vulgar, donde mi querida Trixie se marchitaba como una rosaleda echada a perder con los hielos invernales. Decía que aquella casa tenía todas las comodidades que no deseaba, que rezumaba todo el empalago amoroso y familiar que detestaba, y que le parecía un calabozo atestado de cadenas y grilletes. A pesar de mi proverbial desidia, de la cual estoy orgulloso y filosóficamente convencido, era consciente de que Beatrix cada día estaba más triste, más angustiada y más apocada. Aquellos últimos años de la guerra los pasó Beatrix mirando los aguaceros por la ventana de Mulberry Hall —ese sombrío caserón, decía— o sentada en un banco de su jardín, aprendiendo a fumar y viendo florecer las primaveras mientras ella iba languideciendo como una dalia mustia.

Naturalmente, no podía consentirlo. (Por otra parte, aunque no soy dado a argumentos espirituales, había un algo de remordimiento en mi almohada que no me dejaba dormir, pues yo había tenido mi parte en la promoción, consentimiento y consecución de aquel complot matrimonial, fomentando que Trixie aceptara finalmente a aquel caballero Hillock que no le había sabido dar a mi amiga más que una vida apacible, amable y agradable, lo cual decididamente constituye un aburrimiento insufrible para cualquier mujer, y muy especialmente para una Buttgereit-Dientzenhofer).

Así que un día de invierno, tras haberme excedido tal vez en la ingesta de algún licor nocivo, me comprometí a una aventura descabellada, y le propuse a mi amiga que recorriéramos Europa y el mundo, si era necesario, hasta que encontráramos aquello que precisaba para ser feliz. Y así fue como Beatrix y yo emprendimos una *apasionante* aventura que nos condujo a París, Zúrich, Milán, Venecia, Florencia, Roma... Creo que si mi constitución y mi filosofía no estuvieran dominadas por una implacable apatía hacia todo cuanto existe en este mundo, tal vez podría haberme molestado todo este ir y venir de un lado para otro. Pero, tal y como son las cosas, sólo protesto un poco, y enseguida me acomodo, siempre que disponga de un buen lugar para descansar y los mínimos lujos indispensables a los que mi cuerpo y mi mente se han acostumbrado desde que era joven.

Es probable que el caballero Hillock se molestara e incluso se mostrara perplejo ante la huida de su esposa con un hombre *como yo*. Pero, en fin, mi querido escritor Miet, ¿a quién le importa ya lo que piense, diga o haga el caballero Hillock? Si no supo hacer feliz a mi querida Trixie, merece quedar relegado al olvido y no ocupar más que unos breves renglones en su libro. Cuando salió de aquel sombrío y solitario caserón de Mulberry Hall, Trixie colgó con displicencia su apellido de casada en el perchero, junto a algunos impermeables empapados y algún abrigo mustio; después, abrió una pequeña caja de brillantes y volvió a adueñarse de sus antiguos y luminosos apellidos. Cuando salió a la calle y se cogió de mi brazo, ya volvía a ser la fabulosa Beatrix Ross Buttgereit-Dientzenhofer, la fantástica mujer para quien la Divinidad había creado este mundo maravilloso, la mujer del mechón incandescente.

La guerra había concluido y, a pesar de los espantosos desastres que sembró por el continente, los europeos parecían decididos a tomarse la revancha: era como si estuvieran deseando consumir todo el champán que no habían podido beber durante la contienda, como si los músculos se hubieran desentumecido y estuvieran deseando entregarse al charlestón, o como si las polillas se hubieran zampado todos los ampulosos vestidos de antaño para dejar al aire los encantos y la belleza de los jóvenes.

El verano de 1923 estuvimos en Deauville, el verano de 1924, en Capri, y el verano de 1925, como le dije hace un rato, viajamos hasta San Sebastián. Y como le dije, fue entonces cuando volvió a aparecer el nombre de aquel... Villequeau. Si tenía la misma edad que Beatrix, ya no sería un jovenzuelo: rondaría los treinta.

Después de tantos años, ciertamente, no temí en ningún momento por mi querida amiga. Antes de valorar cualquier aspecto de la vida, siempre me recuerdo a mí mismo que tengo una mansión en Inglaterra, o pienso en la cantidad de cifras que tiene mi cuenta corriente y otros detalles similares, y eso me proporciona una serenidad de espíritu de la que pocas personas pueden gozar. Respecto al amor juvenil de Beatrix... en fin, no tardaríamos en ver en qué se había convertido aquel muchacho que durante años había estado practicando caligrafía amorosa con mi buena Trixie, porque a media tarde —a tiempo para tomar el té en el Hôtel d'Angleterre—, el meteórico Vauxhall *cabriolet* 23·60 del año 22 hizo su entrada triunfal en el patio de gravilla del hotel, dando un frenazo prodigioso y levantando una polvareda de mil demonios.

Beatrix se levantó hasta la frente las gafas automovilísticas, mostrando hasta qué punto tenía la cara sucia del polvo de la carretera, y con una espléndida y luminosa sonrisa me dijo: «Gedeon..., ¡necesitamos un baño!». Era obvio que yo tenía la cara tan sucia como ella: las gafas habían protegido la piel alrededor de nuestros ojos, dejándola blanca y limpia, mientras que el resto acumulaba suficiente polvo y tierra como para que el señor Howard Carter realizara sus habituales trabajos arqueológicos en nuestras personas.

Aprovechando su indumentaria de ingeniero aeronáutico o de piloto de carreras automovilísticas, Beatrix saltó por encima de la portezuela del vehículo y se dirigió sin más a la entrada del hotel, dejándome a mí la emocionante tarea de ocuparme del equipaje, solventar la burocracia de la recepción y pasar la vergüenza de que todos los clientes del hotel me vieran en aquellas deplorables condiciones.

¿Tengo o no tengo razón, señor Miet, al quejarme del Vauxhall *cabriolet*, etcétera etcétera?

No le entretendré mucho más, señor Miet. Sólo un pequeño detalle: aquella noche Beatrix y yo acudimos al Casino Bellevue, donde nos habían asegurado una fantástica cena y un ameno baile en uno de sus magníficos salones. Como yo no conocía Bellevue, aún tenía que comprobar que en Biarritz la comida, la elegancia, la diversión, la exquisitez, la decencia, el lujo, la cultura, el buen gusto, la delicadeza, el refinamiento y la luz eléctrica estaban a la altura de San Sebastián, lo cual me parecía francamente dudoso. Sin embargo, cuando crucé la principesca galería hacia el *grand hall* del Bellevue, cuando me sirvieron en una mesa imperial aquellas *côtelettes d'agneau Villeroy aux croquettes de maïs* y cuando vi a Ena de Battenberg conversar amigablemente con algunas cabezas coronadas de la vieja Europa, supe que Biarritz podía depararnos muchos instantes de agradable solaz.

Aún no habíamos terminado nuestro *fromage glacé Plombières* cuando Beatrix se puso en pie violentamente, como movida por un resorte invisible. Iba a reprenderla con severa formalidad, pero me detuve al verla allí, ¡tan hermosa, tan bella!, con su vibrante vestido de noche, *electric blue*, de cintura baja y flecos brillantes, con su larguísimo collar de perlas, con su diadema americana de plumas y brillantes... y su sonrisa resplandeciente, capaz de iluminar el gran salón del Casino Bellevue. ¡Estaba espléndida!

Por desgracia, se había levantado al ver entrar a dos caballeros de aspecto vulgar, a los que nadie salvo Beatrix prestó atención.

Indudablemente, era él.

Vilko.

Beatrix se alisó nerviosamente el vestido en las caderas y, con los ojos llenos de lágrimas, murmuró: *«À tout jamais»*.

7
Georgina Jane Whiters *(Gina-Jane)*
Artista[31]

¡Naturalmente, querido! ¡Si yo estaba tomando el té con una amiga en la galería del hotel cuando *ella* llegó...! Vino con ese automóvil rojo, precioso, y ese viejo que decía ser su amigo... (¡ay, qué aburrimiento de hombre! ¡Jamás he visto a una persona con más desinterés en la existencia!). Cuando aquella mujer se presentó en el vestíbulo del hotel, con aquel aspecto de piloto de *fokker*, con su casco y sus gafas, con aquella chaqueta de cuero, con aquellos pantalones de loneta tan ajustados (¡Dios bendito!) y aquellas botazas de militar, pensé que me daba un sofoco. Creo que me debí de quedar con la boca abierta viendo pasar por delante aquellas peligrosas caderas embutidas en pantalones de piloto profesional, porque Wendy me dio un palmetazo en la mano y me recordó su presencia arrojándome el humo de un cigarrillo a la cara.

Aquella misma tarde, cuando pude deshacerme de Wendy (ay, qué niña tan estúpida y tan americana), tuve una conversación con el recepcionista del hotel,

31. Aunque en las entrevistas de Miet la señorita Whiters aparece con el título de «artista», no se ha podido averiguar a qué tipo de arte se dedicaba ni se conoce que participara en ninguna actividad cultural concreta. Muy probablemente no era más que una *pique-assiette* de las muchas que había en la época.

quien tuvo el desvergonzado placer de admirar de cerca mis medias de seda a cambio de ofrecerme toda la información que yo precisaba. Aquella preciosidad del mechón rojo se llamaba Beatrix Ross Buttgereit-Dientzenhofer, era hija de blablablá blablablá (que significa «con mucho nombre y probablemente con más dinero»), amiga del señor Gedeon Wilcox, que la acompañaba, y había reservado *dos* habitaciones en el Hôtel d'Angleterre: el recepcionista fue capaz de evaluar viciosamente el resto de mi anatomía al tiempo que me aseguraba que confiaban en poder disfrutar de la compañía de la señora Ross Buttgereitetcétera y su amigo durante al menos quince días. *A fortnight from today, missssss Whitersssss*. Además, me aseguró que le habían pedido que reservara mesa en Bellevue para aquella misma noche, donde probablemente asistirían a un concierto o un baile, o lo que hubiera en el Casino.

Cuando supe todo lo que podía saber de aquella espléndida mujer, la imaginé en vestido de noche... y subí a mi habitación. Aún tenía cuatro horas antes de ir a Bellevue. En cuatro horas una mujer como yo no puede conseguir estar más bella —obviamente, querido—, pero siempre se pueden acentuar detalles que la hagan brillar a una más de lo habitual.

Wendy (¡qué niña tan pesada, por Dios!) vino a buscarme a las ocho para ir a cenar al Cosmopolitain. «Lo siento, Wendy —le dije—; tengo un compromiso ineludible». «¡Pero me prometiste que cenarías hoy conmigo! ¡Ayer por la noche bien que me querías para tus cosas, y hoy, me dejas sola...!». «Ve a buscar a Will Sheppherd: seguro que estará encantado de llevarte colgada de su brazo». «¡Pero es que no quiero ir con Will! ¡Quiero ir contigo, y beber Bollinger como ayer, y tomar *coco universel*, y venir contigo a la cama como ayer...!». Esa niña era idiota. «Ya te he dicho que no puedo, Wendy». Cuando nuestras discusiones llegaban a ese extremo, siempre me amenazaba con no darme más dinero, y exclamaba: «¡Eres muy mala, Gina-Jane!».

Sí. Qué le vamos a hacer. Aunque mi maldad se reduce a la voluntad de buscar la belleza por encima de cualquier obstáculo. Y Beatrix Ross, en aquel momento, me parecía el objeto más noble y más excelso por el que una podía portarse de un modo innoble. Comparada con Beatrix, Wendy era... Bien, dejémoslo.

«¡Mi queridísima y hermosísima Gina-Jane!», dijo Eddie cuando me vino a recoger. «Este vestido rojo puede acarrearte muchas desgracias esta noche, querida». «Necesito que se me vea», le contesté. Dejando aparte su costumbre inveterada de vestirse con la ropa de su hermana Pam, Eddie era un muchacho estupendo. Por fortuna, aquel día vino a buscarme con un traje apropiado para ir a cenar a Bellevue.

En el salón de gala, mientras sonaban valses y otros aburridos bailes austrohúngaros, nos reunimos con algunos amigos dispuestos a disfrutar de otra larga noche de burbujas y amores inesperados. (En Bellevue eran unos antiguos: la orquesta, formada por una veintena de maestros de música gregoriana y medieval, ignoraba por completo el significado de las palabras «jazz», «tango» y «charlestón»).

Estuvimos bebiendo vino de Chipre antes de sentarnos a cenar.

Gérard Gau (GG entre sus íntimos) apareció naturalmente acompañado por dos monadas. Distintas de las del día anterior. «Ésta es Violette y ésta..., ¿cómo te llamas?». «Mimí». «Sí, eso. ¿Cómo estáis, queridos? —nos decía con una amplísima y blanquísima sonrisa—; ¿habéis ido a la playa hoy?». GG era, en sus propias palabras, «promotor cultural». Decía que el trabajo en París era espantoso y que continuamente tenía que firmar contratos con orquestas, compañías de teatro, cantantes, pianistas... En mi opinión, GG probablemente era dueño de un prostíbulo de mala muerte en Pigalle, donde trabajarían las rameras más sucias de París. Pero de todos modos era un individuo agradable, que rellenaba los espacios en blanco en los que no había conversación, contaba chistes medianos y nos presentaba a niñas estúpidas con cuerpos amigables, tersos y sensuales, lo cual siempre era de agradecer.

Sin duda, el mariscal del grupo era Fevert. Él no necesitaba alardear, porque podía justificar su poder y su riqueza recordándonos cuántas veces nos invitaba a cenar a lo largo del verano de Biarritz. Había acumulado una inmensa fortuna con el tráfico ilegal de oro y diamantes durante la Gran Guerra, así que contaba con el aprecio universal de los moradores de la santa Asamblea de París. Fevert era un caballero: impecablemente vestido —siempre—, con el pelo engominado y un fino bigote de elegancia cinematográfica, dominaba el espacio y la conversación con amabilidad e ingenio; había leído más que todos los demás juntos y conocía también a los pintores más influyentes del momento, a los cuales también había favorecido comprándoles algún cuadro. Fumaba mientras nos escuchaba decir frivolidades, pero no aprovechaba su superioridad cultural e intelectual para echarnos en cara nuestra estupidez. Bien al contrario, solía ser amable y caballeroso, sin caer en la condescendencia o el paternalismo. «Buenas noches, señorita Whiters. Sería un honor que aceptara esta copa de champán». Sin duda, Fevert era el único del grupo que verdaderamente valía la pena conocer y el único que no palidecía cuando el camarero se acercaba con la cuenta al final de la cena.

Sarah Chambers era pintora. Viuda, inglesa, de un lugar que empezaba por K. ¿Kensington, Kingston, Kingsdown...? No lo recuerdo. Era una mujer tranquila y apacible, entregada a Cézanne, a Gris y a Picasso, lo cual le granjeaba las burlas de todos los demás, que siempre que teníamos ocasión le preguntábamos si ya había aprendido a pintar personas. Mi buena Sarah, que podía ser tranquila pero no apocada, solía respondernos que entre sus conocidos no había encontrado modelos de esa especie.

Y si había alguien con quien todos disfrutábamos enormemente era con el viejo Pierre Sordide, *l'Entendu*. Al parecer, y a juzgar por su cara macilenta, sus canas amarillas y sus gafas de gruesos cristales, había dedicado su vida a los libros, aunque era obvio que no había obtenido ningún provecho de ello. A su edad, Pierre *l'Entendu* no se cansaba de hacer el ridículo recomendando libros que no le interesaban a nadie y acechando a las mujeres jóvenes y hermosas con tristes peroratas literarias. El viejo Pierre Sordide intentaba convertir su empalagoso vicio en fingidos consejos literarios, lo cual causaba tanta lástima como vergüenza, porque se estrujaba las meninges buscando conversaciones con el fin de acercarse a las muchachas y poder olisquear siquiera unos leves efluvios de sus juveniles perfumes. «¡Ay, déjeme usted, hombre!», solían concluir las niñas, a las que les importaba un bledo el círculo de Bloomsbury; «¡qué hombre tan pesado y tan sudoroso!».

Cuando llegó el jovencísimo Alexandre Saint-Barthélemy, le dio un empujón al viejo Pierre Sordide y lo apartó sin contemplaciones. El viejo *Entendu* se fue dolorido y farfullando contra la mala educación de los jóvenes, pero no tardó en recobrar el ánimo al descubrir a unas muchachas hablando de las extrañas novelas concebidas mediante un cabalístico «flujo de conciencia» y se apresuró a acercarse con un hilillo de asquerosa saliva asomando a la comisura de los labios.

Alex Saint-Barthélemy también venía sudoroso y con el rostro desencajado, pero en un joven guapo y elegante el sudor del esfuerzo es un galardón, mientras que en los viejos es un asco. «Necesito beber algo», dijo. Pero las normas de etiqueta en Bellevue (a nadie le importa nada salvo uno mismo) nos impidieron preguntarle cuál era la razón de tal sofoco, así que Sarah Chambers y yo decidimos elaborar las hipótesis que más nos complacían. «Estoy segura de que ha venido corriendo desde Villa Sophie y su rostro desencajado se debe al susto de tener que escapar por la ventana de la señorita Margulee DuPont, la hija del juez». Sarah observó al joven, que intentaba enjugarse el sudor con un pañuelo, y murmuró: «Un espécimen raro y peligroso, *dear* Gina-Jane. No sé qué será de nosotros si empezamos a relacionarnos con individuos del sexo opuesto». Ignoré semejante maldad, porque en aquella época yo no tenía ningún inconveniente en relacionarme con nadie.

En la *salle à manger,* después de conseguir que el repugnante y literario *Entendu* no encontrara lugar en nuestra mesa, nos entregamos al champán y a un formidable menú compuesto de laberínticos platos de rodaballo, crustáceos, volovanes, carnes rojas especiadas al estilo provenzal, costillares de cordero, galantinas de oca, macedonias, sorbetes, ensaladas, quesos *glacé*...

Naturalmente, Fevert nos pidió humildemente que le hiciéramos el honor de permitirle abonar la cuenta; y cuando el camarero se acercó para traernos más burbujas del señor Moët, le entregó una tarjeta de visita con el número de su habitación en el Hôtel du Palais, sin molestarse en preguntar a cuánto ascendía aquel festín.

Y GG ya había empezado a juguetear con los collares de sus acompañantes, introduciéndolos por los generosos escotes de sus escasísimos vestidos de *flappers* —después de haberlos empapado en Clicquot—, cuando vi a Beatrix Ross Buttgereit-Dientzenhofer en una mesa bastante alejada, acompañada únicamente de aquel hombre que se empeñaba en ser su *chaperone* con tan poca fortuna. En aquel instante se puso en pie y todas las burbujas del champán estallaron a mi alrededor: llevaba aquel maravilloso vestido *electric blue*. Su pelo corto, aunque un poco más largo de lo común, y con aquel diabólico mechón pelirrojo, dejaba entrever un cuello que prometía toda clase de suaves perfumes y...

Creo que fue el champán —o más bien la cantidad de champán— que había ingerido lo que me insufló fuerzas para decirle a Fevert: «Querido, quiero que me presentes a esa mujer». Fevert me miró con cierto asombro. «Gina-Jane, querida: no la conozco de nada». «Estoy segura de que sí», le respondí. Y ambos nos levantamos con la intención de abordarla y presentarnos. Antes de que llegáramos, dos hombres ataviados con trajes vulgares —decentes, pero vulgares, como si fueran personas normales— se acercaron y saludaron muy formalmente, aunque a mi juicio algunos de ellos se conocían, probablemente Beatrix Ross conocía a uno de los caballeros, a quien llamó Vilko. «Me alegro mucho de volver a verte, Vilko», le dijo, o algo así. Y él tartamudeó algo parecido. En aquel momento tuve la completa seguridad de que aquella mujer tenía en sus manos a aquel joven, y que podía hacerlo feliz o desgraciado sólo con un gesto, una mirada o una palabra. Y eso me parecía abrumador y humillante al mismo tiempo. Pero los hombres son así: en ocasiones son capaces de batirse en duelo hasta la muerte por cualquier bagatela, pero les resulta imposible librarse de una mirada o un beso.

«Permítanme presentarme, señora, caballeros...», dijo mi acompañante. «Me llamo Charles Fevert. Me preguntaba, señor —le dijo al hombre que acompañaba a Beatrix—, si se acordaría de mí: jamás en mi vida podré olvidar las inteligentes consideraciones que hizo usted a propósito del Raoul Dufy en la Exposición de Artes Decorativas de París el pasado mayo...».

Aquel hombre permaneció unos instantes con la mirada clavada en mi amigo Fevert y, finalmente, asintió: «Sí, es probable, porque tengo dos o tres ideas al respecto».

Mi amigo no esperaba esa respuesta, y se sobresaltó. ¿Quién puede reconocer con tanta seguridad a alguien a quien no ha visto en su vida? ¿Y cómo se puede mentir con tanta desvergüenza? Yo estaba segura de que aquel hombre no había pisado la exposición de *art déco* de París, y por otro lado, *sabía* que Fevert tenía intención de visitarla, aunque aún no lo había hecho.

«Creo que en nuestro anterior encuentro le hablé de mi querida amiga Beatrix Ross Buttgereit-Dientzenhofer, ¿no es cierto? Desde luego, desde luego... Y estos señores son... Paul Villequeau, que es periodista, y su amigo, el señor fotógrafo..., ¿cómo se llama usted? Sí, Marcel Galet... Bueno, pero ya se iban, ¿verdad?».

Beatrix y los dos caballeros vulgares parecieron un poco contrariados, pero el señor Wilcox se volvió hacia Fevert con una habilidad asombrosa, de modo que los dos periodistas quedaron fuera del círculo de la conversación y no tuvieron más remedio que despedirse someramente y marcharse.

Por mi parte, concentré todas mis energías en presentar la sonrisa más luminosa y adorable que pudieran esbozar mis labios, y la aderecé con los condimentos de un halago felino y melifluo: «Señora Ross Butt... gereit... Dientzen... hofer, está usted maravillosa con ese vestido... No he podido probar bocado en toda la noche por su culpa».

Me pareció —aunque no puedo decirlo con seguridad— que su mechón pelirrojo se encendía como lava volcánica. Entrecerró un poco los ojos, se acercó a mi mejilla y me dio un beso cálido y húmedo. «No me perdonaría que una mujer como usted muriera de inanición», dijo, y, cogiéndome la mano, pasamos al salón de conciertos, donde pude sentir el calor de su cuerpo al bailar un *waltz* demasiado pasional para ser vienés.

Ignoro qué hicieron aquella noche el señor Wilcox y mi amigo Fevert, y, francamente, dada la edad que tenían ambos, ni siquiera me apetece imaginarlo.

Respecto a Beatrix y yo, no esperará que entre en detalles, ¿verdad?

8
Lili
Bailarina en Les Sirènes à Biarritz

Sí, señor. Yo vine aquí a trabajar a Les Sirènes cuando cumplí los veintidós, pero ya llevaba trabajando mucho yo de bailarina, desde los diecisiete o así. Antes estuve en un cabaret de Auch que se llamaba La Tête Chaude, pero nos fueron a buscar allí y nos dijeron que teníamos que venir aquí a Biarritz, y algunas vinimos y otras no. En La Tête Chaude tres niñas hacíamos un baile muy gracioso que se llamaba «Le cadeau», y era muy gracioso, muy gracioso, porque bailábamos las tres y cantábamos una canción muy pícara que decía que nuestro novio nos había dado un regalo... y hacíamos así, porque, claro... ya sabe usted lo que era el regalo... y decía la canción: *«Le cadeau, le cadeau, le cadeau... aïe, aïe, mon Dieu, quel régal, quel plaisir, le cadeau de mon ami...!»*. Y bailábamos así. Siéntese ahí, que le hago el baile. Mire, primero así, y enseñábamos las piernas, y luego íbamos moviendo así la cadera... para dar a entender lo que decía la canción, ¿comprende usted?, y luego así, así... ¿No le gusta? Bueno, pues me siento.

Pero, claro, al venir a Biarritz, ya sabe usted: éste es un sitio elegantísimo, y muy sofisticado, así que nos dijeron que no podíamos hacer el baile del regalo, porque era una grosería, y que teníamos que hacer lo que nos dijera la dueña de Les Sirènes. A Krystyne, que era una polaca muy guapísima, y a Tessa, que era una rubia cinematografiquísima, de Finlandia o de un país de esos con nieve, no les gustó nada pero nada de nada tener que olvidarse de «Le cadeau», porque era un baile muy gracioso y nos salía muy bien, y a los hombres les gustaba mucho y luego siempre nos invitaban a hacerles «Le cadeau» a ellos solos en los reservados...

(Entiéndame bien, señor escritor Miet, que yo no soy una consentida: que si me voy con hombres o lo que sea para ganarme mi dinero lo hago porque quiero. Mi hermana Claudine me dice que sí, que soy una ramera, pero a mí lo mismo me da, porque yo no lo soy: yo soy bailarina, y luego lo que me guste a mí o lo que me convenga para mi economía personal..., eso ya es cosa mía. Con dieciséis años yo no tenía talento ni conocimiento para coser ni paciencia para resistir diez horas en las fábricas, y tampoco tenía estómago para cuidar a los viejos o a los niños, ni quería yo dejarme las uñas limpiando las cacerolas de cobre o las sartenes de hierro o los suelos en casa de algún ricachón baboso; en cambio, siempre tuve yo mucha inclinación al arte. Y por eso me hice bailarina. Yo).

En Les Sirènes à Biarritz teníamos tres números muy fundamentales, que eran: el primero, que hacíamos mucho, pero no nos gustaba a nosotras, era «Le repas de noce»; salíamos cantando las tres una canción muy melodiosa y Tessa salía vestida de novia, pero un poco picante, y entonces Krystyne y yo la tumbábamos con mucho cariño en una mesa, donde había pasteles y pastas, y crema de canela, y nata, y tartas y miel y muchas cosas así de dulces exquisitos, y le íbamos quitando la ropa mientras los violinistas tocaban un vals. Y entonces luego le poníamos miel, y cremas, y natas y gelatinas por encima y luego nos las comíamos mientras la orquesta tocaba sensualmente. Pero a mí ese espectáculo no me gustaba mucho porque, aunque todo estaba delicioso, al final me empalagaba un poco.

El segundo número era una canción egipcia. Yo no sé..., porque cantábamos en francés, pero lo llamábamos «La novia de Tutankamón». (Es que el cabaret de Biarritz era muy intelectual). Nosotras nos vestíamos con unas telas muy lujosas, doradas y azules, y muy sensuales, porque se nos veían los pechos así un poco, y también las caderas y las piernas; y nos metíamos como en una especie de ataúdes que hay en Egipto y que se llaman... ¡sarcófagos! (Ésta es una palabra terrorífica: ¡sarcófago!, y casi nadie la conoce, porque es de arqueología, ¿sabe usted?). Los ¡sarcófagos! estaban de pie, porque si estuvieran tumbados no se nos vería, y lo que querían los caballeros era vernos las piernas y *le derrière*, como se decía entonces. La orquesta tocaba una melodía como oriental y, de repente, el maestro decía: «¿Ve usted algo, señor Carter?»; y el primer violinista se acercaba a donde estábamos nosotras y contestaba: «¡Sí, veo cosas fabulosas!». Y la gente se mondaba de risa. (A mí el chiste no me hacía mucha gracia, y no sé por qué lo decían, pero a los caballeros les gustaba mucho).[32] Entonces, luego salía-

32. Lili (o, Lilianne Quarteronne, que era su verdadero nombre) parece ignorar que ése es uno de los diálogos más famosos de la historia de la

mos nosotras tres de los ¡sarcófagos! y empezábamos a bailar al estilo egipcio. La verdad es que no sé cómo bailan los egipcios y mucho menos cómo bailaban hace cuarenta o cincuenta años, cuando existieron los egipcios, pero nosotras lo hacíamos con mucha picaresca, y nos quitábamos las sedas y nuestra piel lucía maravillosa con los brillos de las antorchas mientras nos movíamos con mucha sensualidad y emoción.

El tercer número era un charlestón, pero al final siempre teníamos que acabar quitándonos la ropa, de todos modos, como en los otros dos.

Había muchos otros artistas, que iban cambiando de tiempo en tiempo, y eran cantantes, magos, actores, *impersonator*, músicos y eso. A mí me encantaba una muchacha negra que hacía un número llamado «La reina de Saba»: nunca he visto nada tan emocionante y tan lujurioso: incluso a mí, que no tengo mucho gusto con las mujeres, los movimientos de aquella niña me arrebataban de lascivia. Ah, sí, ¡«La reina de Saba»...! Qué maravilla...

Y también estaban las chicas de la sicalipsis, que salían ya al final. La sicalipsis gustaba mucho a los alemanes y a los ingleses, pero a los franceses y a los españoles no. A veces, si había muchos españoles y franceses, no se hacía la sicalipsis, porque les desagradaba y preferían espectáculos más graciosos y picarescos. Las chicas de la sicalipsis hacían muchos números curio-

---

arqueología. Tuvo lugar en el momento del descubrimiento de la tumba de Tutankamón en el Valle de los Reyes: tras apartar unas piedras y un montón de arena, Howard Carter llegó a un pasadizo por el que se internó con precaución; lord Carnarvon, que esperaba fuera, le hizo la famosa pregunta: *«Can you see anything?»,* a lo que Carter le respondió: *«Yes, wonderful things».*

sos, pero yo eso nunca lo he hecho en público. Y luego hacían una cosa que era siempre un éxito, y era que se metían... ahí..., ya sabe, como una cinta, y llamaban a un caballero del público y le decían que cogiera un extremo y que luego se fuera a su asiento, y así se iba desenrollando la cinta... Eso a los alemanes les gustaba mucho. Y también les gustaba el número de Käthe y Hedwigg, que eran dos alemanas prodigiosas, con una abundancia cárnica que a las demás nos atemorizaba. Y estas dos mujeres tenían un número un poco raro, porque Hedwigg salía vestida de militar austrohúngaro, y Käthe salía como una prisionera, y Hedwigg cogía látigos de perlas, o cadenitas de brillantes, o abanicos, o plumas, y hacía como que castigaba a Käthe, pero muchas veces la ataba con pañuelos de seda y la dejaba colgando boca abajo y le hacía cosas espantosas, y eso gustaba mucho a la clientela inglesa y alemana.

Y al que no le gustaba nadadenadadenada la sicalipsis era a Vilko. ¿Por qué quiere usted saber de Vilko?

Ah.

Bueno.

¿Y se lo tengo que contar todo?

No, no hay nada malo, pero son cosas de una.

La primera vez que vi a Vilko fue hace... Vino con un fotógrafo que se llamaba Marcel y era de Burdeos. Estaban los dos bebiendo en una mesa, conversando, y, cuando pasé por su lado, el fotógrafo me dijo que le encantaría hacerme un retrato, porque era una magnífica bailarina y muy hermosa. Claro: una está acostumbrada a los halagos, pero no a los retratos, y me interesó mucho su propuesta. Al día siguiente fui al hotel donde se alojaba, y aquel hombre me estuvo haciendo retratos sensuales, pero muy elegantes. Me dijo que había terminado su trabajo en Biarritz, porque había venido a fotografiar una carrera de automóviles, y que tenía que volver a Burdeos, pero que me enviaría las fotografías por correo. A decir verdad, y aunque habíamos disfrutado mucho haciendo los retratos y todo lo otro, no confiaba en que aquel hombre me enviara las fotografías.

Sin embargo, un día Vilko se presentó en el cabaret con un sobre, y dentro estaban las fotografías. ¿Quiere verlas? Las guardo porque son muy particulares y muy hermosas. Son de «impresiones nobles», me dijo Vilko. ¿Quiere verlas? Mire esta. Bueno, es un poco desvergonzada porque se ve... y eso... pero elegante, es muy elegante. Y esta: el collar luce mucho. (Aunque... es lo único que puede lucir). Y ésta es la tercera, ¿qué le parece? Es muy artística, con el abanico de plumas y el cigarrillo...

Vilko era un muchacho muy tímido, y apenas quiso conversar conmigo cuando me entregó el sobre. Creo que no se encontraba muy cómodo en el cabaret, y me temo que mi presencia le causaba algún embarazo. Sin embargo, dos días después volvió al cabaret y me pareció más animado. Aunque hablaba atropelladamente, por timidez me parecía a mí. Había en su modo de decir las cosas... yo siempre le noté como cierta amargura. Y no me refiero a los disgustos que le daba su esposa... Ah, sí, claro que lo sé: Vilko y yo acabamos siendo tan buenos amigos que me lo contaba todo. (Pero no sé yo si debería contárselo a usted...).

¿Lo de su mujer? Sí: me lo dijo una vez que habíamos bebido mucho y habíamos tomado mucho láudano de Rousseau. Me dijo que la muy loca se golpeaba con unas correas en la espalda para purificarse el alma, y que se ponía en la pierna como unos alambres... no sé cómo lo llamó. Sí, eso: cilicio. Y me decía que odiaba a un cura o a un fraile que iba por su casa, porque era el causante de toda aquella sinrazón. La mujer de Vilko era como Käthe y Hedwigg, pero ella sola y con ánimo sanguinario. Cuando habíamos tomado mucha morfina o mucho jarabe de heroína, Vilko se reía de su mujer y me decía que en el fondo estaba convencido de que a Chloé le gustaba aquella perversión y que disfrutaba golpeándose como una perturbada, y que prefería no saber qué otras cosas hacía en su alcoba cuando estaba sola, pero estaba convencido de que acabaría matándose, porque estaba loca.

Con el tiempo, claro, y como nos hicimos tan amigos, llegamos a tener muchas confidencias Vilko y yo.

Un día me confesó que amaba a una mujer. No, no... no era yo. No me dijo cómo se llamaba. (Más adelante lo supe, e incluso la conocí en circunstancias espantosas...). Y aunque no era yo la mujer por la que sentía ese cariño, a mí me emocionaba mucho oírle hablar de aquella enigmática mujer.

Y, a veces, cuando Vilko regresaba a su casa, después de haber volcado su corazón en mi pequeña buhardilla, yo escribía en una libreta las palabras de amor que decía para que no se me olvidaran, porque si alguna vez tenía novio, le diría que se las aprendiera de memoria y me las dijera, porque eran de mucho romanticismo y mucha pasión. Toda la libreta está llena de romanticismo amoroso, pero muy elegantemente dicho, porque el señor Vilko era bastante escritor y se ponía muy retórico cuando le entraban aquellos romanticismos. ¿Quiere ver la libreta?

Espere, señor escritor, que ahora la traigo.

[...]

Aquí está...

¿Ve? La forré con este papel de flores azules. ¿Le gusta, señor escritor?

Ah. Pues a mí sí.

Lo primero que tengo apuntado es esto: me dijo que había mantenido correspondencia con aquella mujer durante muchos años, pero que le entristecían las cartas juveniles que se había intercambiado con ella, porque eran «cenizas de una vida imaginada»... ¡Más poesía no puede imaginarse!, ¿no le parece, señor Miet? Y además tiene como sustancia filosófica. Decía que las cartas de amor de la juventud son como flores marchitas (¡qué gran metáfora o como se llame ese circunloquio!): uno las conserva por cariño de melancolía, pero sabe que están muertas para siempre. «Ya no palpita la vida en aquellos "te quiero" de la juventud», decía.

¿No le parece romántico?

A mí sí.

También solía decir una frase muy filosófica que yo apunté..., aunque entenderla... no la entiendo. Mire. Lea: «El presente es innecesario».

¿Qué? ¿Usted lo entiende?

Sí. Eso lo decía mucho: «El presente es innecesario», decía. Y a veces remataba con un lastimero: «Y el futuro, también».

Algún tiempo después, Vilko volvió a presentarse en el cabaret con el fotógrafo. Resulta que Marcel había regresado a Biarritz porque tenía que hacer fotografías a la niña aquella que se había tirado al mar y que había aparecido en el puerto, colgando de una argolla. Creo que estaban muy contentos de verse: pidieron champán y, cuando yo acabé el número de la novia de Tutankamón, me reuní con ellos y tomamos mucha cocaína para reírnos. «Hemos estado en el Bellevue, decía el fotógrafo, pero no nos querían allí..., ¿verdad, amigo Vilko?». Vilko parecía un poco triste.

Cuando salieron Käthe y Hedwigg, Vilko me dijo que no quería ver aquello, y los dos nos fuimos a mi buhardilla. Dejamos al fotógrafo en el cabaret, convencido de que era un pecado que el mundo no conociera «el paraíso carnal de Tessa» —eso dijo, ¿no le parece sensacional?—. Y salió a comprar más cocaína para convencerla. (Lo que quiero decirle, señor Miet, es que el señor fotógrafo ya tenía en la cabeza hacerle fotos de picardías a Tessa, ¿me entiende?).

Cuando llegamos a mi buhardilla (por aquel entonces vivía yo por detrás de Saint Joseph), Vilko se sentó en una silla que había junto a la cocina y encendió un cigarrillo. Parecía furioso, pero también apesadumbrado, y su mirada brillaba de ira o de pena a cada momento. Mientras yo me desnudaba, Vilko empezó a hablar como si no hubiera nadie más en el cuarto. Decía que no había razón alguna para estar encadenado a *aquella* mujer. Mire lo que decía, se lo leo: «Han pasado tantos años... Ambos hemos tenido amigos y amantes, hemos pronunciado votos ante Dios, y hemos perjurado a sabiendas, diciendo que prometíamos querer a otras personas... cuando teníamos conciencia segura de que eso era imposible». Y mientras miraba su cigarrillo, me decía que no había pasado ni un solo día de su vida en que no hubiera pensado en ella. ¡Ni un solo día! ¿Qué le parece, señor Miet? Si esto no es romántico, no sé a qué se refieren los periódicos cuando hablan de amores románticos.

Tal vez a usted le resulte raro que me contara todo aquello, pero a mí me parecía una cosa normal, porque éramos buenos amigos. Y, además, habíamos bebido mucha absenta, y la cocaína también consigue que se suelte la lengua y el corazón.

«Esa mujer es mi maldición, mi condena, mi castigo y mi penitencia», me decía. Aquí lo tengo escrito, mire: «Mi maldición, mi condena, mi castigo y mi penitencia». ¿Qué le parece? Me dijo que esa mujer se había presentado de pronto en Biarritz y que en el plazo de unas horas todo su mundo había comenzado a girar enloquecido. Y luego: «No sé lo que me ocurre con esa mujer, Lili: de repente mi corazón late con violencia sin el menor motivo, me da vueltas la cabeza, pienso en ella a todas horas, me arde la sangre en las venas, tengo vértigos...». Serán vértigos de amor, o algo.

Vino luego a apoyarse en el tocador de la alcoba. «Ya lo sé, Lili, ya lo sé... Incluso tú, si fueras menos buena, me convencerías de que ese amor es ridículo. Y vergonzoso, y humillante... He pensado en mil formas de librarme de ella, y habría preferido odiarla y alejarla de mi vida, antes que sufrir esta agonía. Pero, Lili, ¿de qué me serviría? No hay remedio».

¿No le parece muy romántico?

A mí sí.

Me aseguraba que detrás de todo aquello tenía que haber algo infernal, como mágico o algo, porque era incapaz de encontrarle ningún sentido ni justificación a aquella pasión enloquecida. Yo nunca hablé con esa mujer, y no puedo decir de ella nada malo..., aunque tampoco quiero decir nada bueno. Pero lo que sí puedo asegurarle, señor escritor, es que si un caballero idolatra así a una mujer, ésta tiene la obligación de ser honesta, sincera y justa con él, porque una mujer puede jugar y ronronear con los hombres vulgares que se portan de igual modo con ella, o con los que se ha llegado a un acuerdo económico, pero con los caballeros que se entregan de este modo... Bueno, déjeme que le diga que una no debería dejarse llevar por la vanidad y el orgullo de sentirse adorada.

«No te enamores nunca, Lili —me decía—. Es horrible. Una tortura, una agonía, un sufrimiento espantoso, una verdadera condena..., una maldición. Sí, Lili. Eso es el amor: una maldición, y nada más».

Creo que se avergonzaba; me parece a mí que Vilko se avergonzaba: pensaba que se estaba comportando de un modo humillante e indigno, o como un muchacho de quince años, que es peor. Y cuando recobraba la lucidez, como aquella noche en mi buhardilla, sentía en su pecho toda la furia de la vergüenza por haberse conducido de un modo tan atolondrado...

Siempre me decía que todo en su vida había sido una desgracia, y que ojalá hubiera tenido amores como los tiene la mayoría de la gente, que son amores como vasija de alfarero, que tanto valen para aceite, para agua, ajos o garbanzos. (Aquí también había su metáfora, no crea, señor Miet). Yo no sé muy bien qué me quería decir. Sólo sé que me habría gustado tener en esta vida un amor como el de mi amigo Vilko, por más que a él le resultara vergonzoso, humillante, desesperado y maldito. Yo no he conocido jamás a nadie que albergara en su pecho un amor como el que Vilko sentía por esa mujer, pero me temo que esa mujer no se portó bien con mi amigo.

Al final, aquella noche... Vilko se dejó caer en una pequeña butaca que tenía yo junto a la cama y se frotó los ojos como si quisiera olvidarse de aquella mujer espantosa y de todos los sentimientos de amor, humillación y vergüenza que le inspiraba.

Entonces, por animarlo, le dije: «Ea, Vilko, túmbate en la cama, que te hago la reina de Saba».

9
Marcel Galet
Fotógrafo *(continuación)*

Y así fue como por fin conocí a la famosa Beatrix Ross Buttgereit-Dientzenhofer, de la que tanto me había hablado Vilko.

Pero si quiere que le diga la verdad —y supongo que efectivamente es eso lo que quiere—, en mi opinión Beatrix Ross Blablablá Blablablá sólo conseguía que mi amigo Vilko pareciera un tonto irredento. ¿Es que tengo algo contra los amores románticos? ¡No! ¡Por supuesto que no! Yo he tenido cientos de amores románticos, o al menos algunas decenas. Lo que ocurre es que a mí el amor romántico siempre me ha durado poco. Y, por supuesto, Beatrix Ross me parecía una mujer deliciosa. Tenía una figura estupenda y una sonrisa que podía volver locos a algunos hombres: eso hay que reconocerlo. Con su sombrerito de campana por el día o sus diademas de brillantes y plumas por la noche, con sus mejillas y sus labios de *flapper*, con sus vestiditos cortos de talle bajo, sus medias de seda y sus brillantes zapatos de pulsera y tacón, nadie podía dejarla pasar por alto; pero una cosa es reconocer sus valores cárnicos y anatómicos —que yo reconozco, y puedo decir que tengo cierta experiencia en dicha especialidad—, y otra bien distinta que su modo de conducirse con mi amigo Vilko y con el mundo en general me pareciera digno de una dama.

¿Puedo decir que amaba o apreciaba de algún modo a Vilko? No, no puedo decirlo. Yo sé que Vilko la adoraba, porque me lo había confesado en más de una ocasión, incluso antes de que Beatrix se presentara en Biarritz por sorpresa. Y sé que desde su juventud mi amigo había depositado en ella todos los sentimientos románticos que puede albergar el corazón de un hombre. (Un hombre estúpido, claro; y esto también lo sé por experiencia). ¡Pero ella no lo quería! ¡Pues claro que no! ¡Nadie quiere de ese modo, señor Miet! Durante todo el tiempo que estuvo en Biarritz, esa Beatrix se comportó de un modo zalamero con Vilko... ¡y con todos los hombres que se cruzaban en su camino! Si alguna vez íbamos a buscarla al hotel para ir a desayunar, se ocupaba de que supiéramos que había conocido a este caballero, o a aquel muchacho, o de algún modo se las arreglaba para que supiéramos que había pasado la noche con aquella Gina-Jane... ¿Por qué lo hacía? ¿Por qué trataba de aquel modo a Vilko? ¡Fue ella la que vino a Biarritz! ¡Nadie la llamó, nadie la reclamó! Vino por su cuenta y, al parecer, para reunirse con Vilko: ¿por qué se empeñaba ahora en ese desdén, en ese ir y venir, en esas zalamerías, en esos secretos a medias, y en esos...? Ah, mi amigo Vilko enfermaba a ojos vistas: creo que durante esa época bebió más que en toda su vida y consumió más morfina de la que consumiría a lo largo de toda su existencia. A veces el dolor que sentía por esa mujer era tan agudo y tan violento que pasaba toda la noche deambulando por Biarritz y asomándose a los acantilados, desesperado y enloquecido. Alguna vez lo acompañé en esos vagabundeos nocturnos, y el simple hecho de pensar que Beatrix pudiera estar con un hombre en su habitación del Hôtel d'Angleterre —como probablemente ocurría— le hacía vomitar y era incapaz de incorporarse: era como si aquellas imaginaciones —más que posibles, por desgracia para él— estimularan las náuseas en su estómago. ¿Por qué razón Beatrix no se mostraba abiertamente cariñosa con él, o le dedicaba sus preferencias, si tanto lo apreciaba y lo quería? Yo no lo sé, señor Miet, y desconozco si semejante conducta aduladora, frívola, orgullosa, desdeñosa, cínica y falsa a un tiempo guardaba alguna relación con los sentimientos puramente anatómicos que parecía dedicarle a Gina-Jane, una mujer sensual e insaciable que la acompañaba a todas partes y que siempre fruncía el ceño con aire desdeñoso cuando Vilko y yo nos acercábamos.

Francamente, yo creo que la mujer que le convenía a Vilko era la golfilla de Les Sirènes à Biarritz. Ahora no recuerdo cómo se... ¡Ah, sí! Es verdad, señor Miet, usted lo ha dicho: se llamaba Lili. Sí... Lili... Ah. Hacía un baile egipcio estupendo... Sí. Lili.

Bueno, dejémoslo. No quiero hablar de Beatrix Ross. Gracias a Dios, nunca he amado como mi amigo Vilko y espero que el destino no me tenga reservado un castigo semejante; y si alguna vez Cupido me ciega el espíritu lo suficiente como para adorar a una mujer como Vilko adoraba a Beatrix Ross, confío en que ella no se comporte de un modo tan indigno, tan frívolo, tan voluble, tan veleidoso, tan caprichoso y tan casquivano.

Sí, Beatrix Ross Buttgereit-Dientzenhofer: una mujer incomprensible.

Unos días después de que Beatrix Ross llegara a Biarritz y mi amigo Vilko comenzara a desvariar, acudimos a una fiesta en el Hôtel des Princes. Todo el mundo había oído hablar de «los terribles quince escalones» del Hôtel des Princes. Había sido un hotel de lujo..., bueno, de un lujo mediano, entiéndame, para los ingleses menos pudientes y con más ínfulas, y para algunos rusos huidos con joyas en los bolsillos y rusas blancas, gélidas y de ojos tristes, y yo sé lo que me digo. El hotel había gozado de tiempos mejores bajo la dirección de la antigua familia propietaria, los Couzin, pero después de la guerra se lo habían vendido a un abogado, un tal Laxague, y el establecimiento había ido perdiendo brillo poco a poco. Vilko me dijo que ignoraba por qué se hablaba de «los terribles quince escalones» del Hôtel des Princes, aunque sospechaba que, dada la decadencia del establecimiento, probablemente haría referencia a la comida que servían.

Vilko había cometido el error de invitar a Beatrix. *Lamentablemente* Beatrix no podía acompañar a su amigo, y era una pena porque le *habría encantado*, y estaba *deseando* salir a bailar con él y... Por otra parte, era impensable que Vilko pudiera hacerse acompañar de su mujer, Chloé, que seguramente prefería quedarse en su alcoba mortificándose con sus cilicios y sus disciplinas, entregada a una lujuriosa y viciosa penitencia. Así pues, aprovechando que Les Sirènes à Biarritz había cerrado aquel día porque los alemanes residentes celebraban allí una fiesta «pangermánica», nos colgamos del brazo a Lili y a Tessa y subimos alegremente por Gambetta hasta el Hôtel des Princes. No es que pudiéramos engañar a nadie yendo con aquellas mujeres, porque si había alguien que no supiera lo que eran por su aspecto, lo averiguaban apenas despegaban los labios. Pero para unos periodistas aquellas mujeres bastaban. Lili no era un prodigio de inteligencia, claro, pero Vilko no quería hablar con ella de Schopenhauer, me temo. Y Tessa era un verdadero prodigio anatómico, y con unas habilidades extraordinarias; las mujeres finlandesas son muy virtuosas, puedo asegurárselo. Y como nosotros, periodistas, no éramos mucho mejores que ellas en ciertos sentidos, a nadie le extrañó vernos acompañados por dos desvergonzadas *cocottes*.

El *consommé* parecía agua de fregar; la trucha asalmonada *à la Chambord* había tenido una larga y triste vejez, y probablemente había muerto por causas naturales a una edad provecta; la pularda *à la Neva* era hija de una noble gallina, pero gallina al fin y al cabo, y el pastel de chocolate Feodora seguramente fue elaborado cuando nació la princesa alemana que le daba el nombre, cincuenta años atrás. Todo ello no fue obstáculo para que mi amigo Vilko y nuestras dos alegres acompañantes —menos acostumbrados a los placeres gastronómicos que yo— disfrutaran de una encantadora velada. A Lili y a Tessa les entusiasmaba bailar el charlestón, y disfrutaron mucho con una orquesta alegre y divertida que, obviamente, había cenado mucho mejor que nosotros. Vilko y yo permanecimos en la mesa, bebiendo, fumando y hablando de ahogados, de suicidas y de los alemanes que a esa misma hora estaban entregándose a una orgía en Les Sirènes à Biarritz con la excusa de celebrar la refundación del Partido Nacionalsocialista de Ludendorff y Hitler; y luego asistimos con cierto regocijo a un espectáculo de canciones y teatro en el que tres hermanas —supuestamente— gemelas se enfrentaban y porfiaban con cómicos gestos por quedarse con un acaudalado duque, bastante simplón y ridículo. Como es natural, las confusiones entre las distintas hermanas y todas las picardías imaginables hicieron las delicias del público. A Lili le encantó la representación, aunque siempre me pregunté si habría algo que no le gustara a aquella pobre muchacha.

Cuando salimos del Hôtel des Princes nos encontramos con varios grupos de alemanes que seguían celebrando por las calles de Biarritz la refundación del Nationalsozialistische Deutsche Arbeiterpartei, y saludando a Adolf Hitler como su nuevo y flamante líder. Por aquella época Alemania era un lugar tan miserable que todo el mundo —incluidos Vilko y yo— estaba seguro de que acabaría sumido en una guerra civil. (En *La Petite Gironde* había un linotipista que detestaba a los alemanes y su lengua, y decía que siempre perderían todas las guerras porque eran incapaces de entenderse entre ellos).

Tessa me regaló aquella noche un prodigioso abanico de placeres y... (¿Qué habrá sido de aquella muchacha? Tenía unas virtudes excepcionales, ya lo creo). Bueno, eso no importa: lo que importa es que aquella noche, después de los vicios de Tessa, me desvelé y no pude dormir. Como ya eran las siete de la madrugada cuando Tessa se fue, bajé al cuarto donde tenía colgadas las fotografías del revelado, con la idea de seleccionar las que esa misma mañana pensaba enviar a Montagnard.

Estuve estudiando las fotografías de la muchacha muerta, pero en muchas había un brillo molesto y feo en las manos. Se veía muy bien la sencilla puntilla del camisón viejo que llevaba, y también se apreciaba correctamente el trapo de fregar suelos con el que le habían envuelto la cabeza. Se veían con nitidez las matasduras y tumefacciones en los brazos y en el cuello, y las erosiones y magulladuras en las rodillas. La luz del arco había proporcionado a las imágenes un tono lúgubre y siniestro, muy propio y adecuado. Así que todo era perfecto, salvo aquel brillo que revoloteaba entre los dedos de la difunta. En algunas fotografías era un resplandor diminuto, aunque muy molesto; en otras era un brillo grande de ocho puntas, como una estrella observada a través de una lente sucia. A veces los brillos parecían reflejarse en una esquina de la imagen, formando círculos y diamantes translúcidos. Por desgracia, aquellos resplandores aparecían en todas las fotografías de la muchacha muerta. Sentí que me invadía una furia espantosa, arrojé las imágenes contra la pared y salí del cuarto de revelado dando un portazo. ¡Jamás me había ocurrido nada semejante! ¡Todo un encargo echado a perder! ¿Qué diría Montagnard? «¡Por Dios, Marcel! ¿Qué es esta basura?». Con toda la razón. Incluso Vilko tendría motivos para enojarse conmigo; probablemente ya tenía redactada una hermosa historia de suicidios amorosos —él mismo estaba muy cerca de esas emociones, y parecía conocerlas bien— y yo iba a arruinarle su trabajo con una fotografía defectuosa.

En qué mala hora se me ocurrió colocarle el anillo a aquella muchacha. Y por otro lado, pensaba en la mala suerte que había tenido con las luces: por los azares del destino, aquella baratija de la joven suicida había desatado todos los brillos y fulgores imaginables en mis placas fotográficas, y lo había echado todo a perder.

Recuerdo que bajé a la Grande Plage pensando en cómo demonios podría retocar la imagen y que no se apreciara el engaño. Por otro lado, yo no era un artista con los pinceles, y probablemente mis retoques se notarían, y el ridículo sería aún mayor. Después de toda una noche de Moët, Rousseau y Tessa, ni siquiera la brisa fresca y salada del mar, en aquel limpio amanecer, consiguió aclarar mis pensamientos lo suficiente como para encontrar una solución.

Sentado en la arena, sumido en el arrullo de las olas, fui dejando pasar las horas, viendo cómo poco a poco iban apareciendo los primeros bañistas, y los caballeros más templados —aquellos que habían conseguido irse pronto a dormir la noche anterior— recorrían con ánimo deportivo todo el litoral, desde el faro hasta la Côte des Basques.

Incapaz de encontrar una solución digna a mi desastre, y rodeado ya por una ingente cantidad de niños en bañador, dispuestos a construir enormes fortalezas de arena, decidí abandonar la playa matutina e ir a confesárselo todo a Vilko. Casi estaba dispuesto a asumir las palabras de mi padre: yo era una zarza inútil, y si había dado algunos frutos era porque Dios es misericordioso y siempre suceden hechos inauditos en la vida.

En la casa del Sentier des Corsaires me abrió una jovencita..., la misma que nos habíamos encontrado en la gendarmería y que había saludado a Vilko con una profunda reverencia. Al parecer mi amigo ya estaba trabajando en su despacho, y la muchacha, que llevaba una cesta con vendas y medicinas en la mano, me indicó el camino.

Vilko estaba recostado en una butaca que había conocido tiempos de esplendor, con una mano sujetándose el mentón y con la mirada perdida en la ventana, observando con excesivo detenimiento a mi juicio la turbia pared del edificio de enfrente.

«¿Tienes el artículo?», le pregunté. Me señaló su escritorio y, encendiendo un cigarrillo, leí su trabajo con atención medio sentado en la mesa, que crujió levemente al apoyarme en ella. Comenzaba refiriéndose a Platón o a... bueno, a un filósofo. Decía que aquel que se quitaba la vida que el destino le había concedido, el que por cobardía se infligía a sí mismo un castigo tan innecesario e injusto, debería ser enterrado en un lugar apartado y solitario, sin estela, sin inscripciones y sin nombre. Luego hacía una reflexión sobre otras personalidades, filósofos y poetas que habían meditado sobre el suicidio, y se refería finalmente a un tal Durtein o Durkein o algo así,[33] que había escrito un importante tratado, del cual mi amigo extraía las consideraciones oportunas para explicar el suicidio de la joven Aitzane Palefroi. Hablaba del suicidio como perversión humana, de las herencias patológicas, de las dificultades económicas de la muchacha y su familia, de sus condicio-

33. Se refiere a Émile Durkheim, autor de *Le suicide. Étude de sociologie*, 1897 y 1912.

nes personales (algún amor desgraciado, tal vez; y aquí Vilko se explayaba considerablemente) y de ciertas responsabilidades sociales. No lo recuerdo bien, pero no creo que de aquel artículo se pudiera deducir que Aitzane Palefroi había hecho bien arrojándose a las olas furiosas desde los acantilados de Biarritz. Más bien, el autor parecía lamentar que la niña no hubiera decidido arriesgarse a vivir un poco más y a contar con la posibilidad de disfrutar de un gran amor, o ver las sublimes cumbres de los Alpes, o gozar con algún libro emocionante un domingo lluvioso...

«Un gran artículo, Vilko», le dije. Me contestó con un gruñido. «Por desgracia... —añadí— tengo malas noticias». Vilko se giró y me observó con preocupación. «Las fotos están mal». «¿Qué significa que "las fotos están mal", Marcel?». «Que están mal. Manchas, brillos. No sirven. No se pueden enviar a Montagnard». Vilko se incorporó —el venenoso recuerdo de Beatrix Ross pareció quedarse en la butaca, por fortuna— y se acercó a mí mostrándome las palmas de las manos, exigiéndome una explicación, pero dispuesto al parecer a ser comprensivo con mi error.

«Hay un brillo espantoso en las manos. El maldito cristalito del anillo: lo giré para que se viera y me ha llenado las películas con unos brillos horrorosos. Todo lo demás está bien, pero las manos entrelazadas en el pecho son el lugar al que van a parar todas las miradas que se dirigen a un muerto. Nadie mira el rostro del cadáver, ni el ataúd, ni los pies: todo el mundo mira las manos entrelazadas en el pecho. Y en las fotografías aparecen esas manchas blancas asquerosas, y no sé cómo...».

«¿Como en las fotos victorianas? ¿Cuando el alma sale del cuerpo?», preguntó Vilko arqueando las cejas, comenzando a burlarse amablemente de mi incompetencia.

Estuvimos debatiendo por qué no había sido capaz de adivinar aquellos reflejos a través del visor y si había alguna posibilidad de pintar los dedos y las zonas borrosas sin que se notara mucho. «De todos modos —dijo Vilko al final— aún tenemos tiempo para pensar cómo solucionarlo. Mi artículo ha quedado demasiado filosófico, y me temo que Montagnard necesita más sangre, carne en putrefacción, despojos... Tengo que ir a hablar con el secretario Urruticoetxea-Blas».

«¿El burócrata?», pregunté aterrorizado. «¡Por Dios!»

10

Démosthène Urruticoetxea-Blas

Secretario judicial

... sí, muy bien, y ahora me firma aquí, y aquí. Y este formulario también, por favor. Tenga, esta copia es para usted. Son 35 céntimos, por la póliza, ¿sabe? Muy bien, gracias.

Bueno, pues ahora, una vez cumplimentados todos los requisitos preceptivos, podemos hablar de lo que usted quiera, señor Miet.

Ah, sí... todo *aquello*. Un asunto desagradable, señor Miet. Ya lo creo. En aquella época trabajaba yo como secretario de su señoría el ilustrísimo señor juez DuPont... que a consecuencia de todo *aquello* fue destituido y enviado como magistrado a la isla de Reunión, que está... bueno, lejos. Pero antes de que ocurriera todo *aquello*, en Biarritz desempeñábamos con sosiego y moderación nuestras labores judiciales y burocráticas, rellenando continuamente los formularios exigidos en los casos preceptivos y cumplimentando los procedimientos en tiempo y forma. Y de repente... ¡zas!, una conmoción sacudió el edificio jurisprudencial de nuestro pueblo. Sin más, me las tuve que ver con tres ahogados: la señora Perth-Williams, el señor James Hett y Paul Fourquet. Paul Fourquet era muy joven, lo llamaban Carcabueno, como a su padre, y como él, era también *maître baigneur*. Aquel jueves, día 23, la señora Perth-Williams se adentró con su hermana menor en la playa de la Côte des Basques con el ánimo de tomar las aguas. (Los extranjeros solían ir a la Côte des Basques porque las normas indumentarias eran más relajadas allí: la playa está un poco apartada del pueblo y no está tan concurrida como la playa del Puerto Viejo y la Grande Plage del Casino y el Hôtel du Palais). Las dos se adentraron más de lo justo, y la corriente se las llevó; al oír los alaridos de las mujeres, un pintor inglés que las conocía, llamado James Hett, se arrojó a las olas con la idea de traerlas de vuelta a la playa, pero tuvo la mala suerte de que la corriente también lo arrastró a él, sin remedio. Advertido el valeroso Paul Fourquet, hijo de Joseph Fourquet, *maître baigneur*, se arrojó con cuerda y pertrechos, intentando salvar a los tres incautos ingleses. Entre unos y otros, y por fortuna, salvaron a la hermana pequeña de la señora Perth-Williams, pero las olas comenzaron a batir con violencia en esa parte de la playa, justo por debajo de Villa Belza, y los tres adultos murieron, desgraciadamente.

No se puede imaginar la cantidad de papeleo que tuve que despachar. Pasé dos noches sin dormir cumplimentando formularios, redactando informes, notificaciones, memoranda, circulares, comprobantes, extractos, justificantes y certificados. Tuve que ponerme en comunicación con la embajada británica, y con la oficina de Su Majestad el rey de Gran Bretaña, don Jorge V de Windsor, para resolver la ingente cantidad de documentación que se precisa en estos casos de ahogamiento y defunción apátrida.

Y cuando prácticamente acababa de estampar el último sello y de pegar la última póliza en una notificación ejecutoria, me enviaron un recado de la gendarmería para advertirme de la aparición sorpresiva de un cuerpo cadáver en el puerto y en unas condiciones que hacían indeclinable mi presencia allí. Apenas tardé unos minutos en descender judicialmente al puerto, con todos mis impresos, formularios y comprobantes, y no tardé ni medio minuto en empezar a solicitar a todos los presentes sus declaraciones, firmadas por triplicado, junto a la cumplimentación exhaustiva de todos los requisitos exigidos en una actuación de este tipo.

La muchacha estaba colgada de mala manera. Tenía un pie trabado en una argolla del muelle, y como la marea había ido subiendo, el agua ya le cubría la cabeza. Los brazos flotaban a los lados. Tenía el cuerpo tumefacto y azul, y las hinchazones de los golpes y raspaduras que habría sufrido durante el temporal estaban adquiriendo un color negruzco que... Espere, que cojo mi memoranda personal. A ver, creo que se llamaba Palfroid o Palefort... Veamos. Sí, aquí tengo la copia del informe... Mire. La muchacha se llamaba Aitzane Palefroi, tenía dieciséis años y era natural de un caserío llamado Le Berceau, cerca de Bidart. Los nombres de sus padres..., sus tíos y sus abuelos... Aquí está la documentación de su contratación como aprendiza en la librería Operclaritz. Y todos los datos, sellados oficialmente y enviados con acuse de recibo al registro del Censo Nacional de la República, relativos a la inhumación del cadáver de la muchacha en el cementerio municipal de Sabaou el martes día 28 de julio de 1925.

Como ve, casi todo fue conforme a regla y ajustado a derecho.

Sí. *Casi*. He dicho *casi*.

Bueno..., en realidad, si todo hubiera quedado ahí, nos habríamos ahorrado los disgustos posteriores, y su señoría el excelentísimo señor juez DuPont no estaría ahora comiendo cocos bajo las palmeras en las inhóspitas tierras de la isla de Reunión, sino disfrutando de un buen puesto en París, y yo sería su humilde mano derecha, como lo fui siempre.

El mismo día que enterraron a la aprendiza de la librería se presentaron en la gendarmería dos periodistas que querían hacer fotografías, y un servidor, ajustándose a la normativa vigente en cuestiones de libertad de prensa, les concedió el permiso preceptivo tras la cumplimentación obligada de los requisitos formales administrativos. Hicieron las fotos y luego se fueron.

Pero dos o tres días después volvieron a presentarse en mi despacho, y uno de ellos me pidió que, conforme a las obligaciones de la administración de Justicia para con los miembros de la profesión periodística, le pusiera al tanto de todos los detalles anatómicos y particulares de la fallecida, de acuerdo con la inspección que hizo el forense de guardia el día del hallazgo y los informes de la gendarmería.

Naturalmente, para que yo abriera mis prolijos archivos, tuvieron que cumplimentar diversos formularios y abonar el importe de las subsiguientes pólizas.

Los individuos en cuestión eran, a saber: don Paul Villequeau, llamado Vilko en la profesión periodística, natural de Saint-Jean-de-Luz, con residencia en

Biarritz en la calle Sentiers des Corsaires [...] y Marcel Galet, fotógrafo, natural de París, que cumplió servicio en el ejército durante la Gran Guerra [...].[34]

El señor Villequeau estaba muy interesado en las cuestiones fisiológicas de la finada, y me preguntaba qué había dicho el médico de los golpes, y si había tragado mucha agua, y si la enorme herida que tenía en el rostro era producto de la gula ictiológica o de algún golpe contra los farallones y roquedales costeros. Conforme a la más estricta legalidad, leí pormenorizadamente el informe del señor forense, sin incidir en los aspectos macabros y sanguinarios que tanto parecían interesarle al señor Villequeau, y aunque no pareció muy satisfecho con mi respuesta, no pude sino certificar que me limitaba a repetir los comentarios profesionales médicos del señor forense.

También quisieron saber cuáles eran las propiedades de la señorita Palefroi y qué tenía en la buhardilla de la librería, donde se hospedaba por una módica suma que debía abonar a la propietaria del establecimiento. Afortunadamente contaba con un informe pericial exhaustivo y con el informe de la gendarmería, que había estado en la buhardilla. La señorita Aitzane Palefroi, de dieciséis años, natural del caserío llamado Le Berceau, cerca de Bidart, y con residencia en Biarritz, en la buhardilla B, del número 19 de la calle du Port-Vieux, contaba entre sus propiedades con:

34. El señor Démosthène Urruticoetxea-Blas se extiende ampliamente en los datos biográficos de Vilko y Marcel, y Miet recoge fielmente a lo largo de seis prolijas cuartillas enteras todos los datos que el secretario judicial fue recabando de ellos a fuerza de formularios y cuestionarios judiciales y administrativos. Naturalmente, para abreviar y aligerar la narración, estos plúmbeos fragmentos se han suprimido. *(N. del ed.)*.

tres vestidos de invierno, dos faldas sueltas, dos blusas (una blanca y otra azul), dos vestidos de verano, seis prendas personales, otras tres prendas personales, cuatro pares de medias, un disfraz de muñeca, un disfraz picaresco de diablesa, un abanico de plumas, un collar de perlas falsas, un juego de ropa blanca de cama, un delantal, unas botas, dos pares de zapatos, un tazón, tres cartas del año 1923, recado de escribir, una libreta bastante vieja, un frasco de perfume corriente de Biarritz-Bonheur, una caja de *macarons* de Dodin, con migas, tres tarjetas postales, una de París, y dos de Biarritz, un sombrero gris y otro azul, y una pamela de paja o material semejante, varias revistas (dieciséis) de *La Vie Parisienne* y de *Paris Plastique*, unas tijeras, un almanaque, *un crayon de rouge à lèvres*, una maceta con una aspidistra, un pisapapeles de cristal con una estrella de mar, tres cubiertos, un mantel doblado, una lámina de Chamonix, un cascabel, una muñeca vieja (sin un ojo), una pulsera de hilo, doce botones variados, hilo y agujas (tres), una pulsera de peltre, un estuche de anillo, de la joyería Boucheron..., sí, un estuche de anillo de la joyería Boucheron..., sí..., una lata vacía de té, un abanico, un pañuelo con dibujos geométricos, dos cabos de vela, una lupa, un cepillo, glicerina y otros útiles de higiene femenina, dos pendientes de latón y azabache, un bote con tomillo seco, un azucarero, agujas de tejer, además de veintidós libros con firma que se consideran propios, y otros (seis) sin firma que la propietaria de la librería Operclaritz reclamaba como suyos. Los libros, con título, nombre del autor, casa impresora y fecha, eran los siguientes: (propios) (1) *Les Diaboliques*, de Jules-Amédée Barbey D'Aurevilly, en Suire Ed., 1923; (2) *Les aventures du roi Pausole* y (3) *Aphrodite, moeurs antiques*, de 1901 y 1896 respectivamente, del autor Pierre Louÿs; (4) *Lesbia Brandon*, del señor A. C. Swimburne, en EBS, *sine data*; (5) *The Confessions of Nemesis Hunt*, de un dicho Bacchus, de 1906, en la casa impresora Lvcanvs London; (6) *La Vénus à la fourrure*, de Sacher-Masoch, de 1870, en Lessage Ed.; (7) *Flossie: A Venus of Fifteen*, anónimo de 1897, en Lvcanvs London; de Oscar Wenceslas de Lubicz-Milosz, (8) *L'amoureuse initiation*, de 1910, en Suire; (9) *La comtesse au fouet*, de 1901, y (10) *Le negre Léonard et Maître Jean Mullin,* de 1920, de Pierre M. Orlan, en Lettera Sensuelle de París; (11) *Josephine Mutzenbacher*, de Felix Salten, en 1906, en Suire; (12) un anónimo titulado *Sadopaideia*, de la casa impresora Lyria, en 1907; (13) *My Lustful Adventures*, anónimo *sine data*, en Lvcanvs London (muy deteriorado, y le faltan páginas y seis láminas); (14) *Le journal d'une femme de chambre* y (15) *Le jardin des supplices*, de 1900 y 1899 respectivamente, de O. Mirbeau, en Lessage Ed.; y (16) *Raped on the Railway: a True Story of a Lady who was first ravished and then flagellated on the Scotch Express*, de 1894, Carrington. (Ajenos): (1) *La dame aux camélias*, de Dumas, Suire, 1910; (2) *Les garçons de la rue Paul*, de Ferenc Molnár, Suire, 1922; (3) *La Pierre de Lune*, de Wilkie Collins, en Lettera, 1900; (4) *The Scarlet Pimpernel*, de la baronesa Emmuska Orczy, en Hutchinson, 1912; (5) *Le corsaire noir*, de Salgari, Rêt-Aventure, 1905; y (6) *Coeur,* de Edmondo de Amicis, Libraire, 1919.

Una vez que completé el relato de todas las posesiones de la difunta Aitzane Palefroi, iba a proceder a una adenda, donde se precisaban todos los detalles concernientes a la relación laboral de la finada con...

«Ya. Muy bien, señor... Bien, es suficiente», murmuró entonces el señor fotógrafo, de nombre Marcel Galet, natural de [...]. Y añadió: «¿Redactó usted esa lista?». Ajustándome al informe oficial, afirmé: «No, señor mío: se trata de un informe pericial, pero cuenta con todos los sellos y pólizas que...». «Desde luego, desde luego», dijo con afán de interrumpir mi obligada certificación administrativa.

El señor Villequeau y el señor Galet se miraron de un modo que me hizo sospechar algún tipo de inteligencia entre ambos. Entonces, el señor fotógrafo se levantó y dijo: «Ojalá pudiera decirle que ha sido un placer, señor Démosthène Urrucot..., Urrutite..., Urruticomosellame. Bah. Nos vamos, Vilko».

Y se fueron con cajas destempladas,[35] sin rellenar el documento administrativo de comunicaciones y registros judiciales que tenía ya preparado...

Y eso es todo lo que le puedo contar de aquella entrevista, señor Miet.

Y ahora, si no le importa cumplimentar este formulario...

Muy bien. Firme aquí, por favor. Y aquí.

Gracias.

Son 46 céntimos, por las dos pólizas de 23 céntimos cada una, señor Miet. Gracias.

Buenas tardes.

35. Or.: *«Avec pertes et fracas».*

II

Gaston

Enterrador

¿Qué le parece? Me los encontré a los dos sentados en la tumba alta de madame DuBarrier, fumando, y conversando alegremente. Estaban justo delante de la fosa en la que habíamos enterrado algunos días antes a aquella muchacha que se tiró al mar y apareció en el puerto medio comida por los peces. Y uno de ellos, no sé si era el fotógrafo o el otro, decía: «Esto es como vivir en un cuento de Edgar Allan Poe». Yo no sabía ni quién era ese Edgar ni había leído sus cuentos, pero en aquel entonces pensé que si hablaba de cementerios, mi obligación como máximo representante del cementerio municipal de Sabaou era informarme y obtener toda la documentación precisa respecto a los procedimientos inhumatorios en otros lugares del mundo, especialmente si ese Edgar era sepulturero como yo.

«¿Qué hacen ustedes aquí a oscuras?», les dije, pues la campana del Saint Joseph ya había dado la media después de las doce. «¿Quiénes son ustedes? No se puede estar aquí a estas horas», les advertí, como era mi obligación.

Yo tengo para mí, señor escritor, que saltaron el muro del cementerio.

«Somos periodistas, señor —dijo uno de ellos, el más desenvuelto—. La puerta estaba abierta...».

«La puerta no estaba abierta, señor, porque la cerré yo a las ocho de la tarde», le dije.

«Bueno, entonces la cosa es más grave de lo que pensaba: porque *sí* estaba abierta, señor. Vaya, vaya a verlo...».

«No voy a ir a parte ninguna —les dije—. Son ustedes los que tienen que largarse de aquí. Ya. Inmediatamente».

Así se lo dije.

Uno tiene altísimas responsabilidades y obligaciones perentorias, amigo escritor Miet; y los que hemos estado vinculados al noble arte del enterramiento y el sepelio sabemos hasta qué punto somos imprescindibles en el buen ordenamiento de la sociedad. Si yo permitía que aquellos dos individuos siguieran perturbando la paz sepulcral del camposanto, ni los muertos ni los vivos me tendrían en la menor consideración.

«Sí, señor sepulturero, ya nos vamos», dijo el más atrevido, apoyándose en la cruz de la tumba y apartando unas flores marchitas que alguien le había llevado a madame DuBarrier —cosa rara, porque en Biarritz nadie quería a aquella vieja bruja—. «Pero antes, si es usted tan amable, señor sepulturero, nos gustaría que nos hiciera el favor de satisfacer nuestra curiosidad respecto a ciertos detalles que...». Así me hablaba. Imagínese usted los circunloquios.

«No tengo intención alguna de satisfacer curiosidades de entrometidos y asaltatumbas, señor mío», le dije para zanjar el asunto.

«Es una lástima —me replicó aquel arrogante—. Porque este señor de aquí, el señor Villequeau, es un periodista muy importante y un escritor de gran fama, y está redactando un reportaje para un diario de Burdeos, *La Petite Gironde*, y muy probablemente también se venderá a *Le Figaro*. Imagínese el cambio que podría dar su vida de sepulturero si en París se supiera la gran labor que lleva a cabo usted en este cementerio de Sabaou. No me extrañaría que le llamara el mismísimo presidente de la República para que se encargara de Père Lachaise».

Yo pensé que aparecer en esos periódicos tan importantes no me proporcionaría ningún beneficio sustancial, porque yo estaba muy contento con mi cementerio municipal de Sabaou y no creía que el cementerio de Père Lachaise fuera mucho mejor. Por otro lado, también tenía que contar con la vanidad propia y, sobre todo, con el rencor familiar. Porque si podía llegar a casa un día con *Le Figaro* —o al menos con *La Petite Gironde*— y plantarlo encima de la mesa y leer lo que decía de mí, con orgullo y soberbia, mi mujer y mi hijo no me volverían a echar en cara que no era más que Gaston, un sepulturero miserable que apestaba a cadáver y que daba mala suerte a todo el que se cruzaba conmigo. ¿Qué iban a decir si el señor presidente de la República me enviaba un telegrama un día ofreciéndome el cargo de sepulturero general de Père Lachaise o, incluso, gerente del Panteón de París? Ya no tendría que vigilar las tumbas de viejos que se consumían con el salitre del océano, ni de viejas que se habían pasado la vida esperando a sus maridos en el puerto —muchas veces con la seguridad de que no volverían jamás—, ni tendría que sacar los despojos polvorientos de gentes que no pagaban su abono anual de sepultura y arrojarlos al osario, donde ya no había ni almas ni espíritus, sino huesos mondos y lirondos, iguales que los que llevan al vertedero los carros del matadero. Si llegaba a ser *maître fossoyeur* del Panteón de París, encabezaría las grandes procesiones solemnes cuando finara algún miembro de la Asamblea, o cuando un gran historiador se rindiera a su apoplejía, o un gran literato decidiera ahorcarse en su buhardilla de Montmartre. Haría sonar la campanilla con gran pompa y boato, ataviado con túnicas y terciopelos negros, y designaría el lugar donde debían enterrarse a aquellos grandes padres de la República.

¡A ver qué decía entonces esa descarada de mi mujer! ¡A ver si se acordaba entonces de las galanterías del cartero! (Maldito cartero...). Y a ver qué decía entonces el estúpido de Benoît: ¿repetiría entonces que su padre era un enterrador sin fortuna y sin futuro? ¡Ja!

Así que, convencido de que contestar a las preguntas de aquel periodista tan importante sería el primer servicio de los muchos que iba a tener la oportunidad de dispensar a la República, en calidad de *maître fossoyeur* del Panteón de París, accedí a las pretensiones de aquellos hombres y les dije que, si estaba en mi mano, no tendría ningún inconveniente en conversar con ellos amigablemente, siempre que tuvieran a bien irse pronto, pues tenía que mantener el orden en el recinto en calidad de director general de Enterramientos e Inhumaciones del cementerio de Sabaou.

«¿Cuándo enterró usted a esa niña?», preguntó el

periodista de *Le Figaro*, indicando con un gesto la sencilla tumba que tenían delante. Nadie se había ofrecido a pagar el sepelio y la inhumación. Al parecer, la muchacha era aprendiza de la librería Operclaritz, pero la dueña no había querido abonar ni un franco para darle un enterramiento digno. Así que el Ayuntamiento se rascó el bolsillo y, abriendo la caja de la Beneficencia y Caridad —que siempre estaba vacía, por lo que sé—, pagó una parte del enterramiento; y otra pequeña parte la puso el sindicato de los *baigneurs*, que también reservaba una partida para las cruces de los ahogados. De modo que habíamos abierto la fosa, habíamos metido el ataúd dentro, lo habíamos cubierto de tierra y habíamos puesto una cruz de madera pintada de blanco; en el crucero había una chapa de latón blanco con el nombre de la muchacha escrito en letras negras: mi hijo Benoît, que era el que se encargaba de esos menesteres, escribió Aiztane Palefroi, en vez de Aitzane Palefroi, pero ya no había presupuesto para otra placa de latón, así que se quedó Aiztane. No vino nadie al entierro, pero la dueña de la librería envió a un mozo con unos folletos de su establecimiento para que los dejáramos sobre la tumba, por si venía alguien y...

«La enterramos el martes día 28, señor, el mismo día que la encontraron en el puerto, por la noche», les dije, y me ofrecí a enseñarles el registro, porque estas cosas de los registros se valoran mucho en las altas instancias de París. (Imagínese cómo será el registro del Panteón de París: Voltaire, Rousseau, Victor Hugo...).

«¿Vinieron muchas personas a...?».

«No, señor: mi hijo y yo lo hicimos todo. No vino

nadie, salvo los de la funeraria, pero dejaron el féretro en la capilla, y dijeron que no tenían obligación de más», les contesté.

Entonces, el que decía ser fotógrafo me preguntó con suspicacia: «Usted no abriría el féretro, ¿verdad?».

La piedad es uno de los baluartes del buen sepulturero. Cuando una persona muere, se honran y se veneran sus despojos como representación de la memoria, y no porque dichos despojos puedan valer algo, o contengan nada que valga la pena conservar —salvo en el caso de los santos, por razones prácticas—. Cuando llevaron a aquella muchacha al cementerio, los empleados de Le Douce Adieu dejaron el ataúd sobre los caballetes de la capilla, y se marcharon. A mí me pareció que lo menos que se podía hacer por aquella muchacha era mostrarle por última vez el crucifijo de la capilla, y por eso entre mi hijo y yo le quitamos la tapa al féretro.

«O sea, que *sí* abrieron el ataúd», dijo el fotógrafo.

«Sí —le repliqué—, pero porque era nuestra obligación cristiana». Creo que ese tipo de decisiones son las que diferencian a un gran maestro enterrador de un vulgar sepulturero. Son decisiones morales, pero también salvaguardan los procedimientos religiosos y administrativos, pues nosotros debíamos comprobar que efectivamente había una persona en el ataúd y que era la muchacha que decían que estaba en el ataúd.

Los dos hombres se quedaron mirándome, como si sospecharan algo. ¿Pero qué iban a sospechar?

«¿Y... no vio nada que le llamara la atención?».

«No».

«¿No se fijó en nada?».

«No».

«¿No se fijó si la muchacha llevaba algo en la mano?».

«No».

Los enterradores tenemos muy mala fama, por razones históricas fundamentalmente, debido a que en tiempos pretéritos, cuando el oficio no estaba reglado por la administración y no recaía sobre los representantes del gremio funerario la responsabilidad de las inhumaciones, muchos desaprensivos saqueaban a los muertos, que a veces se enterraban con abundantes joyas y objetos de valor, o saqueaban las tumbas durante la noche para arrebatarles los dientes de oro, o las pulseras, o los pendientes, o los relojes o lo que fuera. Pero hace ya muchos lustros que eso no ocurre: como socio y miembro del Augusto Gremio de Enterradores y Sepultureros de las Landas, le aseguro que ni yo ni ninguno de mis compañeros en este noble oficio sería capaz jamás —pero jamás de los jamases— de profanar ni un ataúd ni una tumba.

«¿No se dio cuenta... de verdad... si la muchacha tenía un anillo en...?».

«No».

Los dos individuos se miraron de nuevo, como si tuvieran alguna inteligencia, o sospecharan inicuamente que yo había cometido algún acto deplorable.

«Y... no podemos mirar...».

«No».

Aquella sugerencia se me hizo intolerable. Si en París llegaban a saber que había cedido a las insinuaciones de aquellos periodistas para abrir la tumba y comprobar si la muchacha tenía o no aquel anillo, probablemente nunca accederían a nombrarme gran maestre del Panteón de la República. Puede que incluso me despojaran del cargo de secretario sin voto que tenía en la Agrupación de Sepultureros de los Pyrénées Atlantiques.

El que decía ser fotógrafo dio un salto y bajó de la tumba de madame DuBarrier. Observó detenidamente la sencilla cruz que adornaba la fosa de la muchacha del puerto y luego le dijo a su compañero: «Larguémonos de aquí».

Y así se fueron, caminando deprisa. Aquella noche estival era especialmente calurosa, y una luna grande iluminaba el cielo de Biarritz. Y aquella noche, como tantas otras, seguramente habría fuegos fatuos en el camposanto, aunque no muchos, porque según mi calendario mortuorio la mayoría de las almas ya habrían ascendido al cielo o habrían descendido a los infiernos.

Me di cuenta entonces de que había olvidado preguntarles algo a aquellos dos caballeros, y desde la distancia les grité:

«¡Oigan! ¡Eh, señores! ¿Esto cuándo se publica en *Le Figaro*?».

12

Midas Trémonceau

Maître bijoutier

La fuente de toda mi felicidad es la vanidad ajena.

Dicho esto, que es mote y lema de mi discurrir por la vida, debo recordarle lo que se decía antaño: *Inops, potentem dum vult imitari, perit.*[36] Y puedo asegurarle que es ésta una verdad que si no se acerca a axioma, poco le falta. Y ahora verá por qué se lo digo.

Resultó que, como usted sabe, vinieron a verme aquellos dos hombres. Si la memoria no me falla, uno era fotógrafo en Burdeos y el otro era un joven periodista de aquí, de Biarritz, al que yo conocía de vista, y nada más. (¿Cómo dice? ¿Marcel Galet y Paul Villequeau? Bueno, si usted lo dice, usted sabrá. Yo de los nombres nunca me acuerdo, gracias a Dios). Lo que recuerdo es que se miraban mucho, como si dudaran o no supieran exactamente qué querían preguntarme, o como si no se encontraran cómodos en mi humilde despacho de joyería. Al final, después de muchos circunloquios, redundancias y paráfrasis, se avinieron a decirme claramente lo que les ocurría, y esto no era otra cosa que una sospecha que tenían respecto a la muchacha que se había arrojado al mar unos días an-

36. El pobre, cuando quiere imitar al rico, se pierde.

tes y que había aparecido ahogada en el puerto cuando terminó la galerna.

La cuestión era bastante confusa, o eso me pareció a mí en aquel momento, porque empezaron a hablar de un ayudante del juez que tenía una lista de objetos pertenecientes a la joven suicida, y después comenzaron a debatir entre ellos respecto a la moralidad de cierto sepulturero.

«Señores —les dije—, si es un tema relacionado con sepultureros y enterradores, siento comunicarles que en la joyería Boucheron no hallarán lo que buscan».

Ocurre, señor escritor Miet, que los joyeros estamos acostumbrados a tratar con personas de gran intelecto, sabios, educados, sensatos y juiciosos, pues el oro tiene esa virtud, que torna sabio y prudente a todo aquel a quien favorece, y si no lo torna del todo, al menos lo torna para los demás; y eso es suficiente para unos, para otros y también para mí. Quien entra en mi joyería, señor, forzosamente tiene buen juicio, además de buen gusto, y de ello se infiere de modo natural que ha de tener intelecto para haber ganado el mucho dinero que necesariamente se gastará en mi humilde despacho de joyería. Por esta razón —apunte ahí bien claro— no puedo sino estar en perfectísimo desacuerdo con Juvenal cuando dijo que *rarus enim ferme sensu communis in illa fortuna*.[37] Para mí, las personas que tienen fortuna no sólo tienen buen juicio, sino que tienen el mejor de todos y, además, el que más me interesa.

37. Con fortuna, suele ser raro el buen juicio.

En fin, esos dos periodistas o fotógrafos, o lo que quiera que fueran, no tenían aspecto de poder gastarse en mi humilde despacho de joyería una gran cantidad de dinero, y quien no está dispuesto a desprenderse de su dinero no puede esperar que yo me desprenda de mi tiempo. Y este asunto del aspecto exterior de las personas en relación con la fortuna y el oro podría ser también asunto de profunda reflexión. Precisamente mi padre, que tenía un despacho de bisutería en San Sebastián antes de la guerra, decía que *genus et formam regina pecunia donat*,[38] en versos del sabio Horacio, y esto es verdad de cabo a rabo y tiene poca disputación. Su Majestad el rey del gran Imperio británico, con quien tenía yo muy buena relación, muchas veces me decía: «Esta diadema le sentará maravillosamente a Lulú» o «Este brazalete resaltará las bellas formas de Mimí» o «Esta cadena tintineará con gracia en el tobillo de Teté». Naturalmente, señor escritor, comprenderá usted que forzosamente esos brillantes aderezos de oro y plata y piedras preciosas resaltarían los encantos de esas amigas de Su Majestad, y si ya eran bellas en sí mismas —y debían de serlo, pues no imagino a Su Majestad rodeado de mujeres de perfil disparejo—, los bellísimos adornos y joyas que adquiría en nuestro establecimiento no harían sino resaltar dicha hermosura y conferirles nobleza y beldad, tal y como sabiamente apuntaba Horacio.

Y finalmente —para rematar mi discurso y ajustarme a la retórica clásica—, si la riqueza favorece el

38. La riqueza es una reina que concede nobleza y hermosura.

buen juicio y la belleza, no es menos cierto que también ensalza el honor de quien la ostenta. Acudiré a la *auctoritas* precisa, señor Miet: *Venit honos auro*,[39] aseguraba Ovidio. Y si lo decía Ovidio, ¿lo vamos a negar nosotros? El honor, señor mío, se ostenta y se defiende con el oro, pues sin oro y sin riquezas no hay dignidad ni consideración ni respeto ni distinción ni moralidad ni rectitud. No confíe en esos embaucadores que hablan de la pobreza como signo de honradez, amigo mío, porque no hay nada bueno en la pobreza y en la miseria, sino lástima y compasión, y son causa de guerras, envidias y pendencias. Tenga siempre presente al sabio Lucilio: *Tantum habeas, tantum ipse sies tantique habearis*,[40] y no errará en la vida.

Dicho esto, le contaré sin más lo que ocurrió aquella tarde en mi humilde despacho de joyería. Aquellos hombres resolvieron por fin decirme que *era probable* que estuvieran buscando un anillo. Semejante modo de hablar me sobresaltó, porque mis clientes suelen saber con bastante precisión si buscan un anillo, una diadema, una pulsera, un colgante, unos pendientes, un brazalete o qué.

Me preguntaron si yo le había vendido a la aprendiza de la librería Operclaritz un anillo.

Me preguntaron si *yo* le había vendido *a la aprendiza* de la librería Operclaritz un anillo.

¡Me preguntaron si *yo* le había vendido *a la aprendiza* de la librería Operclaritz *un anillo!*

Bueno.

39. El honor procede del oro.
40. Tanto tienes, tanto serás y en tanto serás considerado.

«Creo que aquí hay un malentendido, señores», les dije muy educadamente. «Les resumiré muy brevemente dónde se encuentran ustedes y lo que deben esperar de este humilde establecimiento», añadí. Y luego: «Señores, están ustedes en la joyería Boucheron de Biarritz, sucursal de la famosa y sin par joyería Boucheron de París, fundada por el augusto señor Frédéric Boucheron, en el Palais Royal en 1858, que ha ostentado numerosos premios y galardones a lo largo de su prolífica y feraz existencia, y que hoy puede visitarse en la lujosísima *place* Vendôme en París. Tenemos sucursales en Londres, Nueva York, Niza, y tendríamos en San Petersburgo si esos bolcheviques hubieran tenido la decencia de respetar la propiedad ajena y el honor de las cabezas coronadas...». Creo que les expliqué pormenorizadamente, y durante más de media hora, todos los detalles históricos que podían ser de importancia en el caso. Y concluí con esta proposición tan aguda: «Si quieren conocer los trabajos más importantes de nuestro taller de joyería, no tienen más que ponerse en contacto con las familias reales de Rusia, Suecia, Inglaterra, España y algunos imperios orientales, exóticos y desérticos».

Aquellos individuos permanecieron hieráticos —óigame bien: hieráticos— delante del mostrador, como si no hubieran entendido lo que les decía, o como si lo que les decía no guardara relación con lo que me preguntaban.

«Ya, señor joyero Trémonceau —dijo uno de ellos, el que parecía más aventurero—, pero le vendió usted un anillo a esa muchacha, ¿sí o no?».

Si creían que en Boucheron vendemos anillos a las

jóvenes aprendizas de las librerías, de las carnicerías y de las verdulerías de Biarritz, es que nuestro departamento de propaganda e información estaba haciendo algo mal. Pero como tenía por seguro que jamás se había hecho nada mal en nuestra amada empresa, no me quedó más remedio que afirmar que me parecía dudoso que una señorita como la que me describían pudiera haberse atrevido a cruzar el umbral de nuestra humilde joyería. También me atreví a sugerir que una aprendiza como la suicida de la librería Operclaritz probablemente necesitaría trabajar treinta años para conseguir comprarse un pequeño abalorio de nuestra humilde joyería.

«Ah —murmuró el más joven—. Pero...».

«¿Pero qué?».

«Pero esa niña, Aitzane Palefroi, tenía un estuche de esta joyería en su buhardilla».

¿Y bien? ¿Qué podía contestarle? ¡Lo habría encontrado en la basura! Reconozco que nuestros estuches joyeros son preciosos y que muchas mujeres que no pueden conseguir alhajas de nuestro humilde establecimiento consiguen traficar con los estuches para simular que tienen pulseras, anillos o diademas de nuestros talleres. Pero... en fin, aunque los estuches valen alguna cosa, no son más que estuches, y rara vez confieren honor y excelsitud a lo que contienen si no es una verdadera joya Boucheron.

«Sin embargo —añadió el más ladino—, tenemos la sospecha de que ese estuche podría contener una verdadera joya Boucheron, como usted dice».

Cuando quise saber en qué se basaba para afirmar semejante cosa, me sugirió —con muchos rodeos y perífrasis— que tenía «razones refractarias» para decirlo. Al parecer, había hecho unas fotografías a la suicida en las que un supuesto anillo Boucheron había provocado brillos y resplandores como consecuencia del arco que utilizó para iluminar la escena.

«Comprendo que Aitzane Palefroi no pudiera comprar un anillo Boucheron, apreciado señor joyero —eso dijo, con un tonillo mordaz en estas tres últimas palabras—, pero dudo que un anillo de latón y un cristal de vidrio brillen de este modo...». Y me presentó unas desagradabilísimas fotografías en las que, efectivamente, en la mano de la difunta se veían unos resplandores extraordinarios. A decir verdad, aquellos fulgores eran tan estelares que a punto estuve de afirmar —sin más— que, pese a todo lo dicho, podría ser que aquel anillo fuera Boucheron. (Los resplandores áureos y argentinos son tan importantes en nuestro negocio que la familia Boucheron compró la esquina más soleada de la *place* Vêndome de París precisamente para que las joyas brillaran más. ¡Qué inteligencia! ¡Qué perspicacia!). Sin embargo, a pesar del hecho cierto de que nuestros anillos de platino y diamante tienen un poder refulgente como no se ha visto nada igual en el mundo, no pude sino advertir que un cristalito de Biarritz-Bonheur o de cualquier tienda de bisutería también podía provocar destellos semejantes en una impresión fotográfica.

«¿Tienen ustedes el anillo? Déjenmelo ver».

«No lo tenemos —dijo el joven—. Era un anillo muy discreto, y lo tenía hundido en la carne tumefacta de los dedos. Apenas se veía, y tuvimos que girarlo para que el cristal quedara a la vista. El sepulturero de

Sabaou nos aseguró hace un par de días que no tenía anillo alguno... pero no sabemos si fiarnos de él. Hubo más personas alrededor del cadáver: un par de gendarmes, un ayudante del juez, una limpiadora de la gendarmería, los mozos de la funeraria, el hijo del sepulturero... Cualquiera de ellos... pudo...».

En fin, poca cosa podía hacer un servidor en semejantes circunstancias, salvo confirmar lo evidente: que era improbable que la aprendiza de la librería Operclaritz hubiera podido adquirir una joya en Boucheron, por muy pequeña y barata que fuera.

«Pero tal vez... —se atrevió a decir el que tenía más conocimientos fotográficos—, tal vez... podría mirar sus libros y confirmar que Aitzane Palefroi efectivamente no compró ese anillo...».

¡Oooh...! Hasta ahí podíamos llegar, señor Miet. ¡Querían saber *quién* había empleado su sagrado dinero en nuestro humilde establecimiento!

Le explicaré unas cuantas cosas sobre la discreción, señor Miet. Si me mira bien la frente, verá que tengo grabadas las palabras *Tacitulus taxim*, que es expresión latina de Varrón y significa: «Silencioso y prudente». Quienes nos ganamos humildemente el sustento cotidiano con el comercio del rubicundo oro, la argentina plata, el purísimo diamante y otras piedras preciosas debemos guardar siempre el principio supremo de la discreción, pues, por un notable giro de la naturaleza, la ostentación no es propia de los verdaderamente ricos, sino de los pobres. Aquellos que poseen grandes riquezas no las muestran al mundo y alardean de ellas, sino que lucen el oro y los diamantes con natural humildad y elegancia probada, mientras que aquellos que a traspiés y tropezones han acumulado algunas ganancias y, por tanto, son innobles de espíritu, enseguida hacen alarde y ostentación de sus joyas, y las lucen como necios a la menor ocasión: las mujeres de poco seso se tocan la barbilla para que todos vean su anillo o su pulsera, y los caballeros petimetres se ajustan la corbata para que las damas se fijen en sus alfileres. Por eso se dice que el pobre que quiere imitar al rico hace el ridículo, señor Miet, como le advertí al principio de nuestra conversación.

Ya estaba a punto de volver a mis asuntos en la trastienda, después de despedir a aquellos dos caballeros, cuando uno de ellos —no recuerdo cuál— le dijo al otro al salir: «Si ese anillo ha desaparecido y tiene algún valor, seguramente acabará en manos de Fevert: no hay joya robada o expoliada que no acabe en su poder... Por eso lo adoran en París».

Me pareció intolerable ese modo de hablar del señor Fevert, a quien yo naturalmente conocía, como todas las personas que tenían un nombre y una posición en aquella época.

«Este no es asunto para reporteros, Vilko. Acudamos a la gendarmería y acabemos con este embrollo».

Me volví raudo y veloz entonces, pues conozco bien los métodos de la autoridad y sé por experiencia que su concepción de la prudencia, la reserva y la discreción distan mucho de ser las necesarias y recomendables.

«No es necesario que importunen al señor Fevert, caballeros —les dije—. Ni a la gendarmería. Estos son asuntos que muy bien podemos resolver entre nosotros, con el comedimiento necesario, de modo que evitemos molestias e incomodidades a personas de tanta calidad».

Y, ante la amenaza de que acudieran a la gendarmería, me vi obligado a contarles todo lo que en el uso de mi profesionalidad podía ser contado, con gran discreción y asegurándome primero de que los dos caballeros me daban su palabra de honor de que nada de lo que les dijera en la trastienda de mi humilde establecimiento saldría de nuestro entendimiento privado. (En fin, han pasado ya tantos años y tantas desgracias para el honorable gremio de la joyería que tanto da que se lo cuente a usted o no).

Les sugerí que pasaran a mi humilde despacho privado, en la trastienda, y les dije que... bien, la cosa había sido así, y era mejor no negarlo, o algunos individuos detestables y en exceso celosos de la moralidad católica acabarían metiendo sus narices importunas en nuestro humilde negocio; y, lo que es peor, Charles Fevert también podría interesarse, de modo que el asunto llegaría a salones donde no me interesaba que llegara. Les dije que... un par de días antes había venido al despacho Boucheron una persona con la intención de vender un anillo...

«¿Qué persona? ¿Quién era? ¿Era el enterrador? ¿Su hijo?».

«Señores. Por favor. Comprendan que mi humilde negocio se fundamenta en los honrosos pilares de la discreción y la prudencia, etcétera, etcétera». Naturalmente, en ese punto mi boca estaba sellada para siempre, y lo estará durante lo que me quede de vida, por el honor de la casa Boucheron. «Y acabo de recordar que, efectivamente, la persona que vino a venderlo me aseguró que pertenecía a la muchacha suicida que apareció colgada de una argolla en el puerto de pescadores».

«¿No nos puede *indicar* quién le trajo el anillo? ¿No deberíamos advertir a la gendarmería?».

No. No deberíamos advertir a la gendarmería.

«Les diré algo más si me dan su palabra de honor de que esta conversación se quedará entre las cuatro paredes de mi humilde despacho», les dije. Cuando cumplieron mi requisito, añadí: «Ese anillo volvió a su hogar porque, efectivamente, fue comprado en el despacho Boucheron de Londres. Era un anillo de platino con el pequeño *Le Prince Charmant* engastado. Es un diminuto diamante con una mota azul en su interior, y cuyo brillo es colosal».

Les expliqué todos los detalles relativos a la orfebrería y la gemología de la pieza; les indiqué la posibilidad de que la refracción que aparecía en las fotografías se debiera al platino y a la altísima calidad del diamante pulido en la sublime casa Boucheron y les avancé los precios aproximados del anillo: el precio por el que se compró y el precio por el que se devolvió. (Había una sustancial diferencia entre uno y otro, pues el vendedor ignoraba el verdadero valor del platino, que le pareció plata común, y del sublime *Prince Charmant,* que creyó un cristalito sin importancia).

«No me queda sino lamentar la desdichada peregrinación que ha debido de tener este príncipe», les dije. Y, con toda honradez, no tenía ni la más remota idea de cómo había llegado un anillo de quince mil francos, adquirido en Londres, a manos de la aprendiza de la librería Operclaritz. «Puedo asegurarles que esta joya se vendió hace muchos años a un caballero que podía pagar esa cantidad y mucho más».

«¿A quién? ¿A quién?».

«Señores..., no insistan. No puedo decírselo». Otra cosa no, pero mi discreción y honradez profesional están por encima de cualquier exigencia, desde luego.

Es una verdadera desgracia que estas joyas de valor incalculable —estos preciosos diamantes tallados en la noche de los tiempos y en los abismos infernales de la Tierra, estos metales gloriosos forjados en el magnífico yunque de Hefesto— tengan que vivir las penurias de una baratija de usurero. *Le Prince Charmant,* engastado en su anillo de platino, *seguramente* adornó una mano noble durante varios días, y luego se perdió, o lo robaron, y anduvo de peregrinaje por esos mundos de Dios, como un caballero andante, en busca de una dama a quien conferir honor y belleza. ¿Habría andado en manos de chiquillos con la cara sucia? ¿Habría vagado por los cubos de basura o los mendigos de la plaza Clemenceau lo habrían trocado por vino o absenta? ¿Habría pasado por las indecentes zarpas de una prostituta o de un *impersonator*? Por desgracia, acabó en las manos de aquella muchacha suicida, una aprendiza de un despacho de libros, hasta que finalmente el príncipe encontró —por azares del destino— su camino de regreso a casa.

No necesito asegurarle, señor Miet, que el príncipe azul se retiró a un monasterio y no volvió a la vida pública; y pasarán muchos años hasta que pueda volver a lucir sus encantos en fiestas, en salones y en palacios. Un príncipe que ha tenido una vida tan desdichada merece un largo largo largo descanso.

Y ya no quiero decirle nada más.[41]

41. En el margen de esta entrevista Miet escribió «*Pecunia, regina mundi*» (Riqueza, reina del mundo), pero es imposible saber si fue un comentario del joyero o una opinión del escritor.

13
Sarah Chambers
Pintora

En fin, parecía que los amores de Beatrix Ross Buttgereit-Dientzenhofer iban a ser el principal motivo de conversación aquel verano de 1925 en Biarritz. De momento, la persona que gozaba de sus encantos era Gina-Jane. Pero aquella hermosa figura, su personalidad desbordante y su irrenunciable derecho a la libertad hacían sospechar apasionantes laberintos afectivos y prometían interminables tertulias en las calurosas tardes del verano costero. Por ejemplo, se daba por seguro que Beatrix Ross había venido a Biarritz con la intención de ver a un hombre. Al parecer, ella y su estrafalario acompañante, Gedeon Wilcox, habían viajado apresuradamente desde San Sebastián a Biarritz sólo con la perspectiva de visitar a un antiguo amigo de la juventud, al que la señora Beatrix Ross Buttgereit-Dientzenhofer no había visto —según se decía— desde mucho tiempo atrás. Estas melancolías juveniles siempre proporcionan momentos de inesperada emoción. (Gedeon Wilcox estuvo toda una velada protestando apáticamente contra la furibunda actividad deportiva de su amiga, y en su inagotable perorata le había confesado a Fevert que aquel viaje a Biarritz efectivamente tenía razones nostálgicas y juveniles; y

Fevert nos lo contó a todos los demás, naturalmente). También se decía que...

Sí.

Sí.

Sí, es verdad. Yo no quería decir el nombre, pero puesto que usted lo sabe, yo se lo confirmo: el hombre al que la señora Ross quería ver era el señor Paul Villequeau, el periodista llamado Vilko. (Por aquel entonces no teníamos ni la más mínima sospecha de lo que estaba ocurriendo, desde luego...).

No sé si sabe también que Beatrix y el señor Gedeon Wilcox se alojaron en el Hôtel d'Angleterre. ¡Ah, también lo sabe...! A Gina-Jane le parecía maravillosa aquella relación, y también el hecho de que la señora Ross estuviera casada; y constantemente hablaba de los grandes avances morales en las relaciones conyugales y de lo bien que le había venido que Beatrix Ross y su amigo no hubieran caído en la tentación de mantener una relación y tuvieran la sabia costumbre de reservar *dos* habitaciones separadas para dormir. Por su parte, el apático acompañante de Beatrix no parecía sorprenderse en exceso ante el cariño que la señorita Georgina Jane Whiters le dispensaba a su amiga.

Beatrix Ross Buttgereit-Dientzenhofer era una mujer especialísima, y aunque Gina-Jane —si es que ha hablado usted con ella— seguramente habrá incidido en aspectos anatómicos, yo sólo apuntaré que me parecía una verdadera *donna sportiva*. Era una de las primeras en bajar a la Grande Plage a tomar los baños, y para ella el agua nunca estaba demasiado fría ni había demasiadas olas. Siempre conversaba con los *maîtres baigneurs*, y tengo entendido que a veces apostaba con ellos en algunos juegos náuticos, y que no perdió todos los envites, de hecho. (Gina-Jane le habrá hablado de sus bañadores: en fin, yo no tengo los mismos gustos que mi amiga, así que simplemente apuntaré que eran muy ceñidos y que resaltaban su bonita figura; como decía Gina-Jane: «Ese amigo tuyo, Picardo o Picasso o como se llame, se volvería loco si tuviera que dibujar con líneas rectas a Beatrix»). Algunas damas del Angleterre arrugaron el hocico cuando supieron que la señora Ross en ocasiones cogía una bicicleta a primera hora de la mañana y se llegaba al extremo más alejado de la Côste des Basques con la idea de tomar sus peculiares baños de sol.

Beatrix era incansable en sus caminatas, desde el faro hasta Villa Belza, y siempre estaba pendiente de las regatas, de las *gymkhanas* de automóviles, de las veladas hípicas o de las demostraciones aeronáuticas. Puedo asegurarle, señor Miet, que yo misma la oí exclamar: «Debe de ser maravilloso pilotar un avión, y levantarse varios cientos de pies por encima de este mundo». También le gustaba jugar al tenis. Gina-Jane y yo solíamos jugar al tenis en las pistas del Hôtel Continental, donde yo me alojaba siempre en Biarritz, pero la presencia de Beatrix al parecer la había distraído de sus obligaciones deportivas para conmigo. Oh, no..., no me importaba. Siempre he juzgado las pasiones ajenas con benevolencia y en su justa medida, y nunca culpé a nadie por sus vicios, sus ambiciones, sus defectos o sus pecados, señor Miet. Sólo Dios y sus representantes en esta Tierra —los sacerdotes y los periodistas— pueden juzgar a los demás con implacable rigor, pues —como se sabe— ellos jamás cometen errores. Por otra parte, aquella relación me permitía hacer graciosos comentarios sarcásticos contra Gina-Jane en reuniones nocturnas y en las perezosas tardes estivales en las terrazas del hotel, delante de un té escarchado o una crema helada de grosellas y arándanos.

Francamente, señor Miet: creo que la señora Ross Buttgereit-Dientzenhofer despertaba en las mujeres unos profundos sentimientos de envidia, simpatía, antipatía, admiración, desprecio, embeleso y odio puro e irracional. Y con frecuencia, todos a un tiempo. Era asombroso ver a aquella mujer, avanzando por la arena de la Grande Plage, hacia el mar matutino, lúdico y brillante, con la certeza de que podría dominar sus olas y que su escultural figura se deslizaría sobre las espumas como una sirena que no teme nada de las aguas. Y luego, verla salir empapada, con su bañador azul y blanco, con miles de gotas refulgiendo como diamantes sobre su piel, satisfecha y sonriente: a veces me veía en la *promenade*, mientras yo me esforzaba en extraer de los óleos algunos destellos fulgurantes que iluminaran el mar inmóvil de mi lienzo, y me saludaba cruzando los dos brazos y con una blusa ondeando al viento, como hacen los prácticos de los aeródromos con los aviones. «¡Buenos días, señora Chambers! ¿No se baña, señora Chambers?». Yo sólo negaba con la cabeza, y al tiempo que la admiraba, le reprochaba en silencio una habilidad para nadar y flotar en las aguas que yo jamás poseería.

Por otra parte, verla avanzar con sus vestidos de

noche por las galerías del Casino, o de Bellevue, o del Palais, con la seguridad y la certeza de ser el centro de una gozosa velada nocturna de bailes y champán... En fin, Gina-Jane, que con frecuencia la llevaba de la mano, resplandecía de amor por ella en esas ocasiones.

¿El señor Wilcox? Bueno, yo diría que el señor Gedeon Wilcox no tenía particular interés en las actividades y placeres de su joven amiga. En mi opinión, el señor Gedeon Wilcox era feliz viendo a Beatrix en ese torbellino de febril actividad deportiva y amorosa. Todo lo que deseaba —así lo confirmó en alguna cena, sin el mayor rebozo— era poder dormir hasta las once o las doce de la mañana, disponer de mermelada de melocotón en el desayuno, poder tomar una copa de vino blanco muy frío en algún lugar elegante de la plaza de la Liberté, o de Bellevue, o de Sainte Eugénie, hasta la hora de almorzar en algún hotel, o en el Casino, o en algún *bistró* pintoresco de Gambetta o Mazagran. Luego, su mayor placer era dormitar en la galería del Hôtel d'Angleterre, mientras la brisa estival mecía las cortinas y las plantas, y en su mesa se deshacía el hielo de una ostentosa copa de granizado de té. Después, entre el tiempo que perdía en vestirse para cenar y la pereza que le daba hacerlo, enseguida se le echaba la hora encima: lo demás era disfrutar del juego y la conversación en el Casino, o en el lugar donde nos reuniéramos todos los amigos. (Creo que perdió mucho dinero aquel verano, pero también creo que le importaba lo mismo perder dinero que su reputación: nada).

Sin embargo, no todo era tan puro y limpio en

Beatrix Ross Buttgereit-Dientzenhofer. Gina-Jane comentó en alguna ocasión que a veces su amante abandonaba el hotel por la noche o que desaparecía como por ensalmo, y que nadie sabía adónde iba o de dónde venía. Ella parecía convencida de que esos espacios vacíos los ocupaba el señor Vilko, pero sólo era una sospecha. Nadie —al menos, nadie en el círculo de nuestros amigos— sabía adónde iba cuando pedía al recepcionista del hotel que le abriera la puerta a las seis de la madrugada; y nadie sabía a quién llamaba por teléfono cuando de pronto se levantaba durante una cena y decía: «Disculpadme: vuelvo enseguida. He recordado que debo hacer una llamada». En otras ocasiones reclamaba la atención de un lacayo o de un camarero y, sacando un sobrecito de su *ridicule*, se lo entregaba para que lo despachara o lo enviara a alguien en particular, aunque nosotros no sabíamos a quién.

Las sospechas de que Beatrix andaba envuelta en algún asunto turbio, e incluso peligroso, se acrecentaron aquella noche en el Hôtel Continental. (Supongo que es eso lo que más le interesa, ¿verdad, señor Miet?).

Como era costumbre, los amigos habituales nos estuvimos enviando mensajes a lo largo de aquella tarde del sábado día 1 de agosto para acordar dónde cenaríamos y cuáles serían los planes nocturnos, con el fin de disfrutar de una agradable y divertida velada estival. Al final, tras dejar exhaustos a los mensajeros de los distintos establecimientos turísticos, decidimos que cenaríamos en el mío, el Continental, y que luego iríamos a bailar y a beber champán a Bellevue o al casino municipal. (¡Se esperaba la presencia de una prodigiosa orquesta americana de *jazz* en el Casino!). El Hôtel Continental había sido el paradero habitual de la nobleza española, y de los rusos antes que los españoles, y dispensaban unos placeres sencillos y amables, y siempre encantadores. Le dije al *maître* Hubert que nos reservara una mesa especial en la *grande salle à manger style adam*; no era el lujo del Hôtel d'Angleterre, pero el ambiente era agradable y menos envarado.

Ya estábamos tomando una crema helada de arándanos, antes de sentarnos, cuando vimos aparecer a Gedeon Wilcox, ataviado como antes de la guerra y colgado del brazo de Charles Fevert, a quien procuraba sonsacar dónde se celebraban las partidas de cartas más emocionantes y peligrosas de Biarritz. Tras ellos venían Beatrix y Gina-Jane, ambas espléndidas y rebosantes de vitalidad y hermosura femenina.

A la hora de la cena se presentó Gérard Gau (GG) con dos mujeres alemanas, llamadas Käthe y Hedwigg, cuyas actividades profesionales preferí ignorar completamente por razones higiénicas, aunque GG se estuvo esforzando durante toda la cena en convencernos del ingenio de los recursos artísticos que se emplean en el arte sicalíptico.

También vino nuestro joven Alex, esto es, Alexandre Saint-Barthélemy, que últimamente parecía macilento, nervioso y angustiado. (Gina-Jane decía que ello se debía a los turbulentos amores que mantenía con Margulee DuPont, pero yo dudaba de esa teoría, porque la última vez que vi acompañado a nuestro joven Alex, en Villa Belza, no iba con esa Margulee, sino con otra muchacha más discreta, aunque no pude averiguar quién era).

Nuestro encantador Eddie —ahora sumido en penas amorosas, al parecer— se presentó finalmente aunque no lo esperábamos, y anunció con toda formalidad que se iba a entregar a un desenfreno de champán hasta caer rendido o inconsciente. Después estaba dispuesto a subir a los acantilados del faro y arrojarse al océano con las primeras luces del amanecer mientras gritaba algo desesperado sobre un tal Antoine o Anthony o algo parecido, no recuerdo. Tampoco tiene mucha importancia, porque esos arrebatos sentimentales eran muy propios de él y, por otra parte, siempre acababa encontrando a jóvenes efebos dispuestos a hacerle olvidar rápidamente al Antoine de turno.

Desde luego, no podía faltar nuestro bufón particular, Pierre Sordide, *l'Entendu.* (A decir verdad, no sé quién lo llamaba o quién le comunicaba que íbamos a cenar todos juntos. Por supuesto, tenía que ser un espíritu malvado, pues se complacía en avisar al pobre desgraciado con la seguridad de que nos las arreglaríamos para que no se sentara con nosotros a darnos la murga con sus pesadísimos sermones pseudoliterarios. Pierre *l'Entendu* era sobre todo aficionado a los escritores perturbados, en cuyas necedades él creía ver alta literatura. Francamente, señor Miet: como buena inglesa, creo que las miserias personales han de preservarse en el ámbito privado y no deben airearse en novelas, por muy modernas que sean; aunque, por supuesto, no se puede esperar que el espíritu británico haya calado en los irlandeses).

Tras una indicación de mi buen amigo, el *maître* Hubert, nos sentamos a la mesa, y no hubo los titubeos y dudas de rigor, pues todo giraba obviamente en torno a la brillante figura de Beatrix, ataviada con un vestido largo blanco que despertaba un enjambre de lujurias a su alrededor. A su izquierda estaba Gina-Jane y a su derecha Fevert, siempre dispuesto a complacerla con la mayor cortesía. (Probablemente habría deseado no apartarse de ella en los siguientes treinta o cuarenta años, pero era lo suficientemente inteligente como para saber que hay mujeres que no están al alcance de uno, aunque se disponga de una inmensa riqueza). También GG parecía cegado por la deslumbrante belleza de Beatrix, y ni siquiera los argumentos carnales de las dos valkirias que lo escoltaban conseguían que apartara su mirada de la mujer del mechón incandescente. Por desgracia para él, la escolta férrea de Gina-Jane y de Charles Fevert hacía inviable cualquier tentativa. De todos modos, intentó atraer la atención de Beatrix y se empeñó una y otra vez en servirle de anfitrión en París —«insisto, señora Ross Buttgereit-Dientzenhofer»— si decidía visitar la capital, cosa que debía hacer «sin falta», pero Beatrix no parecía hacerle mucho caso, aunque le sonreía amablemente.

Beatrix siempre estaba dispuesta a participar discretamente en la conversación, e incluso procuraba alegrarle la velada a Eddie, quien no tardó en rendirse a sus encantos y declarar que, en otra vida, incluso podrían haber sido *muy buenos amigos*. Con nuestro joven Alex no se podía contar: parecía absorto y abismado en sus preocupaciones; a veces se olvidaba del lugar en que se encontraba y se secaba el sudor con la servilleta.

Dadas las circunstancias, señor Miet, y a la vista de la tranquilidad que amenazaba nuestra velada, comprenderá que una inglesa como yo no podía dejar pasar la ocasión para sembrar la discordia con una oportuna frase de bienvenida.

«¡Me alegra que hayáis acudido a mi invitación, queridos! —dije con una alegría que no convenció a nadie, dado mi áspero carácter—. ¡Aunque es una lástima que Wendy no haya podido venir!».

Wendy era la amante de Gina-Jane..., no sé si lo sabe. Ah, ¿ya lo sabía? Era americana y su familia tenía tanto dinero que probablemente había viajado a Europa en el *Aquitania* de la Cunard, o en algún barco parecido. La propia Gina-Jane había bromeado diciendo que había contraído *matrimonio americano* con Wendy, y a veces se reía repitiendo lo que decía aquel Boni de Castellane: «Wendy es una preciosidad... a la vista de su dote». Pero no importa lo que Gina-Jane pudiera decir, señor Miet: yo le aseguro que aquella preciosidad neoyorquina seguramente tenía encantos tan apetecibles como su cuenta bancaria, o de lo contrario la voluble Gina-Jane no habría estado jugueteando con ella. Ignoro si Beatrix contaba con una dote tan suculenta como para que Gina-Jane acabara pidiéndole «matrimonio», pero en todo caso la señorita Whiters parecía haber abandonado la aventura americana para regresar a la apacible campiña de Albión.

«Bien, querida Sarah: la próxima vez que la vea le diré que has mostrado un gran interés en ella. Sin embargo, a pesar de su tendencia a quitarse la ropa enseguida, dudo que te pueda servir de modelo: será imposible que encuentres en su figura líneas rectas y ángulos para tus cuadros *cubistas*». (En Biarritz, solo el pobre señor James Hett, que murió intentando salvar a aquella mujer inglesa, y yo sufríamos las burlas por nuestro arte...).

Mientras me contestaba, escondió la mano bajo la mesa y todos percibimos que la alargaba hacia la pierna de Beatrix Ross Buttgereit-Dientzenhofer, aunque preferimos apartar la mirada e ignorar en qué consistió aquella caricia.

Apenas habíamos comenzado los *hors d'œuvre* cuando el señor Wilcox decidió retomar y compartir una conversación que al parecer había estado manteniendo con Charles Fevert durante el cóctel. «Las partidas de cartas en el Casino son aburridísimas, y las limitaciones que impone la autoridad aún las hacen más tediosas, querido amigo. Estoy seguro de que en Biarritz se puede disfrutar de emociones más excitantes, Fevert».

Fevert murmuró educadamente que ignoraba a qué se refería el señor Wilcox, aunque todos estábamos seguros de que en Biarritz se celebraban partidas y juegos de apuestas que probablemente excederían con mucho las emociones que buscaba el apático acompañante de Beatrix, del mismo modo que estábamos seguros de que si había alguien en la mesa que conocía todos esos detalles era precisamente el señor Fevert.

Charles Fevert había amasado su fortuna durante la Gran Guerra, traficando con oro y diamantes, y especulando con toda suerte de materiales preciosos y obras de arte, y seguramente había traspasado las fronteras de la ley y la moralidad en más de una ocasión. Pero la riqueza lo puede todo, e incluso blanquea las manchas de una vida no del todo aseada que...[42]

«No sé a qué puede referirse, señor...», repitió Fevert, ante la insistencia de Gedeon Wilcox.

«Vamos, vamos, amigo Fevert..., ¿qué me dice de "los terribles quince escalones" del Hôtel des Princes? He oído historias asombrosas al respecto», exclamó el señor Wilcox.

42. En una hoja suelta, que aparecía pegada en este punto del cuaderno, George Miet redactó un desagradable episodio del que fue víctima la pintora Sarah Chambers. Dice Miet: «Las relaciones de la señora Chambers con Charles Fevert sufrieron un duro revés por aquellos días. La pintora, al parecer, conocía bien la historia de Fevert, y sabía que era un hombre respetado por su fortuna y sus exquisitos modales, sobre todo cuando se hacía un esfuerzo por olvidar su pasado y la naturaleza de sus negocios. También sabía que era un ferviente admirador de Maurras y de Léon Daudet y de Action Française, y también estaba al tanto de que una parte de su dinero iba a parar a los Camelots du Roi. Por supuesto, Fevert nunca había ocultado su verdadera admiración hacia *il Duce*... Dos o tres años atrás, Benito Mussolini se había hecho con el poder en Italia, y había admirado a Europa con aquella manifestación llamada "Marcha de Roma". Sin embargo, Sarah Chambers consideraba una exageración lo que algunos de sus amigos le advirtieron: que todos aquellos jóvenes fervientes patriotas, tanto en Italia, como en Alemania, en España o en Francia, estaban decididos a perseguir a cualquier persona que se llamara Isaac, Ismael, Ruth, Jacob, David, Miriam... *o Sarah*. La pintora pudo comprobar lo equivocada que estaba cuando una noche decidió regresar al hotel aprovechando el atajo de una callejuela solitaria y se topó con un grupo de *camelots du roi*, divirtiéndose con un grupo de rubicundos nazis. Uno de aquellos muchachos, al parecer, reconoció a la señora Chambers, lo cual no era raro, porque desde la muerte de su marido en la guerra, la pintora pasaba largas temporadas en Biarritz. Aquel incidente fue lo suficientemente grave como para mantener a la señora "dos días postrada en la cama, con las costillas magulladas y con una chuleta de vaca en el ojo derecho". Tras aquel episodio, al parecer, las relaciones con Fevert se tornaron "frías como un iceberg titánico"».

«¿Ah, sí? —preguntó GG de repente, apartando a una de las valkirias—. ¿Y qué ha oído?».

El señor Wilcox dijo que un joven alemán le había asegurado que en los sótanos del Hôtel des Princes se celebraban partidas y apuestas en las que se ponían en juego haciendas, mujeres, hijos, casas, joyas, herencias, e incluso la vida.

«No creo que haya nadie tan necio como para apostarse la casa o la mujer o los hijos en un entretenimiento nocturno», apunté, en un arrebato de compasión humana, pues —como británica— sé perfectamente que casi cualquier hombre —y no sólo un necio— puede apostar eso y mucho más.

El señor Wilcox, ante la incómoda mirada de Fevert, explicó que le habían contado en qué consistían los famosos y «terribles quince escalones» del Hôtel des Princes, pero que era incapaz de dar crédito a esas locuras. Con todo, le habían dado a entender que un baronet de Hertfordshire se había visto obligado a casar a su hija con un comerciante belga tras perder una apuesta empapada en champán. Y también le habían asegurado que alguien de la familia real prusiana había apostado nada menos que el *Beau Sancy...,* aunque había olvidado preguntar si la famosa joya había cambiado de manos al final, o no.[43]

«Dudo que el *Beau Sancy* ande rondando por los

43. El *Beau Sancy* es uno de los diamantes más imponentes de que se tiene noticia (34,98 carats, SI1, K). Debe su nombre a Nicolas de Harlay, lord de Sancy, que adquirió la gema para Maria de Médicis cuando era embajador en la India. Pasó por distintas casas y manos reales hasta acabar en poder de Federico I de Prusia en el siglo XVIII. Durante la Segunda Guerra Mundial permaneció escondido en una cripta, y en 2012 lo adquirió un subastero anónimo por más de nueve millones de francos suizos.

tugurios de Biarritz, señor Wilcox —le replicó amablemente Fevert—. Si está en la ciudad, lo veremos en el Hôtel du Palais, y adornando a una digna dama, sin duda, no entre las paredes descascarilladas, las humedades y las goteras del decadente Hôtel des Princes».

«Yo no diría que...», comenzó a titubear GG, dispuesto a defender la improbable elegancia del Hôtel des Princes, donde se alojaba. Pero al parecer a Beatrix le importaba más otra conversación e interrumpió sin contemplaciones a nuestro Odin de pacotilla[44] con un extraño argumento.

«Yo tampoco creo que un diamante como el *Beau Sancy* sea objeto de apuestas en esos antros de perdición que tanto te interesan, querido Gedeon», le dijo a su amigo mientras mordisqueaba una crujiente hojita de *artichokes frites à la romaine.* «Como mucho, algún pequeño maleante se habrá atrevido a poner encima de la mesa pequeñas joyas robadas, como... digamos... *Le Prince Charmant*, por ejemplo. ¿No le parece, señor Fevert?».

Charles Fevert pareció incómodo, como si el cuello de la camisa le estuviera rozando la nuca, y se aflojó ligeramente la pajarita. «Supongo que esas joyas pequeñas sí son susceptibles de formar parte de las apuestas clandestinas, señora Ross».

«Oh, naturalmente, señor Fevert. Aunque *Le Prince Charmant* no es tan pequeña... ¿Cuánto diría que vale, señor Fevert?».

«¿Por qué te interesa esa joya, querida? —pre-

44. Or.: *«de pacotille».*

guntó con cierta sorpresa el señor Wilcox—. No sabía que *también* te preocupara la gemología...».

«¿De qué príncipe están hablando?», murmuró una de las valkirias, procurando someter su abundancia cárnica a los estrechos límites de su escasísimo vestido de lentejuelas irisadas.

«Bueno, señor Fevert, dígame: ¿cuánto cree que vale *Le Prince Charmant*?».

Y esta segunda vez planteó la pregunta de un modo tan implacable que todos los presentes permanecimos absortos y pendientes de la brillante mirada de Fevert, convencidos de que si había alguien en este mundo que supiera cuánto valía una joya con nombre propio, ése era nuestro amigo. El silencio de Fevert, y su evidente incomodidad ante el hecho de tener que hablar de grandes cantidades de dinero, sólo consiguió acicatear la curiosidad de todos los que circundábamos el precioso centro de rosas que había dispuesto Hubert en medio de la mesa. Sólo las leves disculpas de Alex, que evidentemente se encontraba enfermo, al levantarse de la mesa y abandonar el hotel, interrumpieron aquel silencio melodramático. Finalmente, Fevert mostró las palmas de las manos en un gesto mesiánico, y murmuró: «Diría que... en fin, no sé... puede que ese pequeño diamante valga... ¿diez mil francos? No lo sé, sinceramente, señora Ross».[45]

«Ah», dijo simplemente Beatrix. Y se apartó un

45. El precio de una joya de gran valor era un asunto delicado en esos momentos. Nótese que el franco estaba sometido a severísimos ataques en el mercado durante esos años, y antes de la devaluación de Poincaré (1926), la moneda, en medio de una inflación aterradora, sufría violentas y constantes fluctuaciones.

poco para que el camarero le sirviera una elegantísima sopa fría de tomates y pepinos con crema de queso griego y albahaca, *croûtons,* etcétera etcétera. Todos habíamos dado por cerrada la conversación sobre aquella dichosa joya, y Eddie estaba a punto de volver a lamentar su mala suerte en los pantanosos territorios del amor, cuando, intempestivamente, Beatrix apartó la cuchara y, mirando fijamente a Fevert, le espetó: «Yo creo que *Le Prince Charmant* vale al menos quince mil francos».

«¡Por Dios, Beatrix! —exclamó Gedeon Wilcox—. «¡No incomodes más al señor Fevert con ese *Prince Charmant* o acabaremos pensando que es el *Prince Maudit*! ¿Qué te importa a ti cuánto pueda valer o dejar de valer? Es más: ¿a quién le importa nada ese condenado diamante que no conoce nadie? No deberías acaparar la conversación de nuestro querido Fevert, e insistir en un asunto tan insignificante, querida...».

Fevert no pudo evitar que su espíritu caballeresco saliera a la palestra, con el fin de defender a la dama. (Aunque, francamente, a la dama no parecía haberle afectado lo más mínimo el tibio enojo de Gedeon Wilcox).

«Oh, no importa, señor Wilcox... —dijo Charles, jugueteando con su impoluta servilleta bordada con aquella florida «C» de Continental—. Es cierto que *Le Prince Charmant* es una gema menor, pero tiene alguna fama entre los joyeros por su peculiar rareza: una mota azul (seguramente una impureza) en el centro. No sabía que ese pequeño diamante fuera tan popular. ¿Dónde ha oído hablar de él, señora Ross?».

Entonces, Beatrix clavó su mirada en Charles Fevert durante unos segundos, aunque ninguno supimos por qué, y luego se volvió hacia su enamorada Gina-Jane y le dijo con una deliciosa sonrisa: «¡Me encanta la sopa de tomate, Gina-Jane! ¿Y a ti?».

14
La señora (Matilda) Prie
Cocinera

¿En qué andaban? Pues mire, señor Miet: yo no lo sé. Bastante teníamos nosotras con lo que teníamos. Si ha hablado con Martine, ya le habrá contado todo... porque esa muchacha era como tres pares de huevos cociendo: ¡blublublú, blablablá, blublublú! ¡Hablando y chismorreando todo el santo día! ¡Y cuando no era con Françoisette, la criada de *mademoiselle* Pauline Bellay, era con Lucien el cartero, y cuando no, con Marie-Marie, de la mercería, o con Caroline, la de la heladería! ¡En mi vida he conocido muchacha más indiscreta, entrometida, habladora y chismosa! Y no es que yo me tenga por santa, que no lo soy, y no haría votos de silencio ni por todos los estofados benedictinos del mundo, pero lo de esa muchacha era casi un pecado. ¡Me dijo que se había atrevido a ir a ver a aquella pobre niña que se había tirado al mar y se había ahogado solo por poder hablar de semejante cosa con sus amigas de Les Halles...!

¿En qué andaban el señor Villequeau y su amigo, el fotógrafo? Es lo que le digo: que yo no lo sé. Lo que puedo confiarle, con toda seguridad, es que desde que ocurrió precisamente lo de aquella pobre muchacha que se quitó la vida arrojándose al mar no hubo descanso en la casa del Sentier des Corsaires: todo eran idas y venidas, y carreras de acá para allá, y mensajes a horas desesperadas, que parecía que estuviéramos haciendo las dichosas *paupiettes* que tanto le gustaban a mi señora y que tanto trabajo me daban.[46]

Y, señor Miet —poco importa lo que le haya contado esa chismosa de Martine—, una cosa le diré: era ella la que se tenía que ocupar de atender a las visitas, y de recoger los recados, y de llevar los mensajes, y de subir el té, y de bajar el café, y de estar al tanto de todas las requisitorias del señor Villequeau... ¡Y nada de eso hacía! Siempre andaba de un lado para otro con las vendas y con los algodones y con los bálsamos y las pomadas, y decía que tenía que atender a la señora Chloé, y no salía de su habitación, y siempre iba con ella cuando quería bañarse, y se ocupaba de su peinado, y de...

46. Aunque la cocinera no lo especifica, muy probablemente se refiere a las *paupiettes* o *roulades de boeuf*, una especie de rollitos de carne de buey rellenos y braseados. En realidad, se trata de unas lonchas finas de buey, que se enrollan, una vez rellenas al modo *fricasé*, con carne de cerdo y vaca. Suelen acompañarse de arroz o fideos, y a menudo llevan verduras rehogadas, como zanahorias, o cebollas salteadas, o champiñones, o judías verdes o guisantes. Un poco al gusto. El relleno se hace con carne picada de cerdo y ternera, y se maja el ajo, el tomillo, la pimienta y el perejil para hacer el relleno, que se aplica a una loncha arrodillada de carne de buey. («Arrodillada» es como «pasada por el rodillo»). Se enrollan las lonchas con el menudillo dentro y, una vez atadas como criminales, se doran bien; en esa manteca se rehogan las verduras y se añade un poco de harina, y luego se pone un poco de vino y el caldo. Una vez que se ha preparado todo, se pone el resumen en una cazuela, con las verduras y el caldo, y luego se disponen las *paupiettes*, de modo que casi queden cubiertas por el caldo y el condumio verdulero. Se añade un atadillo de hierbas para que le dé aire campestre. Y entonces, cuando vaya a romper a hervir, se mete la *cocotte* en el horno, a fuego lento. Y ahí tienen que quedarse una buena hora y media; se añade caldo si hace falta, y si no hace falta, no. Cumplido el tiempo, se sacan las *paupiettes* y se liberan de sus ataduras, y el caldo se desengrasa y se espesa con hervores a propósito. A la salsa se le añade luego mostaza y crema de leche, y cuando se hayan dispuesto las *paupiettes* en una fuente, se sirven con la salsa por encima, todo bien caliente, y con arroz o fideos.

¡En fin! ¡Tampoco sé en qué andaba esa muchacha con mi señora y, francamente, casi prefiero no saberlo! Cada vez que venía aquel fraile hediondo, teníamos danza en la casa: por la noche la señora se entregaba a unos quejidos y unos lamentos que eran para no oír, y luego, enseguida empezaba Martine a subir y bajar las escaleras, diciendo «diosmíodiosmíoperoestamujer», y acarreando todos los ungüentos y medicamentos en la cesta del botiquín. (Por los gritos que daba, más me parece a mí que la señora Chloé estaba disfrutando que sufriendo; pero en fin, lo cierto es que alaridos daba).

Y entre el fraile hediondo, las placenteras agonías de la señora Chloé, las visitas inesperadas del señor fotógrafo Marcel Galet, la necesidad de preparar comidas y cenas sin saber para cuántos, las ocasionales visitas de la señorita Lili —una prima del señor Villequeau que vivía en Auch, y que a veces venía a visitarlo—, las llamadas de un señor importantísimo de un periódico de Burdeos, las idas y venidas del cartero Lucien con Martine, los mensajes constantes y misteriosos que llegaban a horas intempestivas, y las misteriosas visitas de *aquella mujer*... la casa era un desbarajuste, una verdadera *cassoulet*,[47] que, como dicen, es lo más parecido a una batalla.

47. Sobre la *cassoulet* hubo, hay y habrá distintos criterios y opiniones. En general se admite y se requiere la presencia de oca (sobre todo en Toulouse), aunque no falta quien reduzca todo el imponente condumio del guiso a una sucinta elaboración de cerdo, judías, salchichas, caza, cordero, legumbres, verduras [...]. (Aunque el traductor era partidario de incluir todas las recetas citadas por la señora Prie, los editores hemos decidido dejar únicamente como ejemplo las *paupiettes* de la nota anterior y dejar al amable lector que investigue por su cuenta las distintas recetas si halla gusto en ello o tiene especiales intereses culinarios. *N. del ed.).*

Y, naturalmente, con Martine no podía contar: «La señora Chloé me requiere», «La señora Chloé me necesita», «La señora Chloé tiene muchos sufrimientos», «La señora Chloé esto», «La señora Chloé lo otro». Así que, señor Miet: adivine usted quién abría la puerta por la mañana, por la tarde, por la noche y a altas horas de la madrugada; adivine quién recogía los mensajes y se los llevaba al señor Villequeau; adivine quién preparaba la cena y la subía después al comedor, ignorando si estaba presente el señor Galet, la primita Lili o la otra señora misteriosa; adivine quién servía el desayuno, los almuerzos y las cenas...

Lo de los mensajes era un suplicio. A veces, con las manos enharinadas o apestando a ajo, o con el delantal lleno de lamparones, o con la cofia a punto de desprenderse del moño, o con un caldero lleno de patatas y cebollas, tenía que salir corriendo de la cocina para abrir la puerta. Y habitualmente era uno de los mensajeros del Hôtel d'Angleterre, que traía un mensaje para el señor Villequeau. Aunque otras veces venían del Casino, de Belleveue, del cabaret de Villa Belza, del Palais o de cualquier otro lugar. Casi siempre se trataba de unos sobrecitos pequeños, de color hueso, y en el cierre del sobre, por detrás, con una delicada caligrafía, había una letra «B». En otras ocasiones, y esto no es indiscreción, pues estaba a la vista de todo el mundo, bajo el nombre del destinatario había una inscripción incomprensible:

M. Paul Villequeau
À tout jamais

¿*À tout jamais*? ¿*À tout jamais* qué?

A mí tanto me daba, señor Miet, en qué se ocuparan el señor Villequeau y su amigo el fotógrafo, como me importaba poco o nada en qué asuntos se entretuvieran la señora Chloé y Martine (si es que tenían algún asunto, que yo no lo sé). Lo único que me preocupaba era que la mantequilla se me quemara en la sartén, que me faltaran las hierbas para la espalda de cordero, que los pepinos horneados se me tostaran o que se me olvidara la vainilla en la *crème anglaise*. Y le diré por qué: porque en este mundo cada cual tiene sus intereses y sus ambiciones, y con frecuencia me ha interesado más mi vida que la vida ajena, así que sólo me ocupo de lo mío y de lo que me concierne.

Cuando entré a cocinar en casa de los señores Villequeau, me aseguraron que los padres de la señora Chloé tenían tanto dinero que podrían comprarse la torre de París sólo para que sus nietos lanzaran aviones de papel desde arriba. Pero lo cierto es que los padres de la señora nunca se dejaron ver por el Sentier des Corsaires y me atrevo a decir que jamás le enviaron más dinero que el que aparece en los sellos de las tarjetas postales en Navidad. Yo esperaba que el dinero burbujeara en la casa como la salsa de un estofado de ternera *à l'ancienne*. También confiaba en disponer de fogones candentes y hornos maravillosos, y cazuelas, ollas y sartenes de cobre y estaño, cuchillos, espátulas, batidores, tamices, trituradores, pasapurés, tijeras, cuencos, jeringas, mangas... Pero mis esperanzas se frustraron como un *soufflé* mal horneado. En el domicilio del señor Villequeau no entraba más dinero que el que ese pobre muchacho podía conseguir por su cuenta, trabajando al parecer para todos los periódicos que podía o para casas impresoras. Mi idea era que —estando en una casa con tantos posibles— aprendería yo las perfecciones del arte culinario, y que los señores Villequeau me pondrían a una aprendiza, o a dos, y que estaría al frente de un tropel de camareros y camareras, y que me las entendería sólo con un mayordomo jefe o cosa semejante. Entonces aprendería yo los altos secretos de las compotas, los asados, las sopas, los patés y las terrinas, las mermeladas, las *cassoulettes* y las cremas, y no tardarían en venirme a reclamar de otras casas e incluso desde las cocinas del Grand Hôtel o del Victoria.

Mientras tanto, confiaba en aderezar mi sabiduría cocineril en los fogones del señor Villequeau. Pero lo que me encontré fue una casa pobre y modesta, con un señor Villequeau que trabajaba desde el amanecer hasta la puesta de sol —y a veces durante toda la noche— para conseguir unos cuantos francos con que mantener su hogar; con las miserias que me daban tenía yo que hacer milagros para conseguir un caldo que pudiera recibir honradamente ese nombre, o para alcanzar las cumbres de un *soufflé*, o para arrimarme a un *choucroute braisée* o un estofado *à la parisienne*. Por esa razón tuve que poner todo mi ingenio al servicio de la pobreza, y vestir las cebollas con aderezos principescos y las patatas como si fueran púdines gloriosos.

Por eso no tardé mucho en dejar la casa. Poco después me contrataron en el restaurante del hotel...

¿No le interesa?

¿No le interesa adónde fui después?

¿Y qué le interesa?

¿La mujer? ¿La mujer que se presentaba en casa de madrugada y que casi me empujaba para entrar? Ah. Menudos humos tenía la muy... Se presentaba en la puerta y decía: «Tengo que ver al señor Vilko». «Vilko». Por Dios. ¡Villequeau! Debía de ser inglesa, y una nunca puede fiarse de los modales de los ingleses: pueden tomar el té con una educación exquisita y al mismo tiempo enviar a la horca a un inocente. Pero... ¿qué se puede esperar de un país que se alimenta de pastel de riñones? Yo nunca me meto a hablar de los demás, pero aquella mujer me parecía un *potage* de defectos que iban desde la soberbia al orgullo y de la vanidad al engreimiento. Puede que fuera inteligente o avispada, aunque dudo que pueda existir alguien inteligente que se deje arrastrar por la soberbia, el desdén, la altanería o la arrogancia. Y digo esto porque tuve la desgracia de asistir a cierta conversación que esa señora mantuvo con mi señor Villequeau y... Desde luego, yo estoy por decir que mi señor Villequeau no era un prodigio de carácter, pero era bueno, y no me pareció que esa señora lo tratara con la amabilidad y la cortesía debida. Desde luego, si el señor Villequeau hubiera sido mi hijo, esa señora se habría llevado un buen escobazo y...

Si me disculpa un momento... Tengo un estofado de buey en el fuego y debo ocuparme de él. Ahora vengo.

[...]

Y resulta que aquel día vino esa mujer que... ¿Beatrice? ¿Beatrix? ¿Beatrix Ross Buttgereit-Dientzenhofer? No lo sé... No recuerdo. No, no se llamaba Beatrix. No: se llamaba Tric... ¿Trixie? ¿Trixie es Beatrix? Por Dios, estos ingleses. Zamparriñones.[48] El caso es que aquella noche vino esa mujer, Trixie o como se llamara, y, como siempre, murmuró su habitual y nocturno «Tengo que ver al señor Vilko» y, empujándome con el codo, se abrió paso escaleras arriba. Por lo general, era Martine la que se ocupaba de atender las visitas, y, si estaba con la prima Lili, con el señor fotógrafo Galet o con esta señora Trixie, acudía al despacho del señor Villequeau y preguntaba si se necesitaba té helado, o café, o alguna bebida o refrigerio, o lo que fuera, pues yo siempre tenía de todo a disposición, como comprenderá, señor Miet. Pero la señora Chloé había tenido muy mala noche, y Martine había subido a su alcoba a las nueve y llevaba encerrada allí dos o tres horas. (Siempre pensé que los alaridos de la señora... eran raros, y que no eran de mucho sufrir, aunque Martine gastó aquellos días un dineral en medicinas y ungüentos calmantes y desinfectantes). Así que aquella noche tuve que acudir yo misma al despacho y preguntar si deseaban alguna cosa.

El señor Villequeau estaba de pie, apoyado en su mesa, y la señora se había sentado en un sofá viejo que el señor utilizaba para leer. Cuando entré, mi señor le acababa de decir algo como «No importa lo que haya ocurrido: ya sabes que para mí jamás cambiará nada». Y si me pregunta a qué se refería, yo le respondo, señor Miet, que ni lo sé ni me importa. Ella le contestó: «Supongo que te resultó más cómodo». Tampoco sé a qué se refería, pero ella dijo ese «supongo» como sólo

48. Georges Miet escribió *goinfrerognons*, pero se trata de una voz que no existe en francés.

saben decirlo los ingleses, queriendo decir «te desprecio por».

El señor Villequeau me pidió que subiera té helado, y al cabo de unos minutos pedí permiso para entrar de nuevo en el despacho. Mi señor estaba de espaldas, frente a la ventana abierta por el sofocante calor estival, mirando a la oscura nada nocturna, y la señora Trixie estaba curioseando sin ningún interés los libros de las estanterías. Mientras subía había oído voces incómodas en el despacho, y no me parecieron amistosas. Al entrar y verlos así, tuve la certeza de que habían mantenido una acalorada discusión. Y, sin embargo, mientras yo colocaba la bandeja del té en una mesita de servicio, aquella mujer se volvió y, con una malévola sonrisa y con la decidida intención de que yo escuchara aquellas palabras, dijo claramente: «Ahora no nos quedará más remedio que ser adúlteros».

¡Por Dios!

¡Delante de mí lo dijo! Eso se lo puedo jurar yo por la empanada Bel Royal.

Comprenderá usted que apenas tardé unos instantes en preparar el servicio y salir con la bandeja de allí. Por desgracia, estando casi en la escalera, se me cayó la cucharilla larga de agitar el té helado y, al doblar el espinazo con violencia para cogerla, un dolor horrible se apoderó de la parte riñonera de mi espalda, y allí me quedé, casi sin poder moverme...

Distinguí unas risas ahogadas, lo cual me pareció como cosa de necios, pues había oído cómo discutían acaloradamente pocos minutos antes. Habría preferido marcharme, y sin embargo, señor Miet, allí estaba, paralizada y doblada como la joroba de un camello, y a un palmo de la cucharilla del té, sin poder alcanzarla.

«¿Se enfadará tu amiga?», preguntó alegremente el señor Villequeau. «Eso espero —contestó la señora entre risas. Y añadió—: No he podido averiguar nada más, Vilko. ¿Qué dice Marcel?». Supongo que se referiría al señor fotógrafo. «Dice que no escriba ni una palabra más para Montagnard hasta que no sepamos de dónde ha salido el príncipe azul». ¿Usted lo entiende? Yo no. Y luego, una frase aún más enigmática: «¿Cómo puede estar el príncipe azul en manos de una muchacha que vive en una buhardilla?».[49]

Bueno, señor, a mí no me parecía muy formal que dos personas de cierta edad —que deberían ser más juiciosas y menos ligeras— se pusieran a hablar de cuentos infantiles, y de muchachas que viven en buhardillas, y de príncipes azules, y de anillos maravillosos... así que conseguí que aquel ataque lumbálgico se me pasara de inmediato, cogí la cucharilla, bajé a la cocina y eso fue todo.

49. Naturalmente, se trata de un equívoco de difícil traducción, porque *Le Prince Charmant* se traduce en español como «el príncipe azul», y es obvio que Beatrix Ross estaba hablando del anillo de Aitzane Palefroi.

15
Gérard Gau (GG)
Entrepreneur culturel

Sí, desde luego, por supuesto, señor Miet. Puede llamarme GG, si lo prefiere. No tengo ningún inconveniente. En mi negocio todo el mundo me llama GG. Tengo varias empresas aquí, en París. Empresas importantes, ya sabe. Empresas de categoría intelectual. Centros culturales destinados a la promoción de las artes musicales y escénicas. Entre el *boulevard* de Pigalle y Montmartre. Podría decirle que la labor de promotor cultural es seguramente una de las tareas más ingratas que uno puede emprender. Pero todo lo hago por amor a la cultura. Todos los dolores, las pesadumbres, las amarguras y sinsabores los sufro con paciencia porque sé que ello redundará en bien de la humanidad. Para mí la cultura es lo más importante del mundo, señor Miet. Si me pregunta qué me preocupa más, mi vida y mi salud o la cultura universal, puede tener por seguro que demostraré una y mil veces mi devoción por las bellas artes, porque no creo que haya objeto más digno de interés, estudio y promoción que la cultura y el intelecto.

(¿Quiere que vayamos a la iglesia de Notre-Dame-des-Ténèbres, señor Miet?[50] ¿No? Allí podríamos hablar mejor... Bueno).

Por otra parte, a mí me ha correspondido en este «mundo de la sensibilidad y la emoción» —así me gusta definirlo, señor Miet— la ingrata función del mecenazgo: mi pobre caudal, los escasos francos que a duras penas logro ahorrar, todo mi esfuerzo y mi tesón están al servicio de la belleza y el arte. La música delicada que inspira las más bellas emociones, el arte dramático, la elevada poesía... Por fortuna, las musas favorecen los ásperos trabajos de contratación con orquestas, compañías de teatro, pianistas, bailarines, escenógrafos... y gracias a ellas puedo sobrellevar la ingente tarea de ofrecer al mundo todo la más hermosa representación del Parnaso.

En La Chatterie proponemos un repertorio esencialmente musical. Con el concurso de afamados maestros, una orquesta pone nota y armonía a las evoluciones de nuestras artistas en el escenario. Sus elegantes movimientos, dotados de sensualidad y precisión, equilibrio y emoción, ocupan las tablas de un modo como no se ha visto jamás en parte alguna, ni siquiera en Venecia o Milán. ¡Qué modo de danzar! ¡Qué curvilíneos movimientos, señor Miet! Nuestro coro de beldades perfectamente podría haber competido con aquellas nereidas y sílfides, pues no habrá visto usted unas blancuras semejantes, unas dulzuras tan apetitosas y unas evoluciones tan sugestivas como

50. Aunque el entrevistador no parece haberlo comprendido, GG le está ofreciendo cocaína. Al parecer, el nombre de Nuestra Señora de las Tinieblas se debe al poeta Laurent Tailhade (1854-1919), bardo de los suburbios y los bajos fondos parisinos.

las que brincan y se contonean en nuestro escenario. Nuestro coro con frecuencia interpreta el famosísimo número de «El harén de las odaliscas», que siempre ha recibido el aplauso y el elogio general en... bueno, el aplauso y el elogio general. Las cantantes —todas de prestigio internacional, como la *Belle* Katerina, una beldad siberiana cuya figura provocaba desmayos entre el público— han llenado de tiernas emociones La Chatterie con sus gorjeos cantarines durante años y años... Recuerdo a las seductoras hermanas Zuzú, tres representantes de Venus en este mundo cuyas voces ondulaban sobre las partituras con la misma licenciosa armonía de sus caderas.

Las artes poéticas y dramáticas tienen su foro natural en Ma Chère Cousinette, donde un selecto plantel de artistas pone en escena pequeños *tableaux vivants* que consiguen emocionar a nuestra distinguida clientela. Durante varias temporadas fue aclamado por la crítica y el público un cuadro dramático titulado «El serrallo de Nabucodonosor». (Nabucodonosor estaba interpretado por un negro libio dotado de unas condiciones interpretativas excepcionales que compartía con doce alegres huríes). Por lo general en Ma Chère Cousinette se ponen en escena grandes momentos históricos, como el apasionado encuentro de Cleopatra, César y Marco Antonio, las libertades de Leonor de Aquitania con su tío Raimundo, o «el *boudoir* de María Antonieta», y sus excitantes curiosidades; o cuadros mitológicos, como el de Zeus y Dánae, con su famosa lluvia de oro, o la decisión de Paris, sobre cuál de las tres diosas —Atenea, Hera o Afrodita— era la más hermosa, o la historia de Cástor y Pólux, que nacieron de dos huevos junto a Helena y Clitemnestra... En ocasiones, con el fin de que el público general participara de nuestros cuadros mitológicos, organizábamos fiestas generales en honor a Dioniso, en las que celebrábamos elegantes procesiones de danzantes y máscaras, con numerosas referencias al Parnaso de la Antigüedad.

Pero de todos los centros de *beaux arts* que tengo el honor de regentar, mi favorito es La Douce Friandise, que reúne bajo su artístico palio todas las artes en su integridad, con especial dedicación a la conversación y la tertulia intelectual. Allí se congrega la flor y nata del arte y la bohemia parisina, y se debaten los asuntos más controvertidos y excitantes del panorama cultural mundial, como... como... los talentos de Anne Lee Patterson, Lila Lee, Juliette Compton o... o... las habilidades de... Olive Borden o Cléo de Mérode... o Mabel Normand.[51]

51. En los apuntes hay otros nombres incomprensibles o incorrectamente transcritos. Todos ellos corresponden a bailarinas y actrices anteriores a 1925. Aunque resulte grotesco pensar que un hombre como Gérard Gau pudiera haberse dedicado a tareas culturales, lo cierto es que en 1951 —poco antes de morir en turbias circunstancias— publicó un libro en el que narraba las aventuras eróticas y pornográficas —asunto en el que desde luego estaba ampliamente versado— de decenas de bailarinas, actrices, cantantes y cabareteras que gozaron de mediano éxito antes de la Segunda Guerra Mundial, entre las que se encontraban, por ejemplo, Gladys Cooper, Marion Davies, Dorothy Gish, Julia Mooney, Thelma Todd, Mabel Normand, Alice White, la asombrosa Theda Bara, Loretta Young, Bebe Daniels, Lina Frost, o la famosísima Alicia Navarro, que en 1935 fue vencedora del certamen de Miss Europa (Comité Francés de la Elegancia). La entrevista a GG se realizó, según un apunte marginal, en 1939, catorce años después de los hechos que se narran.

Respecto a los establecimientos que regentaba Gérard Gau, se tiene constancia de la existencia de La Chatterie y de Ma Chère Cousinette, que eran dos cabarets de mala nota donde se representaban todo tipo de escenas pornográficas, mientras que La Douce Friandise —de la que no se tiene noticia— muy verosímilmente no era más que un prostíbulo.

Aquel año que dice usted, el de 1925, yo fui a Biarritz porque quería ver si podía establecer en esa ciudad una suerte de teatro de escenas históricas y mitológicas como los que regentaba en París. Desde luego, no voy a decirle que no hubiera allí nada que valiera la pena, porque es una ciudad con una sensibilidad y una elegancia exquisitas, aunque un tanto envarada para el gusto de un parisino. El establecimiento que más se acercaba a mis intereses intelectuales y culturales era Les Sirènes à Biarritz, donde se desenvolvían con singular talento algunas artistas interesantes que... Precisamente recuerdo a dos verdaderos prodigios de la escena dramática, dos jóvenes llamadas Käthe y Hedwigg, a las que no me resistía a verlas representando un pasaje de la mitología alemana, quizá con música de Wagner o de algún otro alemán feroz e imponente.

La noche por la que me pregunta usted era desde luego una noche importante. Se celebraba una fiesta soberbia en el Hôtel du Palais: nada menos que la ceremonia de compromiso de la princesa Irina Voginskaia Zgova, sobrina de la princesa Yourievska, con un industrial americano de nombre... Smith, o algo así. La hermosísima Irina, con sus dieciséis años, prometía tal cantidad de títulos y de apellidos al señor Smith que éste podría presentarse en Nueva York diciendo que era el zar de Rusia y todos lo hubieran dado por bueno. La princesa Irina había tenido que vender un collar de perlas para comprar el vestido que lució en aquella fiesta —o eso fue lo que se dijo—, pero era lo último que iba a tener que vender, porque aquel hombre que la triplicaba en edad estaba dispuesto a convertirla en la zarina de Manhattan.

La fiesta se celebraría en los jardines del hotel, donde se serviría un cóctel, y luego se pasaría a los salones para cenar; después, una magnífica orquesta... Bueno, ya sabe usted cómo era el Hôtel du Palais, sobre todo desde que quedó en manos del señor Cigolini. Se decía que tenías que tener muy mala suerte si un día cualquiera de verano no te topabas en el jardín o en la *rotonde* con el rey de España, el *sha* de Persia, la zarina Feodorova, o con Douglas Fairbanks, Rudyard Kipling o con un *maharajá* del Imperio británico. Los más jacobinos, que recordaban los orígenes napoleónicos y poco republicanos del establecimiento —pues fue Napoleón III quien construyó el viejo Palais para la *séductrice espagnole* Eugenia de Montijo allá por los años cincuenta del siglo pasado—, decían que el Palais contaba con un archivo secreto en el sótano donde se constataba si sus clientes tenían sangre noble o no, en cuyo caso no se les admitía y se les recomendaba acudir a otro hotel menos nobiliario y con menos flores de lis en su decoración.

Se preguntará usted cómo un miembro vinculado a la bohemia artística e intelectual —un servidor— pudo acceder a esos salones nobiliarios e imperiales. Se lo explicaré: yo tenía un amigo en Biarritz, el señor Fevert..., ah, ¿sabe quién es? Sí: un hombre importantísimo, dedicado a la alta política internacional, y con prósperos negocios joyeros por todo el mundo. Naturalmente, el señor Fevert estaba invitado a la fiesta, pero como no había tenido mucho trato con la nobleza rusa y yo tenía algún dominio del idioma ruso y sus complejidades por mis relaciones con la *Belle* Katerina, que trabajaba en uno de mis burd... de mis teatros, me pidió que lo acompañara. (Bueno, en realidad nos lo pidió a un grupo de amigos que... Sí, también se reservó mesa para la señora Chambers, una judía viuda inglesa que lo pintaba todo cuadrado, siempre, aunque se tratara de una voluptuosa suripanta rodeada de bolas de petanca y globos terráqueos; para Gina-Jane, que estaba prendada de la señora Ross Buttgereit-Dientzenhofer —Beatrix Ross Buttgereit-Dientzenhofer, una mujer con un singular mechón pelirrojo, hermosa, pero enigmática y deportiva—; para el acompañante de la señora Ross Buttgereit-Dientzenhofer —creo que se llamaba Wilcox, o algo así—; para el joven Alex... Alexandre Saint-Barthélemy, y para... Bueno, también andaba por allí aquel viejo ridículo, Pierre Sordide, a quien todo el mundo llamaba *l'Entendu*, cuyas atenciones a las muchachas más jóvenes resultaban repugnantes; ignoro quién lo invitó, porque no se sentó con nosotros, *por supuesto*). Como el señor Fevert era *muy amigo mío,* le rogué que extendiera su invitación a una actriz polaca de primera categoría que se llamaba Krystyne, y que había estado recibiendo todo tipo de elogios y aclamaciones por sus interpretaciones en el odeón Les Sirènes à Biarritz.

Lo que le puedo asegurar es que —hasta que ocurrió *aquello*— estábamos disfrutando de una maravillosa velada estival. El jardín lucía un aspecto magnífico, con sus hachones de fuego, sus espléndidas mesas repletas de manjares procedentes de los lugares más exóticos, lejanos y selváticos del mundo, sus fuentes de licores y champán, sus cestas de flores y frutas... Era una noche muy agradable: durante todo el día había hecho un calor sofocante, y la noche trajo una deliciosa brisa marina, salada y embriagadora, que hacía ondular las sedas y los elegantísimos vestidos que se habían reunido en aquella celebérrima ocasión. Los caballeros lucíamos unos rigurosos chaqués de gala, y las damas habían decidido acumular en los salones del Palais todas las joyas de Francia, al parecer; en general, salvo las muchachas más jóvenes y desenvueltas —que preferían las nuevas modas—, todas lucían largos trajes de noche, con ligeros tocados de plumas, y un sinfín de perlas y diamantes en los collares y las diademas.

Mientras permanecimos en los jardines, al arrullo de las espumas y las olas del mar nocturno, todos nos entretuvimos en conversaciones ligeras. El señor Gedeon Wilcox protestaba porque era incapaz de encontrar a un camarero que le preparara un cóctel extrañísimo sin el cual «ninguna fiesta podía comenzar con buen pie» y Eddie se ofreció a buscarle uno de inmediato, porque precisamente conocía a un muchacho que... Gina-Jane tuvo que conformarse con intercambiar maldades con la pintora Sarah Chambers —al parecer había tropezado en las escaleras de su hotel y estaba dolorida, magullada y con un escandaloso moretón en un ojo—, porque Fevert finalmente encontró personas de calidad con las que conversar sobre sus negocios en Londres, en Milán, en Casablanca o en Ciudad del Cabo, y se vio obligado a dejar a su «querida *troupe*» en un extremo del jardín. Respecto a la *divine* Beatrix Ross Buttgereit-Dientzenhofer y su prodigioso mechón pelirrojo, toda la noche anduvo de acá para allá, con sus preguntas enigmáticas, sus notas para los mensajeros y sus coqueterías habituales. Aquel día tuvo un especial interés en saber quiénes eran y cómo se llamaban todos los invitados, pero también cometió algunas de sus extravagancias, como acercarse a la verja del jardín para hablar con dos hombres que al parecer no podían entrar en el hotel. Y salvo por la extrañeza de no ver al joven Alexandre Saint-Barthélemy, siempre tan nervioso y enfermizo, y la tendencia de mi acompañante Krystyne a mostrar sus habilidades danzantes a todos los hombres en un perímetro de varios metros a la redonda, la noche se presentaba francamente maravillosa.

A las nueve, con los últimos fulgores incendiarios del atardecer (¿no ha visto nunca el atardecer en Biarritz, señor Miet? Vaya, ¿y no se siente desgraciado?), los ujieres de cámara del Palais nos fueron comunicando que podíamos pasar ya a la *salle à manger* de la *rotonde*, en la que se iba a celebrar la fiesta de compromiso de la jovencísima y hermosísima princesa Irina Voginskaia Zgova y el acartonado señor Smith.

No le miento si le digo que había más camareros y doncellas que comensales. ¡Qué lujo! ¡Qué ostras! ¡Qué faisanes! ¡Qué *zéphyrs de volailles à la Duchesse*! ¡Qué *gaufrettes*, qué *gâteau*, qué *corbeille*! Los vinos, paradisíacos; los espumosos, edénicos.

«Y ese caballero que habla tanto en la mesa de la izquierda, ¿quién es, señor Fevert?», preguntaba la señora Ross Buttgereit-Dientzenhofer, especialmente curiosa aquella noche.

«Es el juez DuPont —contestaba Charles Fevert, siempre caballeroso—. Y a su lado está el señor alcalde, con un amigo italiano, y su esposa, y la esposa del juez, y la hija del juez, la señorita Margulee DuPont».

«Ahora comprendo que nuestro querido Alex haya decidido evitar esta incómoda situación», dijo Gina-Jane, acariciando distraídamente la espalda desnuda de la *divine* Beatrix con su abanico de plumas.

«Ah, ¿sí? ¡Contadme eso!», exclamó Beatrix Ross, haciendo gala de una pasión por las habladurías que no le conocíamos.

«Estamos convencidos —dijo la pintora Chambers, palpándose su ojo cardenalicio— de que nuestro joven Alexandre Saint-Barthélemy tiene un *affaire* turbulento con esa jovencita del vestidito *flapper* de color violeta: Margulee DuPont. La hija del juez».

Como todos volvimos la cabeza para admirar la juvenil y fresca belleza de Margulee DuPont, mi acompañante —cuya afición por las burbujas de *monsieur* Moët yo ignoraba por completo— decidió llamar la atención y, rodeando la mesa mientras hacía perversa ostentación de sus libidinosas caderas, fue a buscar una cucharilla limpia a una mesa auxiliar, dejando estupefacto, confuso y aterrado al joven camarero que tenía la obligación de cumplir con esa tarea.

«Oh, ¡qué encanto de niña! —dijo Beatrix Ross, clavando su indiscreta mirada en el angelical rostro de Margulee DuPont—. No me imagino un *affaire* turbulento entre esa ricura y nuestro jovencísimo Alex».

«A estas alturas, querida Beatrix —le espetó la pintora Sarah Chambers—, debería saber que cualquier *affaire* turbulento es posible e imaginable en nuestro querido Biarritz».

Como los demás, Fevert prefirió ignorar las malicias de la artista cubista —¿a usted le parece normal pintar las olas cuadradas, señor Miet?—, y continuó presentando al resto de los invitados. «La dama que está al lado del juez DuPont es Pauline Bellay, toda una institución en Biarritz».

«Dicen que su familia la abandonó aquí y no volvieron a verla, porque estaba loca», añadió Sarah Chambers, que desde que había muerto su esposo en la guerra había veraneado siempre en Biarritz —e incluso tenía la idea de quedarse a vivir definitivamente en el pueblo—, y por tanto conocía a muchos de los personajes habituales de la ciudad.

«¡Qué historia tan apasionante!», exclamó Beatrix, y me dio la impresión de que su mechón rojo refulgía de un modo diabólico.

«Sí: apasionante... —murmuró Gina-Jane—; supongo que el juez DuPont estaría de acuerdo con eso».

«A los ingleses siempre nos han encantado las historias de locas —dijo Gedeon Wilcox, apagando un cigarrillo en la concha de una ostra—. Ofelia, Ulrica, Lucy Ashton...».

«¡Yo una vez hice de Ofelia! —exclamó mi acompañante Krystyne, y poniéndose de pie, empezó a recitar y a cantar como una verdadera loca—: ¡Cantad, cantad: do-re-mi...! Esto es romero, para recordar; y éstos, pensamientos... ¡para pensar!». Y comenzó a bailar de un modo que seguramente habría avergonzado a Salomé, a Herodías y a toda la pervertida corte de Jerusalén.

«Krystyne, por Dios —le dije—, no es necesario que nos enseñes...».

«¡La la la...! ¡Y esto es hinoooojo...! ¡Y esto es mi margarita...! ¡Y os daría violetas, pero todas se mustiaron porque no hubo quien las regara...!»,[52] seguía diciendo la loca y ebria Krystyne, mientras ostentaba su...

«Al parecer —murmuró Sarah Chambers ante la curiosidad de toda la mesa (salvo la de Krystyne, que se alejó por el salón en busca de una *toilette* al tiempo que se tambaleaba con una copa de champán en la mano)— la señorita Pauline Bellay y su hermana (¿o era hermanastra?) estaban enamoradísimas de un príncipe ruso, pero cuando la familia tuvo que decidir cuál de ellas contraería tan ventajoso matrimonio, eligieron a la hermanastra, y la señorita Pauline enloqueció de amor».

«Oh», exclamó Gedeon Wilcox.

«El caso es que la trajeron aquí para que la tratara un médico famoso, un discípulo del señor Freud, creo. En fin, una tragedia tras otra. Pero ella no se quiso someter a ninguna terapia de cocaína ni efedrina, y se encerró en su casa, en la villa La Comète... Yo nunca la he visto hacer nada que sugiera que esté loca...».

«Yo sí —dijo Gina-Jane—: Coquetear con ese viejo juez DuPont».

El brindis fue ejecutado maravillosamente por varios amigos del señor Smith —supongo que serían

52. El recitado de las flores de Ofelia (*Hamlet*, IV, v) es uno de los episodios más famosos de la dramaturgia shakesperiana. En todo caso, la señorita Krystyne hizo algunas variaciones, y se recomienda acudir a fuentes fiables para una lectura ajustada del texto inglés. Ésta es la versión de MacMillan & Co., de 1892: «OPHELIA *[sings] Larded with sweet flowers [...]*». Y: *«There's rosemary, that's for remembrances. Pray you, love, remember. And there is pansies, that's for thoughts»;* y más adelante: *«I would give you some violets, but they withered all when my father died»*.

el señor Jones, el señor Johnson, el señor Williams y el señor Jackson—, y por varios familiares principescos de la bellísima Irina, cuyos apellidos serían seguramente más largos y difíciles de pronunciar.

Ya estaba acabando su discurso un caballero con bigote y barba nobiliaria, que aseguraba ser general del extinto ejército de su soberana excelencia el zar de Rusia, cuando oímos a la entrada del salón un verdadero escándalo. Yo supuse que mi Krystyne habría sobrepasado los límites de la decencia y que... pero no. Era un tumulto de camareros y ujieres, todos con sus botones dorados, sus galones y sus elegantes indumentarias, que intentaban detener a alguien que amenazaba con irrumpir en la amena velada del Palais. Al final, por lo visto, el intruso consiguió desembarazarse de la turbamulta de servidores (en este caso, también del orden) que le impedían la entrada y logró alcanzar el centro de la sala, donde comenzó a proferir gritos y alaridos espantosos...

«¡Dios bendito! —exclamo Gina-Jane—, ¡es Alex!».

Efectivamente, allí estaba nuestro joven Alexandre Saint-Barthélemy, atenazado por varios hombres forzudos que procuraban sacarlo del salón y a duras penas podían con él. Alex estaba encendido de ira y casi echaba espumarajos por la boca, mientras gritaba: «¡Maldita, maldita seas, bruja! ¡Me has condenado, me has condenado al infierno para siempre! ¡Ella era inocente! ¡*Era inocente*! ¡ERA INOCENTE!».

Varios caballeros se levantaron, y estaban intentando ayudar a los servidores del faisán y del orden a retirar aquel postre tan desagradable cuando Alex volvió a lanzar un espantoso alarido: «¡Maldita, maldita seas! ¡Bruja, bruja! ¡Estoy condenado para siempre...!», y sacando un revólver, se lo metió en la boca y apretó el gatillo.

Tras el estallido, se hizo un silencio mortal.

Los camareros se apartaron aterrorizados y el cuerpo del muchacho, con los ojos vueltos y el rostro ensangrentado, cayó desmadejado en medio del salón. Después hubo un leve «Oooh» de espanto generalizado. Gina-Jane y Sarah Chambers se llevaron las puntas de los dedos a los labios, admiradas, asombradas y aterrorizadas ante lo que acababan de ver. «¡Qué horror! ¿Qué le habrá ocurrido a nuestro joven Alex para...?», se preguntó con sincera preocupación Charles Fevert. «¡Pobre muchacho!», exclamó el señor Wilcox, encendiendo un cigarrillo.

Beatrix, entonces, se giró hacia Sarah Chambers y comenzó a apremiarla en voz baja: «¿A quién llamaba "bruja"? ¿A quién llamaba "bruja"? ¿A quién, señora Chambers?».

La pintora se encogió de hombros, porque sus conocimientos de las actividades privadas del joven muchacho no llegaban a tanto.

Para sorpresa de todos, Beatrix Ross Buttgereit-Dientzenhofer se desembarazó de Gina-Jane, que había aprovechado la escena para cogerle la mano, y se acercó al cadáver del muchacho. Tenía el brazo izquierdo retorcido hacia atrás, en una postura ridícula, y los nervios seguramente habían sufrido alguna contractura, porque la mano le temblaba espantosamente como si estuviera llamando a los camareros aterrorizados que tenía a sus espaldas. Beatrix se arrodilló y observó de cerca el cadáver y el arma. Y luego, inopinadamente, abandonó la cena sin despedirse y no la volvimos a ver hasta el día siguiente.

Ya sabíamos que la cena se había arruinado, que el baile se había suspendido y que no se serviría más bebida durante la noche, al menos mientras la gendarmería y todos los procedimientos judiciales se llevaran a cabo. Para desolación de Gedeon Wilcox, también se había cerrado la sala de juegos y no habría naipes aquella noche.

Sinceramente, señor Miet: después de ver un espectáculo semejante, lo único que desea un alma sensible como la mía es salir a tomar el aire, emborracharse y dormir profundamente para poder arrancar esas espantosas imágenes de la memoria. Sólo estaba esperando a Krystyne para regresar al elegantísimo Hôtel des Princes, donde me alojaba, cuando la vi llegar con aquel Pierre Sordide, *l'Entendu*, babeando tras ella.

«Debería usted leer a Rimbaud, señorita, a Rimbaud...», le decía a la nínfica Krystyne.

«Ah, ¿sí? Tiene nombre de tamborilero, ese Rimbaud».

16
Bénédict Souillon
Valet de chambre de Charles Fevert

Cada cual tiene su historia, señor Miet.[53] Y mi señor tenía la suya. Claro, ahora usted irá diciendo que si el señor Fevert por aquí que si el señor Fevert por allá. Pero todo lo que hizo mi señor fue favorecer los más altos ideales de la patria, ajustándose en todo al honor y la decencia. Lo que ocurre es que hoy se piensa con la cabeza llena de patrañas judeocristianas. Pero los tiempos que se avecinan cambiarán el mundo para siempre. Es la larga tradición de los siglos la que nos obliga a pensar sin ninguna conciencia heroica y patriótica. Las mujeres y los beatos enseguida lloran como plañideras cuando alguien muere a manos del honor y el valor, ¡pero hay que pensar en *las conse-*

53. La entrevista, según una anotación marginal, se celebró en enero de 1940. Georges Miet no pudo entrevistar al elegante y caballeroso Charles Fevert porque falleció pocos meses después de los sucesos que se narran, cuando regresaba a París desde la costa vasca, víctima al parecer de un infarto fulminante. Como se ha dejado entrever, Fevert tenía ciertas inclinaciones fascistas —muy comunes en la época entre los burgueses cultos— y al parecer su *valet de chambre*, el animoso Bénédict Souillon, era uno de sus más furibundos discípulos. A juzgar por algunos comentarios del propio Fevert y de sus amigos, Bénédict era excesivamente impulsivo en temas políticos. Georges Miet anotó que su entrevistado había estado presente en Coburgo (enero de 1933), donde se celebraron grandes fastos con motivo de la ascensión del Partido Nacionalsocialista al poder en Alemania y en el famoso encuentro de Núremberg, en septiembre de 1938.

cuencias ulteriores, señor mío! *¡Las consecuencias ulteriores!* Enseguida consideramos un asesinato como un mal horrendo o un robo como un comportamiento indigno. Pero nadie considera a David un sujeto miserable por haber matado a Goliat, ni los asotanados cuervos de Roma claman contra el cielo y culpan a Dios por haber acabado con la vida de miles de inocentes soldados egipcios en el mar Rojo. Muchas veces consideramos la violencia como un acto innoble e indigno del ser humano, pero el mismo Jesucristo obró con ira en el Templo cuando entendió que los mercaderes *judíos* estaban usurpando el lugar sagrado. Por eso la violencia, o la desafortunada muerte de algunas personas, o ciertos acaparamientos económicos han de considerarse a la luz de *las consecuencias ulteriores*.

Mi señor, Charles Fevert, era capaz de prever las *consecuencias ulteriores*. Él siempre me lo decía: «No estoy orgulloso de lo que he ordenado hacer... pero debo pensar en los muchos beneficios que se derivarán de las *consecuencias ulteriores*». Por eso, señor Miet, no cabe detenerse en minucias como las subastas de oro secretas, los sobornos a compradores, los soplos, algunos contrabandos, pequeños cohechos, falsificaciones o advertencias a morosos, porque todas esas acciones, consideradas en puridad, sólo promovían el beneficio de mi señor y de la patria.

Un hombre debe ser capaz de elaborar su propio sistema de valores, y entender que la retahíla de pecados tradicionales no son sino acciones puras que deben considerarse a la luz de propósitos, objetivos o bienes más elevados. ¿Entiende lo que quiero decirle? Es lo que yo digo: que estamos juzgando con modelos viejos al hombre nuevo, y eso ni es sensato ni es justo.

¡El mundo despierta ahora a un nuevo día, donde sólo los grandes espíritus tendrán cabida, y serán aplastadas las alimañas que han carcomido hasta la podredumbre a nuestra vieja Europa! ¡La corrupción democrática y sindicalista será extirpada de la patria cual tumor infecto, y la libertad se alzará contra la mugre comunista y socialista que hiede en Rusia...! ¡En Alemania, en Italia, en España, en Francia y en Inglaterra se oyen ya los cánticos gloriosos de la nueva era...!

¿Qué?

No, yo no tuve nada que ver con aquel incidente de la señora Sarah Chambers. A veces los jóvenes se dejan llevar por la pasión y el heroico espíritu nacional, ¿sabe? Lo que puedo decirle es que el señor Charles Fevert estuvo muy apenado, e incluso furioso con los muchachos, porque la señora Chambers era muy amiga suya y, según decía, una excelente persona. (Aunque siendo judía, no me parece a mí que... Y, en fin, dejemos a un lado también sus gustos artísticos, muy perniciosos me parece a mí para la juventud sana de la nueva era). Además, por lo que yo sé, la señora Chambers no era completamente judía... digamos que tenía el nombre y poco más. Había estado casada con un señor Chambers de Plymouth o de Brighton, no estoy seguro. Al parecer, por lo que me contó mi señor, sus abuelos sí eran judíos y tenían una tienda de antigüedades en el viejo Londres. Pero, naturalmente, los jóvenes no entienden todas estas precisiones y, dados los enormes crímenes que están cometiendo los judíos en Europa y su plan para apoderarse del mundo, como ha quedado patente cuando se han desvelado los Protocolos, en ocasiones se dejan llevar por su épico corazón y, con su característica ingenuidad, creen poder aplastar la inmunda cizaña judía arremetiendo contra una pobre mujer ignorante. Incluso esos miserables comunistas, zarrapastrosos e innobles, se han convencido de la necesidad de acabar con la peste judía. Si no me equivoco, fueron ellos los que descubrieron los Protocolos cuando aún estaban los zares en San Petersburgo... Espere..., creo que por aquí tengo el libro de Sergei Nilus, *Lo pequeño en lo grande* o algo así...[54] Ahí se ve bien claro cuáles son las intenciones de los judíos. Yo no digo nada: ¡lo dicen ellos! Y luego tengo este libro sobre una reunión que hubo en el cementerio de Praga... ¿No lo conoce? Es una novela titulada *Biarritz*. La novela no vale nada, pero el autor[55] puso por escrito una reunión que había tenido lugar en el cementerio judío de Praga, donde se conjuraron los representantes de las doce tribus...

54. El libro de Nilus se titulaba *Lo grande en lo pequeño*, publicado en Rusia en 1902, e incluía los capítulos secretos de los Protocolos de los sabios de Sión. Aunque ya a principios de los años veinte pareció quedar claro que dichos Protocolos eran un bulo antisemita elaborado por el servicio secreto zarista (Ojrana) para favorecer las persecuciones judías, la publicación de la noticia como cierta en periódicos de gran relevancia, como el *Times* británico, promovió que el bulo permaneciera vivo durante muchas décadas, y en toda Europa. El mismo Hitler los daba como ciertos en su libro *Mi lucha*. El burdo libelo fabricado por el antisemitismo soviético fue en buena parte el causante del Holocausto alemán y las matanzas indiscriminadas de judíos en Rusia y en otros países de Europa.

55. El autor de esa obra, *Biarritz* (1866), era el prusiano Hermann O. F. Goedsche (1815-1878), que con frecuencia utilizó el seudónimo de sir John Retcliffe o Radcliffe. En dicha novela aparecía la escena conspirativa de los sabios de Sión, que se imprimió por separado, se copió y se plagió durante décadas, dándose por cierta, a pesar de los continuos desmentidos de los especialistas, que no tardaron en rastrear las fuentes novelescas de Goedsche (entre otros, Dumas).

¡con el fin de adueñarse del mundo entero! Tuvo suerte el autor al saber de dicha reunión, porque los sabios de las doce tribus sólo se reúnen cada cien años. He de decirle, señor Miet, que es uno de los planes mejor urdidos que he visto en mi vida: y esto no es suponer que los judíos sean inteligentes, sino astutos, ambiciosos, avariciosos, taimados y arteros. La poca inteligencia que tienen la utilizan para el mal. Si no tenemos ánimo y valor para evitarlo, los judíos se harán con el poder mundial en el plazo de cien años: aquí lo dice bien claro. ¿No le parece a usted increíble que una especie así se haya diseminado con tanta fortuna por el mundo...?

¿Cómo que no distingue a los judíos?

Pues... no sé, por... Bueno, por el judaísmo y la maldad suya propia...

¿Qué?

Ah, sí, desde luego, desde luego, naturalmente... Lo de la señora Beatrix Ross. Desde luego.

Yo no recuerdo bien el día exacto, pero era a principios de agosto. Un calor sofocante. Quizá un par de días después de aquella fiesta tan accidentada del Palais, cuando se pegó un tiro aquel muchacho. Digo yo que serían dos o tres días después. Sí, hacía un calor insoportable, y desde primera hora de la mañana todo el mundo andaba diciendo que se avecinaba tormenta.

En mi vida había visto a aquella mujer, y puedo asegurarle que, aunque sólo me topé con ella en esa ocasión, jamás se me despintará. Bueno, ya sabe, señor Miet, era de esas mujeres a las que uno no puede dejar de mirar.

Se presentó en casa a media mañana. Aquel año

el señor había ocupado la Villa Montalivet, una mansión magnífica que generosamente le había cedido para el verano su propietario, un señor americano llamado Frederick-Henry Prince. Estaba cerca del faro. Sin desmerecer otras villas y otros lugares que visité estando al servicio de mi señor, he de decir que Villa Montalivet es el palacio más asombroso que han tenido el honor de pisar mis patrióticos zapatos.

Pues bien, a media mañana oí un ruido espeluznante y, al salir a la calle, me aterrorizó un formidable vehículo rojo que frenó en la gravilla levantando una polvareda de mil demonios. De allí saltó una mujer que lucía un vestido blanco matutino cuya falda de seda ondeó al viento marino con una ligereza mayor de la que un sirviente tan honesto y caballeroso como yo debería admitir. La mujer se ajustó unos guantes blancos y las gafas de sol de cristales azules que ocultaban su mirada y se dirigió con paso sinuoso y curvilíneo, pero firme, hacia mí, que permanecía esperando *consecuencias ulteriores* junto a la puerta.

«Me espera el señor Fevert», dijo.

El señor Fevert me había avisado de la inmediata llegada de la señora Ross Buttgereit-Dientzenhofer, y yo esperaba encontrarme con una de esas escuálidas, secas y translúcidas mujeres británicas que van agriando el carácter del mundo entero durante sus viajes. Sin embargo, la señora Ross Buttgereit-Dientzenhofer era una mujer espléndida, hermosísima, y con un fabuloso mechón rojo en su pelo moreno. Al final decidió quitarse los guantes mientras se acercaba a la puerta, y ello se debió seguramente al espantoso calor de aquel agosto infernal.

«Sí, señora Ross Buttgereit-Dientzenhofer. El señor Fevert la espera a usted en su despacho. Si tiene la amabilidad de acompañarme...», le dije, recurriendo a un expediente memorizado durante años.

El señor Fevert se encontraba en la biblioteca, donde solía pasar todas las mañanas, excepto cuando algún compromiso le obligaba a bajar a la ciudad. Tras consultar a la señora Ross Buttgereit-Dientzenhofer, el señor me pidió que subiera café o que encomendara dicha tarea a la camarera —una torpe mujer vasca llamada Oleta, hija de unos socialistas—. Por supuesto, ante la importancia de aquella visita, preferí ocuparme personalmente del servicio de café.

Cuando subí con la bandeja, el señor Fevert había desplegado varios catálogos de joyas en una mesa baja que había en la biblioteca, y la señora Ross Buttgereit-Dientzenhofer había dejado las gafas de sol y los guantes en una mesita auxiliar, mientras observaba detenida y atentamente aquellos libros.

«Aquí aparece *Le Prince Charmant* —decía mi señor—, pero en esa época creo que pertenecía a un noble italiano. Permítame. Sí, aquí está: el conde Agustino Frioldi. No. Tenemos que buscar en el catálogo de Watteredge. Veamos...».

Mientras yo servía el café, la señora Ross Buttgereit-Dientzenhofer me lanzó alguna mirada de desconfianza, como si no se atreviera a hablar con libertad en mi presencia.

Por fin, pareció que encontraban lo que buscaban en uno de los catálogos.

«Mis amigos me aseguran que se trata de esta joya, señor Fevert», dijo finalmente.

Mi señor asintió y, aunque me pareció entrever alguna duda, finalmente admitió que los tales «amigos» de la señora Ross Buttgereit-Dientzenhofer estaban en lo cierto.

«Sí. Desde luego. Así es. Antes de que llegara usted he llamado al señor Trémonceau, de la joyería Boucheron, y me lo ha confirmado. Es *Le Prince Charmant*. Lo llevó a la joyería un muchacho... Trémonceau está seguro de que es el hijo del sepulturero... Le pagó ciento cincuenta francos. Pero ahora la joya tiene que permanecer durante bastantes años fuera de la circulación, así que seguramente la compraré yo... Si estuviera "limpia", podría valer hasta doce mil francos; pero no conocemos su "historia", y puede ser bastante turbia y desagradable, así que tal vez pueda comprarla por seis o siete mil francos y dejarla "durmiendo" unos años...».

¿Entiende ahora, señor Miet, lo que le decía de mi señor? Mi señor siempre tiene presentes las *consecuencias ulteriores*. ¿Qué sería del mundo si no hubiera personas con heroica disposición capaces de prever *consecuencias ulteriores*? Ya sé, señor Miet, que muchos deslenguados señalaban traicioneramente a mi señor como un especulador de desahuciados, como si anduviera por los caminos arrebatándole los dientes de oro a los ahorcados. ¡Envidia y maledicencia! Eso es lo que sobra en nuestra patria, y feroces combatientes por la libertad y el honor es lo que falta. Mi señor siempre actuó por el bien del arte y la orfebrería, y puedo decirle que abonó épicas sumas de dinero para favorecer la implantación del nacionalsocialismo en nuestra patria. Por desgracia, la fortuna no quiso que pudiera ver cumplido nuestro anhelado sueño de grandeza y prosperidad franca que...

Ah, sí, disculpe, señor Miet, disculpe... La conversación..., sí, la conversación.

Recuerdo la mirada de la señora Ross Buttgereit-Dientzenhofer, perdida más allá de los cristales del ventanal, donde se agolpaban unas aterradoras nubes densas y negras, como la amenaza comunista, cuando estalló un trueno prodigioso que me sobresaltó de tal manera que buena parte del café cayó en la alfombra. Lamenté mi torpeza reiteradamente ante mi señor, y tras bajar a las cocinas en busca del apropiado material higiénico, estuve allí arrodillado una buena media hora, intentando limpiar aquella mancha que menoscababa la alfombra y mi hoja de servicios domésticos.

La señora Ross Buttgereit-Dientzenhofer insistía en que no entendía *nada*.

«Mis amigos me han pedido que le agradezca encarecidamente la ayuda que nos presta. No entienden... mis amigos no entienden... en fin, no entendemos cómo pudo llegar una joya semejante a manos de una aprendiza de librería».

La mancha de café se resistía, y vi cómo mi señor se encogía de hombros.

«¿Es posible que la muchacha no conociera el valor real de la joya que llevaba en la mano? —prosiguió la señora Ross Buttgereit-Dientzenhofer—. No entendemos bien por qué se arrojó al mar y se quitó la vida. No comprendemos su desesperación: cualquier dificultad o problema que tuviera podría haberlo solventado vendiendo ese diamante o...».

«Ciertamente... es difícil de entender, señora Ross Buttgereit-Dientzenhofer —admitió el señor Fevert—. Y compartiré con usted un detalle que aún lo enreda todo un poco más. El joyero Trémonceau me ha asegurado que *Le Prince Charmant* se compró en la tienda de Londres hace casi diez años».

«¿Hace casi diez años?», preguntó la señora Beatrix Ross Buttgereit-Dientzenhofer, jugueteando con sus gafas de cristales azules.

«La adquirió un caballero llamado Williams».

«Un nombre demasiado común. Falso, naturalmente».

«Naturalmente», admitió mi señor, que me lanzó varias miradas de preocupación ante la terca resistencia de la mancha de café.

«Será mejor que dejes eso para otro momento, Bénédict», me dijo.

Pero yo no estaba dispuesto a que aquella mancha ensuciara toda una vida dedicada al servicio doméstico. Esas manchas ensucian las alfombras y el honor al mismo tiempo.

«No se preocupen por mí, señores, acabaré enseguida...».

No es que a mí me importara lo que decían, naturalmente, pero uno no se puede cortar las orejas. Las orejas no son como los ojos, que uno los puede cerrar, o como la nariz, que puede respirar por la boca para evitar un hedor. Las orejas están siempre predispuestas a escuchar, y por eso lo oí todo.

La señora Beatrix Ross Buttgereit-Dientzenhofer se acercó al ventanal. El señor Hugo habría dicho que aquella espléndida mujer tenía un perfil helenístico, pero a mí me pareció que era mucho más humana y carnal, y mucho más hermosa que helenística, desde luego.

«¿Se sabe algo de...?».

«¿De Alex? No».

«¿Nada?».

«Verá, señora Ross —dijo mi señor Fevert, acercándose también al ventanal—. Biarritz no es Londres, y la gendarmería de este pequeño pueblecito estival no es Scotland Yard. En Biarritz, Jack *el Destripador* acabaría con todas las prostitutas de la ciudad antes de que Anatole Billard y los suyos consiguieran detenerlo».

«¿A quién llamaba "bruja"?».

«A su novia, supongo».

«¿A Margulee DuPont? —preguntó incrédula la señora Ross Buttgereit-Dientzenhofer—. No. En absoluto. Ni hablar. Gina-Jane tiene una teoría: dice que Alex fue sorprendido en una actitud poco decorosa en la alcoba de Margulee. Su madre, escandalizada, le habría prohibido a su hija que mantuviera alguna relación con Alexandre Saint-Barthélemy. Dicha prohibición, según la señora Chambers, tendría muchas ventajas, porque el muchacho era pobre como una rata...».

(Ah, los judíos, siempre pensando en el dinero).

«Al parecer —prosiguió la señora Ross Buttgereit-Dientzenhofer, con la animación de quien cuenta una novela romántica—, el señor juez DuPont, a instancias de su esposa, ha decidido enviar a Margulee a un internado religioso en Suiza... Así que *la bruja* era la señora DuPont y *la inocente*, obviamente, la pobre Margulee. Como en los cuentos».

El señor Fevert se encogió de hombros.

«Supongo que Gina-Jane y la señora Chambers tienen razón. No soy un experto en amores juveniles, así que imagino que...».

Entonces ocurrió algo sorprendente, señor Miet.

A la señora Beatrix Ross Buttgereit-Dientzenhofer pareció incendiársele en inflamadas llamas aquel mechón rojo de su cabello... Luego se giró lentamente y, con feroces centellas en sus pupilas, clavó la mirada en mi señor Fevert.

«Señor Fevert. ¿Cree que soy estúpida?», le dijo.

«No, señora..., desde luego, no...».

«Ella era inocente. Ella *era* inocente: *Aitzane Palefroi era inocente*. Buenos días».

17

Sœur Marie-Béthanie (*née* Margulee DuPont)

Hermana del monasterio de Notre-Dame de Magescq Hija del juez DuPont

Ave María purísima.

No debería haber aceptado su proposición, señor Miet. Soy una humilde esposa de Jesucristo. Ni puedo, ni quiero ni debo mezclarme con el mundo. Y recordar todo aquello no puede hacer ningún bien ya a nadie. ¿Cuánto hace de...? Ah. Qué horror. ¿Quince, dieciséis, diecisiete años?[56] No debería haber aceptado esta entrevista, señor Miet. Que Dios se apiade de mí. Aquella mujerzuela a la que todos conocían como Margulee DuPont ya no existe: su espíritu andará vagando por los caminos, como María Magdalena. Yo ocupo su nauseabundo cuerpo, pero otro espíritu habita su alma, entregado y consagrado para siempre a Dios Nuestro Señor, a su hijo Jesucristo, a nuestra madre la Virgen María, al Espíritu Santo y todos los santos y todos los arcángeles celestiales...

56. Según los apuntes de Georges Miet, la mujer conocida en el mundo como Margulee DuPont y consagrada a Dios como la hermana *(sœur)* Marie-Béthanie, en esos momentos tenía treinta y tres años. No hay datos fiables, pero esa cifra sugiere que la entrevista tuvo lugar en el año 1941. Transcurridos, por tanto, más de tres lustros años desde que aconteciera el drama de Biarritz, ha de entenderse que Margulee DuPont, hija del juez DuPont, tenía dieciséis años en 1925.

Mire a su alrededor, señor escritor. Contemple la faz de Dios en estos claustros, señor Miet. Permita que su espíritu se impregne en la paz de Notre-Dame de Magescq. Y ahora, dígame:

¿Cree que es éste lugar para enfangarse en escándalos y murmuraciones? ¿Cree que puede usted, impunemente, arrastrar toda la inmundicia moral a estos santos lugares y presentarla con desvergüenza en estos espacios que deberían permanecer inmaculados e incólumes a todos los nefandos vicios del mundo?

Me refugié en este sagrado lugar para huir de los demonios que me acosaban, de las sierpes que me corroían el alma, de los diablos que me arrastraban al pecado y la depravación. Cuando crucé ese sagrado portalón de ancianísimas y venerables maderas, me juré no volver la mirada a las podredumbres del mundo y apartar de mi memoria los repulsivos recuerdos de aquellos días. Pero estamos en manos de Dios, y Dios quiere al parecer que siga expiando mis pecados enviándole a usted aquí, para que humille mi cerviz y me arrastre por el fango, y recuerde así la miserable existencia que llevaba hasta que quiso acogerme en su seno...

Ah..., siento el mismísimo agusanamiento del alma al recordar cómo era mi vida en aquellos despreciables días. ¿Cómo podrán mis labios entretenerse en la depravación lujuriosa de Biarritz cuando mis ojos tienen delante este ameno claustro, con su cristalina fuente, sus rosaledas perfumadas y sus alegres limoneros? ¿No se escandalizarán estas venerables piedras medievales al escuchar la disipación, el envilecimiento y la degeneración a la que se entregaba aquella sociedad podrida? ¿No quedarán para siempre manchadas de ignominia estas sacrosantas paredes, donde mis hermanas se entregan piadosamente a la devoción para complacencia de Dios Nuestro Señor?

Pero puesto que el Señor lo ha traído hasta aquí, y ha permitido que traspase usted, señor Miet, las dichosas puertas de Notre-Dame de Magescq, hágase la voluntad de Dios, pues no es nadie esta humilde y miserable sierva para contradecir los mandatos del Todopoderoso.

Si he de confesar todos mis pecados ante el mundo, los confesaré. Mas le pido, señor Miet, que después de esto no vuelva a importunarme. Todo se lo contaré, salvo que mi propio pudor y mi vergüenza me lo impidan, pues es la pena que me impone el Señor, mas le ruego que no utilice mis palabras ni cite mi apellido en ese compendio de vicios que atesora, ni miente jamás la santa advocación de este monasterio, ni la orden a la que pertenezco, ni pronuncie el nombre de Dios en vano, ni lo enturbie ni lo mezcle con esas vilezas e inmoralidades, o rogaré al Dios del Cielo que descargue contra su malhadada cabeza toda la furia del Todopoderoso, hasta que no queden de usted más que cenizas sucias, y un arroyo con miasmas de vertedero arrastre sus despojos y sus últimos rescoldos hasta un pozo negro que...[57]

57. Las maldiciones y amenazas se alargan considerablemente, hasta tres páginas cumplidas del cuaderno número III. Los editores consideraron muy seriamente la posibilidad de evitar la publicación de esta entrevista, y no tanto por las amenazas condenatorias sino por la petición expresa de la interesada y su deseo de permanecer al margen del conflicto. Sin embargo, tras un intenso debate con el traductor y los responsables legales de

[...]

Mi familia vivía en Villa Mirabel, cerca de Saint Charles.

Sí.

En Biarritz.

Mi padre, que el Señor proteja de todo mal, había ocupado el puesto de juez antes de que mi hermana Fabienne y yo naciéramos. Y aunque luego ocurrió lo que ocurrió y lo desterraron a la isla de Reunión, siempre fue un personaje importantísimo en Biarritz, y todos le guardaban el respeto debido y la consideración obligada. Los demonios, que nunca duermen ni descansan, y acechan a los hombres justos, se encarnizaron con mi padre y emponzoñaron el corazón de los envidiosos. Mi pobre padre sufrió la mayor ignominia, la peor infamia y la más cruel injusticia que se le puede infligir a un juez. Y no me extrañaría que aquel secretario judicial..., aquel hombre repugnante que siempre andaba con papeles y formularios de un lado a otro y que siempre me miraba con ojos lascivos..., qué asco... ¿Cómo dice? Sí, creo que sí, creo que se llamaba así... Démosthène no sé qué... Sí: no me extrañaría que hubiera sido él quien denunció a mi padre, acusándolo de cohecho y encubrimiento. Que Dios lo perdone. (A mi padre, digo; al secretario judicial no se le podrá perdonar ni haciendo uso de toda la benevolencia divina). Todo se conjugó en aquellos meses para que el prestigio y el honor de mi pobre padre

---

nuestra editorial, con la Oficina Episcopal de Burdeos y con la cátedra de Teología Petrus Abelardus de Colonia, se decidió finalmente publicar la entrevista, en el bien entendido de que se eliminará en sucesivas reediciones, si las hubiere, en caso de que alguien de la familia DuPont o alguna institución religiosa así lo demandare *(N. del ed.)*.

quedara en entredicho y estuviera en boca de los aldeanos de Biarritz, siempre dados a la ofensa murmuradora.

Y buena culpa de las zozobras de aquel tiempo, y del acabamiento de mi familia, y del abatimiento de mi padre, la tuvo aquella mujer que vivía en La Comète, *mademoiselle* Pauline Bellay.

Pauline Bellay.

Sí.

Decían que aquella mujer había perdido el juicio porque un amante que tuvo la abanonó por su hermana. Eso decían, que yo no lo sé. Todo en torno a ella era turbio: mi hermana Fabienne siempre decía que la señorita Bellay nos traería una desgracia... y así fue. (Y no es que apruebe el oficio que profesa actualmente mi hermana, pero... en fin, sí: en aquella ocasión tenía razón).[58] Para mí, que por aquel entonces tenía dieciséis años, aquella mujer no era más que la excéntrica que vivía en La Comète... Mi madre no podía soportar siquiera su nombre —se refería a ella como *«notre chère péronelle»*—,[59] aunque se viera obligada a compartir mesa con ella de tanto en tanto por razones sociales, ya que aquella mujer era lo que se llamaba entonces una *femme distinguée* en Biarritz. Mi hermana

58. Fabienne DuPont, hermana menor de Margulee, siempre estuvo vinculada a las artes esotéricas, como la misma sor Marie-Béthanie comentará más adelante. Se trata, por tanto, de una referencia a sus hipotéticas habilidades adivinatorias. Fabienne DuPont, como su hermana, cambió su nombre por razones profesionales y vocacionales (Venus Délfica se hizo llamar) y tuvo despachos de tarot, quiromancia y otras discipinas en Biarritz, en Burdeos y en Marsella. Se le incoaron varios expedientes administrativos y fue condenada —al menos— en dos ocasiones a pequeñas penas de prisión por estafa y dolo.

59. Casi "señoritinga".

Fabienne escuchaba con atención todas las habladurías que mi madre le contaba a propósito de la señorita Bellay. Decían que había llegado a Biarritz abandonada por su familia, medio loca y perturbada, y durante mucho tiempo estuvieron pasando por su casa aquellos psiquiatras nuevos austríacos, pero al final y al parecer no habían podido sacar nada en claro de ella. Mi madre decía que por lo general se mostraba muy alegre y jovial, pero que de pronto se le velaban los ojos y parecía como absorta en una melancolía enferma y empezaba a hablar de su juventud, como una perturbada, y a veces ponía voz de niña o farfullaba palabras sin sentido... En fin: mi pobre madre probablemente murmuraba de aquella pobre mujer porque mi padre..., bueno, mi padre tenía especial debilidad por aquella *mademoiselle* Pauline Bellay y no consentía que en su presencia la tomáramos por loca o demente. Tengo para mí que mi padre sentía lástima por aquella mujer, a la que toda su familia había abandonado en Biarritz, con una sustanciosa pensión, es cierto..., pero abandonada al fin y al cabo a la soledad. Y creo que si mi padre la visitaba con frecuencia y la invitaba a cenar, o la acompañaba al teatro, o iba con ella a dar un paseo por la *promenade*, no era más que por una voluntad caritativa. Las atenciones que mi padre le dispensaba a aquella señorita Bellay acabaron por amargarle la existencia a mi madre, que sufría unas jaquecas espantosas que sólo se curaban con unas pastillas de morfina que siempre llevaba consigo. Y no piense, señor Miet, que me gusta decir esto —que Dios me perdone—, pero creo que fue mi propia madre la que —con sus irresponsables celos— consiguió difundir aquellos rumores sobre mi padre... Creo que en Biarritz no había quien no supiera que el señor juez Du-Pont había perdido la cabeza por aquella mujer. Se hacían bromas soeces: «El señor juez ha perdido el juicio por una vieja que ha perdido la cabeza». O algo así. Que Dios me perdone. ¡Mi padre enamorado de *mademoiselle* Pauline Bellay! ¡Ah, ni que la señorita Pauline Bellay fuera Ruth Saint Denis!

Mi madre tenía muchos nervios desde la Gran Guerra, y todos los rumores le levantaban horribles dolores de cabeza; por eso la pobre tenía que tomar... Pero —que Dios nos perdone a todos—, estoy por jurar en estos sagrados claustros que nos acogen que siempre fue completamente falso que mi padre perdiera la cabeza por aquella mujer, por más que desde el mercado hasta el faro no hiciera más que repetirse aquella ignominia. Ni mi padre —que Dios proteja en el oceánico destierro— le dispensó nunca, según creo, atenciones amorosas a *mademoiselle* Bellay ni creo que ésta hubiera cedido nunca a las hipotéticas pretensiones amorosas de mi padre, si las hubiera habido, cosa que no concibo.

Y respecto al asunto que conmocionó a la ciudad... —que Dios se apiade de nuestras almas pecadoras—, estoy convencida y segura de que todo lo que se dijo era completamente falso. Muchas noches, en mi celda, he pensado en las argucias que tramaría Satanás, el gran embustero —que el Señor mantenga en el infierno—, para conseguir que aquella red de confabulaciones se cerniera sobre mi familia hasta condenarla a la infamia y el ostracismo. Mi padre era un hombre de ley, y ninguna pasión, por muy febril y perturbadora que fuera, podría haberle inducido a cometer los delitos de los que se le acusó. ¿Cómo pudo ser, Dios santo, que pudiera hablarse de pasiones febriles, de ocultamientos, de prevaricaciones, de engaños y de encubrimientos? Por Jesucristo Nuestro Señor, que dibuja con sagrada mano la partitura de los trinos de los pajarillos y pinta con glorioso pincel los matizados colores de las rosas, le aseguro, señor Miet, que el confinamiento de mi padre en esas islas perdidas en el Índico fue un completo ultraje.

Y eso es todo.

Ya hemos terminado, ¿verdad? Bueno, pues quede usted con Dios, señor Miet, buenas tar...

¿Alex?

¿Qué?

¿Alexandre Saint-Barthélemy?

¿Qué quiere saber de Alex?

¿Qué quiere saber? ¡Ah, de nuevo las habladurías y los rumores están tejiendo la red de la infamia, y de nuevo la maledicencia pretende ensuciar el mundo con sus afrentas! ¡Que Dios se apiade de nosotros, pecadores!

No creo... Yo no...

Hace tantos años y... yo no...

Alex. Supongo que sabrá usted que acabó quitándose la vida en el Hôtel du Palais, delante de todo el mundo... Que Dios lo tenga...

Alex era...

Discúlpeme.

[...][60]

60. Se ignora por completo cuál fue la causa de esta interrupción. Aparentemente, la hermana Marie-Béthanie parece emocionada ante la

Alex era hijo del famoso ingeniero militar Saint-Barthélemy, que trabajó en la empresa Astra con los dirigibles. Allí se fabricaban los zepelines que se utilizaron en la Gran Guerra. Alex me contó que su padre había muerto —que Dios lo tenga en su Gloria— a bordo de un zepelín rígido en una expedición de reconocimiento: al parecer el fuego de las ametralladoras hizo estallar el gas y la cabina se precipitó en las montañas de Grenoble, aunque sus cadáveres nunca se encontraron. No sé si debería decirle esto, señor Miet, pero... —que Dios me perdone— Alex me confesó que desde la muerte del capitán Saint-Barthélemy, la familia había vivido en la miseria, y no porque no tuvieran rentas con las que podrían haberse mantenido holgadamente durante muchos años, sino por la mala cabeza de la señora Saint-Barthélemy. Cuando su esposo murió, ella y sus dos hijos, Alex y su hermanita Pascaline (que era un poco rara, la pobre, y se hizo alpinista de mayor), se trasladaron a Biarritz, que era el pueblo donde había nacido. Y yo no sé si sería la amargura por haber perdido a su marido, o los vicios propios suyos, el caso es que comenzó a dilapidar todos los ahorros que tenía, e incluso los que no tenía. En el juego, en las apuestas y..., oh, no quiero seguir este camino ni hacerme eco de las habladurías. Así que, aunque vivían en una casita muy aseada, cerca de Les Rocailles, su situación era desesperada.

Conocí a Alex en el hipódromo, cuando yo apenas contaba quince años y él pocos más. Había ido acom-

---

idea de recuperar la memoria de su antiguo y joven enamorado, pero tal vez sólo tuvo que abandonar la conversación por alguna obligación en el monasterio.

pañando a su madre, que *también* apostaba a los caballos, y yo había acudido con mis padres. Como ni a él ni a mí nos interesaban demasiado las carreras, coincidimos en la *terrasse* tomando un helado, y mi torpeza quiso que una fresa del mío fuera a caer en su zapato blanco. En fin, señor Miet... Aún no había recibido la gracia de Dios.

Ah. El Señor me enviará a su ángel exterminador si me descuido y parezco vanidosa, pero yo diría que aquel muchacho estaba enamorado de mí. Si lo admitíamos en casa, naturalmente, era porque se presentaba como el hijo del capitán Saint-Barthélemy, fallecido heroicamente durante la guerra, y no porque ni mi hermana Fabienne ni yo tuviéramos ningún interés amoroso en aquel muchacho. Aunque, por otra parte, debo confesar que era un joven amable y muy formal. Mis padres podían estar completamente tranquilos y despreocupados dejándonos a las dos hermanas con él en la biblioteca o en la sala de juegos o en... Con frecuencia, Fabienne le pedía que nos leyera algún libro o jugábamos a las cartas, o contábamos adivinanzas o algo. No le negaré —si no se lo digo yo, algún desvergonzado lo hará— que las malas lenguas sembraron cizañas e infamias sobre mí y mi hermana, diciendo que nos dábamos a los más execrables pecados con el pobre Alex, que el Señor tenga en su gloria. ¡Si apenas teníamos dieciséis años! Una nunca sabe hasta dónde puede alcanzar la maldad humana, señor Miet: llegué a saber que decían que mi hermana Fabienne y yo aprovechábamos las ausencias de mis padres —por sus obligaciones sociales— para hacer entrar a Alex por una puerta trasera o por la ventana, y que organizábamos en nuestro cuarto teatrillos y fantasías que remataban en espantosas orgías... ¡Que Dios me perdone! ¡Y que perdone, con toda su misericordia, a los infames que divulgaron esas tropelías de mi hermana y de mí! Y aquellos repugnantes infundios no sólo nos afectaban a mi hermana y a mí, sino que alcanzaban a Adélaide Sinnet, a Léonore Lessage, a Lorraine Zirenne, a Thérèse Renoir, a Didianne Benédicte-Aix, a Edith Tremignon y a Fanfan Loi. Al parecer, no nos bastaba con las indecencias que suponían con el pobre Alex, sino que mediante argucias, engaños y promesas libidinosas, mi hermana Fabienne y yo arrastrábamos a nuestra perversa alcoba a todas aquellas jovencitas, con las que nos entregábamos a los más repugnantes vicios. ¡Es asombroso hasta dónde puede llegar la escandalosa y degenerada imaginación del pueblo llano! Una no sabe qué pensar: mi hermana Fabienne siempre tuvo propensión a los mareos y a los desmayos, y con frecuencia teníamos que llamar al doctor Sile, para que aliviara sus desvanecimientos, debidos a la circulación de la sangre, como se supo luego con el esfigmomanómetro del doctor. Pero estas verdades científicas —como las verdades divinas— nada importan al pueblo llano: para esa ralea todo era el resultado del champán, el vino de coca, o las tabletas Bayer. Cuando en cierta ocasión Lorraine, Didianne y Fanfan perdieron la conciencia en nuestra casa, ninguno de esos maledicentes quiso saber nada de la chimenea obturada por un nido de palomas y de la intoxicación por humo —tal y como dijo el doctor Sile—, sino que se enfangaron en toda suerte de habladurías, acusándome a mí y a mi hermana de organizar en mi casa los aquelarres más desvergonzados que imaginarse puedan.

¿Cree usted, señor escritor, que unas niñas como nosotras, apenas en la flor de la niñez, íbamos a saber de placeres y sensualidades como las que nos achacaban? (Que Fanfan acabara trabajando en Les Sirènes à Biarritz antes de cumplir los veinte, nada explica: pues siempre nos dijo que interpretaba un número teatral muy decente y culto relativo al rapto de Helena).

Al final, por culpa de semejantes infamias, mis padres no tuvieron más remedio que restringir las visitas de Alex y otros amigos nuestros, con quienes mi hermana y yo teníamos una amistad pura y desinteresada. Fabianne dijo que se volvería loca si no permitían que Lorraine y Fanfan volvieran a casa, pues ciertamente las adoraba, y podían pasar horas y horas encerradas en su cuarto, probándose vestidos y riendo inocentemente.

Pero Alex... en todo caso, señor escritor, no se quitó la vida por mí. Gracias a Dios. No sé qué habría sido de mí si aquel pobre muchacho hubiera decidido matarse por mi culpa. Yo nunca le negué nada... quiero decir, entiéndame, señor Miet, quiero decir..., que nunca le prometí nada que mi honestidad y mi inocencia no pudiera concederle. Su vida estaba marcada, según mi hermana Fabianne. Una noche, después de... una noche, por entretenernos los tres, Fabienne dijo que le echaría las cartas del tarot. (Ay, Dios mío..., ya entonces tenía en la sangre el vicio de la adivinación, que tantos disgustos nos ha costado y que tanto enoja a Jesucristo Nuestro Señor). Recuerdo que... —mire, también en esto acertó—, recuerdo que Fabianne le dijo: «Veo que hay una noche oscura, y llevas una pesada carga sobre tus hombros». ¿Lo entiende usted, señor Miet? «Veo una noche oscura y llevas una pesada carga sobre tus hombros». Naturalmente, ése era el augurio de su muerte, de su penosa y triste muerte, de su suicidio, ofensivo y pecaminoso a ojos de Dios.

Pero, como le dije a la señora Beatrix Ross, su malhadado suicidio nada tuvo que ver conmigo, sino más bien —digo yo— con la desesperada situación financiera de su casa... Oh. ¡Qué horror! ¡Yo estaba desolada! Necesité que el doctor Sile me proporcionara pastillas de morfina, como a mi madre. ¡Fue un espectáculo espantoso! ¡Pobre Alex! Ya lo sabrá usted... Se presentó enloquecido en el Palais, a unos pasos de nuestra mesa, y gritando como fuera de sí... e insultándonos, se metió en la boca... Últimamente Alex parecía nervioso, agotado, irritable, desesperado... Eso mismo le conté a la señora Beatrix Ross.

Sí.

Hablé con la señora Beatrix Ross.

¿Por qué le interesa tanto?

Hablé con ella tres o cuatro días después de lo que sucedió en el Palais. Aquella mañana me encontraba yo en el Hôtel des Postes, en Bellevue, enviando el correo, cuando se acercó esa mujer del mechón pelirrojo. (Había algo diabólico en aquella inglesa...). Yo la reconocí porque el terrible día del suicidio de Alex, ella ocupaba una mesa al lado de la nuestra, y aquel mechón pelirrojo no se olvida fácilmente. Fue la primera que se acercó al cuerpo del pobre Alex cuando cayó en medio del salón, desvencijado el pobre y tembloroso, con la cara ensangrentada y los ojos perdidos ya en el purgatorio de los suicidas... Aunque yo tenía prisa por regresar a casa, y, después de lo acontecido, mi madre me había recomendado no permanecer mucho tiempo en la calle en una ciudad tan peligrosa, la señora Beatrix Ross me rogó y me rogó que la acompañara a una *pâtisserie* de Mazagran... Me tentó con un helado. No me pude resistir a sus encantos, pues los tenía... Me refiero, señor Miet, a sus aduladoras palabras, a su embaucador modo de pronunciar el francés y... y como insistió en preguntarme si Alex se había quitado locamente la vida por mí, le dije lo mismo que a usted: que al pobre Alex yo no le dispensaba más atenciónes que a cualquier otro amigo de la familia. Le dije lo mismo que le digo a usted, señor Miet: que Alex estaba desesperado porque su madre era una manirrota[61] y gastaba lo que tenía y lo que no tenía en el hipódromo, en los casinos, en... No era *yo* la causa de su desesperación, desde luego.

«Pero Alex *conocía* a Aitzane», me dijo la señora Beatrix.

¿Me entiende, señor escritor? Me dijo: «Pero Alex *conocía* a Aitzane». Creo que esa mujer quería dar a entender que aquella niña estaba celosa de mí y que por eso se había arrojado al mar. O algo peor: que yo había tenido celos de esa pobre niña y había conspirado de algún modo para que se arrojara al mar...

«Se equivoca usted, señora Ross —le dije—. Alex

61. Lit. *panier percé.*

habría hablado dos o tres veces con la aprendiza de la librería Operclaritz, y eso era todo». Y como se lo dije a la señora Ross se lo digo a usted, señor Miet: Alexandre Saint-Barthélemy apenas conocía a esa muchacha, y seguramente no la había visto más que en la librería o tal vez en la calle, mientras la recadera andaba llevando libros a los hoteles o... La señora Ross también me preguntó si sabía a quién se dirigía entonces Alex cuando gritaba aquello en el Palais, mirando furioso hacia nuestra mesa. Y si sabía a quién llamaba «bruja». Y yo, señor Miet, no puedo saberlo. Alex gritaba enloquecido, y escupiendo espumas rabiosas por la boca, decía que alguien era inocente o que alguien había sido inocente o algo, y luego nos insultó llamándonos brujas... Pero yo no sé a quién se refería cuando decía que *era inocente*. Debo decir que la señora Ross expresó un indignante «¿Ah, no?», pero puedo asegurarle que yo ignoraba *entonces* a quién se refería cuando decía aquello de brujas...; en aquella mesa sólo había tres mujeres: mi madre, *mademoiselle* Pauline Bellay y yo, y no supe en aquel momento a quién pretendía ofender de aquel modo...

«¿Y por qué cree —me preguntó la señora Ross—, que Alexandre Saint-Barthélemy dijo que una de ustedes lo había condenado al infierno para siempre?».

¿Qué podía contestarle, señor Miet? ¿Cómo podía conocer una niña como yo los oscuros meandros de la mente de un suicida? ¿Cómo iba a conocer yo las terribles causas que condenarían a mi joven amigo? ¿Cómo, en mi juvenil inocencia, señor Miet, iba yo a saber que los laberintos de la vida iban a angustiar de tal modo a Alex como para que cometiera el horrendo pecado del suicidio? ¿Cómo, en mi virginal candidez, iba yo a imaginar que mi querida madre o la pobre perturbada *mademoiselle* Pauline Bellay o yo misma mereceríamos los insultos y las ofensas de aquel muchacho? ¿Y cómo podía pensar que alguna de nosotras, ingenuas mujeres, estaría en condiciones de condenar al infierno a aquel pobre muchacho?

¿Qué me contestó?

Preferiría no repetirlo, señor Miet.

«¿Sabes qué es lo que creo, pequeña zorra?», me dijo. (Qué horror. Qué horror: que un alma candorosa de dieciséis años, como yo, tuviera que oír aquellos espantables argumentos...). «Creo que Alex se estaba refiriendo a Aitzane Palefroi. Creo que el propio Alex fue el responsable de la muerte de Aitzane Palefroi. Y creo que lo hizo porque *tú* se lo pediste».

Puede imaginarse usted, señor escritor, el vértigo que sentí ante aquellas espantosas acusaciones. ¿Qué locura era aquella? ¡Todo el mundo sabía que la aprendiza de la librería Operclaritz se había arrojado a los farallones de Biarritz ella sola! ¿Cómo se podía atrever esa mujer diabólica a acusar al pobre Alex de haber cometido tan horrendo asesinato? ¡Y aún más! ¿Cómo tenía la desfachatez de decirme a la cara que yo *yo* YO YO había instigado semejante crimen! ¡Yo! ¡Yo, que a mis dieciséis años era la pura imagen de la castidad, de la candidez, de la ingenuidad y de la inocencia!

Por Dios.

«Je vous salue, Marie, pleine de grâce, le Seigneur est avec vous. Vous êtes bénie entre toutes les femmes, et Jésus, le fruit de vos entrailles, est béni. Sainte Marie, Mère de Dieu, priez pour nous, pauvres pécheurs... Maintenant... maintenant... et à l'heure de notre mort...».[62]

62. Esta oración en francés (la *Salve*, naturalmente) aparece al final de la entrevista con Margulee DuPont, y se incluye aquí por razones de rigor textual y no porque esté probado que la *soeur* recitara los versos sagrados al final de la conversación. La profesora Muletier (v. *Bibliografía*), por ejemplo, piensa que es una evocación mental de Georges Miet tras la perturbadora entrevista con la hija del juez.

18

Pauline Bellay

Femme distinguée, Biarritz

¿Eh?

Ah, sí, claro que me acuerdo, claro que me acuerdo... La muchacha que se arrojó a los acantilados de Biarritz, aquel verano de 1925. Fue cuando la galerna... ¿Sabe usted lo que es una galerna? Es como el amor, pero en meteorología.

[*Largo silencio: 5 min*].

¿Conoce usted Biarritz?[63] Biarritz, Brighton, Deauville, Ostende, Dieppe, Spá, Niza, Bath, Capri, Baden-Baden, San Sebastián... ¡Ah! Aquel era un mundo de elegancia, de *finesse*, de aristocracia, de distinción y exquisitez. Elegancia y distinción, señor Menuet. ¿Eh? ¿Miet? Ah, sí, claro, claro... Miet.

Elegancia y distinción..., sí... Ya lo creo. No es que me desagradara aquella alegría juvenil de...

[*Largo silencio: 3 min*].

Pero con la guerra todo aquello se desmoronó, ¿sabe usted? Demasiados hombres muertos, demasiadas mujeres compungidas. La guerra lo aja todo y deja un mundo harapiento y famélico. Todas las sa-

63. Según las anotaciones marginales de Georges Miet, esta entrevista tuvo lugar en el *asile d'aliénés* Sainte Claire des Roches, cerca de Burdeos, en enero de 1941.

gradas costumbres de antaño quedaron en las zanjas de la Línea Maginot, embarradas y sucias, como decía Alfred, quiero decir... el duque de Hø. Los modales, las relaciones, los intereses y los amores... todo se echó a perder con esa horrible guerra, mi joven amigo. No es que desprecie las alegres locuras de las *flappers*, porque esas chicas siempre me han sido simpáticas, y no desprecio a Hermès y a la señorita Chanel —mire usted lo que llevo puesto—,[64] sólo digo que siento cierta melancolía por aquellos tiemp...

[*Largo silencio: 10 min*].

Mi difunto padre era copropietario de una renombrada corporación de importación y exportación de telas y sedas, con corresponsalías en Holanda, en Inglaterra, en Shangái y en Estados Unidos. Vivíamos en París. Claro. En París... Mi hermana Dorothée y yo nos educamos en casa, como es natural, y tuvimos a nuestro servicio a una niñera, que se llamaba Odile nosequé, muy áspera y gruñona, y a una institutriz que se llamaba Helga nosequé, que era un encanto y una maravilla y una alemana, y nos enseñó todo lo que había que saber: alta literatura... ya sabe, D'Ennery, Chavette, Merouvel o Malot, música, teatro, danza, modales y... Ah, me está usted mirando como si fuéramos unas mojigatas..., ji, ji, ji... Déjeme que le diga que nosotras no éramos ajos arrogantes, como nuestras abuelas, sino que gozábamos con el

64. Georges Miet apuntó al margen que la señorita Bellay no llevaba puesto ningún elegante traje de Chanel o Hermés en el manicomio de Sainte Claire, como parece querer dar a entender, sino una bata azul bastante raída y sucia, aunque sin duda ella creía seguir viviendo en su mundo de «elegancia y distinción».

amor y la diversión, y no odiábamos a los hombres, ni estábamos condenadas a «la tiranía de la aguja», como se decía entonces. Nos gustaba ir a la playa y a la montaña, y montar en bicicleta, adorábamos los vehículos veloces de nuestros amigos, y jugar al golf, y al *tennis*, disfrutábamos con el champán y la risa... Ya sabe lo que se decía entonces: una risa bonita vale cien refunfuños en cualquier mercado.

Pasábamos los veranos en Niza, o en Deauville, o en Biarritz, o en San Sebastián... Un año entero estuvimos en Inglaterra, cuando yo tenía dieciséis años; y disfrutamos del verano en Brighton, e hicimos una excursión a Bath, y bebimos aquellas aguas asquerosas que dicen que son tan buenas para todo, en lo cual se ve la fe que tienen los ingleses en la ciencia y su escaso talento para el turismo.

Todos esos lugares me resultan tan evocadores y me producen una nostalgia tan estival... Pero, sin duda, de todas las ciudades veraniegas, mi favorita es San Sebastián.

¿Ha estado usted en San Sebastián?

¿No?

Vaya, qué lástima.

No sé por qué, pero las personas que no han estado en San Sebastián siempre me dan lástima.

[*Largo silencio: 3 min*].

San Sebastián está muy cerca de Biarritz, amigo mío: debería visitarla. Si ha viajado usted mucho, puede que haya visto alguna bahía que sea la mitad de hermosa que la de esa ciudad. En un extremo de la ensenada, que llaman «de la Concha», está el puerto, con sus adorables casitas de pescadores, justo debajo de la montaña del castillo; luego, más acá, estaba el Gran Casino, hasta que prohibieron el juego, que era un edificio maravilloso, o así lo recuerdo yo, con amplísimos y lujosísimos salones, y un restaurante que para sí lo quisieran los mejores de París. Luego, como en una pequeña colina, estaba el palacio de Miramar de los reyes de España, que partía la playa en dos... Y enfrente de la playa, justo en el medio de la bahía, hay una isla que llaman de Santa Clara, con su guarnición y su faro. Bueno, no le digo más: tiene que prometerme que irá a San Sebastián.

Nosotras pasamos en San Sebastián *aquel verano* de 1915... Precisamente allí, en la playa que le he dicho, estaba el hotel de Londres y de Inglaterra; el señor Édouard Dupouy, que era amigo de papá y dueño del hotel, nos reservó una de las mejores habitaciones, en el tercer piso, en el esquinazo con balaustradas que daba a los jardines, al Gran Casino y a la playa. Tenía ascensor el hotel. ¡Costaba cincuenta pesetas la habitación! ¡Una enormidad! La mayoría de los veraneantes con nombres largos y cuentas cortas solían ir a un hotel que habían hecho para la reina de España, que estaba cerca del río. Pero nosotras éramos jóvenes, y nos gustaba ver el mar todas las mañanas, y ponernos el traje de baño azul, y bajar a las preciosas casetas de la playa, y bromear con los chicos de la ciudad y con... Éramos jóvenes y sólo nos preocupaban los baños, los bailes en el Gran Casino, ¡ay!, las comidas elegantes —*cuisine française*, por supuesto—, los conciertos, los juegos de mesa, los paseos al atardecer y los bes...

[*Largo silencio: 7 min*].

¡Ah, San Sebastián, de aguas sensuales y doradas arenas! ¡San Sebastián de la dulce brisa al atardecer y de soñadoras noches en salones ambarinos! ¡San Sebastián de mi juventud y mis am...!

[*Largo silencio: 3 min*].

San Sebastián siempre fue lugar predilecto de reunión de aristócratas y nobles, y por allí habían pasado los príncipes rusos, los reyes de países que ya ni siquiera existen o sultanes de países desérticos y exóticos. Incluso la reina Victoria de Inglaterra amarró en alguna ocasión su barco en la bahía, creo haber entendido. Por aquella época había muchos alemanes en San Sebastián, porque ya había empezado la Gran Guerra, y los más acaudalados habían hecho el baúl y se habían venido a Biarritz o a San Sebastián; también había alemanes vendiendo armas a los españoles y a los franceses, al mismo tiempo que defendían a voz en grito los derechos prusianos en los cafés del Boulevard.

Uno de aquellos alemanes era Alfred Czewolski.

Alfred Czewolski.

Alfred Czewolski...

[*Largo silencio: 28 min*].

Alfred Czewolski era un joven apuesto que constantemente parecía atareado en negociaciones políticas con unos extraños búlgaros, unos exóticos otomanos y un príncipe que aseguraba —a quien tuviera la desdicha de escucharle— que era el representante de Serbia. Luego, cuando búlgaros, otomanos y serbios salían por una puerta del suntuoso hotel María Cristina, entraban por la otra unos rusos de Varsovia, unos británicos de bigotes imponentes y varios austrohúngaros dispuestos a anexionarse la isla de Santa Clara a la menor ocasión.

Nosotras éramos muy jóvenes, pero la casaca azul de Alfred Czewolski nos enamoraba. Y todas aquellas medallas. También nos parecía un hombre muy laborioso, y con asuntos muy importantes que tratar.

Cierta noche —casualidades de la vida— fui al Gran Casino con nuestra institutriz Helga, porque mi hermana mayor, Dorothée, estaba un poco febril: tal vez había tomado un baño de sol más largo de lo justo por la mañana. Y aprovechando que una de esas sofocantes tormentas estivales estaba derramando una lluvia furiosa en los jardines, y que no podía abandonar el Gran Casino sin mojarme, me quedé junto a la ventana donde —casualidades de la vida— también se encontraba Alfred Czewolski. Yo estaba con la nariz pegada al cristal, viendo la lluvia estival en la terraza y en los jardines, y Alfred me preguntó en un francés maravilloso si la lluvia me ponía triste. Bueno, señor Miet, yo le diría con toda sinceridad qué le contesté si consiguiera acordarme de algo, pero aquella casaca azul, aquellas condecoraciones brillantes, aquellos encantadores ojos y aquella sonrisa cautivadora me deslumbraron de tal modo que no creo que pronunciara ni una sola palabra con sentido. Sin embargo, supongo que debí de apuntar la posibilidad de mojarme si recorría a pie la escasa distancia que había desde el Gran Casino al hotel de Londres y de Inglaterra, y lo supongo porque al cabo de cinco minutos me vi entrando en un suntuoso Fiat 4 Grand Luxe, tipo *landaulet*, con *chauffeur*, y dando un enorme rodeo de quince minutos para llegar finalmente a la marquesina del hotel.[65] «Entonces, señorita Bellay —me dijo—, ¿tendré el gusto de poder verla a usted mañana de nuevo?». Creo que debí de asentir repetidamente debajo del paraguas del conserje que me esperaba a la puerta del hotel y, sin percatarme de que había dejado abandonada a Helga en el Gran Casino, subí corriendo las escaleras hasta el tercer piso y me derrumbé en una butaca, delante de la cama donde mi hermana Dorothée estaba leyendo. «Conoce a Mata-Hari», le dije, ensimismada y aturdida, recordando una de las muchas revelaciones asombrosas que Alfred había compartido conmigo durante aquel larguísimo e innecesario rodeo de quince minutos. «¿Qué dices, Pauline? ¿Quién conoce a Mata-Hari?», preguntó mi hermana, cerrando de golpe el libro. «Y al zar Nicolás II, también».

Le conté el cúmulo de casualidades que se habían dado —la lluvia, la insólita e inesperada ausencia de Helga, las ventanas, la conversación, etcétera— para que al final yo acabara en el asiento trasero de aquel suntuoso Fiat 4 Grand Luxe, tipo *landaulet*, con *chauffeur*, y con Alfred..., con Alfred Czewolski, quiero decir, hablando de mataharis y de zares rusos. «¿Te has subido a ese coche... con un hombre... tú sola?», me preguntó escandalizada mi hermana.

Mi hermana mayor.

Mi hermana.

65. Para quienes no conozcan la disposición urbanística de San Sebastián, convendrá apuntar que el antiguo Gran Casino (hoy sede del Ayuntamiento de la ciudad) está situado a cinco minutos escasos del famoso hotel de Londres y de Inglaterra, al otro lado de los jardines de Alderdi Eder. La marquesina del hotel de Londres siempre estuvo en la parte del edificio que daba a la ciudad, no hacia el mar.

[*Largo silencio: 2 min*].

Al día siguiente, aunque Dorothée aún tenía un poco de calentura, bajó a desayunar al salón, y allí nos encontramos las tres. (Helga, por cierto, traía una cara malísima, aunque ni mi hermana ni yo quisimos hacer más indagaciones). Al poco apareció Alfred, y yo presenté al señor Czewolski a mis dos acompañantes con toda la formalidad posible. Estuvimos charlando amigablemente, y por supuesto salieron a relucir los nombres del zar de Rusia y de Mata-Hari...

Mi hermana quiso saber qué significaba Mata-Hari. ¿Por qué querría saberlo? ¿Por qué los nombres tienen que significar algo? ¿No puede haber palabras que no signifiquen nada y que no sean nada? Alfred... Alfred Czewolski...

Alfred Czewolski dijo que Mata-Hari eran palabras malayas... (¿Malayas? ¿Existirá realmente Malaisia o será una invención de pintores de mujeres exóticas?). Alfred Czewolski dijo que Mata-Hari eran palabras malayas... y que significaban «Ojo del día»... El sol. El sol. El sol. Ji, ji, ji... «Qué día tan maravilloso ha amanecido, ¿verdad, señorita Pauline?», me dijo Alfred con su encantadora y cautivadora sonrisa. Un día para disfrutar de los destellos del sol en las aguas turquesas de la bahía de San Sebastián y para pasear y comprar tarjetas postales en los despachos del Boulevard. «Alfred, Alfred —decía mi querida hermana Dorothée—, ¡cuánto sabe usted de nombres! ¿Qué significa el mío? ¿Y el de Pauline?». Resultó que Dorothée significaba regalo de los dioses o promesa celestial o alguna locura de ese estilo... mientras que mi nombre, Pauline, se remontaba a los tiempos bíblicos y significaba algo parecido a... mujer humilde, o pobre, o miserable, o cosa semejante. (De lo que significara Helga ni creo que nos interesara en aquel momento ni creo que nos preocupará jamás). Pero aquella tontería de los nombres me amargó el día, y para mí ya no hubo ni fulgores en las aguas turquesas, ni risas en la playa, ni vestidos blancos. Hasta la crema helada de frambuesas me resultó empalagosa. Y aún me enfurecía más que mi hermana Dorothée pareciera indiferente a la buena suerte que había tenido con el nombre, y eligiera el vestido para la cena de aquella noche en el Gran Casino como quien elige la toalla con la que va a secarse tras el baño matinal.

Dorothée decía que no podía negar que Alfred (es decir, el señor Czewolski) resultaba atractivo, pero que papá seguramente se negaría «a cualquier relación con un diplomático austrohúngaro de baja estofa». Bueno, eso me animó, no se lo voy a negar a usted, señor Menuet... Sí, claro, claro, Miet...

Pero poco dura la alegría en casa de las *paulines* —de las pobres y segundonas, para que me entienda—, y aquella misma noche nos enteramos, por un caballero suizo amigo de papá, que Alfred Czewolski era el heredero del ducado de Wüschzslandau und Hø, y que probablemente no tardaría en ostentarlo, porque el viejo duque se había retirado a Nápoles, filósofo perdido, y tal vez acabaría muriendo de desolación intelectual a cuenta de un danés amargado de nombre impronunciable que había escrito una cosa llamada *Migajas filosóficas*. ¡Imagínese! En aquel momento, cuando nuestro amigo aseguró que Alfred no tardaría en heredar el ducado, a mi hermana Dorothée se le levantó el pecho, se le embellecieron las mejillas con un pudoroso rubor y sus ojos comenzaron a lanzar destellos en todas direcciones, en busca del futuro duque.

Mi hermana...

Mi hermana...

[*Largo silencio: 7 min*].

Aquella noche, el *consommé à la Pierre le Grand* me supo a agua de fregar, el *filet de bœuf au Prince de Galles* no me pareció mejor que una alpargata de pastor de ovejas y los *faisans de Bohême truffés* pude haberlos comparado perfectamente con cadáveres de pollos podridos. En cambio, verá, las *haricots verts à l'Anglaise* me supieron exactamente a eso, a judías verdes, que siempre me han parecido una verdura asquerosa.

Señor Menuet... Sí, claro, Miet, Miet..., no se me olvida... No quiero repetir lo que ocurrió aquella noche: así usted no tendrá que oír los recuerdos melancólicos de una solterona y yo me ahorraré el disgusto de traerlos a mi memoria. Pero puedo decirle que aquella noche no fui yo la que viajé en el suntuoso Fiat 4 Grand Luxe, tipo *landaulet*, con *chauffeur*. Y puedo asegurarle que la persona que acompañó al futuro duque de Wüschzslandau und Hø no tardó *sólo* quince minutos en llegar al hotel, ni estuvo hablando de asuntos tan inocentes como mataharis y zares de Rusia, ni se mostró tan atribulada y estupefacta como yo el día anterior.

Mi papá y Alfred... el duque de Wüschzslandau und Hø llegaron a un acuerdo aquel mismo octubre para celebrar la boda en Londres cuando la amarilla primavera británica estuviera en todo su esplendor.

Aquella noticia, tan alegre en otras circunstancias, me pudrió el corazón, y aun diría el cerebro, y me sumí en un pozo de desesperaciones, pesadumbres y desconsuelos que poco a poco empezaron a arrastrarme hacia la locura.

Por fortuna, ya me he curado...

Mi hermana...

Mi hermana...

[*Largo silencio: 2 h y 12 min*].

Estuve tan enferma y tan sola...

Estuve.

[*Largo silencio: 13 min*].

Tan enferma y tan sola.

Aunque conocía bien la causa de mi melancolía —y «me temo» que mi hermana también—, no quise compartirla con nadie. De modo que toda la familia, los amigos —y los conocidos, que también opinaban— acordaron que la ciudad de San Sebastián me estaba sentando mal, bien fuera por las aguas frías de la mañana o porque el sol español era demasiado pertinaz.

El sol. Mata Hari. Ji, ji, ji.

Durante años sospeché que mi hermana era muy consciente el daño irreparable que me hacía casándose con el hombre al que *yo* amaba; y en ningún caso me cupo la menor duda de que aquella victoria sobre mí le procuró una satisfacción mayor que la propia de casarse con un hombre tan maravilloso como Alfred.

El caso es que me trajeron a Biarritz y aquí me quedé para siempre, condenada y prisionera, en la villa La Comète. ¿Sabe por qué se llama así? Sí..., los nombres. Pauline. La loca desgraciada. Porque su primer dueño era un astrónomo de Flandes, llamado Guido Wenceslas, que estaba tan obsesionado con el cometa de 1910 que pintó todo el revocado de la fachada en color amarillo, y por eso hay cometas en la clave de todas las ventanas, pintados de amarillo. Un cometa que se acerca a la Tierra cada setenta u ochenta años... Toda una vida. Si no lo ves una vez, ya no...

Todas las vidas tienen un cometa. Una debe mirarlo y seguirlo. Si no ves el cometa...

[*Largo silencio: 12 min*].

Mi hermana Dorothée viajó enseguida a Londres, donde cogió casa e hizo todo lo que se supone que tiene que hacer una novia, con la ayuda de Helga. Y a la primavera siguiente, Alfred..., el duque de Hø y Dorothée se casaron, y...

Nunca he vivido una primavera tan mustia, una primavera tan decrépita y mortal, una primavera tan marchita y mohosa. Recuerdo que el día de su boda quise morirme tres veces por cada hora que daba el reloj de Sainte Eugéne.

Olvidada y perdida para siempre en las bellezas de Biarritz, papá me encomendó a una señora de París, que se hartó de mi mal humor al cabo de varios meses, y luego hizo venir a otra, que también se fue, y así sucesivamente hasta que ya no necesité a nadie, salvo a esa desvergonzada de Françoisette, que siempre está de conversación con el cartero. También vino un médico de la cabeza... Un vienés... cuyo nombre era un ridículo desafío al abecedario. Ojalá estuviera en mis manos repetir su nombre. Me dijo tal cantidad de necedades y me obligó a tomar tantas sustancias que acabé postrada y enferma durante todo el año 1919.

Cuando se firmó el armisticio, abandoné todas aquellas prescripciones enloquecidas. Y como me iba a resultar imposible olvidar a Alfred y perdonar a Dorothée, procuré congelar mi corazón a fuerza de crema helada de grosellas y *frappé* de coco, miré con complacencia las *follies* de esta preciosa villa y procuré disfrutar de ellas. Aunque no tardé en percatarme de que mi corazón se había podrido para siempre y de que mis miradas observaban el mundo con una gélida indiferencia.

[*Largo silencio: 3 min*].

Sí..., aquella muchacha... ¿Cómo? Sí, era la muchacha de la librería Operclaritz. Se tiró a los acantilados, ¿verdad, señor Menuet? Miet, sí, claro, Miet... Ah. El amor, la pasión... Los errores de la juventud. Se arrojó a los acantilados por amor, ¿verdad, señor Menuet? Vinieron a decírmelo... Estaba yo tomando una cerveza ligera con mi queridísimo amigo el juez DuPont, precisamente...

Alfred Czewolski.

[*Largo silencio: 2 min*].

Alfred.

Alfred, mi amor.

19
Pascaline Saint-Barthélemy
Montañera alpinista

No tengo mucho interés en recordar todo aquello, señor Miet.

No fueron buenos tiempos, señor Miet.

Aunque todo parecía luz y alegría en aquel Biarritz de 1925, para mí no fueron buenos tiempos.

Mi madre perdió el juicio cuando mi padre se estrelló con un zepelín en estas mismas montañas.[66] Nos trasladamos a Biarritz porque allí teníamos la casa de mis abuelos. Pero... bueno, mi madre nunca pudo sobrellevar la muerte de mi padre. No creo que le sorprenda si le digo que se pasaba las noches en los casinos, y en los salones de juego, gastándose los pocos ahorros familiares. Estuvo también en el sótano del Hôtel des Princes, ya sabe... aquella historia de «los terribles quince escalones» del Hôtel des Princes.

66. La entrevista con la intrépida Pascaline Saint-Barthélemy fue la única que no tuvo lugar en las inmediaciones de Biarritz, Burdeos o París. En 1942, y arriesgándose a perder la vida en medio del conflicto mundial, Georges Miet se trasladó a Chamonix, donde Pascaline Saint-Barthélemy trabajaba oficialmente como guía alpina para los ejércitos alemanes y extraoficialmente como guía y dinamitera para la Resistencia. Pascaline Saint-Barthélemy fue en los años de la posguerra una de las grandes deportistas de Francia: pionera del alpinismo femenino, en los años cuarenta ascendió algunas de las cumbres míticas del Himalaya y de los Andes. Se casó dos veces y no tuvo hijos. Murió en 1966 en Ginebra.

¿No lo sabe?

Bueno, tal vez se lo cuente en otro momento...

Mi hermano tenía diecinueve años cuando se pegó un tiro en el Palais. Y yo tenía once. Nadie presta atención a una niña de once años y, sin embargo, los ojos de una niña de once años ven tan bien como los de un hombre de cuarenta, e incluso mejor; y los oídos de una niña de once años oyen mejor que los de una mujer de veinticinco. Por otro lado... convendrá conmigo en que una niña de once años difícilmente sabrá qué hacer en una situación propia de una novela de Victor Hugo, ¿me comprende, señor Miet?

¿No?

Entonces creo que no sabe nada de lo que ocurrió aquel verano de 1925.

Siéntese junto al fuego, señor Miet. Aquí, en Chamonix, cuando cae la noche hace frío. Incluso en agosto. Prepararé un poco de café.

[...]

¿Qué mira? Ah, sí... Es un retrato de Marie Paradis. María del Mont Blanc. Seguramente no habrá oído hablar de ella. Era una criada de aquí, de Chamonix.[67] Creo que hay algún libro por ahí en el que hablan de ella. Dumas, creo. No me haga mucho caso.

67. Durante decenios se consideró que la primera mujer que ascendió el Mont Blanc fue la condesa Henriette d'Angeville (1794-1871), pero lo cierto es que la primera que holló la cumbre del gigante alpino fue una *servante d'auberge*, Marie Paradis (1778-1839), que lo ascendió en una cordada con otros seis alpinistas en 1808. Cuando la aristócrata D'Angeville coronó el Mont Blanc, tres décadas después, los periódicos de Ginebra y de París hicieron grandes aspavientos y saludaron la noticia como un logro del sexo débil y, al mismo tiempo, haciendo gala de cierta ironía paternalista. Al parecer, tras la hazaña de la condesa, Marie Paradis fue invitada a la recepción de ensalzamiento deportivo y, tras felicitarla, la aldeana francesa le dijo en voz baja a la aristócrata: «Pero la primera fui yo».

Ni a él tampoco. Las historias de las montañas están llenas de mentiras. Y de muertos. Ahí arriba no hay más que piedras, rocas, hielo y nieve. Y un aire tan fino que te sientes asfixiar. No, señor Miet: nadie sube esas montañas por gusto, sino para expiar los pecados. Para pedir perdón a los dioses. ¿No sabe que los dioses hablan en las montañas? Los dioses griegos vivían en el monte Olimpo. Y Yahveh en el monte Sinaí. ¿No? Usted es escritor: debería saber esas cosas. Debería saber que los dioses tienen sus moradas en las montañas, y que nosotros subimos para pedir misericordia. Sí: un poco de piedad y compasión. Eso es lo que vamos buscando por esos desiertos de hielo y roca. Las personas que tienen el espíritu sosegado no salen a los caminos, ni se internan en los bosques, ni suben los estrechos senderos de los montes, ni se aventuran en las cumbres.[68] Los hombres tranquilos y las mujeres pacíficas se quedan en sus casas, leyendo poemas y periódicos, y revistas para damas, y escribiendo cartas a los parientes lejanos, y bordando o zurciendo. ¿Qué necesidad tiene un espíritu sereno de someterse a semejantes esfuerzos, a esas torturas, a esas agonías, en medio de desiertos de rocallas y pedregales, sometido a las feroces tormentas de frío, lluvia, hielo y nieve...? No: los espíritus puros y felices duermen en camas altas, hundidos en mullidos edredones de plumas, al abrigo de grandes chimeneas y con la tibia luz de cálidos quinqués. Los espíritus atormentados prefieren

68. Estos párrafos resultan un tanto líricos para concederle su autoría a una mujer apenas instruida y montaraz como la aguerrida montañera Pascaline Saint-Barthélemy. Es posible que se trate de una elaboración sentimental del propio Georges Miet.

los albergues helados de las montañas, donde el viento amenaza con derribarlos a cada momento, donde la lluvia se cuela por los resquicios, donde no hay modo de quitarse el frío de los huesos y ni siquiera el amable fuego consigue confortar el alma. Aunque lo niegan, muchos alpinistas buscan la muerte casi deliberadamente, porque con su vida pagarían los crímenes y los pecados que arrastran sus conciencias.

Yo tengo sobre mi conciencia un crimen, señor Miet.

Es curioso: no recuerdo el día exacto y, sin embargo, cuando me detengo a pensarlo, siento en la piel aquel asfixiante calor estival que precedió a la galerna. La noche anterior mi madre había llegado muy tarde —supongo que ya imaginará por qué— y, para que no me levantara sola y cometiera alguna tropelía en la casa, me había encerrado en mi habitación. (Ya por aquel entonces mi madre acostumbraba a encerrarme durante días enteros en mi habitación, y, por mi parte, yo había adquirido el vicio de subirme a la cómoda, al armario, a un altillo que había en la alcoba o al desván, o incluso al tejado, o a cualquier lugar que estuviera más arriba de mis cejas... aunque no sé cómo lo conseguía). Mi hermano también había pasado la noche fuera, como era habitual. Yo sabía dónde pasaba aquellas noches. Se quedaba a dormir en casa del señor juez DuPont. Yo lo sabía porque había ido muchas veces allí: cuando mi madre se ausentaba durante varios días y yo no tenía con quién quedarme, mi hermano Alex me llevaba con él a todas partes. (Porque le daba pena dejarme encerrada y temía que mis andanzas por los armarios y los desvanes acabaran en un accidente). Sí, íbamos muchas veces a Villa Sophie, que era la casa del señor juez DuPont y de sus hijas, Margulee y Fabianne. En ocasiones íbamos a la hora de tomar el té, y otras veces cuando no estaban los señores, por la noche. Mi hermano Alex me llevaba a la cocina, que estaba en el sótano, y allí las criadas me daban un vaso de leche o una zanahoria o una cebolla. Y luego, cuando ellas se iban a la cama, yo me quedaba dormida en un escaño que tenían allí, junto al fuego. Después, muy tarde, mi hermano bajaba y me despertaba, y volvíamos a casa. A mí no me importaba, porque me gustaban las cosas que decían las criadas de los DuPont, y también me gustaban las cebollas, las zanahorias y la leche. Sólo me molestaba ir a la casa de las señoritas Margulee y Fabianne porque mi hermano solía bajar muy mareado. A veces hacían grandes fiestas, cuando no estaba el señor juez, y acudían muchas niñas y jóvenes a las habitaciones de la señorita DuPont.

Aquel día de verano mi hermano me despertó muy pronto —apenas había amanecido—, y ya se veían unas horribles nubes negras en el horizonte del mar. Hacía dos días que no veíamos a mi madre, y a mi hermano le daba lástima dejarme sola en casa. Me dijo que teníamos que ir a visitar a una persona muy importante. Y me aseguró que aquella señora nos daría dinero para comprar pan. «Dinero para comprar pan...». Fuimos a una casa muy elegante que tenía soles y cometas en las ventanas, pero mientras él subía al salón para hablar con aquella persona tan importante, yo me quedé con una criada muy habladora que se llamaba Françoisette. Recuerdo que, aunque apenas había amanecido, ya hacía muchísimo calor, y Françoisette me dio un vaso de leche muy fría. (Si me esfuerzo, aún creo paladear el delicioso sabor de aquel vaso de leche fría). No puedo precisar qué me contó aquella muchacha en aquella ocasión: a mí me parecía que era muy mayor, aunque luego he pensado que seguramente no tendría más que dieciséis o diecisiete años tal vez. Sin embargo, sí recuerdo que me dio una bolsa con tres patatas que... (Es curioso, señor Miet: de mi memoria ha desaparecido la miseria en la que vivíamos y sin embargo soy plenamente consciente de la vergüenza que me daba aceptar ese tipo de regalos. Como cuando una vecina me trajo unas botas en invierno o cuando una señora de una heladería me dio un sombrerito al verme sentada sola al sol en el quiosco de música que había junto a la iglesia).

Mi hermano estuvo hablando con aquella señora... No le he dicho quién era, pero supongo que...

Sí, claro. Era *mademoiselle* Bellay.

Era la señora que nos iba a dar dinero para comprar el pan.

¿Quiere más café?

Voy a salir a buscar un poco de leña. Ahora vengo.

[...]

Y resulta que... esta chimenea cada vez tira peor... Ay, demonios, que me quemo... ¿Me puede acercar ese piolet para empujar este tronco? Gracias.

Bueno, y resulta que cuando salimos de la casa de los cometas, el cielo estaba negro como la brea. Hacía calor, y se levantó un viento ardiente que abrasaba la garganta. Cuando regresábamos a casa, pasamos por Mazagran y la Liberté, y las criadas se tenían que sujetar las cofias para que no salieran volando y el huracán no se las llevara a Burdeos. Los caballeros se encasquetaban los sombreros. Y los tenderos se apresuraban a guardar sus mercancías en el interior de las tiendas y a retirar los toldos estivales.

Mi hermano Alex y yo regresamos a casa. Aunque me había dicho que aquella señora nos daría dinero para comprar pan, lo cierto es que aquel día, como tantos otros, nos quedamos sin comer. Yo no sabía cocinar, y mi hermano estaba muy nervioso y angustiado como para que ningún alimento le pudiera aprovechar. Yo estuve casi toda la mañana viendo aquellas espantosas nubes que se arremolinaban en el cielo de Biarritz, observando cómo se agitaban las ramas del plátano de los vecinos, siguiendo los acrobáticos vuelos enloquecidos de los vencejos y curioseando los aspavientos de las criadas que se sujetaban la cofia y el delantal para que el huracán no se los arrebatara. Mi hermano permaneció buena parte del día en su habitación, pero yo oía como iba de una pared a otra dando grandes zancadas, como desesperado.

Al cabo bajó y me dijo que tenía que salir a hacer una llamada. Hacía un año que nosotros no teníamos teléfono (por falta de pago a la compañía, claro) y no podía enviar a nadie a cumplir con el recado porque hacía meses que habíamos despedido a Petty, la única criada que yo conocí en mi vida.

Me rogó que me portara bien y que le perdonara por encerrarme con llave en mi habitación. Yo le dije que tal vez podría llevarme, porque si iba a alguna casa las criadas me darían una rebanada de pan con mantequilla y me dejarían dormir en el escaño. Pero

Alex me dijo que no podía llevarme, que sólo iba a hacer una llamada y que confiaba en que pudiera quedarme una hora sola sin perpetrar ningún desastre y sin subirme a ningún armario. Y también me prohibió subir al tejado a ver los rayos.

Me prometió que si no me subía al desván y le aseguraba que no caminaría por el alero de la casa de los vecinos, me llevaría a la *pâtisserie* Renaud y tomaríamos leche y té y un bizcocho. La camarera de la *pâtisserie* —una mujerona llamada madame Renaud, famosa en Biarritz porque se había casado seis veces y los seis maridos se le habían muerto... (envenenados, según decían)— siempre me miraba con un gesto de desprecio y lástima.

Así que —como casi siempre— me quedé encerrada en mi habitación, con la nariz pegada a los cristales sucios de la ventana. A esas horas apenas quedaba nadie por la calle. Aunque era verano y habitualmente no se ponía el sol hasta las nueve o más tarde, parecía que la noche se había cernido sobre Biarritz como una peste: los turistas se habían refugiado en sus hoteles; los tenderos habían sacado las contraventanas del invierno, habían recogido sus toldos y habían despedido a los aprendices; los taberneros miraban solitarios desde sus tugurios, enojados porque todos los parroquianos biarrotas habían preferido regresar a sus casas y no salir hasta que no pasaran los dos o tres días de galerna.

No sé a quién fue a telefonear mi hermano, aunque puedo sospecharlo. Regresó a casa cuando Biarritz ya estaba sumida en una terrible oscuridad, cuando ya comenzaban a caer unas gotas calientes y sucias del cielo... Apenas unos minutos después la lluvia era torrencial, y se había desatado una tempestad aterradora, aunque seguía haciendo un calor asfixiante.

A las siete de la tarde, cuando la galerna se abatió sobre Biarritz con toda su furia, hubo que encender las luces, y como no había previsión de cenar, mi hermano se encerró en su habitación y yo seguí prisionera en la mía. Estuve un buen rato subida al armario, mientras los rayos iluminaban con temblorosos fulgores los muebles desvencijados y las paredes descascarilladas de mi habitación, y los aterradores truenos conseguían hacer vibrar los cristales inseguros de mi ventana.

Ya casi me había quedado dormida en lo alto del armario cuando oí unos fuertes aldabonazos en la puerta de la calle. (Aquella casa de mi abuela nunca tuvo timbre eléctrico, aunque en Biarritz ya había muchas casas que lo tenían). Bajé inmediatamente de mi atalaya y quise salir a ver qué ocurría, pero mi puerta estaba cerrada con llave, como era habitual. Se volvieron a repetir los golpes, y al cabo oí a mi hermano, que avanzaba a grandes zancadas por el pasillo y bajaba el tramo de escaleras estrechas que conducían a la puerta principal. Me quedé escuchando tras la puerta de mi habitación, y al final oí que mi hermano volvía a subir, hablando con alguien a quien no pude identificar. Cuando pasaron por delante de mi puerta adiviné que se trataba de una muchacha, aunque desde luego no era la señorita Margulee, pues yo habría conocido sin falta aquella risa zalamera y viciosa que tenía. Entraron en la habitación de mi hermano, y eso fue todo.

Si he de serle sincera, señor Miet, a una niña de once años, con el estómago vacío y con sueño, tampoco le preocupan en exceso los amoríos de los mayores. Así que cogí la manta de mi cama y, ascendiendo por una vía nueva del armario —abierta aquella misma tarde—, me dispuse a dormir en lo alto del mueble. Como el cielo estaba dejando caer sobre Biarritz toda la furia de la galerna, con su viento huracanado, su lluvia torrencial y su espectáculo de fuego y truenos, apenas pude oír si mi hermano y la mujer con la que estaba se reían, o hablaban o qué hacían.

No sé si lo supone, pero si lo supone, se lo confirmo: yo no era una niña a la que le asustaran la lluvia, las tormentas, los rayos, los truenos y la furia desatada de la naturaleza. Toda la ferocidad de los cielos siempre me ha producido una extraordinaria tranquilidad: con frecuencia la lluvia favorece mis sueños más dulces, y tanto los fulgores de los relámpagos como los truenos consiguen que duerma plácidamente acunada en sus violencias.

No sé cuánto tiempo transcurrió en aquel estado de placentero sueño, pero cuando desperté, la ventana ya era una composición de seis cuadrados blanquecinos que temblaban con la furia del viento y la lluvia. Sin embargo, creo que no fue la galerna lo que me despertó, sino un grito en la habitación de mi hermano. Pude oír golpes y quejidos, pero después se hizo el silencio. Descendí entonces con mi manta por una vía rápida, entre el armario y la cómoda, y escuché atentamente todos los ruidos junto a la puerta. Mi hermano Alex fue al salón, y luego entró en la habitación de mi madre ausente; después bajó corriendo hasta la puerta, abrió y volvió a cerrar. Entonces, subió a grandes trancos la escalera y, casi corriendo, entró en su habitación de nuevo. Me pareció que arrastraba un saco o que estaba moviendo una alfombra. Al final, arrastró el saco por el pasillo, entre jadeos y golpes en las paredes. Sin pensármelo, ascendí rápidamente al armario por la vía más fácil y, desde allí, pasé al altillo. En ese altillo guardaba mi madre maletas, cestas, sombrereras, cajas y otros trastos inútiles, incluido un baúl con su vestido de novia. Pude abrirme paso en aquel laberinto polvoriento y fui a dar a un cuarto que, en los buenos tiempos, mis abuelos utilizaron como despensa. Allí utilicé una cuerda y una escoba para acceder a la trampilla del desván... Como comprenderá, era una ruta que conocía bien. Y, bueno... no era difícil. Cuando subí al desván me sorprendió que los ratones no salieran en estampida, como era habitual, pero entonces comprendí que probablemente estaban aterrorizados por los truenos y los rayos, y aquella noche habían prescindido de aventuras expedicionarias para quedarse apaciblemente en sus ratoneras. A gatas y sorteando algunas goteras notables, llegué a una trampilla metálica que había en un extremo del tejado. La lluvia golpeaba horriblemente la chapa, pero yo estaba decidida a averiguar en qué andaba mi hermano, así que la empujé y salí fuera. Recorrí la resbaladiza cornisa, a más de quince metros por encima de la acera, hasta que vi a mi hermano alejarse por la *rue* de la Fontaine, arrimado a las paredes y cargado con un gran bulto al hombro. Desde mi percha, empapada en la cornisa de la casa familiar, podía entrever el horizonte del mar y cómo las olas estallaban a treinta metros de altura en los roquedales de la Atalaya. Tuve que pasar a la cornisa de los vecinos para seguirle la pista a mi hermano, que giró a la izquierda y luego enfiló por un pasadizo que los niños llamábamos Paso del Rey desde siempre, pero que muchos llamaban Dalbarade, por el contraalmirante *Le Bayonnais*. Estaba segura de que mi hermano se dirigía a la Côte des Basques. Y estaba segura también de que había cometido un pecado imperdonable.

Permanecí bajo la tempestad junto a un pináculo que, como las agujas del Mont Blanc, adornaba la casa de nuestros vecinos. Y allí, bajo una lluvia torrencial, vi cómo las nubes negras fueron adquiriendo matices grisáceos. Puede que el sol llenara de alegría otras partes del mundo, pero Biarritz estuvo aquella madrugada sumida en las tinieblas. Durante muchos años se conoció aquel día como «la noche larga»: nadie abandonó la seguridad de sus casas y seguramente los turistas del Palais o del Bellevue o del Hôtel d'Angleterre se juraron que jamás volverían a un lugar tan maltratado por las tormentas y los océanos.

Sin embargo, todas las tormentas pasan, y también pasó aquella. A los tres días Biarritz volvía a lucir su despreocupada alegría, las calles volvieron a llenarse de sombreros blancos y vestidos veraniegos, las criadas volvieron a bromear con los tenderos, los turistas volvieron a asombrarse con los azules y los destellos del océano, y todos volvieron a entregarse a los abundantes pecados estivales de Biarritz.

Cuando la noticia de que había aparecido una muchacha muerta en el puerto recorrió las calles del pueblo, yo subí al desván y me escondí allí, y allí pasé buena parte de todos aquellos días. Sentía que se me cerraba la garganta y que apenas podía respirar. Tardé mucho en saber que aquellos eran síntomas de los deseos de llorar, pero como nunca he tenido tendencia a esos aspavientos, creí que eran indicios de alguna enfermedad.

A lo largo de aquellos días apenas vi a mi hermano, que andaba sofocado de un lado a otro, nervioso y angustiado. Si acaso me cruzaba con él en una estancia de la casa, me rehuía la mirada y sólo farfullaba algún comentario, cuando yo estaba acostumbrada a sus palabras cariñosas y a su constante preocupación por mí. Yo espiaba sus angustias, y lo veía subiendo y bajando desde el Puerto Viejo hasta Bellevue y desde el parque hasta el Casino, haciendo visitas inútiles a sus amigos y deslizándose por una pendiente que acabó con su vida en el Palais.

No le conté a nadie lo que había visto, lo que sabía o lo que sospechaba. Se lo cuento a usted ahora.

Y eso es todo.

Dejémoslo aquí, señor Miet.

Buenas noches.

20

Marcel Galet

Fotógrafo *(continuación)*

«Estoy segura de que Margulee DuPont...», murmuró Beatrix, ajustándose las gafas de cristales azules al tiempo que se abanicaba con un ejemplar de *Paris Plaisirs* y estiraba los pies descalzos sobre la arena dorada de la Grande Plage.

Era domingo, creo..., ¿o era sábado? No lo recuerdo. Pero durante todo el día había hecho un calor espantoso. A esas horas de la atardecida, cuando el sol era un gran círculo anaranjado que vibraba con los fulgores del azul turquesa del mar, el aire aún era casi irrespirable, y sólo las tímidas ráfagas de brisa salada que levantaban las olas conseguían aliviar aquel atardecer sofocante.

Vilko y yo nos dirigíamos al Casino cuando vimos en la arena de la playa a una mujer haciendo aspavientos y agitando un *foulard* blanco, como si fuera un náufrago o estuviera haciendo señales en un aeródromo. No es que hubiera cambiado mi opinión respecto a aquella mujer y su relación con mi amigo Vilko —era tan cruel—, pero he de reconocer que me sorprendió agradablemente su decisión y valor a la hora de colaborar en la investigación que *su víctima* y yo habíamos emprendido. Por su cuenta, Beatrix había ido a ver a

Fevert para averiguar lo que podía averiguarse respecto a *Le Prince Charmant*, y también le había hecho una visita muy instructiva a aquella suripanta beatífica llamada Margulee; tras el funeral de Alex, también había averiguado dónde vivía la familia Saint-Barthélemy, y había acudido a su domicilio con la intención de preguntar a sus familiares o sus criadas, pero allí no encontró más que a una niña de pocos años, encerrada en una habitación, que no despegó los labios y huyó rápidamente hasta el tejado, desde donde estuvo observando a Beatrix hasta que ésta se cansó de esperar y regresó a su hotel.

Beatrix y Gina-Jane habían conseguido alquilar una caseta de franjas azules y blancas, que combinaban a la perfección con sus atrevidísimos trajes de baño *une-pièce*. La parte superior del traje de baño de Gina-Jane también lucía unas finas rayas blancas y azules que... En fin, eso no tiene mucha importancia, ¿verdad, señor Miet? Aunque puede usted apuntar ahí que yo conocía bien la anatomía femenina, por mi trabajo de fotógrafo, y pocas veces había visto a dos mujeres con figuras tan agradables y sensuales. Gina-Jane adornaba su cabeza con una pamela blanca y jugueteaba con la arena mientras miraba con ojos soñadores los destellos del sol en las aguas; su bañador permitía imaginar toda suerte de lujurias, aunque, por lo que se sabía, sólo estarían al alcance de otras mujeres. Beatrix llevaba un *canotier* con cinta azul y sonrió a Vilko. Para conservar su castillo, Gina-Jane se incorporó, le dio un beso en los labios a Beatrix y se tumbó en la esterilla con un ronroneo ciertamente pecaminoso.

Vilko y yo, sin traje de baño, nos vimos obligados a

sudar sentados en unas sillas incomodísimas que se hundían irremisiblemente en la arena. Vilko se desembarazó de su sombrero y lo arrojó a los pies de Gina-Jane mientras se secaba el sudor de la frente con un pañuelo. La sensual joven, tumbada de espaldas en la arena, mostró todas sus habilidades levantando el sombrero con el pie y elevándolo en ángulo recto, hasta que quedó a la altura de los ojos de su propietario. Luego lo hizo girar sobre la puntera, hasta que se cansó de jugar. Por mi parte, conseguí abrirme un hueco con mi silla bajo el toldo, de manera que pude refugiar buena parte de mi cuerpo bajo la sombra.

«Hemos visto a la señora Saint-Barthélemy en el hipódromo —dijo Vilko—. No parecía que lamentara mucho la suerte de su hijo».

«Por supuesto que no —murmuró Gina-Jane, dibujando olas con el dedo en la pierna de Beatrix—. Es más probable que sepa el nombre de los caballos del Grand Prix del señor Lœwenstein que los nombres de sus hijos».[69]

«Al parecer resulta difícil imaginar siquiera las razones por las que Alex se quitó la vida», apunté mirando a Gina-Jane.

«Se lo he dicho a Beatrix y se lo digo a ustedes: Alex tenía una relación con Margulee DuPont. Eso lo sabía todo el mundo. Salvo su padre, tal vez. Y, francamen-

69. El banquero belga Alfred Lœwenstein fue uno de los principales benefactores de los concursos hípicos en Biarritz. En la *belle époque* el concurso se celebraba en la Grand Plage, hasta que se construyeron las instalaciones del hipódromo. Los grandes premios estaban dotados con más de 200.000 francos, y participaba lo más granado de la nobleza europea, como la hermosa duquesa de Montebello. El señor Lœwenstein falleció tres años después de los acontecimientos que se narran aquí, en un accidente aéreo.

te, conociendo a nuestro Alex, juzgo completamente inconcebible la teoría de Trixie: no creo que Alex fuera capaz de cometer un crimen semejante y, además, no veo por qué iba a cometerlo; se me escapa por qué iba a arrojar al mar a la aprendiza de la librería, con la que no tenía ninguna relación, que yo sepa».

Vilko apuntó que, de no ser así, no había modo de explicar las acusaciones que Alex había proferido en la *salle à manger* del Palais. El suicidio de Alex sólo tenía sentido si había sido él quien había acabado con la vida de Aitzane Palefroi, aunque de sus palabras no pudieran deducirse claramente ni los hechos ni los nombres de los protagonistas. Y si Alex había cometido aquel crimen, como apuntaba Trixie, la recriminación sólo podía deberse al hecho de que alguien lo hubiera instigado. Y, puesto que la recriminación iba dirigida a una mujer, sólo podía tratarse de Margulee, ya que ni su madre ni *mademoiselle* Bellay, loca y turista de un mundo perdido, contaban en absoluto.

«Cherchez la femme, pardieu, cherchez la femme!»,[70] exclamó Trixie tumbándose hacia atrás, al tiempo que inclinaba el *canotier* sobre sus gafas azules y conseguía que Vilko muriera visiblemente de amor.

Desde mi posición, vi cómo una gota de agua resbalaba desde la rodilla de Gina-Jane hasta la delicada curvatura de su empeine, lanzando destellos dorados al atardecer. «¡Bah! —dijo—. Los Saint-Barthélemy estaban al borde de la indigencia. Si Alex hubiera necesitado...».

70. Esta expresión, propia de las novelas baratas policíacas, procede originariamente de una interminable novela de Alejandro Dumas titulada *Les mohicans de Paris* (1854).

«No era dinero lo que buscaba, querida —le dijo Trixie—. La aprendiza llevaba en el dedo un anillo de quince mil francos y ni siquiera se le ocurrió quitárselo. Estoy segura de que fue Alex quien arrojó a la aprendiza al mar, pero no sé por qué». Después levantó el ala del *canotier* y, mirando tras sus cristales azules a Vilko, se dirigió a él con una sonrisa perturbadora. «¿Qué conduce a un hombre a matar a otra persona, Vilko?».

Mi amigo observó su sombrero, que volvía a ascender colgado del pie de Gina-Jane, y cogiéndolo y sacudiéndole la arena, se encogió de hombros. «Por lo que yo sé, casi cualquier cosa: un trozo de bizcocho, una canción, una mirada, una palabra insistente, un cuadro mal colgado, un guiso grasiento, un pequeño hurto sin importancia, un comentario a destiempo... Sí. Casi cualquier cosa. En los periódicos se pueden leer casos así todos los días».

«No encontrarás una razón, Trixie, mi vida —dijo Gina-Jane—. Sencillamente, esa muchacha se arrojó al mar ella solita. ¿Por qué se quitan la vida las jóvenes enamoradas? Ah. Nadie lo sabe. Puede que estuviera perdidamente enamorada del mozo maletero de la pensión Villa Vizcaïna, de un soldado de la guarnición o de un aldeano de los que traen repollos al mercado. Una riña de enamorados en Les Halles y al amanecer del día siguiente nuestra joven, la librera enamorada, se arroja a los acantilados pensando en convertir su aventura en una renovada versión del mito de Hero y Leandro, y en una penitencia eterna para su desconsiderado amante».

«Las almas perdidas sólo recuerdan los besos»,

dijo Trixie, y se inclinó para besar a su amiga en los labios.[71]

«Hace siglos que nadie se suicida por amor», apuntó Vilko.

Yo estaba de acuerdo con mi amigo. Por aquel entonces era común pensar que los jóvenes se suicidaban por una dolencia que llamábamos *dinamarquismo;* con ese término nos referíamos a las teorías de los pensadores daneses, que eran los más tristes en aquellos años. Como todos los filósofos que desprecian la vida, aquellos daneses tardaban una eternidad en morirse. Igual que los poetas, que constantemente están muriéndose de amor y ni siquiera cogen un resfriado.

Trixie se levantó y nos dio la espalda al tiempo que comenzaba a realizar unos ejercicios gimnásticos de indudable naturaleza pecaminosa, probablemente con la intención de fortalecer los brazos, los hombros o la espalda.

«Y nadie se suicida con un anillo de quince mil francos en el dedo», dijo, mientras procuraba tocarse la punta del pie izquierdo con la mano derecha.

«¿Ah, no?», preguntó Vilko, sorprendido y casi aterrorizado ante el implacable materialismo de Trixie.

Gina-Jane y Vilko, como otros caballeros y damas de los aledaños, miraban a Beatrix con gestos que abarcaban una amplia escala que iba desde la lujuria

71. Or. «*Kisses lost souls remember only*». No se ha podido averiguar la referencia precisa de esta cita —pues lo es con toda seguridad, aunque probablemente inexacta, dada su peculiar sintaxis—. La mayoría de los autores —incluido Dutel— aboga por atribuirla a un poeta llamado Bernard S. Toll, que fuera pastor anglicano en Devonshire y cuyo poemario *Merry Heart* tuvo cierto éxito a principios del siglo XX.

al pudor y desde la envidia a la ira; en cualquier caso, era su hermoso cuerpo, como la tibia delicadeza de su piel y la sensualidad de sus movimientos, lo que provocaba aquellas emociones encontradizas.

Todos estuvimos observando los ejercicios gimnásticos de Trixie durante unos buenos diez minutos, hasta que se descubrió que aquella exhibición de prácticas saludables tenía como objetivo preparar la musculación para un baño natatorio. Al final, se despojó del *canotier*, que depositó en el regazo de Vilko, y de sus gafas de cristales azules, que dejó caer en el interior del sombrero con una sonrisa, y murmurando que iba a ver qué había en el mar, corrió hacia las olas como quien corre al encuentro de un verdadero amante. Vilko, Gina-Jane y yo permanecimos en silencio, observando a Trixie en medio de aquellos fulgores blancos y dorados que hacían hervir la playa al atardecer. Sólo ella, sumergiéndose en las aguas turquesas y elevándose sobre las espumas, concitaba toda nuestra atención.

Poco después emergió de aquel mar —parecía risueño y feliz tras haber jugado con Trixie—, jadeando, como si hubiera hecho el amor con el océano, y por mi parte, estaba dispuesto a creer firmemente en la veracidad de semejante comparación. Sus mejillas, rebosantes de rocío, se habían ruborizado con el esfuerzo de complacer a su mar amante, y sus brazos y sus piernas avanzaban con la languidez propia de quien se ha entregado completamente a su enamorado.

Al llegar a nuestra altura, salpicó con un gesto juguetón a Vilko.

«Nuestra joven librera tenía en el dedo un anillo

de quince mil francos que alguien llamado Williams compró en la tienda Boucheron de Londres hace algunos años». Beatrix se inclinó hasta rozar casi con su nariz la nariz de Vilko. «Yo diría que nuestra joven librera enamorada tenía una vida apasionante».

Habría querido preguntarle a qué se refería, pero con un gesto me indicó que me apartara, pues pensaba cambiarse en la caseta de playa y naturalmente deseaba cerrar la cortinilla. Vilko me miró con aire perplejo y sacó su libreta y su lápiz. Buscó algo en sus apuntes, pero, si he de juzgar por sus ademanes, no creo que estuviera seguro de lo que deseaba encontrar. Probablemente estaba intentando seguir los razonamientos de Beatrix, pero no sabía qué camino escoger ni podía decidirse por ninguno en concreto.

Beatrix salió de aquella caseta con un vestido blanco que resultaba aún más peligroso que su *maillot de bain*, pues no sólo se ceñía a su figura de un modo arriesgadísimo, sino que dejaba traslucir geografías anatómicas que podían perturbar a los numerosos viandantes que encontrara en su camino desde la playa al Hôtel d'Angleterre. Gina-Jane se conformó con un discreto vestido azul que, de todos modos, podría haber sido motivo de escándalo en casi cualquier lugar del mundo en aquellos años.

Vilko apenas levantó la mirada de su libreta, obsesionado al parecer por responder de algún modo a las insinuaciones de Beatrix.

Por mi parte, reuní el suficiente valor como para decidirme a preguntarle a la propia Beatrix qué había querido decir con aquella enigmática referencia a la «apasionante vida de la joven librera enamorada».

«Disculpe, señora Ross, pero ¿qué supone usted...?».

Beatrix se giró con una sonrisa zalamera en los labios.

«Por favor, Marcel, llevas una hora mirándome... Creo que podemos tratarnos con menos formalidad», me dijo.

Pero no me contestó ni hizo ademán alguno de querer proseguir con la conversación. Gina-Jane y ella recogieron sus cosas y, simplemente, se marcharon cogidas de la mano. Se alejaron por el *promenoir* del Casino enloqueciendo para siempre al vendedor de hielo y cocos, levantando las admiraciones discretas de los *guides de bain* y suscitando el escándalo de las nobles señoras que regresaban a cenar al gran Palais.

«¿Pero qué...?», me atreví a murmurar.

«Tres vestidos de invierno, dos faldas sueltas, dos blusas (una blanca y otra azul), dos vestidos de verano, seis prendas personales, otras tres prendas personales, cuatro pares de medias...», comenzó a recitar Vilko. Pero de repente se detuvo.

Le pregunté qué era aquella retahíla de vestuario.

«Es la lista de objetos que encontraron en la buhardilla de Aitzane Palefroi, la que nos proporcionó Démosthène Urruticoetxea-Blas, el secretario judicial —murmuró Vilko—. La apunté. Toda. Escucha, Marcel: "Tres vestidos de invierno, dos faldas sueltas, dos blusas (una blanca y otra azul), dos vestidos de verano, seis prendas personales, otras tres prendas personales, cuatro pares de medias... *un disfraz de muñeca, un disfraz picaresco de diablesa, un abanico de plumas, un collar de perlas falsas...*". ¿Qué significa esto?

¿Y por qué tenía todos esos libros pornográficos? ¿Por qué no nos hemos detenido en...? Escucha, Marcel...: “un juego de ropa blanca de cama, un delantal, unas botas, dos pares de zapatos, un tazón..., *un estuche* de anillo, de la joyería Boucheron...”. Marcel: ¡el estuche! ¡El anillo era suyo! Se lo compró a alguien o se lo regalaron con estuche. “Varias revistas de *La Vie Parisienne* y de *Paris Plastique*”. Y todos esos libros tan... todos esos libros. Sí, Trixie tiene razón: esa muchacha tenía una vida apasionante...».

Aquella misma noche, en la pensión de Jenny Dumont *(chambres garnies)* de la *avenue* de la Négresse, donde se alojaba Tessa, le pregunté si sabía para qué podía querer una joven de dieciséis años unos ejemplares de *La Vie Parisienne* y de *Paris Plastique,* un abanico de plumas, un collar de perlas falsas y unos disfraces de muñeca y de diablesa.

«¿En qué estás pensando, pervertido?», me dijo riéndose mientras lanzaba su *combinaison* por el aire, que quedó colgada de la lámpara y comenzó a balancearse al ritmo de nuestros cuerpos...

21

Françoisette

Servicio doméstico

... pero claro lo que no voy a hacer yo es decirle a usted lo que no es porque mi señorita Pauline Bellay siempre fue buenísima conmigo una santa ya le digo y se lo digo así como suena porque digan lo que digan que si esto que si aquello la señorita Pauline Bellay era una dama de los pies a la cabeza y el que diga lo contrario no es más que un embustero y un andrajoso porque bastante tuvo la señorita Pauline con lo que tuvo que cuando yo llegué a la casa la pobre se pasaba las noches llorando en su alcoba que no se consolaba ni con jarabe de efedrina ni con nada porque sabe usted lo que pasó pues que la peliforra[72] de su hermana le birló el novio que tenía que era un conde muy rico de Prusia o de Serbia o de Bulgaria o de uno de esos sitios y se lo llevó a vivir a Londres y entonces a la pobre de mi señorita Pauline la tuvieron por loca y le dijeron que si

72. Or. *grue*. El traductor consideró que, en este contexto particular, *grue* se ajustaba casi exactamente a la voz castellana culta 'peliforra' (del lat. *pellex*, concubina, y 'forra', libre) y, en todo caso, se adecuaba con más precisión que 'pelandusca' o 'zorra' u otros diversos sinónimos. En algunos diccionarios especializados (principalmente en internet) se sugieren las voces 'furcia', 'golfa', 'gorrona', 'pellejo', 'pendón' o 'maturranga'. Tras consultar con el semiólogo y erudito Abel Santallana, se optó finalmente por 'peliforra', considerando que el resto de las voces no ofrecía la amplitud en su contenido semántico de la original *grue*.

esto que si lo otro total que al final su padre que se dedicaba a no sé qué de las sedas o no sé qué la encerró en aquella casa de los soles o los cometas o lo que fuera y allí la dejaron abandonada de la mano de Dios y de todos los santos porque luego es lo que yo digo que menuda familia y que para qué quiere una familia si al final la meten en una casa y la encierran como si estuviera loca porque eso era al final lo que decían porque hicieron venir a un médico de la cabeza de Viena donde están todos los médicos de la cabeza y le dijeron que tenía ansias o no sé qué cosas que le dijeron y al final le dieron tanta efedrina que si mi señorita Pauline no estaba loca loca se volvió y claro es lo que digo yo señor escritor que basta que a una la llamen loca para que al final acabe loca de remate porque eso fue lo que pasó porque la peliforra de su hermana le birló el novio prusiano que no sé yo si sería conde o duque o algo pero algo sería porque debía de tener hasta castillos y todo me creo recordar y luego es lo que yo digo que hay que ser muy andrajoso para abandonar a una pobre muchacha en una casa y hacer venir a los médicos vieneses de la cabeza para volverla más loca que loca que si no estaba loca loca se volvió porque no hacían más que darle efedrina que luego la mujer ya no podía vivir sin ella y se quedó como en el limbo para siempre pero lo que yo digo es lo que digo que las hermanas no se hacen esas cosas y que los novios de una son de una y las demás deben ir a la iglesia o como sea ese refrán que dicen porque a mi pobre señorita Pauline la abandonaron aquí en Biarritz que no digo yo que sea mal sitio para vivir pero una jovencita como era ella en aquellos años vamos por Dios que era para morirse de pena que es lo que digo yo porque la otra bien que se fue a Londres con el duque o con el conde o lo que fuera aunque la señorita Pauline siempre me dijo que su hermana le birló el novio por envidia y no porque lo quisiera ni nada pero claro una cosa así vuelve loca a la más pintada sobre todo si tiene un alma sensible y corazón no como la peliforra de su hermana que para qué va a decir una aunque una cosa le digo señor escritor y es que en aquella época mi señorita aún tenía un pasar porque a ver haciendo las cuentas le digo que andaría por los veintiocho o los treinta años[73] aunque en la cara se le veían las mataduras y las arrugas de tantos sufrimientos y tantas amarguras como había pasado por culpa de la peliforra de su hermana y ya tenía muchas canas y ojeras y ni tenía sangriza ni nada precisamente por esto que le digo de la peliforra de su hermana que le birló el conde o el marqués o lo que fuera y se marchó a Londres con él y se casó allí pero ya le digo que mi señorita todavía tenía buenas ancas y que más de uno y más de dos se volvían en la *promenade* para *évaluer son dèrriere* como decían entonces los señoritos finos que no es otra cosa más que mirarle el trasero a las mujeres con todo el descaro y si no me cree usted mire a ver si no por qué aquel juez DuPont andaba detrás de ella que parecía un sabueso baboseando siempre detrás de mi señori-

73. La cronología coincide con lo que la propia Pauline Bellay dijo de sí misma cuando afirmó que en su juventud pasó el año de 1915 en San Sebastián. Diez años después, en 1925, por tanto, seguramente no habría cumplido aún los treinta años. Llama sin embargo la atención la consideración de «vieja loca» que parecen otorgarle la mayoría de los entrevistados; debe pensarse pues en un envejecimiento prematuro o alguna consideración semejante.

ta aunque decía que era por lástima o pena o no sé qué aunque no sé yo qué pena podía dar una joven hermosa y rica por muy entristecida que estuviera y digo yo que más lástima daría un juez viejo con una mujer loca como tenía que estaba siempre bebiendo o tomando medicinas que parecía que no tenía conocimiento de lo que pasaba en el mundo o con aquellas dos hijas que tenía que eran como putas livianas de camino vecinal como se decía entonces pero el caso es que aquel hombre le tenía una devoción a mi señorita que le habría comprado la torre de París con la luna pinchada en todo lo alto como un queso si mi señorita se lo hubiera pedido y lo mismo le podría decir de aquel otro hombre el pintor que también estaba como loco por mi señorita Pauline y le hizo dos retratos medianos aunque mi señorita Pauline nunca le tuvo mucha fe porque el pobre señor Hett no tenía en los bolsillos más que agujeros y por no tener no tenía ya ni chinches en el camastro que utilizaba en la pensión Métropole de la calle Rouard porque fui yo allí un día para llevarle un recado de mi señorita Pauline y vi que el pobre señor Hett era tan pobre que casi no tenía ni rincones en su cuarto, y por todas partes se apilaban aquellos cuadros espantosos en los que no se distinguían más que figuras incomprensibles que no se podían comparar con nada que nadie hubiera visto en este mundo y aunque mi señorita Pauline me decía que el señor Hett tenía mucho talento yo me decía que el pobre señor Hett era tan pobre que por no tener no tenía ni talento siquiera pero se ve que le daba lástima o algo porque le encargó aquellos dos retratos por los que le pagó unos buenos cientos de francos aunque no valían nada porque eran espantosos y mi señorita Pauline no se parecía a aquellos engendros horrorosos y si eran modernos y eran engendros horrorosos modernos y ya está que no necesito yo más que mis ojos para saber si aquellos retratos se parecían o no a mi señorita Pauline y ya le digo yo a usted señor escritor que no se parecían en nada y bueno yo no digo que aquello no fuera arte o lo que fuera y que a lo mejor eran cuadros de mucho arte y de mucha sustancia filosófica pero eso no quita para que fueran horrorosos porque lo eran ya se lo digo yo aunque una no sabe nada de arte y he visto últimamente que los cuadros horrorosos tienen mucho predicamento y que ya no se llevan ni los cuadros con bosques y ciervos o de puertos y barcos y cosas así que una pueda entender sino que los artistas pintan ahora cosas que no se distinguen y pintan a las personas como si no estuvieran bien de la cabeza o como si tuvieran legañas en los ojos o algo porque si no no se entienden las monstruosidades que hacen aunque yo de arte no sé nada eso lo tengo que decir así que cada cual pinte lo que quiera que a mí tanto me da y luego otra cosa le digo señor escritor y es que no sé yo de ningún buen pintor de montañas y ciervos y puertos y barcos marineros que se haya muerto de hambre y entonces para qué pintas señoras con los ojos *de traviole* digo yo pudiendo pintarle los ojos como Dios manda y como se los puso Dios en la cara pero bueno que cada cual pinte lo que quiera que no voy a decir yo nada ni a meterme en asuntos artísticos porque yo lo único que digo es que el pobre señor Hett no se las arreglaba bien con su oficio y que más le hubiera valido ser panadero o algo de provecho en vez de dedicarse a la pintura porque muchas veces tuve yo que llevarle una cesta con pan y queso y algunas naranjas o algo de comer y en otras ocasiones cuando el señor juez DuPont no venía a comer la señorita Pauline me pedía que fuera a buscar al pobre señor Hett y lo trajera a casa y le pusiera algo en la mesa de la cocina y claro como de algo teníamos que hablar yo le decía pero hombre por Dios por qué no pinta usted a las personas normalmente y él me decía que eran cosas del arte que yo no entendía y que me dedicara a mis puerros y mis acelgas y esa era en definitiva nuestra conversación y yo a él como persona le tenía cariño porque mire usted lo que pasó luego pero como artista le digo de verdad que era un desastre completo aunque ahora puede que fuera millonario como ese español tan famoso pero de todos modos ya le digo que todo eso ya no tiene ninguna importancia después de lo que le pasó al pobre aunque ya lo sabrá usted pues nada que el pobre hombre había bajado a pintar como siempre a la Côte des Basques y de repente vio cómo a una mujer y a su hija le han dicho a usted que era su hermana pues no ya se lo digo yo que me enteré bien era su hija y la señora era la señora Perth-Williams o algo así el caso es que se estaban bañando y de repente todo el mundo vio que el mar se resacaba y como allí hay corrientes muy malas todo el mundo vio que se las llevaba la corriente y el señor James Hett se echó al agua para intentar salvarlas y también se echó al agua un *maître baigneur* muy conocido y muy querido en Biarritz que se llamaba Fourquet aunque todos lo llamaban *Carcabueno* porque era el apodo de la familia y a su padre que también era *maître baigneur* que se llamaba Joseph Fourquet también lo llamaban *Carcabueno* y entonces lo que digo es que el pobre señor Hett se echó al agua para sacar a la señora Perth-Williams o como se diga pero las corrientes eran muy malas y como el señor Hett tenía muy mala salud porque ni comía ni nada pues enseguida se vio ahogar y los que había en la playa entonces llamaron al *Carcabueno* y éste cogió cuerdas y pertrechos y se echó al agua saltando desde unas peñas muy malas que hay cerca de Villa Belza y entonces consiguió sacar a la hija de la mujer pero cuando fue a querer atar al pintor vino un golpe de mar muy malo se ve que ya venía la mar mala de la cercanía de la galerna y el pintor fue a estrellarse de mala manera contra un saliente y a la mujer tampoco la vieron más y al poco cuando el *Carcabueno* estaba a punto de librarse vino otro golpe malísimo y se lo llevó para adentro y ya tampoco pudo salir y al cabo de unas horas los tres aparecieron en la playa grande con muchos huesos rotos y llenos de heridas como si hubieran estado peleándose con el mar a espadazos y eso era por las rocallas y saledizos de la costa de Biarritz que es muy mala con muy malas corrientes y así fue el caso aunque lo peor estaba por venir porque al cabo de unas horas se hizo la galerna y hubo un día que se pasó por alto y todos decían que el sol no había salido y luego al cabo de los tres días apareció la pobre Aitzane en el puerto que fue una cosa que a Martine la criada de los señores Villequeau y a mí nos partió el corazón porque a esa niña que era aprendiza de una librería de Biarritz la conocíamos y era de nuestra misma edad por aquel entonces y todos pensábamos que había sido una cosa horrible que se hubiera quitado la vida por amor o algo y Martine dijo que seguramente la culpa la tenía un cartero que son muy malos en las cosas del amor y yo además le tenía mucha admiración porque siempre andaba con libros y últimamente venía mucho a casa y le traía libros a mi señorita Pauline y algunas veces hablaban mucho en el saloncito azul pero yo como no sé nada de letras pues me bajaba a la cocina y allí las dejaba hablando de sus cosas y fue una cosa espantosa que por amor de un cartero o de lo que fuera se quitara la vida arrojándose al mar y luego Martine y yo fuimos a verla a la gendarmería porque la tuvieron allí de cuerpo presente y le habían puesto un trapo de fregar en la cara porque al parecer se la habían comido los peces o algo y luego pasó lo de aquel muchacho que se pegó un tiro en el Palais que también lo conocíamos y todo fue tan espantoso que parecía que había caído sobre Biarritz una maldición con tanta muerte y tanta galerna furiosa como si Dios se hubiera enojado con nuestro bonito pueblo y mi pobre señorita Pauline estuvo encerrada en su habitación muchos días después sin querer salir y gritaba sola diciendo que los demonios se habían conjurado contra ella y me pidió que fuera a buscar morfina a casa del doctor Sile porque en el curso de una semana el destino se había encarnizado con ella con la idea de destrozarle el alma quitándole la vida a la señora Perth-Williams que había tenido la deferencia de visitarnos pocos días antes con su hija por eso sé yo que aquella niña era su hija y no su hermana pequeña como se decía y le había arrebatado también a un amigo muy querido que era el señor Hett el pintor y luego de abatir una feroz tormenta contra Biarritz le había arrebatado a una joven amiga con la que disfrutaba hablando de libros y luego aquel pobre muchacho Alex que también iba mucho por casa últimamente pues su familia estaba pasando mucha penuria y mi señorita Pauline le daba al parecer algún dinero para que pudiera darle de comer a una hermana muda y rara que tenía que se subía a los tejados y por todo eso mi señorita Pauline pensaba que los demonios se habían conjurado contra ella y por eso tuve que ir yo a buscar morfina a casa del doctor Sile para quitarle el dolor de la pesadumbre pero cuando fui a su casa no estaba porque había ido a casa de los señores Villequeau porque la señora Villequeau se encontraba muy enferma por unas llagas que le salían en la espalda y entonces como mi señorita Pauline estaba tan desesperada me fui directamente a casa de los señores Villequeau aprovechando que yo era muy amiga de Martine y pensando en pedirle la morfina al doctor y entonces me abrió la cocinera la señora Prie y me dijo que esperara en la cocina hasta que bajara el doctor porque estaba atendiendo a la señora Chloé Villequeau que había pasado una noche malísima y no se sabía si sobreviviría una semana o no pues tenía muchas llagas en la espalda y en los brazos y entonces bajó Martine llorando diciendo que su señora se iba a morir y luego bajaron el señor Villequeau y el doctor Sile y me preguntaron qué quería y les dije que la señorita Pauline necesitaba morfina porque el destino se había encarnizado con ella y le estaba arrebatando a todos los amigos desde la amable señora Perth-Williams al señor pintor Hett a la librera Aitzane y al joven Alex Saint-Barthélemy y entonces antes de que el doctor Sile me pudiera dar las pastillas de morfina el señor Villequeau me apartó un momento hasta la despensa y me preguntó qué sabía yo de la aprendiza de la librería Aitzane Palefroi y le dije que no sabía más de lo que ya le he dicho a usted y luego me preguntó a qué iba Alex a la casa y parecía nervioso y yo nunca supe por qué me hizo todas aquellas preguntas y a fuerza de ser sincera casi ni sé lo que le respondí porque yo pensé que también debía ser discreta y vigilar el honor de mi casa y de mi señorita Pauline que...[74]

74. Se ignora por qué Georges Miet decidió transcribir de este extraño modo el discurso de Françoisette Pellegrin, aunque más que probablemente se debió a la voluntad de reflejar maliciosamente la incontinencia verbal y el torrente oral de la mujer. En algún caso se ha sugerido que Georges Miet quiso dárselas de moderno utilizando modelos propios de la vanguardia que ya por entonces habían quedado obsoletos. La entrevista se celebró, según todos los apuntes, en la misma localidad de Biarritz a principios del año 1940, es decir, casi quince años justos después de los sucesos y cuando Françoisette contaba ya más de treinta años probablemente.

22

Dr. Lucius Sile

Médico

Desgraciadamente, la señora Chloé Villequeau falleció dos o tres días antes de la fiesta de la Asunción.[75] Aunque tenía heridas bastante graves en la espalda y en los brazos, la causa de la muerte fue una virulenta septis por una infección genital. No voy a darle muchos detalles, señor Miet, porque ni yo los recuerdo bien ni a usted deben interesarle, pero puedo asegurarle que aquella mujer —a pesar de su sonrisa beatífica— había sufrido un calvario. Yo la había estado visitando desde algunos días antes: su criada, una muchacha escasamente discreta llamada Martine —creo—, vino a buscarme una noche, sofocada y llorosa, y me dijo que su señora se encontraba muy mal y que precisaba de mis servicios. Cuando entré en la alcoba creí haber traspasado los muros de un matadero: toda la estancia estaba llena de vendas empapadas en sangre y olía a orines infecciosos, y bien parecía que aquella sala no se había ventilado en los últimos meses: el aire estaba consumido, caliente y sucio: un indi-

75. A pesar de las restricciones republicanas, la fiesta de la Asunción (el 15 de agosto) siempre se celebró —y aún se celebra— en Biarritz con grandes fastos, con fuegos artificiales, certámenes florales, concursos deportivos, etcétera.

viduo menos experimentado que yo no habría podido reprimir el vómito, seguramente. Le pregunté a aquella muchacha qué había sucedido allí, y entre sollozos me contestó con una retahíla de palabras inconexas de las que sólo pude extraer que su ama se infligía aquellas heridas voluntariamente y «por religión». Como conocedor de la naturaleza humana sé que es posible pero improbable e indeseable que un hombre —y aún menos una mujer— se cometa semejante degollina por voluntad propia. No obstante, como los meandros de las decisiones humanas no se someten siempre al imperio de la razón, consideré que tampoco era del todo descartable que aquella mujer hubiera perdido el juicio y, en su enajenación, hubiera decidido propinarse aquellas espantosas mataduras.

Le pedí a la criada que me informara de las circunstancias.

Así supe que la señora Villequeau estaba casada con el periodista Vilko, al que yo no conocía sino porque de tanto en tanto firmaba alguna crónica (con demasiados adjetivos para mi gusto) en *La Nouvelle*[76] de Biarritz.

Examiné a aquella pobre mujer —tendría que haber visto usted cómo tenía la espalda, llena de descarnaduras y llagas en carne viva, con puses amarillos y blancos, y con unas infecciones agusanadas y pestilentes que daban terror— con el convencimiento de que su marido era un monstruo sin entrañas, cruel y sádico, furioso y probablemente perturbado. Mi intuición —¡los médicos somos testigos de tantas desgracias!—

76. Se refiere naturalmente a *La Nouvelle Gazette Illustrée de Biarritz*.

me decía que aquella carnicería era el resultado de perversiones que ni siquiera estaba en condiciones de imaginar. Y me temía que —tarde o temprano— me vería obligado a poner en conocimiento de la autoridad semejantes torturas inhumanas. Aquellas terribles heridas seguramente acabarían con un marido sanguinario en la gendarmería. Le pedí a la muchacha que me hiciera el favor de ir a buscar al señor Villequeau mientras yo me ocupaba de sanear aquella infección con forma de mujer. Pero la criada me aseguró que no había nadie más en la casa y que el señor Villequeau probablemente no tenía conocimiento de lo que ocurría en aquella alcoba infecciosa.

A lo largo de los días posteriores acudí regularmente y provisto con medicamentos adecuados a aquella casa del Sentier des Corsaires, a veces acompañado por la señorita Domitiane, que es mi enfermera de confianza. Sólo en una ocasión encontré al señor Villequeau en la casa, y fue precisamente el día en que vino la criada de la señorita Pauline Bellay a solicitarme urgentemente morfina para su ama. Recuerdo aquella escena porque el señor Villequeau me pareció sorprendentemente interesado por los asuntos de la señorita Bellay y curiosamente indiferente por las dolencias de su propia esposa.

En fin, como le digo, la señora Chloé Villequeau falleció dos o tres días antes de la Asunción. Ni ella ni su criada me habían hablado de las heridas que tenía en la cara interna del muslo y en el sexo, producidas al parecer por unos alambres espinosos que se colocaba en esa parte del cuerpo a modo de mortificación. Y cuando lo hicieron, ya fue demasiado tarde. Tras una exploración pormenorizada, pude comprobar que la zona estaba afectada ya por una necrosis virulenta con numerosos focos infecciosos en el aparato genital de la mujer. La pobre desgraciada deliraba mientras murmuraba cánticos y loores religiosos; habría jurado que algunas de aquellas entonaciones pertenecían al Cantar de los Cantares, pero eso es un detalle menor.

Aquella noche, cuando el fallecimiento de aquella mujer ya era inminente, decidí que había llegado el momento de poner todas las circunstancias en claro y delimitar las responsabilidades de cada cual en la terrible y dolorosísima agonía de aquella pobre desgraciada. Hice llamar a la autoridad pertinente y al cabo se presentaron en el domicilio del señor Villequeau dos representantes de la gendarmería, concretamente Anatole Billard y su compañero DuThiers, junto con el secretario judicial Démosthène Urruticoetxea-Blas, que inmediatamente comenzó a preparar los documentos imprescindibles para formalizar toda la administración del caso.

Es probable que ya fuera muy adelantada la medianoche cuando llegó el señor Villequeau a la casa acompañado por otro hombre, identificado inmediatamente por el secretario judicial Démosthène Urruticoetxea-Blas como Marcel Galet, fotógrafo de Burdeos, al que obligó a completar tres formularios si quería estar presente en la alcoba de la señora Villequeau. Los señores Villequeau y Galet venían acompañados por dos mujeres: la primera dijo ser prima del señor Villequeau, de nombre Lili, y la segunda, una amiga del señor fotógrafo, de nombre Tessa. También acudió la cocinera de la casa, la señora Prie.

Y cerca de las dos de la madrugada se presentó en la casa un franciscano —o tal vez dominico, de eso no puedo estar seguro— al que la criada Martine llamó «el abate de Cambo», que le administró a la enferma la extremaunción y pronunció un hermoso sermón, didáctico y reconfortante, dirigido a todos los presentes, a propósito de la *imitatio* cristiana y de cómo el sufrimiento de Nuestro Señor Jesucristo ha de verificarse también en los espíritus sensibles con la mortificación del cuerpo. En esos momentos hubo que reprender severamente a la criada Martine, porque comenzó a lanzar improperios e indecencias contra el religioso, acusándolo de «trastornar la cabeza de la señora, que era hermosa y buena, y por su culpa se había dejado morir».

Al final, pasadas las tres de la madrugada, tras verificarse el fallecimiento de la señora Chloé Villequeau, se hizo llamar a Gaston Ruilla, sepulturero del cementerio municipal de Sabaou, que se ocupó de llamar a los servicios de Le Douce Adieu para trasladar el cadáver a la iglesia que se decidiera y proceder a todos los rituales propios del caso y en los que la medicina ya no tiene parte ninguna.

Como representante de la ciencia de Hipócrates, no debería detenerme en ciertos detalles emotivos, pero lo cierto es que las señoritas Lili y Tessa mostraron una sincera consternación en la alcoba doliente; y a pesar de su indignación contra el abate, la propia Martine y la cocinera, la señora Prie, también lloraron el fallecimiento de su señora con grandes alardes de sentimiento verdadero.

El secretario judicial procedió entonces a lo que él

denominó «la constatación», haciendo todas las preguntas que consideró pertinentes y exigiendo la firma y compulsa de numerosos documentos. Se me requirió también a mí para que dijera si la difunta había muerto por causas naturales o por otras indeterminadas. El abate se apresuró a decir que la señora Villequeau había muerto porque así lo había querido Dios, pero en mi opinión había muerto por una infección generalizada de la sangre, conocida en el ámbito hipocrático con el nombre de septicemia. Los gendarmes, especialmente Anatole Billard, quisieron saber cómo se había llegado a dicha infección, o precisamente cuál era la causa, a lo que respondí con sinceridad que no podía estar seguro, aunque verosímilmente se trataría de algún hierro o alambre sucio. La criada Martine se acercó entonces a la mesita de noche, de donde sacó una especie de cilicio ensangrentado y una suerte de disciplina con un látigo corto de siete puntas de hierro. El abate dijo que eran las reliquias de una santa, pero el secretario judicial las incautó de inmediato y, además, le hizo completar al religioso seis formularios de color verde claro. Los representantes de la gendarmería quisieron saber si el señor Villequeau estaba al tanto de las actividades disciplinarias de su esposa, a lo cual contestó que hacía meses que ni siquiera hablaba con ella. También quisieron saber cuáles eran los verdaderos nombres de las señoritas que acompañaban a los señores Villequeau y Galet, de lo cual se dedujo para sorpresa de todos los presentes que ni la prima Lili era prima ni se llamaba Lili, sino Lilianne Quarteronne, y que Tessa era natural de Finlandia. Al parecer eran actrices o bailarinas en un reputado teatro de la ciudad, razón por la cual el secretario judicial las obligó a cumplimentar varios formularios relativos al empadronamiento. Con la indignación de la señora cocinera como fondo, el secretario judicial quiso saber cuál era exactamente la relación que mantenían el señor Galet y la finlandesa, aunque el señor Galet se negó a declarar este extremo, y el gendarme Billard afirmó que el señor fotógrafo —así lo llamó— tenía todo el derecho a no declarar ese extremo. La criada Martine, por su parte, insistía en su deseo de que la gendarmería detuviera al abate de Cambo, al que acusó de ser el «verdadero responsable» de la muerte de su señora. El señor Villequeau murmuró un furioso «desde luego», y los representantes de la autoridad volvieron su mirada al clérigo, que enseguida anunció que tenía que irse porque tenía obligaciones ineludibles a las que tenía que atender. Pero en aquel momento llegaron los oficiales de Le Douce Adieu con el ataúd, y la puerta quedó infranqueable. Por mucho que quiso, el abate no pudo salir, y el secretario judicial se le echó encima con varios formularios que se vio obligado a cumplimentar sin falta en la mesa del tocador de la señora Villequeau, entre cepillos, polvos de maquillaje, carmín, horquillas, cintas, cajitas y otros utensilios femeninos.

En medio de un silencio incómodo y mortuorio, con las turbias luces del amanecer iluminando con fulgor de panteón el ventanal de la alcoba, los oficiales de Le Douce Adieu comenzaron a preparar el cadáver para disponerlo en el bonito ataúd de roble que habían traído. Entonces, de repente, se oyeron numerosos y ruidosos pasos en la escalera. Todos los presentes nos giramos con la esperanza de ver muy pronto a un ejército prusiano en el umbral de la puerta, pues eso era lo que parecía que ascendía por los empinados peldaños de aquella casa.

No se trataba sin embargo de ningún ejército, sino de un grupo de personas que parecían llegar directamente de alguna fiesta en alguno de los distinguidos hoteles de Biarritz. Encabezaba el grupo una mujer muy bella y de aspecto decidido, con un mechón diabólicamente pelirrojo en su cabellera. Tras ella venía una joven hermosísima, con un vestido verde de lentejuelas y un caballero que —mientras fumaba— parecía enojado, disgustado o hastiado ante la escena que se le presentaba. Por encima de sus hombros se adivinaron los rostros de algunos individuos a los que yo conocía por encuentros esporádicos y ocasionales: eran el señor Fevert —cuyos negocios de joyas y piedras precisosas espantaban a las gentes honradas—, una pintora judía llamada Chambers o Dambers, un proxeneta parisino con dos mujeres de evidente mala nota y un viejo de canas amarillentas con varios libros bajo el brazo.

La mujer que comandaba aquel tropel consiguió detener a sus huestes en el umbral y se adentró en la alcoba lentamente, en medio del silencio expectante de toda la concurrencia, y observó la dramática escena que se estaba representando. Por alguna suerte de maleficio, todas las miradas se concentraron en aquella mujer, luminosa y radiante, y la propia señora Villequeau se habría vuelto a observarla si no hubiera tenido impedimentos ineludibles. El señor Villequeau, ante la mirada inquisitiva de aquella mujer, se separó un poco de la falsa «prima» Lili, y seguramente quiso decir algo, aunque al final todas las palabras se le atragantaron en el tracto bucolaríngeo. El secretario judicial ya estaba a punto de comenzar sus indagaciones administrativas cuando la mujer del mechón pelirrojo, con la mirada clavada en la señora Villequeau y con la voz profunda de un oráculo délfico, decidió pronunciar unas enigmáticas palabras.

«James Hett se alojaba en la pensión Métropole», dijo.

23
Honorine Pel
Propietaria de la pensión Métropole

Bienvenido a la humilde Villa Métropole, señor Miet. Pase, pase por aquí... ¡Florine! *¡Florine! ¡FLORINE!* ¿Qué hace aquí este cubo con agua de fregar? ¿Por qué no te lo llevas al patio? ¡Será holgazana...! No creo que nunca pueda sacar nada en claro de esta muchacha.

Oh, fíjese, señor Miet..., qué humedades tenemos aquí en esta pared. Es por culpa de una vecina, la señora Rénard, que olvida cerrar los grifos y... Tendré que colocar ahí esta fotografía del Hôtel Métropole. Oh, no, señor Miet, esta fotografía no es de mi modesta pensión, sino del Hôtel Métropole de MonteCarlo. Mi pensión y el Hôtel Métropole de MonteCarlo no sólo comparten el nombre, sino una larga y fructífera hermandad empresarial, porque un hermano mío trabaja allí en el departamento de fontanería... Cuidado con el gato. ¡Florine! *¡Florine!* ¡FLORINE! ¿Qué demonios hace *Griffettes* en la escalera? Estamos muy orgullosos de compartir con el Hôtel Métropole de MonteCarlo nombre y distinción. Ya lo creo...

Pase, señor Miet. Aquí, en este salón, podremos charlar tranquilamente y sin que nadie nos moleste... Oh. Sí. Esos ruidos son del piso de arriba; es *monsieur*

Lévesque; volvió mutilado de la guerra y tuvieron que ponerle una pierna ortopédica, pero no se acostumbra y, como no siente la pierna de madera y tampoco oye bien porque la bomba que le segó la pierna también le reventó los tímpanos, hace fuerza con la rodilla para sentir como que tiene bien apoyada la pierna, y por eso da tantos golpes y molesta a todo el mundo con los topetazos en el entarimado; yo le digo: «*monsieur* Lévesque, *monsieur* Lévesque, que no hace falta que dé golpes, pero como no me oye, tanto le da».

¡Florine! *¡Florine!* ¡FLORINE!

Tráenos un poco de café *del bueno*, mujer. (¿Es que no tienes otro delantal, muchacha, que tienes que ir con esos lamparones?). Ah, nunca sacaré nada de provecho de esta pobre desgraciada. La encontré en Dax, en la estación de ferrocarril, llena de piojos y de mocos, haciendo la calle cuando tenía catorce años; y me dio tanta pena que la cogí y la puse a trabajar aquí; al menos aquí está recogida, aunque no le puedo pagar mucho...[77]

Oh, no..., no, no..., no se siente ahí, señor Miet. Es que ése es el sitio del gato y está lleno de... Siéntese en esta silla, aquí... Espere, que sacudo las migas. Se ve que ha estado comiendo aquí la señorita Sinopeau y como le tiembla tanto la mano se le ha caído un poco de sopa y...

77. Tal vez interese apuntar aquí que la señora Honorine Pel y su dudoso establecimiento hotelero fueron expedientados al menos doce veces por el Ayuntamiento de Biarritz y por otras instituciones laborales, y se le acusó formalmente ante los tribunales en otras dos ocasiones por mantener en régimen de quasi-esclavitud a personas con deficiencias mentales y hacerlas pasar por trabajadores de su empresa.

Buenobuenobueno, señor Miet. ¿Y de qué quería hablar?

¿Del señor Hett?

No sé quién... ¡Ah! Claro, sí..., ahora lo recuerdo... ¡Han pasado tantos años...! El señor Hett. Naturalmente: James Hett. Por supuesto.

Mire, señor Miet: aquí, en la pensión Métropole, siempre fuimos muy de artistas. Nos gustaba el ambiente bohemio parisién, con un aire de intelectualidad, ¿comprende? Muchos clientes me decían: «Parece que va a salir uno por la puerta y se va a encontrar de bruces en la Place du Tertre...». Y eso era porque nuestra pensión inspiraba a los grandes artistas de aquellos años. Un escritor muy gracioso de España, que vivió aquí precisamente cuando le ocurrió aquello a míster Hett, decía que la pensión Métropole rezumaba humedades y arte. ¿No le parece gracioso? Es que era muy gracioso aquel español. Como todos los españoles, que tienen ese sentido del humor tan particular. Aquel español escribía novelas: era muy escritor. Como todos los españoles. ¡Florine! *¡Florine!* ¡FLORINE! ¿Es que no vas a traer nunca ese café? Por aquella época, o poco antes o después, vivía también aquí un dramaturgo vanguardista. En los periódicos, que no piensan más que en propalar patrañas e infundios, decían que era vanguardista porque no podía ser otra cosa. Se llamaba Quintin Sureau y estaba muy orgulloso de su apellido.[78] En cierta ocasión nos leyó un entremés en el que un hombre vestido de cigüeña

78. *Sureau* es 'saúco', pero —desde luego— la morfología de la palabra da para diversos juegos pretendidamente surrealistas, como *«sur eau»* o *«sure au»*, etcétera, que, por evidentes, no requieren mayor explicación.

entraba en el escenario y filosofaba sobre la poesía de Homero y las bujías de los automóviles... o algo así. No me haga mucho caso, porque aquello era un galimatías de mil demonios, pero estaba muy bellamente expresado todo, con sus metáforas y sus retruécanos. También tuvimos en la casa a un músico muy importante: Mitríadis Silvanski, que era de un lugar muy báltico, seguramente Lituania o Letonia o Estonia o Eslovenia o... uno de esos sitios. Era un músico excepcional y había compuesto, con una que terminó por aquellos días, más de treinta óperas, además de dieciséis sinfonías y otras piezas menores. Mientras estuvo aquí no tuvo más remedio que trabajar como violinista en la orquesta del Hôtel Continental. Después se marchó a América porque decía que en Europa no se apreciaba su arte. Envió una postal desde Chicago, donde se encontraba trabajando provisionalmente como pianista en un distinguido club: The Slow Kiss. Y luego teníamos a dos bailarinas de Hamburgo que trabajaban en un teatro muy conocido y muy elegante que había por aquel entonces en Biarritz, que se anunciaba como Les Sirenes à Biarritz; se llamaban Käthe y Hedwigg: unas jóvenes muy educadas que nunca dieron que hablar.

¡Florine! *¡Florine!* ¡FLORINE! ¡Otra vez se te ha vuelto a escapar el gato! ¡Hazme el favor de llevarte a *Griffettes* de aquí!

Y luego, claro, estaba nuestro James Hett. ¡Qué gran artista perdió el mundo con su muerte, señor Miet! ¡Qué gran artista! Era natural de Londres, pero era muy buena persona, y vino a Francia a inspirarse. Claro: es lo que yo digo, que los artistas ingleses no se pueden inspirar en un lugar tan húmedo. Y vino a Francia porque vio las obras del señor Matisse y de *les fauves*,[79] y sufrió una conmoción tan intensa que tuvo que hospitalizarse. (Eso me lo dijo él personalmente. Me dijo: «Estuve a punto de sufrir una parálisis cuando vi aquel cuadro de Isaac nosequé»).[80] Viajó entonces a París, pero allí descubrió que el salvajismo pictórico ya había pasado de moda y que los pintores más innovadores se dedicaban al cubismo, como el señor Braquex (¡mire usted qué nombre para un artista...!).[81] Y, ante semejante alteración, sucumbió y volvió a caer enfermo. Los médicos le recomendaron que dejara de indagar en las nuevas corrientes pictóricas y se centrara en los paisajes normales: marinas, campos de amapolas, valles herbosos, montañas nevadas, bosques umbríos, etcétera. Y, por lo que yo sé, ése fue el recorrido de nuestro míster Hett por el proceloso mundo de las vanguardias pictóricas. Como los médicos también le aconsejaron buscar climas más soleados donde su corpachón inglés no se colapsara con tanta frecuencia, al final vino a dar con sus huesos a Biarritz. Por desgracia, aunque atendió los consejos de los doctores, sus cuadros no convencieron a los galeristas de Biarritz, y tampoco a los de Burdeos o París, así que se confor-

79. Como se sabe, fue Louis de Vauxcelles quien colgó el sambenito de *fauves* ('fieras', 'bestias salvajes') al grupo de Vlaminck, Marquet, Derain y Matisse. Diversos especialistas creen improbable que la señora Pel se refiriera a «*les fauves*» con semejante familiaridad intelectual. También han llamado la atención sobre otros detalles verosímilmente atribuibles a la imaginación de Miet.

80. Presumiblemente, Isaac Grünewald, discípulo de Matisse y uno de los principales representantes del *fauvisme*.

81. Hace referencia al apellido *braque:* fam. y fig., 'chiflado', 'atontado', 'atolondrado'.

maba con vender alguna marina o algún bosque umbrío a compradores que buscaban una obra de arte para su salón a un módico precio. En verano solía tener más éxito con los turistas, a los que les encantaba llevarse una marina de Biarritz o una rocalla o un atardecer dramático o un bonito óleo del faro, o un nocturno con Villa Belza. De todos modos, lo poco que vendía apenas le llegaba para vivir, y en más de una ocasión —y de dos y de tres— tuve que aplazar el cobro de su habitación porque no tenía con qué pagarla. El escritor español, que era tan gracioso él, decía que míster Hett tendría que pintar bodegones con hogazas y salchichones si quería ver de cerca alguna comida. Son tan graciosos los españoles...

Yo creo, señor Miet, que la falta de alimento tuvo mucha parte en la desgracia que le sobrevino. Porque si hubiera tenido fuerzas, las corrientes del mar no se lo habrían llevado y habría salvado de la muerte también a aquella señora inglesa y a su hermana pequeña.

Bueno, si usted dice que era su hija, sería su hija. Yo no lo sé. Lo que se decía en aquellos días era que aquella niña era la hermana pequeña de la señora inglesa... que no recuerdo cómo... Fitzwilliam o...

¿Perth-Williams? Bueno, si usted lo dice, así sería. Yo no me acuerdo bien.

Al pobre señor Hett me lo trajeron muerto y empapado, porque lo encontraron al cabo de unas horas en la playa grande, y lo subieron a su habitación. Lo trajeron dos policías y los oficiales de Le Douce Adieu, y también venía con ellos un hombre bajito que era secretario judicial por aquel entonces que se llamaba demosnosequé urruticovayaustedasaber y que no hacía más que sacar papeles de una cartera y molestar a la gente con sus formularios, y luego llegó Gaston, el sepulturero del cementerio de Sabaou, que fue el encargado de todos los asuntos relativos al enterramiento, porque no hubo modo de mantener correspondencia con nadie que se hiciera cargo de él, así que lo enterramos en Sabaou como pudimos. Fuimos al entierro Florine, el músico Silvanski —que interpretó una pieza lacrimosa muy emocionante con un violín—, el dramaturgo vanguardista Quintin Sureau, el veterano *monsieur* Lévesque, que llegó tarde por culpa de su impedimento, las dos actrices alemanas, Käthe y Hedwigg, el escritor español y una servidora. Celebró el responso funeral el pastor de Saint Andrews, que es la iglesia anglicana de Biarritz. (Y aunque no sabíamos a ciencia cierta si míster Hett era anglicano o no, como era inglés dimos por supuesto que lo sería). Todos los gastos corrieron a cargo del Ayuntamiento, pues el señor Hett no dejó nada en vida con lo que pagar su muerte, y ninguno de sus amigos disponíamos en esos momentos de la liquidez monetaria suficiente para ello. (He de decir que el señor enterrador no estuvo acertado. Se le encomendó a él, por razones obvias, que encargara a Le Douce Adieu un ataúd adecuado, y después de medir y remedir el cuerpo insepulto del señor Hett, decidió encargar un ataúd de pino barato, y era tan corto y escaso que hubo que colocar al pobre señor Hett de lado y encogido, pues era muy largo de piernas, como si fuera un niño que estuviera durmiendo).

Me vi luego en la obligación de entrar en la habitación del señor Hett y decidir qué hacer con todas sus pertenencias... que eran pocas y de escaso valor. Había varios cuadros de marinas, campos de amapolas, valles herbosos, montañas nevadas, bosques umbríos, etcétera, aunque tras una colcha vieja escondía otros lienzos incomprensibles..., y a mí no me fue posible distinguir si eran cuadros pintados al modo moderno o pruebas de pintura, garabatos y brochazos, sin ningún valor. (Para mí tengo que el señor Hett siguió practicando a escondidas el arte nuevo, enfangado en esos horrores y con una empecinada predisposición a la miseria). Aparte de los útiles de su labor, guardaba también en su habitación varios libros, alguna ropa y un geranio. Sobre la mesa había también una carta dirigida a una *miss* Elspeth Hett, que todos dimos por hecho que sería de su familia... o hermana o prima o algo. La carta aún no estaba en el sobre y el sobre aún no llevaba dirección, de modo que no supimos adónde enviar los objetos personales del señor Hett ni cómo hacerle saber a esa señorita Hett que su familiar había fallecido ahogado en Biarritz. Respecto a lo que decía la carta, se guardó una perfecta discreción y secreto por la sencilla razón de que nadie en la casa conocía la lengua inglesa y nadie fue capaz de leerla. Todos los cuadros y los enseres personales del señor Hett los guardamos en un trastero durante algunos meses, pero —curiosamente— los lienzos fueron desapareciendo de allí poco a poco hasta que no quedó nada más que una camisa vieja y una colección de artículos de un señor llamado Johnson,[82] que al final acabó en el

82. Verosímilmente se trata de algún compendio de artículos de Samuel Johnson (Dr. Johnson), tal vez los que aparecieron en publicaciones periódicas bajo el título *The Rambler* o *The Idler*.

cubo de la basura porque estaba medio comido por los ratones. Lo único que conservo del pobre señor Hett es aquella carta que le escribió a su prima o su hermana o lo que fuera: la señorita Hett. A lo mejor le gustaría verla. ¿Sí?

¡Florine! *¡Florine!* ¡FLORINE!

Mira, Florine: sube a mi oficina y me traes una caja lacada negra. ¿Me has entendido? La caja lacada negra. No, mujer, eso es el baúl: ¿cómo vas a bajar el baúl? Me refiero a la caja lacada negra que hay sobre mi mesa. Que tiene dos rosas en la tapa. Anda, ve.

Es tan tonta que es capaz de bajar el baúl.

El caso, señor Miet, es que cuando vinieron aquellos dos jóvenes... Sí. Ya había transcurrido casi un mes desde la muerte del señor Hett, y entonces se presentó en la pensión Métropole aquella joven pareja. El hombre dijo llamarse Paul Ville... Sí, ¿cómo ha dicho usted? ¿Villequeau? Sí, no recuerdo exactamente..., pero bien pudiera ser Paul Villequeau. Y venía con una mujer cuyo rostro no olvidaré en la vida. Era como una Clara Bow,[83] pero con una mirada más viva. Desde luego era una mujer muy llamativa, sobre todo por aquel mechón pelirrojo que le adornaba la cabellera. ¡Era asombroso, señor Miet! El joven dijo que la

83. Clara Bow (1905-1965) fue una de las actrices más famosas de los años veinte: hija de una prostituta de Brooklyn y de un retrasado mental, comenzó su carrera hacia el estrellato en 1924, cuando fue nominada como una de las *baby star* más prometedoras de la industria cinematográfica. En los años siguientes Clara Bow fue considerada una *It Girl*, con lo que se daba a entender que atraía sexualmente a hombres y mujeres por igual. Fue también el prototipo de la joven *flapper* americana.

La señora Honorine Pel hace la comparación a posteriori, cuando mantiene la entrevista con Georges Miet, en 1941, puesto que en 1925 Clara Bow aún era prácticamente una desconocida en Europa, como puede deducirse sin dificultad.

señora era..., ay, un nombre larguísimo, que iba del inglés al alemán y del alemán al inglés... Bueno, no imp... ¿Beatrix? ¿Cómo? ¿Beatrix... Ross Buttgereit-Dientzenhofer? No lo sé. Si usted lo dice, así será. El caso es que aquella mujer, Beatrix o como se llamara, era de una belleza y de un descaro poco conocidos en Biarritz. Su acompañante, el señor Villequeau, dijo que la joven era inglesa, amiga del señor Hett, y que estaba muy interesada en saber de su vida y cómo había sido su muerte y todo aquello. Y, claro, señor Miet, yo les conté lo mismo que le he contado a usted. Y les dije: «Miren: su amigo el señor Hett dejó a medias una carta en su mesa, escrita en inglés, pero en esta casa nadie sabe hablar esa lengua y no queremos airearla, porque es cosa personal. Claro, que si la señora es amiga... Sabemos a quién pensaba enviarla, pero ignoramos si la destinataria es su hermana o su prima o algo, y desde luego no sabemos qué le dice. Y no hemos podido enviarla porque el señor Hett aún no había escrito en el sobre dirección alguna».

Sí.

Sí, claro. Se la dejé leer. ¡Decían que eran amigos del señor Hett! La leyó la mujer, con mucha atención, pero no despegó los labios. Y después de doblarla, me preguntó si podía guardarla como recuerdo de su querido amigo. «¿Pero qué dice la carta?», le pregunté. Y me contestó: «Son asuntos familiares, nada más. Asuntos privados». Y aquella contestación tan soberbia me resultó tan indignante que cuando insistió en quedarse con la carta le dije que no, que ni hablar. Le dije que yo misma se la entregaría a la señorita Hett si alguna vez se presentaba en Biarritz.

Pero lo cierto es que nunca se ha presentado aquí.

¡Ah..., ya está aquí Florine! A ver, déjame la caja. ¿Dónde está esa carta...? Ah. La dejé aquí. Ah. Aquí está.

¿Qué haces ahí plantada como una estatua, Florine? ¿No tienes nada que hacer? Anda, ve a la cocina, coge un cubo de agua y friega los escalones de la entrada de la pensión.

Mire, señor Miet. Aquí está la carta del señor Hett. ¿Quiere leerla? Bueno, puede copiarla si quiere, pero ya que la he guardado tanto tiempo... me voy a quedar con ella. Aunque no creo que esa señorita Elspeth Hett venga a buscarla jamás.

Transcripción de la carta de James Hett a su hermana Elspeth Hett

12 de julio de 1925
Pensión Métropole - Biarritz

Apreciadísima señora Murray:

Como siempre, hasta el día de hoy y de hoy en adelante, confío en su discreción y en su prudencia; sobre todo, deseo que Dios premie su dedicación y le transmita a mi pobre hermana ciega lo que ella no puede leer por sí misma. Más que nunca, por la importancia de lo que tengo que contarle, fío en su reserva y su cautela, y le ruego no comente el contenido de esta carta ni siquiera con su marido: lejos de mí cualquier intención de acusar injustamente al señor Murray de indiscreto, pero su afición a la cerveza no me permite apostar nuestra seguridad en su templanza, y no quisiera que estos asuntos tan delicados acabaran en boca de todos en el pub del pueblo. Simplemente, señora Murray, léale en voz alta a mi adorada hermana lo que sigue, léalo de seguido y sin pensar en lo que lee; y si lo entiende, olvídelo para siempre.

Querida Elspeth:

Espero que al recibo de la presente te encuentres bien y que tu enfermedad no haya avanzado tanto como para impedirte salir al jardín a tomar el sol. Estoy seguro de que la señora Murray se ocupa de ti y te dispensa todas las atenciones que precisas, y confío en que el doctor Mulligan encontrará los medios adecuados para mitigar tus dolores y tu sufrimiento. Has de tener paciencia, mi adorada Elspeth, pues tampoco hay mucho más que se pueda tener en este caso. Y aunque sé que las noticias que voy a darte no van a hacerte feliz, también son consecuencia de lo irremediable y de este sino fatal que nos persigue.

En primer lugar debo comunicarte que he empezado a notar los mismos síntomas que vimos en ti al principio de la enfermedad. Hace unos meses comencé a sentir mucha debilidad en mis músculos y en mis huesos, y también comencé a notar que se me movían los dientes y que unas manchas negras oscurecían mi visión. Acudí a casa de un médico llamado Sile y me confirmó que tanto los desvanecimientos de París como estos nuevos síntomas no son más que los presagios de esa muerte premiosa que nos acecha a ambos. No tardaré en quedarme ciego, mi querida Elspeth, y pronto estaré en una silla de ruedas, como tú, y al poco ambos nos veremos postrados en un lecho de muerte, sin más opción que esperarla en perpetua agonía. Ésta es la herencia que recibimos de nuestros padres: tal vez podríamos reprochárselo si no nos hubieran abandonado en aquel orfanato de Staffordshire.

A esta maldición hay que unir la condena de la miseria. Mi querida Elspeth: los cuadros apenas me dan para vivir. Espero que el poco dinero que obtengo por esos cuadros simples de marinas, bosques y campos de amapolas sirvan al menos para mitigar tus dolores y sufrimientos; los cuadros cubistas se venden mal, puesto que la mayoría de las personas con suficiente dinero como para comprarlos tiene la misma mentalidad que una criada necia y habladora que conozco... Se llama Françoisette, y continuamente me angustia con su interminable perorata, diciéndome que le ponga los ojos a mis modelos donde se los puso Dios. Ya te dije en una carta anterior que le había vendido dos retratos a la señora de esa criada impertinente: *mademoiselle* Pauline Bellay. Te envié el dinero y confío en que te haya llegado sin falta. Ah... Si no fuera por la señorita Bellay, no sé qué sería de mí..., de nosotros, mi adorada Elspeth. Gracias a ella como muchos días que se me pasarían en ayunas; gracias a ella algunos cuadros han ido a parar a casa del juez DuPont, o del señor alcalde Joseph Petit, o de otras personas de importancia en Biarritz. Pero sé que muchos de esos clientes simplemente lo son por sugerencia de la señorita Pauline Bellay, y no porque les interesen mis torpes pinturas de marinas y campos de amapolas. Y así, se cierne sobre mí la pobreza, y la miseria me acecha a cada paso. Son la necesidad y la indigencia mis musas, y la privación y la penuria mis compañeras constantes... precisamente ahora que necesitaré con apremio el dinero que me permita contratar a alguien que se ocupe de mí en la enfermedad que ya doblega mis huesos.

Por estas razones, mi querida Elspeth, y no por otras, tu hermano se convertirá en un criminal. El crimen y el asesinato son los únicos medios que me presenta Dios para evitar la miseria a la que nos abocaría nuestra deplorable condición. ¿Qué sería de ti si no pudiéramos pagar a la buena señora Murray? ¿Y dónde acabaría tu pobre hermano si no pudiera contratar a una enfermera que se ocupara de él cuando se viera postrado en un humilde camastro —cosa que no andará lejos de acontecer—? Necesitamos, mi adorada Elspeth, el dinero suficiente para poder morir dignamente..., aunque separados y lejos uno del otro, para consumar con esa soberana desgracia nuestro sino fatal. Necesitamos el dinero que, tristemente, sólo puede proporcionarnos el delito y el crimen. No sé si una muerte apacible en este mundo compensa una eternidad en el infierno, pero al menos por lo que a ti se refiere, estoy dispuesto a transitar mil eternidades sobre ascuas ardientes antes de verte abandonada en los caminos o bajo los puentes o en asilos para indigentes donde las damas ataviadas con martas cibelinas pueden ejercer su caridad. Sí: cometeré un terrible crimen, mi querida Elspeth, pero a mis ojos el delito mayor sería verte abandonada a tu suerte, en la humillante lástima y la despreciable pordiosería.

A cambio de una notable suma de dinero, que prefiero no revelarte, he de cometer un espantoso asesinato. Ignoro el caso en todos sus extremos y, por no abrumarte con más pesadumbres, evitaré confiarte detalles que no harían sino que ahondar las heridas que a ambos nos afligen. Se me ha propuesto que acabe con la vida de una mujer y de su hija, y, para que mis angustias sean absolutas, se me ha permitido que utilice los medios que considere más oportunos. Sé, mi querida Elspeth, que esa mujer baja casi todos los días a la Côte des Basques, donde yo trabajo con mis lienzos y mis pinceles. Suele acudir a la playa con su hija, y en muy raras ocasiones con su marido, que al parecer prefiere otros entretenimientos, en los que no voy a detenerme. Mi intención es aprovechar uno de sus baños para..., oh, no puedo continuar..., la sola idea de ahogar en el mar a esa mujer me abruma y estas últimas noches he tenido espantosas pesadillas, en las que esa mujer y su hija se me aparecían, envueltas en algas, con las miradas perdidas y los brazos tendidos hacia mí, con intención de estrangularme o sacarme los ojos o... Ah, mi querida Elspeth, no puedo continuar. Concluiré esta carta en otr

24
Maurice DuThiers
Gendarmería

Lo que sí puedo asegurarle, señor Miet, es que aquella entrevista fue la más extraña, estrafalaria y extravagante a la que he asistido en mi vida. Se presentaron en la gendarmería y dijeron que querían ver al sargento Billard, pero mi jefe tenía un compromiso ineludible aquel día, pues el señor juez DuPont lo había invitado a comer en el Carlton: al parecer necesitaba hablarle de un asunto que no podía diferirse, y por eso me había quedado yo al mando. La señora —cuya imagen no se me despintará jamás, por aquel mechón pelirrojo encendido que lucía en su cabellera— dijo que tenían algo importantísimo que declarar y que necesitaban hablar con alguien responsable..., lo cual, como comprenderá, señor Miet, me resultó extremadamente ofensivo.

«En estos momentos el sargento Billard se encuentra fuera y no puede atenderles —les dije—, pero con sumo gusto un servidor se ocupará del caso». (Me parece a mí que fui muy educado, teniendo en cuenta la vehemencia de aquella mujer...).

Venía con ella el señor Paul Villequeau, un reportero conocido en nuestra ciudad como Vilko, y al que yo recordaba porque me había entrevistado con motivo de otros percances, como cuando un *plongeur* se rompió un brazo en una demostración náutica, o cuando una joven de París quiso tomar un *bain du soleil* completamente desnuda —y cuando digo *completamente* digo *completamente*— en la playa de Miramar, o cuando unos jóvenes alborotadores apalearon a una pintora inglesa que llevaba mucho tiempo residiendo en Biarritz. El señor Vilko le dijo a su acompañante que no podían hacer otra cosa sino que contármelo «todo» a mí, o esperar a que mi jefe, el sargento Billard, regresara de su compromiso. Curiosamente, aquella mujer —a quien el reportero Vilko llamaba indistintamente Beatrix o Trixie— se quedó mirándome como paralizada y, al cabo de unos instantes, me hizo la primera y tal vez la más extraordinaria de las preguntas.

«¿Son... son muy amigos el sargento Billard y el juez DuPont?».

Puedo decirle, señor Miet, que jamás había conocido a una persona con semejante clarividencia. ¿Cómo sabía aquella mujer que el sargento Billard y el juez DuPont eran casi hermanos, que el sargento Billard, huérfano y abandonado en la inclusa de Biarritz, había sido acogido por la familia del juez DuPont cuando ambos tenían unos doce o trece años y que desde entonces no sólo habían sido íntimos amigos, sino que se trataban como verdaderos hermanos? Por lo que yo sabía, aquella mujer era inglesa, apenas hacía unos días que había llegado a Biarritz y era imposible que conociera esos detalles íntimos de la familia de mi jefe.

«Bueno... —le contesté—, yo diría que tienen una

estrecha relación, pero no estoy autorizado a darle más explicaciones, señor..., señorit..., señora...».[84]

Entonces, aquella mujer se volvió hacia el señor reportero y, como si yo no estuviera presente, le murmuró que tal vez sería mejor que me contaran todo a mí, dado que era muy posible que no se pudieran fiar del sargento Billard, teniendo en cuenta la relación que éste tenía con el juez, y el juez con la señorita Bellay..., lo cual me dejó estupefacto, pues no sé cómo habían establecido aquella singular cadena de amistades y por qué aparecía en esa retahíla la señorita Pauline Bellay, que era una de las *femmes distinguées* de nuestra hermosa ciudad; y tampoco estaba muy seguro de que no hubieran averiguado la peculiar relación del señor juez —conocida por todo el pueblo— con nuestra señorita Pauline Bellay.

Al final, la dicha señorita Beatrix-Trixie decidió que me lo contarían «todo» *a mí*, y se sentaron en mi despacho sugiriéndome que tal vez sería mejor que —de momento— no le comentara nada ni al sargento Billard ni al señor juez, y que, en todo caso, lo pusiera en conocimiento de «instancias superiores», aunque no sé a qué instancias podían referirse.

Y entonces, señor Miet, como le acabo de decir, empezaron a contarme la historia más estrafalaria, ridícula y absurda que pueda imaginarse. Para que se haga usted una idea, allí donde todo el mundo había visto unas tristes muertes derivadas de la desesperación o la imprudencia, ellos habían visto crímenes espantosos y una trama detectivesca de novela barata que no pudo sino hacerme sonreír.

84. Or.: *«Mad..., mademoiselle..., madame...».*

«Señor —empezó el reportero Vilko, apretando la mano de su acompañante con un gesto que pretendía tranquilizarla, supongo—, hemos tenido conocimiento de unos hechos claramente delictivos y hemos deducido otros que también lo son. Me temo que la autoridad está pasando por alto determinados acontecimientos, considerándolos como el producto ocasional y trágico de circunstancias casuales, cuando la realidad es que...».

«Se han cometido dos asesinatos», interrumpió de pronto la señor..., la señorita..., bueno, la mujer del mechón pelirrojo.

«¿Dos asesinatos?», pregunté asombrado, teniendo en cuenta que aquel verano había sido ciertamente horroroso en Biarritz: para empezar, se había ahogado una inglesa, y el hombre que intentó salvarla, y el *maître baigneur* que había procurado rescatar a los dos, y luego, después de la galerna, había aparecido aquella muchacha en el puerto, desnuda y colgada de un pie en una argolla, porque se había suicidado al parecer días antes, y, finalmente, había ocurrido aquel escándalo en el Palais, cuando el hijo de un ingeniero militar se había descerrajado un tiro en la boca durante la celebración de una elegante cena de compromiso en el hotel. ¡Si, además de aquel cúmulo de tragedias, se habían cometido dos asesinatos, nuestra hermosa ciudad estival podía despedirse de veraneantes, fiestas, hipódromos, fuegos artificiales y divertidas fiestas en el casino o en Villa Belza!

«Estamos en condiciones de asegurar que se han cometido al menos dos asesinatos en...».

«¿Dos asesinatos?», insistí, sin dejar que el reportero prosiguiera con aquella locura. «Les ruego que se calmen —les dije, aunque más bien lo decía por mí mismo, pues no estaba seguro de poder afrontar solo aquellas revelaciones—. ¿Quién ha muerto?», se me ocurrió preguntar, aunque ahora reconozco que no fue una pregunta muy profesional.

«Escúcheme, estúpido alcornoque —me espetó aquella mujer, ofensiva—, ¡le estamos diciendo que han asesinado a dos personas delante de sus narices y han sido incapaces de verlo!».

«Trixie..., por favor —murmuró el señor Vilko, tratando de calmar a aquella furia—. Señor gendarme, hemos leído un documento que nos permite asegurar que la señora inglesa que se ahogó el día 23 de julio en la Côte des Basques fue en realidad víctima de un asesinato».

«¿Ah, sí? —pregunté incrédulo, sugiriendo que todo el mundo sabía que la señora Perth-Williams se había adentrado irresponsablemente con su hermana menor en el mar y que una corriente se la había llevado y...—. Bueno, ¿y quién la asesinó?».

«El pintor James Hett», replicó la mujer.

Comprenderá usted, señor Miet, que aquella declaración era completamente ridícula.

«Señora mía: el señor James Hett —le dije, procurando mantener la calma ante semejantes fantasías—, tuvo la desgracia de ahogarse cuando intentaba salvar heroicamente la vida de la señora Perth-Williams y de su hermana menor que...».

«No era su hermana: era su hija».

Le puedo asegurar que jamás me había topado con una dama tan insultante. Parecía que todo su interés consistía en ofenderme y contradecirme. Precisamente, yo me había ocupado de aquel lamentable caso, y —aunque mis conocimientos de la lengua inglesa son escasos— había podido deducir de las palabras del señor Perth-Williams que aquella joven era la hermana menor de la señora Perth-Williams, a no ser —les dije— que últimamente el idioma inglés haya enloquecido y el significado de la palabra *daughter* no sea 'hermana', sino 'hija'. La señorita Beatrix miró al reportero Vilko con un gesto de desdén, aunque obviamente no pudo replicar a semejante prueba, de todo punto irrefutable.

Aprovechando aquella ventaja que me habían proporcionado mis conocimientos idiomáticos, planteé la cuestión que me parecía definitiva.

«En todo caso, aparte de las dificultades que se me plantean a la hora de detener a un ahogado como sospechoso de un asesinato, sería interesante que me explicaran por qué el señor Hett iba a querer acabar con la vida de la señora Perth-Williams y su *daughter*, es decir, *su hermana*», dije, insistiendo en la cuestión idiomática para humillar a aquella marisabidilla.

«Por dinero».

«¿Por dinero?», repetí.

«Hemos podido leer una carta del señor Hett —añadió el señor Villequeau— en la que explicaba a su hermana que iba a cometer un asesinato, en la persona de la señora Perth-Williams, con el fin de obtener una gran suma de dinero».

Comprenderá usted, señor escritor, la perplejidad que me recorrió la espina dorsal.

«¿Cuánto dinero?».

«No lo sabemos».

«¿Se refería a una herencia o...?».

«No: al parecer una persona iba a pagarle una gran cantidad de dinero por hacer ese... trabajo».

«¿Quién?».

«No lo sabemos».

«Ya. ¿Y qué razones tenía esa persona desconocida para querer asesinar a la señora Perth-Williams?».

«No lo sabemos».

Era obvio que *no sabían* demasiadas cosas. Les dije, por tanto, que su teoría parecía hacer aguas por demasiados boquetes: aquella fantástica teoría titánica había colisionado con la frialdad deductiva de mi inteligencia, un iceberg que había abierto demasiadas vías de agua en su quilla argumentativa.

«Lo hemos leído en una carta manuscrita del propio pintor Hett», dijo casi desesperada la señora Beatrix.

«¿Pueden enseñármela?».

«No. La tiene la señora Pel, de la pensión Métropole».

He de decir que aquella excusa podía desmontarse en menos de medio minuto: saqué del cajón el pequeño listín telefónico de Biarritz y busqué en la página de la M, pero allí no aparecía el nombre del establecimiento; luego busqué en la P de pensiones; luego pensé que tal vez podía encontrarse en la sección de establecimientos hoteleros o vacacionales, aunque tampoco me sonrió la fortuna. Por fin, en el listado de particulares, encontré el teléfono de la señora «Pel, Honorine – Pensión Métropole > 0542». Marqué sin dilación. (En aquellos tiempos se oía muy mal el teléfono).

«¿Señora Pel? [...] Llamo de la gendarmería. ¡De

la gendarmería! ... *¡De la gendarmería!* ... Sí. ... ¿Me oye? Bueno. Oiga... Quería hacerle una pregunta, si no le importa. ... Sí. ... ¡Quería hacerle una pregunta! ... ¿Tiene usted...? ... ¿Tiene usted una carta del señor Hett? ... ¡Que si tiene usted una carta del señor Hett! ¡El pintor! ¡El pintor que se ahogó! ... ... Sí, comprendo: pero tengo aquí a una... señora... y a un periodista, y me dicen que usted tiene una carta del señor Hett. ... ¡Del señor Hett! ... Ya. Muy bien. Comprendo. Comprendo. Perdone las molestias, señora Pel. Buenos días. ... *¡Que buenos días!*».

Cuando colgué el teléfono, pude observar el rostro deprimido de aquella mujer arrogante, soberbia y pelirroja, y de su apocado acompañante.

«La señora Pel no tiene ninguna carta», les dije, encogiéndome de hombros.

La señora... señorita Beatrix Ross murmuró un «será bruja...», y supongo que se refería a la señora Pel, a la cual yo no tengo ningún interés en defender, pero no veo cuáles podrían ser las razones de esa joven del mechón volcánico para ensañarse así con una pobre mujer, salvo que creyera que efectivamente la señora Pel tenía esa carta imaginaria y hubiera decidido ocultársela a la gendarmería, cosa que, obviamente, me parece un atrevimiento excesivo, como seguramente se lo parecerá a usted, ¿verdad, señor Miet?

Tras haber desbaratado con mi sagacidad detectivesca aquel cúmulo de suposiciones, imaginaciones y tergiversaciones, la mujer llamada indistintamente Trixie o Beatrix sugirió al señor Vilko la posibilidad de abandonar las dependencias policiales. «Será mejor que nos vayamos», le dijo.

«Un momento —los intercepté cuando ya se disponían a partir—. Siéntense, por favor. Sí: vuelvan a sentarse, por favor. Estoy muy interesado en saber quién es la segunda víctima de la que hablaban. ¿No dijeron que se habían cometido *dos* asesinatos?».

Se miraron con gesto indeciso, seguramente persuadidos de que tenían delante un hueso demasiado duro de roer y atemorizados ante mi perspicacia policial.

«Sí, señor —asintió el periodista—. Estamos convencidos de que se han cometido dos asesinatos. La segunda víctima es Aitzane Palefroi».

«¿La muchacha que se suicidó arrojándose al mar en plena galerna?».

«¡No se suicidó!», exclamó la señorita Beatrix-Trixie, claramente enfurecida... supongo que con su propia incompetencia para la mentira y el embuste.

«Tenemos razones para suponer que Aitzane Palefroi no se arrojó voluntariamente al mar, señor gendarme», dijo Vilko, mucho más conciliador.

«¿Qué razones?».

«¡Un anillo de quince mil francos!», gritó enfurecido el basilisco del mechón pelirrojo.

Casi sobresaltado por aquella gárgola, me atreví a preguntarle al periodista si tenían en su poder dicho anillo.

«No. No lo tenemos».

«¿Dónde está?».

«En la joyería».

«Entonces..., ¿la muchacha se suicidó porque quería ese anillo o...?»

«No, señor. La muchacha tenía ese anillo en el dedo».

«¿Y cómo podía tener esa muchacha un anillo de quince mil francos en su poder?».

«No lo sabemos».

«Ya. Y, entonces, ¿la asesinaron para robárselo?».

«No, señor. La asesinaron, pero no le robaron el anillo».

«¿Ah, no? —pregunté incrédulo—. ¿Y entonces por qué la asesinaron?».

«No lo sabemos».

«Entonces, ¿el anillo sigue aún en el dedo de la difunta?».

«No. Ha ido a parar a la joyería Boucheron».

«Entonces, al final, el asesino sí le robó el anillo...».

«No. No sabemos quién lo robó».

«Ya. ¿Y quién la asesinó?».

«Tenemos razones para pensar que fue Alex... Alexandre Saint-Barthélemy».

Supongo, señor Miet, que no le costará describir en su libro el gesto de perpleja estupefacción que se dibujó en mi rostro cuando oí semejante nombre. Aquel muchacho se había descerrajado un tiro en la boca pocos días antes, en el transcurso de una elegante cena de compromiso en el mejor establecimiento hotelero de la ciudad.

«Sí, entiendo, claro, claro... —murmuré, con la intención de ser comprensivo—. Pero el señor Alexandre Saint-Barthélemy está...».

Ambos asintieron. Supongo que en esos momentos se estaban percatando de la locura que me proponían.

«¿Y tienen ustedes alguna idea de cuáles podrían haber sido las razones por las que Alexandre Saint-

Barthélemy habría cometido esa atrocidad?». El señor Vilko y la señora Beatrix-Trixie se miraron con gesto compungido; de modo que procuré ofrecerles alguna salida digna: «¿Celos, tal vez? ¿Un crimen pasional? ¿Amor no correspondido? ¿Engaños...?».

«No lo sabemos».

«¿No?».

«No —asintió el reportero—. Lo cierto es que apenas se conocían, al parecer».

Ocurrió entonces algo curioso. Los tres permanecimos en completo silencio, evaluando las consecuencias de la conversación que acababa de tener lugar en mi despacho. La arpía buscó algo en su bolso y sacó una elegante pitillera nacarada, y sin pedirme permiso cogió una caja de fósforos que había sobre la mesa, encendió un cigarrillo y comenzó a fumar con impaciencia. Por su parte, el reportero Vilko se había recostado sobre el respaldo de la silla y permanecía callado, sujetándose la barbilla con cierta desazón.

«En fin...», les dije, porque, francamente, no creo que pudiera decirles nada más ajustado. Puedo asegurarle, señor Miet, que, al ver a aquella hidra de pelo incandescente fumando con gesto displicente frente a mí, tuve incluso la tentación de preguntarle si estaba burlándose de la autoridad, pero un servidor de la República —tal y como se nos ha aconsejado— debe procurar la paz y el sosiego general y alejarse de la confrontación y el conflicto con la ciudadanía siempre que sea posible. Sin embargo, no podía evitar la idea de que aquellos dos extraños seres se habían presentado en mi oficina para denunciar dos asesinatos cometidos por dos muertos. Sin duda, aquello se asemejaba bastante a una broma. Si al menos hubieran tenido una teoría, una hipótesis, una idea solvente sobre lo que podía haber ocurrido, o cómo se suponía que había ocurrido, o cómo se habían desarrollado los acontecimientos, o si había alguna relación entre ambos sucesos... Pero lo único sensato que pude obtener de ellos fue un triste «No lo sabemos». Y, por experiencia, sé que cuando se ignora que algo ha sucedido en Biarritz es porque en realidad no ha sucedido. Biarritz es así: todo se sabe y todos nos conocemos.

Como puede suponer, señor Miet, ni siquiera le di importancia a aquella extravagante entrevista y, desde luego, no me atreví a molestar a mis superiores con semejantes majaderías. Biarritz, en cierto sentido, siempre ha sido dado a este tipo de aventuras terroríficas: se contaban verdaderas fantasías góticas a propósito de Villa Belza, por no hablar de los «terribles quince escalones del Hôtel des Princes», que componían toda una mitología sanguinaria y aterradora.

Me pregunto qué pretenderían aquel par de chiflados difundiendo semejantes historias, pues no dudo que se escondería algún objetivo —y menos honorable de lo que cualquiera imaginaría, posiblemente— en ese deseo de propalar acusaciones ridículas sobre individuos que, al fin y al cabo, ya estaban muertos.

25
Tessa
Bailarina en Les Sirènes à Biarritz (1924-1927) Catedrática de Filosofía en *** (1936-1942)

En mi opinión, Paul Villequeau (Vilko) tenía un temperamento esencialmente dubitativo.[85] Desde luego, no me refiero a una duda ontológica: nada relacionado con el escepticismo de la filosofía clásica, o con las teorías de Bayle o Berkeley. Estoy hablando meramente de un individuo irresoluto. Puede que tuviera bas-

85. Según una nota manuscrita de Georges Miet, la entrevista con esta mujer tuvo lugar en París, en diciembre de 1941. Al parecer, la familia de Tessa había huido de Finlandia tras las revoluciones rusas y se había asentado en Burdeos o los alrededores. Miet apuntó que había «convenido con *la profesora* no desvelar su verdadero nombre ni el lugar donde en ese momento ejercía la docencia», aunque recuerda que la dama en ningún momento negó que hubiera sido bailarina en Les Sirènes à Biarritz. El autor de las entrevistas tampoco explica cómo fue posible que una bailarina en un antro de Biarritz pudiera llegar a ostentar una cátedra de Filosofía. Algunos investigadores, como W. Restatt, han sugerido que la dicha Tessa era la doctora Maria Theresa Mikkeli, catedrática de Filosofía e Historia de las Religiones en Lovaina, de cuya belleza dan prueba algunas fotografías de la época. Otros eruditos se niegan a creer que la doctora Mikkeli pudiera ser la golfilla que protagoniza algunas escenas subidas de tono en la compilación periodística de Miet. Nosotros entendemos que —tal y como se deduce de las cronologías y otras fuentes secundarias— sí existe *alguna* posibilidad de que la Tessa de Biarritz fuera la profesora Mikkeli. La profesora Mikkeli murió durante la ocupación nazi de Bélgica, en 1942. Dejó para la posteridad dos libros sobre Leibniz y una enciclopedia breve sobre las religiones politeístas, textos, todos ellos, publicados por la Universidad de Lovaina. Además firmó un poemario erótico, impropio de la Universidad Católica de Lovaina, titulado *L'amour fut mon malheur*, por el que se le abrió un expediente disciplinario.

tante claros algunos aspectos de la existencia o de su imagen del mundo, pero desde luego no sabía qué calcetín ponerse primero cuando se levantaba por las mañanas. Y creo que, aparte de ese rasgo peculiar de su personalidad, era capaz de hibernar sus sentimientos y emociones con una habilidad singular. En decenas de ocasiones le oí decir que «los sentimientos y las emociones son la peste de nuestro tiempo»; de todos modos, no creo que Vilko estuviera al tanto de las ideas de William James y sus *Principles*.[86] Simplemente, creo que le enojaba un cierto sentimentalismo que impregnaba la época con el melifluo empalago de la emoción infantil caramelizada. El modernismo lánguido, ya me entiende: la tarta de merengue dulzón en que la burguesía convirtió el romanticismo. Por otro lado, es muy probable que nuestro querido Vilko despreciara y se burlara del sentimentalismo porque, en cierta medida, se avergonzaba del suyo propio. (Ya sabe, el espíritu francés siempre ha sido un poco rococó).

Tengo entendido que era perfectamente feliz en su matrimonio por la sencilla razón de que ignoraba por completo a su esposa: una mujer que hubiera hecho las delicias de Sigmund Freud y toda su monstruosa progenie, y puede que le hubiera dado alguna idea más a la hora de confeccionar la lista de perversiones que se esconden en los espíritus más débiles. La señora Villequeau murió aquel mes de agosto de 1925. Yo estuve presente en aquella alcoba que apestaba a

86. James, Williams: *Principles of Psychology,* 1890 (vol. 2), donde dice: «Sentimos pena porque lloramos; estamos furiosos porque golpeamos; temerosos, porque temblamos», y no «lloramos, golpeamos o temblamos porque sintamos pena por algo, porque estemos furiosos o temerosos».

orines e infecciones, lo recuerdo bien. Pero Vilko observó aquel drama como observaba todo: vivía con el corazón hibernado, salvo cuando aparecía... *ella*.

Aparte de su esposa, con la que mantenía una relación —digamos— mobiliaria, Vilko solía acompañarse de una muchacha encantadora a la que llamábamos Lili: por aquella época trabajaba conmigo en un lugar llamado Les Sirènes à Biarritz. (Freud también habría podido aprender algo allí, por cierto; puede que incluso se hubiera curado). Creo que Lili habría querido a Vilko toda su vida; podría incluso haberse casado con él, y le habría dado hijos, y seguramente una vida feliz y apacible. En muchas ocasiones sorprendí en su mirada ese brillo que anuncia respeto, admiración y fascinación, que son las hermanas que cocinan el amor femenino y perturban la visión de las mujeres. Por otra parte, Lili contaba con esa adorable y sabia estupidez que permite a algunas mujeres adivinar si el objeto de su amor siente algo por ellas; Lili sabía que Vilko siempre la querría y nunca la abandonaría, e incluso la protegería y la cuidaría si fuera necesario, pero que jamás podría amarla. Bueno, había una razón poderosa... Vilko sólo amó a una mujer en su vida: a Beatrix. Siempre pensé que en aquella relación había algo dantesco..., perdone la broma.

Como nunca he estado enamorada y nunca he albergado por un hombre ni por una mujer un sentimiento que fuera más allá de cierta compasión intelectual, me ha sido posible evaluar los sentimientos de las personas desde un punto de vista *científico*. Y utilizo conscientemente ese término porque creo que en la relación entre Vilko y Beatrix había algo seguramente biológico. A pesar de su rechazo consciente del sentimentalismo vulgar, Vilko albergaba en su pecho un amor... digamos... incandescente. Si me permite una consideración particular, señor Miet, me atrevería a decir que el *amour fou* del que tanto se hablaba entonces no era más que un fósforo al lado de la fragua de hierro candente que hervía en el corazón de Vilko. El *amour fou* es una pasión incontrolable, un furor erótico, una locura sentimental; mientras que el amor de Vilko parecía más bien el producto de una escisión, como si aquella mujer, Beatrix, poseyera una parte del espíritu elemental de Vilko, y la vida de éste estuviera limitada, o mutilada, o negada sin la presencia de su amada. En muchas ocasiones se habla del amor como una especie de maldición, o de hechizo o de sortilegio. En mi opinión, el amor de Vilko por aquella mujer —aunque en algún caso pudiera tener ese carácter— entraba de lleno en la categoría de la posesión. Ignoro los pormenores del caso, señor Miet, pero diría que Beatrix Ross Buttgereit-Dieztenhofer era *dueña* —literalmente— del espíritu de Vilko y...

Discúlpeme, señor Miet: por su gesto, me da la impresión de que cree que estoy convirtiendo en ciencia las murmuraciones y las relaciones personales de aquellos años. Debo decirle, con toda franqueza, que no tengo ningún interés personal en comentar aspectos íntimos relativos a personas e individuos que —en algunos casos— ya habrán fallecido y con los que dejé de tener relación hace muchos años. Si no le interesa mi opinión, podemos dejar aquí la conversación: tengo muchas cosas mejores que hacer que rememorar un tiempo que...

[...][87]

Señor Miet: habrá oído decir usted que el amor es deseable y el odio indeseable. Se trata de una perspectiva vulgar e irreal, aunque contribuye a que la sociedad no esté siempre enzarzada en disputas. Hay amores tan peligrosos como abismos; y también odios reconfortantes: ¿para qué vamos a engañarnos? Yo creo que el amor de Vilko hacia Beatrix no era más que una rareza. Simplemente, es *raro* que una persona ame así. Las mujeres de corazoncito tierno y los hombres sensibles suelen buscar los sentimientos más elevados en las cuartillas garabateadas de los poetas. Pero, en fin, señor Miet, ¿qué clase de ridículos sentimientos son ésos que pueden describirse en novelas y poemas? No daría ni medio céntimo por un amor que puede describirse en versos. Y es así: los hombres y las mujeres de nuestro tiempo se entregan a la poesía sentimental, donde no hay más que amores de taberna, diván y jardincillo.

No. Yo diría que en el pecho de Vilko anidaba otro animal más feroz. Sin embargo... con frecuencia teníamos la impresión (sí, me refiero a Marcel, a Lili y a mí) de que Vilko mendigaba el amor de Beatrix. A Marcel le resultaba intolerable porque apreciaba a Vilko muy sinceramente, como buen amigo que era, y, en sus propias palabras, «resultaba muy triste verlo andar como un perro tras aquella mujer». Marcel aseguraba que a veces su amigo bebía hasta derrumbarse

87. La brusca interrupción y el espacio en blanco inmediato siempre se ha considerado (Baldwin y Dutel, *op. cit.,* entre otros) como la consecuencia natural de una discusión; previsiblemente, Georges Miet se disculparía, dado que la entrevista prosiguió (ese día u otro) en los mismos términos cordiales.

inconsciente en el suelo, y que lo hacía sólo porque Beatrix no había respondido a sus mensajes o se había despedido de él precipitadamente, como si no quisiera saber nada del periodista. Las opiniones de Lili eran parecidas. Lili creía que ninguna mujer «decente» debería comportarse así con un hombre bueno, aunque —a decir verdad— no puedo precisar las consideraciones de Lili respecto a conceptos como la decencia o la bondad.

Yo diría que Beatrix actuaba así por un sentimiento de culpa. Creo —pero sólo es una opinión personal— que tenía la impresión de que le resultaría *imposible* dejar de dañar a Vilko, y aunque no lo amaba con la devoción que Vilko le dispensaba a ella, probablemente lo apreciaba lo suficiente como para no desear lastimarlo o..., como dicen, romperle el corazón. Por eso seguramente su actitud era inconscientemente ofensiva, un poco en exceso asertiva, con algunos rasgos de orgullo, vanidad, frialdad, soberbia y desdén. Por alguna razón, yo nunca pude acusar a aquella mujer de todos los defectos que le achacaban Marcel y Lili: puede que el exceso de ímpetu no fuera más que inseguridad en sí misma, puede que el orgullo fuera timidez, que la vanidad fuera vergüenza, que la frialdad fuera encogimiento, que la soberbia fuera un modo de superar humillaciones pasadas y el desdén una suerte de coquetería por sentirse amada. Siempre tuve esta opinión respecto a aquella mujer activa, inteligente, risueña y valiente.

Sin embargo, Vilko sufrió enormemente por aquella mujer, porque jamás le concedió más de lo necesario para tenerlo a sus pies, y los amigos de Vilko, naturalmente, nunca se lo perdonaron. La admitían en su círculo —pues no había modo de negarle el paso a aquella joven que atraía todas las miradas y todas las admiraciones— y conversaban con ella amable y educadamente, y la trataban con la consideración y la generosidad que Vilko se merecía, pero... en fin, señor Miet: no la apreciaban. Yo misma, aunque estaba dispuesta a disculparla —porque algunos de sus gestos y actos negaban los vicios que dos instantes antes había revelado a todo el mundo—, no podía sino sentir cierta incomodidad al ver el modo como se conducía con nuestro querido Vilko.

Por otra parte, mantuve con Lili alguna discusión respecto al carácter apocado de Vilko, a quien cualquiera le hubiera reclamado un poco más de valor. «No confundas su bondad con la indignidad», me dijo Lili en cierta ocasión, haciendo gala de un talento filosófico que jamás volvió a mostrarme. Mi amiga —por el amor que le dispensaba (amor pequeño, pero amor al fin y al cabo)— estaba persuadida de que la bondad de Vilko podía dar a entender que se comportaba de un modo indigno con Beatrix. Sin embargo, al parecer ella había oído a su amigo gritar a las paredes, aferrado a una botella de ginebra, y llamarla «zorra» y «embustera» y «bruja», y cosas semejantes... Supongo que serían episodios en los que se dejaba llevar por el resentimiento o la desesperación. En algunos casos aquel amor por Beatrix conseguía paralizarlo y Marcel me aseguraba que la pasión conseguía que le dolieran los brazos y el estómago y los dientes. Puedo asegurarle, señor Miet, que nuestro amigo Vilko es la única persona que yo he conocido que enfermaba *realmente* por amor. Marcel lo llamaba «el amor infernal de Vilko», pero desde el punto de vista científico algunos expertos habrían catalogado dicha emoción en el ámbito del amor-caos, capaz de causar nebulosas mentales que conducen a los individuos a la autodestrucción absoluta; hoy sabemos que todo cuanto ocurre en nuestro cuerpo sucede porque sucede antes en el cerebro, y si el cerebro enferma, los órganos y las distintas partes de la anatomía comienzan a deteriorarse y a pudrirse. Por eso las personas que nunca han tenido preocupaciones por nada, las que han ignorado todo cuanto había a su alrededor y las perfectamente estúpidas tienen vidas más longevas.

Aún hay otra posibilidad, otra hipótesis psicosocial que explicaría el comportamiento emocional anómalo de Beatrix. Por desgracia, puede ser la más verosímil. Y digo «por desgracia» con razón, porque dicha explicación pondría de manifiesto un espíritu mezquino, despreciable y vil. Cabe la posibilidad de que Beatrix se avergonzara de unos sentimientos que no podía evitar —aunque lo deseara, tal vez—. Había en aquellos gestos de distante frialdad un algo de pudor, y cualquiera era capaz de advertir que, en sociedad, Beatrix se apartaba levísimamente de Vilko, como si considerara degradante o vergonzante permanecer a su lado o que los demás creyéramos —como así era— que mantenía una relación con él que iba más allá de una mera amistad. No cabe duda de que Beatrix tenía espíritu de princesa —seguramente con razón, y no sólo por su belleza, sino por sus ancestros nobiliarios— y es probable que su corazón principesco se rebelara al entregarse a un muchacho de pueblo, a un francés cuyo apellido ni siquiera asomaba en los almanaques nobiliarios, a un joven periodista que con un poco de suerte sólo conseguiría en la vida estar condenado a trabajar en un mercado de Burdeos cargando repollos y cabezas de cerdo. El cuento de la Cenicienta rara vez cambia los sexos: en nuestros días, ninguna mujer desea unir su suerte a la de un mendigo, y los mendigos deberían tener al menos la sensatez de no pretender a las princesas. No digo que me guste, pero no tengo fantasía suficiente para imaginar un mundo distinto, así que me ciño a la realidad. *Le monde comme il va.* Por otro lado, señor Miet, ya sabe lo que dicen las revistas femeninas: que no se puede saber el grado de estupidez de un hombre hasta que no se enamora de verdad.

La noche que... en fin, aquel día Vilko y Beatrix habían ido a la gendarmería y, al parecer, la entrevista había sido un completo desastre: Beatrix y Vilko se presentaron en los jardines atlánticos de Villa Belza, donde estábamos tomando un cóctel Marcel, Lili y yo, y, aunque no quisieron darnos más explicaciones, a las claras se veía que no habían conseguido lo que pretendían. En realidad, ni Lili ni yo estábamos al tanto de sus aventuras. Sólo Marcel, siempre pertrechado con su pequeña cámara portátil, sabía exactamente a qué habían ido a la gendarmería. En mi opinión, Beatrix se deleitaba también en ciertas extravagancias para llamar la atención; con aquel rostro encantador, al estilo de Constance Bennett, con su incandescente mechón rojo, su peinado *bob* ondulado impecable, recién salido de la peluquería del Hôtel d'Angleterre, y su vestido demasiado moderno incluso como para que el modelo hubiera aparecido ya en el *Elite Styles*, Beatrix probablemente estaba deseando ser no solo la princesa de su pobre súbdito Vilko, sino la reina de aquel verano caluroso y soñoliento en el Biarritz de 1925.

Cuando salieron al jardín por las puertas interiores de Villa Belza, Beatrix venía colgada del brazo de Vilko, pero al vernos inmediatamente se separó un poco de él y le dijo algo al oído. Después, sin acercarse del todo, levantó los dedos y los mariposeó levemente para despedirse de nosotros, se dio media vuelta y desapareció. Vilko la vio marcharse con gesto perplejo, y se volvió a mirarnos, como si quisiera comprobar algo o no hubiera sido capaz de adivinar la razón por la que Beatrix se había ido de aquel modo tan intempestivo. (A la preciosa Lili le pareció bien).

Aquella noche... tuvimos que ver a Vilko entregado a la desesperación, y no pudimos sino acompañar sus lastimosas quejas con una interminable provisión de *highballs* americanos. No despegó los labios en toda la noche —salvo para pronunciar su frase favorita: «El presente era innecesario»— y, mientras, Marcel, Lili y yo nos dedicábamos a reír y a comentar las frivolidades de la fiesta que había organizado Odette (un fabuloso número de baile con doce jovencísimas indias que danzaban en torno a un enorme *lingam* hinduista con lujuriosos movimientos). Vilko se mantuvo aferrado a su vaso corto de *bourbon*, concentrado en los hielos y en las burbujas del *ginger ale*. Tuvimos que llevarlo a su casa a las cinco de la madrugada, abatido y arruinado, abandonado y enfermo; se empeñó en que lo dejáramos solo, y por eso ocurrió...

Al día siguiente, cuando debía presentarse en la playa de los Vascos, donde habíamos acordado reunirnos y donde teníamos previsto degustar un *picnic* especial que habíamos preparado Lili y yo, Vilko no se presentó. Tras esperarlo inútilmente, por fin vimos que se acercaba a nosotros aquella joven criada de su casa —Martine o Claudine o algo así— y, con un puchero de reproche, nos dijo que su señor no se presentaría, que se había caído por las escaleras la noche anterior y que...

26

Jérôme Lacadée

Gare du Midi – Porte de Biarritz

Superintendente de aduanas, aranceles, paquetería y envíos postales en la estación de ferrocarril de Biarritz

Según mis cuentas —y, señor Miet, creo que tengo derecho a presumir de tener cierta habilidad en cuestión de cuentas—, fue el 19 de agosto. Eran las 11:45 de la mañana y, por tanto, aún faltaban quince minutos para que saliera el expreso de Burdeos.

La estación de Biarritz era un hervidero de pasajeros que buscaban su vagón; al tiempo, tenían que ocuparse de que los mozos no golpearan sus baúles y sus armarios portátiles y de que los apresurados comerciantes no ensuciaran sus trajes y vestidos estivales con las mercadurías destinadas al vagón de provisiones. Las damas más elegantes dejaban escapar agudos gritos de consternación cuando alguien amenazaba con pisar a sus diminutos perrillos blancos y almidonados. Otros se despedían apresuradamente de sus acompañantes, inquietos y preocupados porque sus familiares no parecían dejarlos partir, y ellos pretendían acceder al tren cuanto antes y, para bien o para mal, proceder a la deseada o temida separación... (Hay numerosos aspectos del universo ferroviario sobre los que podría reflexionar aquí, como los nervios del viaje, las ausencias, los deseos de partir, la sensación de abandono y otras muchas circunstancias filosóficas, pero comprendo que a usted, señor Miet, no le interesarán particularmente estos emocionantes detalles de la vida estacioneril).

Aquel día, en la oficina, el ventilador del techo apenas podía agitar el aire pesado que casi impedía los movimientos libres del personal ferroviario y los distinguidos viajeros. En el despacho de paquetería, Annette, Marguerite y Simone estaban ocupadas con diversos encargos y clientes; Simone intentaba hacer entrar en razón a dos mujeres empeñadas en facturar un cochino vivo hasta Ámsterdam, donde al parecer residía un pariente suyo. Annette y Marguerite observaban la escena entre sonrisas, al tiempo que despachaban a sus respectivos usuarios, preocupados por la seguridad de un vestido nuevo para la hija que había ido a servir a Burdeos, por la integridad de un queso vasco destinado a un pariente enfermo en Dax, o por la dignidad moral de una casulla bordada a mano que ciertas monjas etcétera etcétera para un sacerdote que no vivía en París, sino en un pueblo de las afueras etcétera etcétera y que había que ver cómo podía ir a recogerlo etcétera etcétera.

Así que cuando entró el señor Marcel Galet en el despacho, le hice un leve gesto para que se acercara a mi mesa. Mientras se secaba el sudor de la frente, me preguntó si creía que su envío podría expedirse aquel mismo día. Por desgracia, todas las certificaciones postales para el expreso de las 12:03 se cierran a las once de la mañana —como muy tarde—, de modo que el envío del señor Galet tendría que esperar al día siguiente.

«¡Ah, un envío para *La Petite Gironde*! —dije al ver el sobre y someterlo al pesaje correspondiente—. Mi cuñado, el hermano mayor de mi mujer, trabaja en ese periódico de Burdeos. Tal vez lo conozca. Se llama Montagnard, Léonard Montagnard».

«Es mi jefe... Bueno, digamos... algo parecido».

El señor Galet me dijo que aquel voluminoso sobre contenía la película de nitrato y las fotografías que había tomado durante los últimos días: eran panorámicas de las playas, del faro, del puerto de los pescadores, de la Atalaya, de las rocallas, de las fiestas de la Asunción, del Casino, de Bellevue, de la iglesia ortodoxa, del mercado, del Puerto Viejo y de mil cosas más. Además, en su declaración, también apuntó que el sobre contenía un artículo del señor Villequeau a propósito de los desagradables incidentes que habían tenido lugar en la ciudad durante las últimas semanas.

El sobre —naturalmente— era de gran importancia informativa —¡nada menos que *La Petite Gironde*!— y fue necesario instruir un procedimiento especial de certificación que llamamos Envío Prioritario o EP; naturalmente, es un poco más caro que el correo postal común o incluso que el urgente, pero a cambio nuestros oficiales ferroviarios y del servicio postal se cuidan muy mucho de que los envíos lleguen sin falta a su destino. En estos detalles se ve hasta dónde llega el compromiso de la heroica plantilla que conforman Postes, Télégraphes et Téléphones (PTT).

«Esos sucesos —le comenté al señor Galet— perjudican enormemente a la ciudad. Nuestra querida

Biarritz no necesita semejante propaganda: espero que su amigo, el señor Villequeau, no se exceda en las truculencias propias de los periodistas».

«No sabría decirle —me contestó el señor Galet—. Supongo que hará equilibrismos entre la realidad y las necesidades de su cuñado, a quien, por cierto, le encantan las truculencias».

Casi por casualidad le expliqué que los dichos luctuosos sucesos de Biarritz habían provocado una de las escenas más góticas de las que se tenía memoria en la Gare du Midi. Porque el señor Perth-Williams se había empeñado en trasladar en el tren el cadáver de su esposa ahogada, en vez de utilizar un transporte privado y ordinario. Puede usted imaginarse la cantidad de documentación y certificaciones que se necesitan para semejante traslado. Por suerte, contamos con el secretario judicial, el señor Démosthène Urruticoetxea-Blas, que es un especialista en la burocracia de la República, y tras dos horas de trabajo, todos los certificados estuvieron listos y conformes. También hubo que decidir dónde se trasladaba el ataúd, y aunque el señor Démosthène Urruticoetxea-Blas era partidario de cargarlo junto a las provisiones y géneros alimenticios, finalmente la autoridad ferroviaria —es decir, yo— decidió instalarlo en el vagón postal, con lo cual solventábamos el problema del decoro y nos ajustábamos a la circunstancia principal: que era un envío.

«Sí... —dijo despreocupadamente el señor Galet, mientras cumplimentaba los documentos del certificado—. Supongo que debe de ser un tremendo engorro enviar un ataúd a Londres».

«¿A Londres?».

El señor Galet levantó la mirada del documento y dejó de escribir.

«¿No era inglesa la señora Perth-Williams?», preguntó levantando las cejas el señor Galet.

«No —contesté un tanto sorprendido—. Era francesa. El ataúd se trasladaba a París, que era su ciudad natal, mientras que su esposo y su hija viajaban a Londres. Esa fue la razón por la que no se contrató un vehículo particular para el traslado».

Le expliqué que se había formado un buen revuelo en la estación cuando dos ancianas supersticiosas habían protestado enérgicamente contra la idea de trasladarse en el mismo tren que cargaba con un ataúd en el vagón del servicio postal. Sin embargo, el señor Démosthène Urruticoetxea-Blas y un servidor conseguimos convencerlas de que toda la documentación estaba en regla y que no había ningún impedimento en la normativa y la reglamentación de envíos y paquetería de la Gare du Midi ni en la delegación de la PTT que impidiera que se pudiera enviar un ataúd, con cuerpo difunto dentro o sin él. Es más, con la astucia y previsión que caracteriza al servicio postal de la República, contamos con formularios adecuados para estos casos, que deben ir compulsados por la secretaría judicial, la gendarmería, nuestro despacho postal y un notario.

«¿Está seguro de que la señora Perth-Williams no era inglesa?», insistió el señor Galet.

«Segurísimo, señor Galet —repliqué—. Todo el mundo se refería a la mujer que se había ahogado llamándola *la inglesa* porque estaba casada con el señor

Perth-Williams y porque llevaba muchísimos años viviendo en Londres, pero ella era francesa. Verá».

Y entonces busqué en el fichero el documento público de certificación de envíos fúnebres, con los sellos correspondientes de la secretaría judicial, la gendarmería, nuestro despacho postal y un notario, como le acabo de decir.[88]

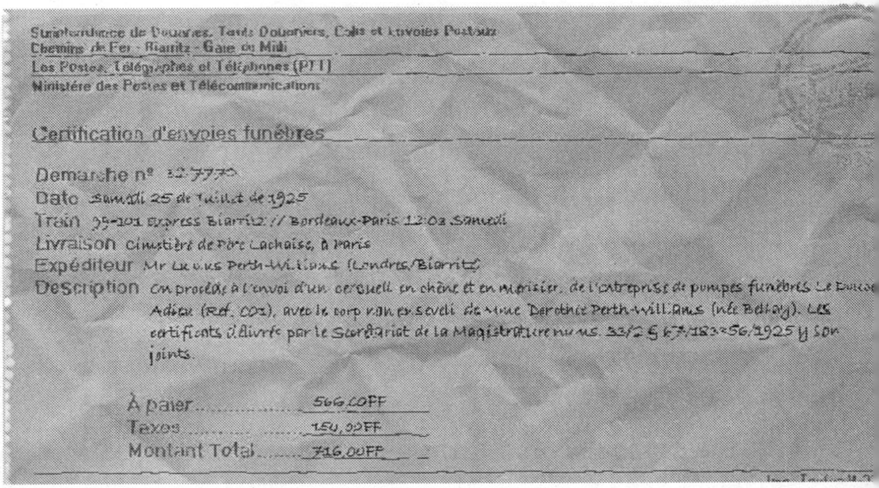

Surintendance de Douanes, Taxes Douaniers, Colis et Envoies Postaux
Chemins de Fer - Biarritz - Gare du Midi
Les Postes, Télégraphes et Téléphones (PTT)
Ministére des Postes et Télécommunications

Certification d'envoies funèbres

Demarche nº 12.7770
Dato Samedi 25 de Juillet de 1925
Train 95-101 Express Biarritz // Bordeaux-Paris 12:03 Samedi
Livraison Cimetière de Père Lachaise, à Paris
Expéditeur Mr Lucius Perth-Williams (Londres/Biarritz)
Description On procède à l'envoi d'un cercueil en chêne et en merisier, de l'entreprise de pompes funèbres Le Douce Adieu (Ref. 001), avec le corp non enseveli de Mme Dorothée Perth-Williams (née Bellay). Les certificats délivrés par le Secrétariat de la Magistrature nums. 33/2 & 67/183356/1925 y son joints.

À paier 566,00FF
Taxes 150,00FF
Montant Total 716,00FF

El señor Galet pareció olvidarse de la importancia de su envío periodístico y, con el codo, distraídamente, lo empujó hasta que el paquete cayó al suelo. Casi sobresaltado, lo recogió enseguida y me lo entregó para que yo pudiera seguir cumplimentando la documentación del envío especial.

«¿Entonces...?», farfulló, como conmocionado. «¿Qué?».

88. El texto de la descripción del envío dice: «Se procede al envío de un ataúd de roble y cerezo, de la funeraria Le Douce Adieu (Ref. 001) con el cuerpo insepulto de Mme. Dorothée Perth-Williams (de soltera, Bellay). Se adjuntan los certificados expedidos por la Secretaría Judicial núms. 33/2 y 67/183356/1925».

«Aquí dice que... la señora Perth-Williams... se llamaba de soltera... Bellay».

«Eso parece».

«Dorothée Bellay».

«Eso parece».

«Entonces..., ¿la señora Perth-Williams se llamaba Dorothée Bellay?».

«Eso parece».

«¿Bellay... como... la señorita Pauline Bellay?».

No me había percatado hasta ese momento, pero era tan cierto como que jamás un envío postal que haya pasado por mi oficina se ha perdido o extraviado: resultaba que la mujer que se había ahogado, llevándose con ella la vida del pintor James Hett y la del esforzado *maître baigneur* Paul Fourquet, se apellidaba igual que nuestra querida *femme distinguée*, la señorita Pauline Bellay, bien conocida en Biarritz por su trágica historia familiar, por los psiquiatras que volvió locos y por la devoción que le dispensaba el señor juez DuPont. En todo caso, eso no significaba que ambas damas Bellay tuvieran ninguna relación. El apellido Bellay es común y puede haber miles o decenas de miles de personas que compartan ese nombre.

Yo ya estaba poniendo los sellos correspondientes en el sobre del señor Galet cuando, intempestivamente, levantó la mano derecha como para detenerme.

«No estoy seguro de que deba enviar ese sobre», dijo.

Desde luego, me encogí de hombros: un servidor regenta con la mayor profesionalidad y eficiencia posibles la superintendencia de Aduanas, Aranceles, Paquetería y Envíos Postales de la Gare du Midi de

Biarritz, y estoy muy orgulloso de haber servido ya cerca de cuarenta años en Postes, pero eso no significa que tenga excesivo interés en que un envío se expida o no.

Aquel hombre parecía temeroso, angustiado y casi abrumado por las dudas. Miró por los ventanales, hacia los andenes. Ya sólo quedaban los últimos amantes despidiéndose: el resto presumiblemente ya ocupaba los cómodos asientos del expreso de las 12:03. El jefe de estación, mi buen amigo *monsieur* Gauron, con su gorro galonado azul y su banderola roja, avanzó junto al tren con paso firme, reconviniendo a la joven que no quería separarse de los brazos de su apuesto biarrota y a la madre amantísima que se resistía a abandonar a su suerte al desvencijado y prometedor joven que se dirigía a París con la voluntad de estudiar leyes (y con grandes probabilidades de convertirse en un artista bohemio).

«¡Viajeros al treeeeeen!», exclamó el amigo Gauron, en un tono amenazante que cortó como un cuchillo los lazos afectivos de los últimos rezagados.[89]

El señor Galet observó mi novísimo teléfono de mesa, aún brillante y lustroso, con sus broncíneos remates y su azabacheada constitución, y me pidió permiso para hacer una llamada. Era un expediente inusual, porque en el vestíbulo de la Gare du Midi contábamos entonces —como ahora— con varios teléfonos públicos y con una operadora simpatiquísima

89. Los expertos en la estilística de Georges Miet están persuadidos de que ése no era el modo de hablar del oficial de la Gare du Midi, y que probablemente en esta entrevista el autor completó la escena con su inventiva personal, aunque con toda seguridad no en los hechos esenciales.

llamada Marie-Madeleine, que, por cierto, luego se casó con el hijo benjamín del jefe de estación, *monsieur* Gauron. La boda se celebró en [...].[90] No había precedentes de semejante petición, pero el señor Galet me pareció tan aturdido que no pude negarme a concederle su deseo. Con un gesto, le señalé el teléfono para que hiciera uso de él, aunque puedo confirmar que esperaba que la llamada fuera breve, pues nunca se sabe cuándo puede estar uno a punto de recibir una llamada importante del Ministerio.

«Buenos días, ¿podría hablar con el Hôtel d'Angleterre, por favor? ... Gracias... Marie-Madeleine. ... Oh, me lo acaba de decir el señor superintendente, el señor Lacadée... Aprovecho para felicitarla por su próximo enlace. ... Sí, de nada. ... ¿Podría ponerme con el Hôtel d'Angleterre, por favor? ... Gracias. ... ¿Hôtel d'Angleterre? ... Buenos días. Quisiera hablar con la habitación... bueno, no... no sé el número de la habitación... quisiera hablar con la señorita... con la señora... con Beatrix Ross Buttgereit-Dieztenhofer. Por favor. ... Sí, espero, claro. ... ... Sí, sigo aquí. Gracias. ... ... ¿Beatrix? ¿Me oyes bien? ... Ah. Bueno. ... Verás, estoy en la Gare du Midi... Habría llamado a Vilko, pero he ido a visitarlo esta misma mañana y se encontraba muy mal, le dolía mucho la cabeza, y no he

90. No se ha considerado oportuno incluir aquí el larguísimo excurso respecto a la boda de la señorita Marie-Madeleine Troumeneau con el hijo benjamín del señor Gauron, Paul-Jacques Gauron. El autor de las entrevistas apuntó al margen —seguramente algún tiempo después— la famosa frase de Jane Austen según la cual lo que es irrelevante para una narración (*«circumstances of apparent consequence, which will lead to nothing»*) debe suprimirse o eliminarse. En cualquier caso, si algún amable lector está interesado en las bodas de Marie-Madeleine y Paul-Jacques, puede acudir a Dutel y Léonard (*v.* bibliografía), donde encontrará el relato íntegro.

querido molestarlo. Y resulta que...», el señor Galet bajó la voz y se giró un poco, como si quisiera que yo no estuviera pendiente de su conversación, pero si era eso lo que realmente deseaba, podría haber utilizado uno de los teléfonos públicos del vestíbulo. Si utilizaba el mío, tendría que admitir que yo tenía derecho a enterarme de lo que le decía a aquella mujer de apellidos imposibles. «Beatrix... Sí, no he querido molestarlo. ¿Vas a ir a verlo? ... No, te lo prometo, Beatrix: no estaba borracho; simplemente se cayó por un mal resbalón. Apenas probó la bebida en Villa Belza, te lo prometo. ... Sí, bueno... Yo no quiero inmiscuirme, pero creo que te agradecería... En fin, son cosas vuestras. Te llamaba por otro asunto: estoy en la Gare du Midi para enviar mis fotos de Biarritz y el artículo de Vilko a *La Petite Gironde*. Pero he sabido que... he sabido quién... En realidad, no lo sé... pero lo supongo. ... No son adivinanzas... Tenemos que hablar, Beatrix: no puedo explicártelo por teléfono. ... ... Bien, nos vemos esta tarde entonces. ... Sí, sí, desde luego, lo he entendido. En el aeródromo de Parme. ... Adiós, Beatrix».

Después de aquella extraña conversación, el señor Galet me rogó que le devolviera el sobre franqueado. No le importó pagar las operaciones postales que ya había formalizado un servidor. Simplemente recogió el sobre con las fotografías y el artículo del señor Villequeau y me dijo: «Nada es verdad». Y se fue.

27

Léon Vignemale

Piloto de globo aerostático[91]

En mi opinión no hay artefacto más elegante y distinguido que una *montgolfière*. Durante la Gran Guerra muchos países las utilizaron como puestos de vigilancia del horizonte, pero cuando la espantosa carnicería terminó, algunos aventureros eligieron este prodigioso medio de transporte para adentrarse en territorios inexplorados. Hubo quien pretendió llevar a cabo la hazaña de aquellos tres ingleses de *monsieur* Verne y no faltó quien deseara alcanzar los polos con nuestros aeróstatos.

91. Ésta es una de las entrevistas que más suspicacias y recelos ha suscitado en los círculos críticos. Aunque no cabe duda de que Georges Miet modificó o reelaboró algunas entrevistas —en fechas imprecisas—, en general se acepta que son documentos reales y fiables, y no se plantean excesivas incertidumbres al respecto. Sin embargo, en el caso concreto de Léon Vignemale, piloto de globo aerostático, algunos eruditos (Léonard y Muletier, sin ir más lejos; v. *Bibliografía*) están persuadidos de que dicha entrevista no se produjo jamás y llegan a dudar incluso de la verdadera existencia de Vignemale. En opinión de estos especialistas, Georges Miet elaboró esta entrevista ficticia con materiales dispersos que reunió en un solo capítulo con el fin de conferir unidad al conjunto, para lo cual se vio obligado a inventar el personaje del piloto aerostático. Aunque un servidor no ha conseguido tampoco identificar a ningún Léon Vignemale, sí se ha podido constatar que el día 19 de agosto de 1925 se celebró en Biarritz una demostración de globos aerostáticos promovida por una oscura Sociedad de Amigos de la Aeronáutica Universal y el propio aeródromo de Parme.

En Biarritz, fue el señor Ricard quien financió las exhibiciones aerostáticas, con el concurso imprescindible de la Sociedad de Amigos de la Aeronáutica Universal, de la cual era presidente y miembro fundador, por cierto.

Desde primera hora de la mañana habían ido llegando al aeródromo los primeros chiquillos, dispuestos a no dejar escapar ni un solo detalle de las operaciones que requiere la puesta en marcha de un *ballon*. El espectáculo estaba previsto para las cinco de la tarde, cuando se presumía que la calma vespertina permitiría el izado del globo y la ausencia de viento concedería tal vez la posibilidad de un breve vuelo. Así que después del almuerzo empezaron a llegar los caballeros más interesados en los avances tecnológicos y las damas más curiosas. Como el señor Ricard había dispuesto unas carpas blancas, con abundantes vituallas, champán, refrescos, pasteles, tartas y frutas —aquellos días eran implacablemente estivales—, también acudieron personas a las que no les interesaba en exceso el mundo de la aeronavegación pero que, por otro lado, prestaban un colorido especial al acontecimiento. El recinto se pobló de sombrillas blancas, sombreros de Panamá, *canotiers*, tocados emplumados, vestidos de *piqué*, o de gasas y sedas, que tremolaban con la más mínima brisa y se ceñían a las figuras femeninas de modos sorprendentes; zapatos blancos y amarillos, sandalias romanas, abanicos emplumados y otras mil aventuras indumentarias que hacían las maravillas del Biarritz de los años veinte.

El *Victoire*[92] era un precioso globo de hidrógeno, con un deslumbrante ajedrezado blanco y rojo, y contaba con una góndola de mimbre curtido y barnizado en la que podían sentirse a sus anchas cuatro personas, con una cesta de provisiones y champán para varias horas.

Tras los preparativos necesarios, el enorme balón de hidrógeno comenzó a balancearse perezosamente en el aeródromo mientras las asombradas damas dejaban escapar exclamaciones entre sorbito y sorbito de crema helada de frambuesa (con Moët o Bollinger) y los caballeros planteaban sus especulaciones científicas a propósito de la capacidad del aeróstato para elevarse en el aire, la improbable manejabilidad del artefacto y la insensata imprudencia del piloto que se atreviera a montar allí... (esto es, un servidor).

Me había parecido ver a Trixie Ross entre el numeroso público, pero la necesidad de concentrarme en las precisas y delicadas operaciones de izado del globo me habían impedido confirmarlo. (Desde luego, jamás se me ocurriría dejar esas complejas operaciones en manos de los operarios del aeródromo, por muy diestros que fueran: mi labor era dirigir y controlar el izado, y a eso me dediqué). Pero cuando el globo ajedrezado decidió mantenerse firme y erguido en mitad de la pista, balanceándose apenas con la brisa marina que ascendía de las playas, me propuse confirmar que mis ojos no me habían mentido y que, ver-

92. Resulta sospechoso que el globo de este capítulo se llame como el aeróstato que aparece en la famosa novela de Jules Verne, *Cinco semanas en globo* (*Cinq semaines en ballon*, 1863). Este detalle no es sino otro indicio de que el presente episodio pudo ser una elaboración del propio Miet a partir de noticias dispersas, o con otros motivos que, por el momento, se desconocen.

dadera, sorprendente y maravillosamente, la preciosa Trixie se encontraba entre los espectadores.

Ya casi había conseguido superar el acecho de dos señoras aferradas a sendas porciones monumentales de tarta de nata y bizcocho con fresas, frambuesas, grosellas y arándanos, cuando oí a mis espaldas una voz que reconocería entre otras setenta mil...

«Vaya. Me dijeron que ese loco de Vignemale se había perdido para siempre en las Highlands con su globo, pero ya veo que se empeñan en darme vanas esperanzas».

Me volví rápidamente y allí estaba: ¡Trixie! La brisa vespertina formaba temerarias ondulaciones en su vestido rojo de seda y con los perezosos pliegues que, finalmente, llegaban a regañadientes por debajo de la rodilla (sin duda, el colmo de la modernidad). Jugueteaba con un larguísimo collar doble de perlas. Sus zapatos rojos de charol lanzaban tantos destellos como la diadema de lentejuelas rojas y negras. Me sonreía con su orgullo burlón tras una copa de burbujeante Moët.

«¡Trixie!».

A su lado había un hombre bastante vulgar, con una cámara fotográfica portátil entre las manos.

«Supe que estabas en Biarritz —le dije, mintiendo y bromeando con mi mejor voluntad— y vine de inmediato con la esperanza de que por fin hayas decidido casarte con el hombre que mereces».

«Embustero».

«Bueno —le dije, cogiéndola de las manos y dándole dos besos y un abrazo—; dejémoslo en que es una pirueta del destino. Casémonos, *anyway, my dear!*».

«Déjame que te presente a Marcel Galet. Fotógrafo. Está trabajando para *La Petite Gironde*. Reportajes estivales».

«Sí, le haré algunas fotos a su globo, señor Vignemale —me dijo aquel joven—. Es realmente asombroso».

Tengo que decirle algo muy en serio, señor Miet. Un hombre que se encuentra junto a Trixie Ross, sus ojos, su mechón rojo, sus labios, su sonrisa, su cuello, su pecho, sus caderas y sus tobillos, y prefiere hacerle fotos a un globo aerostático es un hombre con el que no intercambiaría ni dos palabras seguidas.

«Ya. Sí. Bueno. Haga lo que quiera», le dije. Y me volví enseguida hacia Trixie con la intención de seguir profundizando en un compromiso matrimonial que —obviamente— sólo me afectaba a mí. Sin embargo, un leve gesto en la comisura de sus labios me advirtió que había tormentas, rayos, truenos y centellas tras aquella serena sonrisa, así que preferí hablar en serio y actuar con la gravedad que se le supone a un buen amigo.

«¿Qué ocurre, preciosa? ¿No está aquí?».

«Sí. Sí está...».

«¿Y por qué no estás con él?».

Entonces Trixie miró incómoda a su alrededor. Y observó aún con más incomodidad a su fotógrafo acompañante. En realidad, siempre se conducía del mismo modo cuando hablábamos de Vilko, y nunca supe muy bien por qué.

Conocí a Trixie muchos años atrás, en Inglaterra. Ocurrió cuando aún no se había casado con aquel hombre tan triste..., ni siquiera recuerdo su nombre.

Una sociedad aeronáutica británica nos había pedido que hiciéramos una demostración en Windsor, donde estarían presentes algunos políticos de importancia e incluso algún miembro de la realeza; así que cruzamos el Canal y nos plantamos en Windsor para enseñarles a los ingleses las artes de la aeronavegación. Era una práctica común que algunos jóvenes aventureros solicitaran subir al globo: nosotros soltábamos un poco la cuerda, ascendíamos ciento veinte o ciento treinta pies, y luego volvíamos a bajar. (Desde luego, semejante aventura tenía un precio que nos permitía acceder a determinadas carnes de vacuno selecto en los mejores restaurantes de Londres). La sorpresa de aquellos días fue una muchacha que se plantó delante de la góndola y dijo que quería subir. Las damas que asistían a la exhibición gritaron espantadas cuando vieron que una jovencita accedía al canasto de mimbre con una sonrisa y la excitación de una verdadera aventura.

Bueno, señor Miet: era Trixie.

Naturalmente, yo caí rendido a sus pies, pero afortunadamente Trixie nunca me amó, así que pude tener una vida feliz y una carrera profesional aceptable. Ninguna de las dos cosas habría sido posible si me hubiera entregado a esa mujer. Prefirió ser mi amiga, y yo acabé acostumbrándome a conformarme con una pequeña porción de su cariño; para algunos hombres, eso es más que suficiente. A las mujeres como Trixie, querido escritor Miet, no se les puede entregar un corazón a medias. Tienes que morir por ellas, y no se conforman con menos. Por fortuna, son ellas las que deciden quién ha de morir, y a mí me dejó vivir.

A los pocos días estaba previsto que hiciéramos una travesía de tres días por la campiña británica y Trixie se empeñó en ser de la partida. Semejante locura aventurera casi le cuesta el matrimonio, pero por desgracia su prometido la perdonó y acabó casándose con ella, después de todo. Aquellos tres días, suspendidos a seiscientos pies sobre el suelo, sirvieron para forjar una amistad de la que me enorgullezco. Entonces —supongo que estremecida con la emoción de sentirse libre, suspendida en el aire—, Trixie me confesó su amor por un joven francés llamado Vilko y la seguridad de que estaba cometiendo un terrible error al casarse con aquel hombre que le prometía todo lo que no quería ni necesitaba. De aquellos días era la broma en la que yo le rogaba humilde y tenazmente que se casara conmigo y ella me respondía con una dulce y pícara negativa, alegando que nunca conseguiría llevarla lo suficientemente alto.

«¿No me vas a dejar subir en tu globo, Léon?», me dijo de repente, cambiando de conversación y sacándome de mi ensoñación melancólica.

«Oh, claro, Trixie. Larguémonos de aquí. ¿Te parece bien dirigirnos a los Mares del Sur?».

«Será suficiente con que nos enseñes Biarritz desde el cielo. El señor Galet viene con nosotros. Tiene que hacer fotos...».

«Oh, por mí no se preocupen... Puedo hacer fotos desde el suelo con toda comodidad...», farfulló el fotógrafo, palideciendo repentinamente ante la sola idea de elevarse hacia el resplandeciente cielo azul de Biarritz.

Una mirada furibunda de Trixie fue suficiente

para que el fotógrafo asintiera humildemente y murmurara algo como «bueno, si es necesario, iré...». La idea de compartir la compañía de Trixie con aquel reportero no me agradaba en absoluto, así que dejé escapar un gruñido que mi amiga calmó con dos palmaditas en el hombro.

Mis hombres estuvieron trabajando aún una buena media hora antes de que el globo se estabilizara y pudiéramos subir a la góndola sin peligro. Luego, con nuestras copas de la divina señora Clicquot en la mano y acompañados por una joven camarera de nombre Francine, nos dirigimos a la góndola y subimos al globo. Ordené a mis hombres que soltaran amarras, aunque en ningún momento teníamos intención de soltar la guía. Unos trescientos pies serían más que suficientes para que el importuno fotógrafo pudiera obtener algunas panorámicas aéreas; mientras él se entretenía en el extraño juego de obtener imágenes gélidas y moribundas de lo que puede observarse con los ojos y está lleno de vida, yo podría disfrutar de mi amiga, de los fabulosos emparedados de *roast-beef* que traía Francine y de una agradable conversación con Trixie.

La pobre Francine —una delicada jovencita de ojos celestes y labios de grosella— se aferró a mi brazo cuando un golpe de brisa marina hizo balancear la barqueta un poco más de lo conveniente, aunque no fue nada peligroso. Cuando me volví a mirar a la muchacha, ella me miraba con las pestañas anegadas en lágrimas y con la bandeja temblorosa en la mano. Dos emparedados y una porción de tarta salieron despedidos de la bandeja y volaron hasta aterrizar de mala manera en la pista del aeródromo. «Ay, señor Vignemale, ¡vamos a morir!», dijo. La pobre. Le dije que procurara tranquilizarse: aún teníamos que ascender otros cuarenta o cincuenta pies, y entonces podría disfrutar con nosotros de unas hermosas vistas de Biarritz. Le dije que, por el momento, no era necesario que nos ofreciera la bandeja de provisiones: podía dejarla en la maleta de *picnic* y sujetarse a mi brazo... si así se sentía más segura. «Gracias, señor». Así que no tuve más remedio que asirla delicadamente por la cintura para evitar mayores percances.

Desde una altura de trescientos pies, casi treinta metros por encima de las luces del faro blanco de Hainsart, podían verse las enormes playas de las Landas al norte, y cómo el paisaje costero se transmutaba en feroces roquedales al llegar al término de Biarritz. Se veían la Grande Plage y la Côte des Basques, brillando con sus arenas doradas al sol vespertino, y las espumosas olas trazando juguetonas bandas blancas en el azul turquesa del océano. Las villas de Biarritz parecían casas de muñecas y los palacios de los grandes hoteles lucían con una distinguida sobriedad francesa en los mejores emplazamientos: Bellevue, el Palais e incluso la gótica casita de Villa Belza.

Como a la pobre Francine le resultaba imposible cumplir con su labor, aferrada como estaba a mi cuello, Trixie tuvo que servir champán para los tres —«Oh, creo que a Francine también le vendrá bien un poco de champán...», le dije—, para los cuatro, y, dedicándome una mirada de reproche benévolo, se giró hacia Galet para preguntarle si una ciudad que se adivinaba en la lejanía era Bayona.

«No. Es Anglet», contestó indiferente el fotógrafo

mientras procuraba enfocar algo concreto en dirección a las playas. «¿Has ido a ver a...?».

«¿Era eso lo que me tenías que decir?».

«No».

Puedo jurarle, señor Miet, que aunque mis manos estaban ocupadas tranquilizando a la pobre Francine —«Ay, señor Vignemale, abráceme, que tengo miedo»—, no pude por menos de escuchar aquella conversación: la más extraña que haya oído jamás.

«Si es un secreto, aquí estamos solos —dijo Trixie, y mirándome de reojo, añadió—: Casi solos».

«Tengo algunas ideas respecto a todo ese asunto de la muchacha de la librería, y el muchacho que se disparó en el Palais, y el pintor, y... Tengo algunas ideas, pero están desenfocadas: no consigo iluminar bien el escenario ni a las figuras que se mueven por él». Entonces, apartó su cámara fotográfica y observó detenidamente a Trixie, como si sintiera alguna desconfianza hacia ella. Yo no estaba al corriente de la relación que mi amiga mantenía con aquel fotógrafo, pero desde luego no era extraordinariamente amistosa. «La inglesa que se ahogó hace un mes se llamaba Dorothée Bellay», le espetó.

Mi amiga Trixie permaneció en silencio, observando el mundo desde una altura en la que parecía sentirse especialmente cómoda, como si en realidad siempre hubiera vivido a esa distancia respecto al resto de la humanidad.

«Vaya con nuestra melancólica señorita Bellay», dijo.

Y a continuación me ordenó descender inmediatamente.

28

Climent de Jaulerry

Director de la Hemeroteca Municipal y presidente de la Antique Société Littéraire de Biarritz[93]

Sinceramente se lo digo, Miet: a pesar de ostentar honrosamente el cargo de presidente de la ASLB, no creo que haya en el cuerpo social un gremio más asqueroso que el de los escritores. Vanidosos, mezquinos, ruines, groseros, egoístas, envidiosos, corruptos, viciosos, soberbios, caprichosos, aniñados, y siempre con ese aire de superioridad recocido al calor de las faldas de sus madres..., precisamente las que deberían haberles inculcado la voluntad de estudiar más que el deseo de fingir una ciencia e inteligencia literaria de las que obviamente carecen. Altaneros sin motivos, orgullosos sin razones, presumidos sin pudor: los escritores de nuestro tiempo —y seguramente de los tiempos venideros— son la desdicha de la sociedad, y mil veces me he preguntado por qué Dios habrá escogido a esos seres despreciables para comunicar la belleza de la palabra y la poesía al mundo. He de creer en la parábola clásica, según la cual en los muladares también nacen flores.

93. La entrevista tuvo lugar, al parecer, en la primavera de 1940, en la Villa Soulié, sede de la Antique Société Littéraire de Biarritz (ASLB); años antes la ASLB ocupó un bonito palacio cerca de Bellevue, arruinado tras un pavoroso incendio en 1931.

Permítame... Pase por aquí. Ésta es nuestra sala de estudio. *Yesterday the writers used to live here.*[94] ¿Ve usted a alguien estudiando? No. Yo tampoco. A los jóvenes literatos les interesa más estar en los periódicos que en las bibliotecas.

En cambio, fíjese en esa puerta de al lado, la del cristal esmerilado. ¿Oye las alegres conversaciones y la algarabía? Es el café.

Siempre tengo el temor de parecer un refunfuñón anticuado cuando reprendo a los jóvenes artistas, llamándolos cariñosamente escoria de pollos muertos, y les exijo que estudien a los antiguos, pues —curiosamente— sólo el estudio de los antiguos puede dar frutos nuevos. El arte, mi querido Miet, no surge de estas cabezas vacías de chorlitos, pagadas de sí mismas y confiadas en su propia imaginación, sino de las lecturas, del estudio y las muchas horas de trabajo. Sólo un espíritu simple, inocente como un gazapo de granja, puede creer que las obras de arte nacen *ex nihilo;* y es un chascarrillo sin ninguna gracia ese que asegura que Dante o Cervantes compusieron sus obras maestras sin haber leído previamente la *Divina Comedia* o el *Quijote*. Cualquier espíritu destripaterrones puede comprender que si compusieron esos libros fue porque habían leído y estudiado a Homero, a Cicerón, a Séneca, a Tito Livio, a Horacio, a Virgilio, y a toda la santa estirpe del Parnaso. En fin, señor Miet: no voy a repetir lo que ya debería saber a sus años, aunque me

94. No se ha podido identificar al autor de esta cita. Sophie Tire, en su *Quotations universelles* (19 vols.), sugiere como referencia el popular poeta escocés Thomas McCulloughs (1866-1901), aunque esta adscripción parece hoy bastante improbable.

temo que usted también cree que puede componer un libro sin haber dado cincuenta vueltas tras la mula en la era de trillar. A ver: «*Cynthia prima suis miserum me cepit ocellis...*».

[...]

¿Ovidio? ¡Será mastuerzo, degenerado petimetre, insufrible cretino, mequetrefe, sinvergüenza...! ¡Propercio! ¡*Propercio!* ¿Quién sino Propercio va a dedicar sus poemas a Cynthia, escuálido insecto, gandul de imprenta?[95]

Venga por aquí, lechuguino folletinero, y le mostraré a los miembros de su canalla deplorable y nefasta. Dicen que quieren recuperar la voz pura, despojarla de la rancia tradición para inventar un discurso nuevo, pero se desviven por llamar la atención, como el saltimbanqui ataviado con cascabeles en las ferias de las aldeas. Dicen que desean ejercitarse en una mirada nueva, donde las impresiones del espíritu adquieren más relevancia que las impresiones de los sentidos, pero ignoran qué demonios son los sentidos internos porque piensan que Locke es una compañía de cerrajería y Condillac una marca de automóviles americana. Dicen que quieren recuperar la verdadera *vida* de los seres y los objetos, confiriéndoles con la palabra propia la genuina esencia íntima del creador, o, lo que viene a ser lo mismo, elevando la ingenuidad

95. El airado director de la ASLB tiene alguna razón aquí: Georges Miet debería haber sido conocedor de la obra de Propercio y de la amante y musa del lírico latino, Cintia, a quien dedicó la mayor parte de sus versos. El fragmento propuesto por el director de la ASLB es, además, muy conocido, pues se trata del primer verso del «Libro de Cintia», traducido al castellano habitualmente como «Cynthia la primera fue que me cautivó con su mirada».

romántica a cotas de intelectualismo tan altas como la suela de mis zapatos.

Mírelos. Ahí los tiene: olisqueándose el trasero los unos a los otros, como los perros sin dueño de Les Halles. Entre ellos se catalogan y se etiquetan como modernistas, parnasianos o vanguardistas, pero yo los divido en miserables, botarates y majaderos. Y muchos de ellos cuadran en dos o más casillas.

¿Ve a aquel grupo de jóvenes muchachas junto a la ventana? Son las representantes del sentimiento sentimental. No habrá visto usted sentimientos más sentimentales y emociones más emocionantes reunidas en un solo cenáculo. Son las adoratrices de las realidades evanescentes, las sacerdotisas del lloriqueo y la quejumbre, de la incomprensión del mundo, de la neurosis, del suicidio superior, de la clase nobiliaria y esnob de la cultura, del refinado esteticismo, del flujo de la conciencia... Algunas se apuntaron a la moda de la literatura psiquiátrica, pero son las menos. En general, optan por el sentimiento sentimental de emociones emocionantes. Ya se lo digo, señor Miet: esas jóvenes son capaces de generar un flujo de conciencia sentimental de tal envergadura que el Nilo parecería a su lado un humilde arroyo montaraz. Su corriente de conciencia emocional se despeña en sus poesías y sus novelas como las cataratas del Niágara, y la bruma de sus sentimientos aéreos, etéreos, incomprensibles —teñidos de la divina locura, oh— se desliza por sus poemas doloridos, arrebatados, suspirantes, quejumbrosos, crueles, amargos, punzantes, feroces, lacerantes... Se esfuerzan en versos incomprensibles para expresar después su dolor por la incomprensión del mundo. Les duele tanto la vida y la existencia que siempre están al borde del suicidio, y tanto padecimiento se acumula en sus versos que uno creería que van a arrojarse a un precipicio en cuanto terminen el poemita. Por fortuna, la mayoría de nuestras jóvenes modernistas de elevados sentimientos y emociones parnasianas se conforma con la quejumbre y sólo hablan de quitarse la vida cuando hay alguien prestándoles atención.

Venga conmigo, señor Miet.

Disimule. ¿Ve a ese grupo de jóvenes tomando café? Bueno, ese es el grupúsculo literario más relevante de nuestro tiempo. Literatura dura, implacable, seria, grave, ofensiva, inflexible, digna..., de una altura intelectual... ¿qué le diría yo?, como de los cuentos de Perrault, pero con más enjundia. Lo importante en la literatura de este grupúsculo es la enjundia. Puede que no hayan visto ni las tapas de Quintiliano o de Blair, pero acumulan suficiente enjundia en sus obras como para que al *Penseur* de *monsieur* Rodin le estallen las meninges. Una frase seca, una sentencia incomprensible, un pensamiento abismal, una idea misantrópica hasta la necedad...: eso es enjundia, señor mío. El desprecio del mundo es enjundioso, y la torpeza gramatical, asombro moderno. En este grupo de muchachos enjundiosos el flujo de conciencia también es asombroso, pero en vez de tender al sentimiento sentimental o a la emocionante emoción impresionista, tienden a la ofensa llamativa y prefieren asustar a las criadas, a las modistillas y a las ancianas con sus arrebatos supuestamente decadentes, con retahílas de atrocidades, espantos y asombros que consigan la admiración de los ingenuos y que se persignen las beatas de Sainte Eugénie. Recuérdelo, joven Miet: si quiere usted prosperar en este deleznable mundo de las letras, tome el camino de la enjundia, y luego procure asustar a las viejas o asombrar a los ignorantes con frases tan vacuas como las cabezas de esos botarates. Pero asegúrese de que esas frases no significan nada, o de lo contrario perderá toda su enjundia. Y eso es lo último, amigo mío: no pierda nunca la enjundia, o no habrá editor que le publique su flujo de conciencia.[96]

Y, finalmente, allí, junto a la vieja chimenea, están los representantes de la vulgar medianía, felices ignorantes de las artes y la literatura. Asistieron al reparto de la herencia de la narrativa decimonónica, pero no les correspondieron sino migajas. Se conforman, no obstante: ahí andan, con sus jesuitas, sus misterios, sus templarios, sus secretos, sus conspiraciones, sus anagnórisis, su teatrillo romántico, sus conjuras, sus sótanos, sus malvados, sus amores de filfa y piltrafa, sus comedietas ligeras con aires melodramáticos o sus crímenes de mayordomo. Muchos de ellos, entiéndame, tienen más habilidad que nuestros modernos juveniles de flujo de conciencia, y algunos de ellos incluso han leído y estudiado lo suficiente como para imitar bastante bien a los grandes maestros; pero —por desgracia, y muchas veces por falta de talento— les interesa más el pagaré de los impresores que el arte literario, así que se conforman con lo que tienen y ofrecen sus panzas orondas al mundo literario sin vergüenza y sin rebozo.[97]

96. Georges Miet apuntó en un lateral de esta página: «Enjundia es como simulación o fachada o presunción de altura intelectual o literaria».

97. Este pasaje «crítico» de De Jaulerry ha suscitado enormes controversias desde que se dio a conocer, fragmentado, en distintas revistas universitarias y especializadas, sobre todo porque sus herederos negaron ve-

Acompáñeme.

Por aquí.

He dejado para el final la llamada «leprosería literaria»: los críticos. Un amigo mío, escritor mediano pero imaginativo, siempre dice que los críticos tienen facultades prodigiosas y que son como los microbios, que siendo tan poca cosa, tan nimios, tan diminutos y aparentemente irrelevantes, son capaces de arruinar una vida y una carrera artística, sea buena o mala o regular, sin que les tiemble la mano con la que emponzoñan sus cuartillas ni les importe un bledo. Como ocurre en el mundo científico, los grandes especialistas se están esforzando en desentrañar el universo bacteriano, dado que resulta de vital trascendencia averiguar cómo deambulan por el éter esos nocivos seres microscópicos para poder espantarlos o alejarlos de la vida pública y que no infecten el ya deteriorado y desvencijado cuerpo literario. Estos especímenes son en extremo resistentes, y no basta con

hementemente que esas fueran las opiniones de su familiar, y así quisieron demostrarlo con otros textos del propio De Jaulerry publicados en revistas y compendios donde, desde luego, se mostraba bastante más razonable y convencional.

La idea que ha sobrevolado estas páginas, finalmente, es que el propio Miet hizo una «reelaboración» de lo que vio o percibió en los salones de la hemeroteca municipal de Biarritz y, por lo tanto, esas palabras se deben a Miet, y no al señor De Jaulerry. Llama la atención, sobre todo, que el autor de esas palabras —fuera uno u otro— ignorara la verdadera esencia de la historia literaria de aquellos años y se concentrara en la crítica —negativa— a la producción literaria psicologista de la época de entreguerras. Llama la atención, por ejemplo, que no haga alusión al surrealismo (el primer manifiesto de Breton se publicó en 1924), aunque también se ha considerado que el surrealismo sólo era una variante menor de la gran corriente psicologista de principios de siglo; en dicho manifiesto, como se sabe, Breton propone el *automatisme psychique* y el *jeu désintéressee de la pensée,* modalidades creativas muy en boga en aquellos años y sobre las que el director de la hemeroteca se despacha sobradamente.

fungicidas bacterianos para acabar con su ponzoñosa estirpe.

No me entienda mal: ésta es la opinión de mi amigo, no la mía. No vaya a pensar que yo considero microbios a los señores críticos. (Por cierto, acabo de recordar aquella fábula del burro que caminaba deprisa o despacio dependiendo de la calidad del pienso o la cebada que se le ponía en el morral).[98]

Es posible que haya oído hablar usted de nuestro crítico más famoso, Pierre Sordide, *l'Entendu.* Ya murió, gracias a Homero.[99] El pobre tenía algunas lecturas dispersas, pero estaba persuadido de tener el mejor gusto y olfato literario y artístico más fino y preciso entre los Pirineos y el Garona. En rara ocasión sabía de lo que hablaba y, sin embargo, estaba tan imbuido de sus propias mentiras que daba la impresión de tener conocimientos sublimes. Como no tenía ni esos conocimientos ni ningún otro que pudiera llamar la atención, siempre cometía errores lamentables y se ponía en evidencia y en ridículo a cada paso. Pero lo peor del pobre Pierre Sordide era su afán por ir babeando tras las jóvenes, empeñándose en dirigir sus lecturas y sus gustos librescos, haciendo observaciones y precisiones supuestamente literarias.

98. Analizadas y estudiadas en profundidad las fábulas de Esopo, La Fontaine y otros, nos ha sido imposible dar con esta fábula; seguramente se tratará de la obra de un autor local o menor.

99. Pierre Sordide, *l'Entendu,* murió en 1931. La demostración de que a nadie le importaba lo que pudiera hacer o decir aquel hombre fue que su cuerpo se descubrió en su domicilio en 1933 y nadie había reparado en su desaparición. Por otra parte, a pesar de su aparente relevancia social en Biarritz y en los círculos culturales y literarios de la ciudad, llama la atención que este pobre desgraciado jamás fuera capaz de escribir nada digno de mención.

Las muchachas, que por entonces empezaban a entregarse a los sentimientos emocionantes del flujo inconsciente, sentían un asco piadoso y asentían al tiempo que escondían las náuseas con el borde del abanico. Por fortuna para las jóvenes lectoras y por desgracia para el mundo de ultratumba, Pierre Sordide, *l'Entendu,* ahora sólo puede amargarle la vida a los difuntos.

Ah, mire: ya hemos llegado a la hemeroteca.

Bueno, aquí tampoco hay nadie. Los jóvenes no necesitan saber nada del pasado, ¿sabe? Lo tienen todo aquí, en la mollera, ¡en el flujo de conciencia! ¡Nada de estudio! ¡Automatismo psíquico! (A algún austríaco habría que apalear en un callejón oscuro por difundir semejantes necedades).

Podemos acomodarnos en esa mesa. Acompáñeme.

¿Qué estaba buscando exactamente? En aquella época había en Biarritz cinco periódic... ¿Qué hacen estas fotografías de Lillian Bond aquí? Vaya, y varios ejemplares del *Movie Weekly*. Tendré que decirle a la señorita Mara que tenga más cuidado. Ah, aquí hay más fotografías... Thelma Todd. ¿Qué piensa usted de...? Bueno, no importa.

¿Qué quería saber?

Ah, claro.

Sí: tiene usted razón. Paul Villequeau trabajó para varios periódicos, algunos de Biarritz y algunos otros de Burdeos o de París, según tengo entendido. Al menos, que yo recuerde, escribió artículos para *La Nouvelle Gazette Illustrée,* de Biarritz, y para *La Petite Gironde.* Creo que perdió a su esposa por aquellos años,

¿no es cierto? (Se habló mucho de aquello: al parecer la señora Villequeau también tenía *flujos libres de pensamiento*). El señor Montagnard, de Burdeos, le encomendó que redactara las crónicas de lo relativo a la muerte de aquella muchacha de la librería, y creo que envió varios breves. Pero luego todo se complicó mucho, con aquel espantoso suicidio en el Palais.

Por sus compañeros de *La Nouvelle* y por otras fuentes que me callo, se sabe que Villequeau dio un paso arriesgado en su trabajo y se empecinó en un juego detectivesco allí donde sólo le correspondía ser reportero. El señor Collins tiene la facultad de poseer los espíritus imaginativos. (Andaba su amigo Vilko, al parecer, con un fotógrafo de pornografía, llamado Galen o Galet, o algo así, y con una mujer inglesa de la que se habló mucho en aquella época porque no parecía tener costumbres muy convencionales).

Le he pedido a la señorita Mara que me seleccione los periódicos en los que firmaba el señor Villequeau —como Vilko, naturalmente—. Comprenderá que ésa es una tarea ímproba y que probablemente se habrán traspapelado algunos breves e incluso artículos enteros.

Aquí están: el primero es de... del 29 de julio de 1925. Veamos: «Ayer día 28 de julio los pescadores del puerto de Biarritz encontraron el cuerpo cadáver de una joven desaparecida tres días antes en la villa. La joven, de nombre Aitzane Palefroi, tenía dieciséis años y era aprendiza en la librería Operclaritz; apareció desnuda, ahogada y completamente muerta»... ¿Completamente muerta? ¡Por Dios...! «... y colgada por un pie en un amarradero de hierro en el dicho puerto. Se ignora en qué circunstancias pudo caer al agua. Vilko - Biarritz».[100]

El día 30 escribió un artículo en *La Petite Gironde* sobre los procedimientos judiciales y el enterramiento de la muchacha. Nada de importancia: «... en el cementerio municipal de Sabaou. [...] pocas personas acudieron a la inhumación...», nada, «la tristeza que embarga a la ciudad por la desdichada suerte de una joven que...», palabrería. Nada.

Aquí hay otro —esta vez en *La Nouvelle Gazette*—, pero habla de la importancia del faro en Biarritz. ¿Por qué le interesaría tanto el faro de Biarritz al señor Vilko? Blablablá... «... la Tour de la Haille se levantó en 1733...», blablablá..., «y la primera piedra del faro se colocó en 1829, aunque no entró en servicio hasta 1834». Blablablá. «... pero trágicamente las obras de reforma provocaron el naufragio del navío *Padosa* a mediados de diciembre de 1907...», blablablá. ¿Por qué habla del naufragio del *Celta Zumaya* en 1923? Blablablá...

¿Qué demonios tiene que ver el faro con el suicidio de una muchacha enamorada y el escandaloso suicidio de su amante en el Palais?

Bueno..., no soy yo el que dice que esos dos muchachos andaban enamoriscados o algo: eso es lo que se dijo, y eso fue lo que apareció en todos los periódicos de Biarritz. Puede usted comprobarlo si quiere: la muchacha... ¿cómo se llamaba? Sí, exactamente, Aitzane Palefroi, se había arrojado al mar siguiendo un febril impulso amoroso. Probablemente estaba ena-

100. Véase capítulo primero, nota 13.

morada del jovenzuelo que después organizó aquel espantoso escándalo en la cena de compromiso de la princesa Irina Voginskaia Zgova, sobrina de la princesa Yourievska, con un industrial americano. Veamos..., ¿cómo se llamaba el joven? Aquí está: Alexandre Saint-Barthélemy. En los periódicos se narró con todo pormenor aquel espantoso suceso, y también lo hizo Vilko para *La Petite Gironde*. Veamos. Aquí. «Blablablá... en el lujosísimo Hôtel du Palais, donde se celebraba la cena de compromiso de la princesa Irina Voginskaia Zgova, sobrina de la princesa Yourievska, con el industrial americano Edward J. Smithers, blablablá... Los comensales se vieron aterradoramente sorprendidos...» (¿dónde aprendió a escribir este hombre?), «... se vieron aterradoramente sorprendidos por la irrupción en el salón de un joven de nombre Alexandre Saint-Barthélemy, hijo de un conocido militar francés de heroico recuerdo durante la Gran Guerra...», blablablá... A ver, aquí: «Dando grandes voces y gritando enloquecido contra un grupo de personas —investigaciones ulteriores no nos permiten citar por el momento sus nombres—, sacó de algún escondrijo de su indumentaria un revólver, se metió el cañón en la boca y apretó el gatillo, causando el estupor en la concurrencia. Rápidamente se procedió a...», blablablá. Aquí. La conclusión: «Se ignora de momento cuáles fueron las razones que indujeron a este joven a cometer semejante acto de violencia contra sí mismo. Todos sus amigos, con los que este periódico ha podido consultar, hablan de sus hermosas prendas personales e intelectuales, y confiaban en la posibilidad de que el joven Saint-Barthélemy tuviera un halagüeño futuro...». Es cierto que el reportero..., ¿cómo tendría tantos detalles, si no estaba presente en...? Bueno, no importa. Es cierto que el reportero Vilko no arguye en parte ninguna que las muertes de Alexandre Saint-Barthélemy y Aitzane Palefroi estuvieran relacionadas ni se atreve a sugerir que en el fondo se estuviera cociendo una historia de amor o de desamor o de alguno de esos sentimientos sentimentales que vuelven locos a los jóvenes, pero el resto de los periódicos expresaron claramente su idea de que la aprendiza de librera se había arrojado al mar y su amante, con la escandalosa idea de culpar al mundo de su desdicha... (Tal vez habría acabado siendo escritor, dada su tendencia a llamar la atención con sus asuntos privados). Pero no es necesario que el señor Villequeau confirme nada en sus artículos, pues era algo sabido y conocido, y estaba en boca de todos. Mire, aquí, en *La Nouvelle Gazette*, hay incluso un artículo escrito por el juez DuPont titulado «Las heroicas tragedias del amor».[101]

'Las heroicas tragedias del amor'

por el Excmo. Sr. Magistrado-Juez Mathias DuPont

Indudablemente, los últimos y dramáticos sucesos acaecidos en nuestra nunca justamente alabada y ponderada villa estival nos obligan a reflexionar y meditar con serena presencia de ánimo sobre el estado y salud de nuestro cuerpo social. Sobre todo, nos enfrentan los

101. «*Les héroïques tragédies de l'amour*» se publicó dos días después del suicidio de Alex Saint-Barthélemy, es decir, el 7 de agosto de 1925.

dichos luctuosos acontecimientos a nuestra condición de ciudadanos, y más, a nuestra consideración como padres y tutores de la florida juventud de Biarritz.

Antes de pasar adelante en mi reflexión, como magistrado de los juzgados de Biarritz y representante de la Justicia de la República, tengo la indiferible obligación de garantizar que Biarritz es compendio y epítome de la felicidad estival, y que ni por razón o caso algunos puede darse a entender o sugerir o insinuar que nuestra amada ciudad es escenario propicio para este tipo de sucesos. La casualidad, y sólo la casualidad aliada con el desdichado sino de ciertas personas, quiso que el pasado día 23 de julio nuestras amables playas fueran testigos del sombrío destino de tres personas: la señora Perth-Williams, que se encontraba de veraneo en nuestra ciudad, el augusto artista James Hett, que con heroica voluntad procuró arrancar a la señora Perth-Williams de las garras de la Parca sombría, y uno de nuestros vecinos más queridos, el *maître baigneur* Paul Fourquet, hijo de Joseph Fourquet, estimado y apreciado en nuestra villa con el nombre de Carcabueno. A los pocos días, los fieles noticieros de Biarritz conmovieron nuestras entrañas al revelar una descorazonadora noticia que nos llenó de aflicción y consternación: una inocente joven, aprendiza en un templo de la cultura, la librería Operclaritz, como una panatenea se inmolaba en los roquedales oceánicos y entregaba su alma dulce y pura a las nereidas abisales, donde por siempre será honrada y loada. Y, finalmente, como en un trágico episodio operístico, el joven Alexandre Saint-Barthélemy, hijo de uno de nuestros heroicos soldados, que muriera en las altas cumbres por defender la República del ofensivo alemán, se quitó la vida de un modo atroz y singularmente antisocial.

¡No, conciudadanos! ¡No infiramos de estos lóbregos sucesos que nos encontramos en medio de una caótica turbamulta de muertes y tragedias! ¡No infiramos de estas luctuosas circunstancias que los astros se han confabulado contra nosotros y caigamos en la vana superstición! ¡No infiramos de estas amargas horas que el destino de nuestra bella y amada villa es el luto y el duelo! ¡No infiramos, conciudadanos, no infiramos!

A mi mente acuden, por el contrario, imágenes de una romántica sublimidad. Juveniles amores entregados a los undosos piélagos, cual Hero sacerdotisa y Leandro, se reflejan en nuestro querido océano, y los sacrificios amorosos de estos jóvenes como en altar sagrado a los biarrotas nos recuerdan los tiernos lazos del amor, la mansedumbre del cariño y los fuegos de la pasión. Perdió la vida el joven Leandro en el reino de Neptuno y así, enloquecida de amor, Hero, la sacerdotisa del Helesponto, como nuestra Aitzane Palefroi, se arrojó sobre los afilados escollos marinos, entregando su vida al divino Amor, como dijo Ovidio en sus *Heroidas (Epistulae heroidum)*.

Atendamos desde otra perspectiva más justa y literaria lo acontecido, amados conciudadanos. Atendamos al envés poético de la circunstancia, y no sólo al negro proceder del destino. El funesto fin de Aitzane y Alex —que seguramente quedará escrito en los bronces de los anales de Biarritz, para gloria de nuestra amada ciudad— confiere a este extremo maravilloso de Europa el aire mítico, heroico y sublime que ya iba precisando. ¡No cedamos a la pesadumbre y la amargura, conciudadanos! Tornemos el luto en loa, y acojamos el salvífico ejemplo de estos jóvenes para devolver a la República el heroico tapiz de los amores juveniles. ¡Aitzane y Alexandre! Sus mismos nombres de ena-

> morados pujan con los míticos amores de Penélope, Briseida, Dido, Medea, Hipermnestra y Hero. ¡Ciudadanos, estos trágicos amores no rebajan sino ensalzan el romántico escenario de nuestra Patria! Humillemos la piadosa cerviz en Sainte Eugénie por el alma de estos apasionados jóvenes que se inmolaron en el oceánico piélago del Tiempo y de la Historia, y congratulémonos después —erijamos una noble y marmórea estatua, proclamo— pues con su pasión han concedido a Biarritz las gloriosas y míticas ínfulas de los grandes amores. ¡Salve!

Vaya con el señor juez DuPont. No sabía que tuviera tantos intereses ovidianos nuestro magistrado. Su prosopopeya es insufrible, pero se entiende que estuvo al tanto de lo ocurrido, y que fue informado, y que concluyó judicialmente que tanto la aprendiza de la librería como el hijo del capitán aeronáutico Saint-Barthélemy se quitaron la vida por amor, y probablemente porque estaban enamorados el uno del otro.

¿No entiende usted eso, señor Miet?

(No digo que no sea sorprendente el último giro de su artículo, porque resulta verdaderamente asombroso que proponga erigir una estatua a esos dos jóvenes suicidas y que defienda que esas muertes también conferían un aire culto, romántico y encantador a la villa de Biarritz).

Veamos.

Aquí está el artículo que estaba buscando usted. Con una bonita fotografía de los acantilados junto a Villa Belza. Un poco siniestra la panorámica, me parece. Éste es el último trabajo del señor Villequeau, si no me equivoco. Aquí verá cómo parecía poseído por el espíritu del caballero Collins, o del señor Doyle, y eso sería peor, o de la señora Christie, lo cual sería terrible.

Leamos completo su reportaje, si le parece.[102]

¿Suicidios, accidentes o crímenes?

Una ola de muertes inexplicables siembran el desconcierto y la pesadumbre en una conmocionada Biarritz

Vilko - Biarritz Tal y como ha venido informando LA PETITE GIRONDE desde finales del mes pasado, la turística y estival población de Biarritz, cuya fama como centro vacacional se reconoce en el mundo entero, ha sufrido severísimas conmociones en las últimas semanas.

Como recordarán los amables lectores, ya se informó en su momento de la desdichada muerte de una joven, de nombre Aitzane Palefroi, el pasado 29 de julio. La muchacha, que oficiaba de aprendiza de librera en un establecimiento biarrota, apareció muerta en el puerto de pescadores de la localidad el día 28 por la mañana, causando una notable impresión en los ciudadanos, poco acostumbrados a estos funestos hallazgos. Ulteriores investigaciones llevadas a cabo por este periódico, con el concurso del señor M. G. y la señora B. R. B-D., permiten asegurar –aunque no hay al parecer modo de demostrarlo, salvo por testimonios oculares–

102. Este artículo apareció en la edición matinal de *La Petite Gironde* el martes 18 de agosto de 1925.

que la joven Aitzane, en el momento de su muerte, portaba un anillo valorado en quince mil francos, un detalle de todo punto extraordinario y singular, dado el humilde y sobrio modo de vida de la aprendiza. Injusto y calumnioso sería por nuestra parte dejar traslucir aquí que la joven Aitzane pudo hacerse con esa preciadísima joya ("Le Prince Charmant") por medios ilícitos o ignominiosos. Por desgracia, la Gendarmería dice no contar con los argumentos suficientes para emprender una investigación, dado que el dicho anillo ha desaparecido.

Las conmociones no concluyeron aquí, pues a los pocos días, en los fastos del compromiso de las nupcias de la princesa Irina Voginskaia Zgova, sobrina de la princesa Yourievska, con el industrial americano Edward J. Smithers, en el afamado Hôtel du Palais de Biarritz, un joven irrumpía violentamente en la celebración y, ante la mirada inaudita[103] de la concurrencia, se descerrajó un tiro en la boca. Según ha podido saber este rotativo, la estupefacción se reflejó en los rostros de los presentes cuando el suicida increpó de modo violento a un grupo no identificado de personas, lo cual sembró la incógnita y el misterio entre la distinguida asistencia.

Y los enigmas no concluyen en estas dos trágicas escenas: la redacción de este periódico ha podido saber que los desgraciados ahoga-

103. Así en or., *inouïe*. Se trata de uno de los habituales errores de la prosa de Vilko; en este caso, como es obvio, la palabra adecuada era *incrédule* (incrédula).

mientos de la señora Perth-Williams, el pintor James Hett y el "maître baigneur" Paul Fourquet (acaecidos a finales de julio) están también teñidos por los turbios colores de la sospecha: se tiene constancia —no demostrable si la Gendarmería o la Judicatura no se decide a abordar el caso— de una carta en la que el pintor británico James Hett admite que alguien le habría ofrecido cierta cantidad de dinero por acabar con la vida de la señora Perth-Williams.

Las autoridades consultadas siguen insistiendo en que los tres luctuosos episodios son respectivamente y por orden cronológico: accidente, suicidio y locura transitoria. A pesar de las brumas y velos que parecen adivinarse en estos casos, ni la Gendarmería ni la Judicatura ni la Alcaldía parecen especialmente interesadas en esclarecer estos hechos hasta sus últimas consecuencias.

Con la preocupación de honrados ciudadanos, desde esta tribuna pública nos preguntamos qué valor hemos de conceder a la declaración del pintor señor Hett, anunciando que tenía intención de acabar con la vida de la señora Perth-Williams, cómo debemos entender que una humilde aprendiza de librera posea una joya de quince mil francos, o en qué sentido debemos interpretar las increpaciones e insultos que el joven Alexandre Saint-Barthélemy dirigió a una mesa particular en la celebración de las nupcias de la princesa Irina Voginskaia.

Informaciones confidenciales (no policiales ni judiciales) a las que ha tenido acceso este periódico permiten sospechar una oscura conspiración para acabar con la vida de la señora Perth-Williams. Asimismo, no es descabellada la idea de que alguno de los otros dos sucesos pudieran tal vez estar relacionados de algún modo con ese primer incidente acaecido en la Côte des Basques el día 23 de julio pasado.

Lejos de esta redacción la idea de alarmar a la apacible ciudadanía biarrota y a sus amables visitantes: apenas se puede concebir que estemos ante un Joseph Vacher o un criminal de semejante estofa. A decir verdad, lo único con lo que contamos hasta ahora son indicios que niegan los accidentes y los suicidios y sugieren crímenes, mas eso es todo. Dadas las circunstancias, por tanto, la Opinión Pública tiene derecho a exigir de los poderes oficiales de la República una investigación conforme y formal que dilucide y esclarezca estas dudas en todos sus extremos, y, en su caso, establezca las responsabilidades morales, administrativas o penales que correspondan.

A pesar de todos estos trastornos, en cualquier caso, la sosegada vida estival no ha sufrido mayores azogues, y los distinguidos visitantes siguen disfrutando de los alegres pasatiempos que ofrece la villa costera.-

Si me permite una opinión, señor Miet, diría que el señor Paul Villequeau pecó de imaginativo. Las personas que mueren no siempre son asesinadas. Que no se pueda explicar razonablemente una muerte no significa que haya sido el resultado de un asesinato.

Y que existan indicios que sugieran un asesinato no significa que se haya cometido un crimen. Señor Miet: no cometa usted el mismo error que Paul Villequeau. No se deje llevar por el flujo del pensamiento, ni por el automatismo psíquico, ni por el devenir desinteresado de la imaginación, ni se aleje de la razón, ni de la preocupación estética o moral, porque lejos de eso no hay más que estulticia y desvarío.

Buenas tardes.

29
Olivia Czewolski Wüschzslandau und Hø[104]

Royal Tunbridge Wells
20 de febrero de 1943

Estimado señor Miet:

En cualesquiera otras circunstancias le agradecería —como conviene entre personas civilizadas— su gentileza al enviarme una carta tan educada y amable. Sin embargo, me pide que recuerde para usted unos momentos y unos personajes que me resultan en extremo dolorosos. Hace casi veinte años de todo aquello, pero ni el tiempo ni la distancia han logrado mitigar la amargura que aún anida en mi corazón. Por

104. Aunque no se duda de la tenacidad de Georges Miet, los especialistas aún se asombran ante la «osadía» y la «fortuna» del autor al poder encontrar el modo de ponerse en contacto con la heredera de Alfred Czewolski. La carta que Miet le envió, así como el original de Olivia Czewolski, no han podido encontrarse. Lo que se reproduce aquí es la transcripción francesa (traducida, naturalmente) de la carta perdida de la heredera. Seguramente por comodidad, Georges Miet decidió guardar el original en inglés y trasladar a sus cuadernos de entrevistas la versión traducida al francés. Al final de la carta hay una anotación que dice exactamente: «trAHilltown». Se supone que Miet contó con la ayuda de un/a tal A. Hilltown a la hora de traducir del inglés al francés la carta de la señorita Olivia Czewolski. En otros textos, Miet hace referencia a una inglesa vagabunda y alcohólica llamada Annie H. que vivía en los soportales de St Sulpice, de ahí que algunos especialistas hayan sugerido la improbable idea de que esa mujer fuera la traductora que vertió esta carta del inglés al francés.

esta razón, no creo poder reunir las energías suficientes para completar la tarea que me solicita. ¿Cómo volver la mirada hacia aquellos días sin caer en la tristeza y la desesperación?

Mi amiga Eliza Watson, que hizo un curso de enfermería psiquiátrica en una famosa institución londinense, me asegura que si decido entregarme a tan desoladoras remembranzas, el ejercicio me hará bien y, como ella dice, podré ir «superándolo» por razón de la catarsis. No estoy segura de que regresar a Biarritz —aunque sólo sea en calidad de ejercicio catártico— me pueda resultar beneficioso. Lo pensaré unos días: puede que al final decida contarle lo que ocurrió, pero en cualquier caso precisaré reunir la presencia de ánimo y el valor necesario para afrontar tan duro reto.

26 de febrero de 1943

Estimado señor Miet:

A decir verdad, no confío en exceso en los conocimientos terapéuticos de mi amiga Eliza Watson, aunque podría confiar mi vida a su amabilidad y bondad. En su opinión, este ejercicio al que voy a entregarme —recordar y contar lo que sé de lo que ocurrió aquel verano de 1925 en Biarritz— me resultará más beneficioso que el tratamiento de veronal al que tan rigurosamente me somete el doctor Sliden.[105] En ocasio-

105. La señorita Olivia Czewolski no cita el veronal como una marca concreta, sino como el barbitúrico sedante más utilizado en la época. Al parecer, el nombre de 'veronal' se debe a que uno de sus sintetizadores, el

nes, la simple remembranza de aquellos espantosos momentos consigue que me tiemblen las manos y me veo sometida a convulsiones que, desde luego, no me permiten siquiera coger la estilográfica.[106] Confío en que la dosis triple de veronal que me recomendó el doctor Sliden para afrontar este reto sea suficiente y pueda mantener la calma y el sosiego necesarios.

Señor Miet: yo tenía nueve años escasos cuando todo ocurrió, y puede que el tiempo —junto a los efectos de la prolongada ingestión de barbitúricos— haya ido oscureciendo, enturbiando o difuminando los perfiles, las siluetas y los contornos de los rostros que poblaron mis pesadillas de aquellos días. Recuerdo, no obstante, que el viaje a Biarritz fue un deseo expreso de mi padrastro, el señor Lucius Perth-Williams, el repulsivo caballero con el que mi madre se había desposado (desgraciadamente) tras divorciarse de mi verdadero y querido padre, Alfred Czewolski, duque de Wüschzslandau und Hø. Mi madre nunca me habló de las circunstancias que habían rodeado su primer matrimonio, pero puedo asegurarle que fueron extraordinariamente infelices y desgraciadas. Mis padres se distanciaron al poco tiempo de mi nacimiento, hecho por el cual yo apenas tuve relación con la rama alemana de mi familia. La convivencia de mis padres ni siquiera pudo limitarse a las convenciones

---

doctor Von Mering, se quedó dormido en el tren tras haber ingerido dicha sustancia y se despertó en Verona. Otra versión cuenta que Von Mering y Emil Fischer le impusieron ese nombre porque entendían que Verona era la ciudad más tranquila y sosegada del mundo.

106. Me ha parecido adecuado traducir la expresión *'safety pen'* por la voz española 'estilográfica'; también es de esta opinión el profesor Amadeo G. Gómez, de la Sociedad Internacional de Estudios Lexicográficos y Semánticos (SIELS).

más frías, y mi padre regresó a su condado germano-danés apenas concluyó la guerra. Poco después, tras formalizar un divorcio a expensas de mi padre —por lo que supe muchos años después—, mi madre se casó con el caballero Lucius Perth-Williams. Este hombre era el corresponsal en Londres de los negocios de mi abuelo, Paul Bellay, y cuando mi madre se presentó en Inglaterra para desposarse, su viciosa avaricia le sugirió la torpe idea de seducir a la hija de su patrón con el fin de acabar siendo el señor de su negocio y su familia. Ese hombre envenenó el matrimonio de mis padres, hasta pudrirlo por completo. Con artificios y anzuelos repugnantes, aquel hombre de la ruin secta de los *decadentes* —así se hacían llamar entonces esos indeseables devorados por el vicio y la perversión— consiguió apartar a mi madre de su familia y la arrastró a las cuevas de Londres donde están permitidas todas las prostituciones morales y donde toda dignidad humana se ve arrastrada por el fango. Mi padre no pudo soportar aquel deshonor y regresó al continente, olvidándonos para siempre. Mi madre, abandonada a su suerte en Londres, no tuvo más asidero que aquel hombre despreciable. Mi abuelo, aun avergonzado y humillado por la conducta de su hija, no pudo sino mantener en su puesto al caballero Perth-Williams, si no por gusto, al menos para que su hija no acabara vendiéndose en los puentes de Londres y su nieta no se viera abocada a vivir en un asilo de caridad. Con la idea de desposar a mi madre, aquel hombre alardeó de haberle comprado un anillo digno de una princesa, aunque si —como decía— gastó toda una pequeña fortuna en la joyería Boucheron de Londres, probablemente lo hizo con la idea de conseguir el salvoconducto hacia la dirección de la empresa de sederías de los Bellay en París y, por tanto, hacia una fortuna que jamás habría podido siquiera imaginar.

En 1924 murió mi abuelo, y el próspero negocio de sedas pasó a manos de su hermano menor, Pascal de Bellay, quien siempre había visto con desagrado el ruin comportamiento de su sobrina. Apenas dieron sepultura a mi abuelo, Pascal de Bellay ordenó que el caballero Perth-Williams se desvinculara por completo de sus empresas en Londres: lo despedía con una mínima indemnización y le advertía que no intentara ninguna añagaza o, de lo contrario, tendría que vérselas con la justicia. Mi madre también quedó desamparada por completo, y mi tío-abuelo no sintió la más mínima compasión para con ella. Aquella inesperada decisión trastocó todas las ambiciones de mi padrastro, que culpó con violencias a mi madre de sus desdichas.

El caballero Perth-Williams concibió entonces la idea de buscar sustento al lado de la hermana de su esposa, Pauline Bellay, que vivía por entonces en Biarritz. En casa siempre se había dicho que la tía Pauline había perdido el juicio y que la familia le había buscado acomodo en una bonita villa del sur de Francia, donde le llegaba anualmente una sustanciosa renta que le permitía ser una de las damas más importantes de la ciudad. Por otra parte, había en mi madre una sombra de temor cuando se hablaba de la tía Pauline. Yo nunca supe a qué se debía aquel temor o por qué mi madre se mostraba tan reticente a visitar a su hermana. En todo caso, tuve la oportunidad de asistir a varias discusiones en las que el caballero Perth-Williams intentaba convencer a mi madre de la necesidad de viajar a Biarritz y comprobar si había alguna posibilidad de hacerse con el dinero de la tía Pauline; si la tía Pauline estaba tan loca, tan perturbada y tan acabada como se decía, era probable —eso pensaba el desalmado de Perth-Williams— que consiguieran un sustento vitalicio a su lado, o, de otro modo, organizar algún complot para apropiarse de sus rentas en calidad de albaceas o tutores de la pobre enferma.

Finalmente, mi madre cedió a las sugerencias o amenazas del caballero Perth-Williams, y el verano de 1925 viajamos a Biarritz con la idea de visitar a mi tía Pauline y apropiarnos de sus riquezas, si es que las tenía. Nos hospedamos en una villa modesta, Laurentia, que se encontraba cerca de los hoteles baratos de la Gare du Midi, donde solían hospedarse los comerciantes, los campesinos que visitaban el mercado o los viajeros menos afortunados. No tardamos en averiguar que mi tía Pauline era lo que allí se llamaba una *femme distinguée* y que, desde luego, no estaba tan desahuciada ni tan perturbada como se decía o nos habían hecho creer. En más de una ocasión le oí decir a mi madre que no era capaz de reunir el valor suficiente para ir a visitar a su hermana; pero el caballero Perth-Williams insistía hasta la amenaza y la violencia.

Sin embargo, los días transcurrían sin que mi madre se atreviera a visitar la villa La Comète, donde sabíamos que vivía la tía Pauline, y para mí que de algún modo procurábamos evitarla. A veces la observábamos en la distancia, paseando por la *promenade*, del brazo de un caballero muy obsequioso —un juez, al parecer—, o tomando un té en las terrazas del Casino; o nos ocultábamos si la veíamos entrar en una tienda de Mazagran o de Liberté.

Mi madre y yo entreteníamos los días en la playa de la Côte des Basques. No teníamos los recursos elegantes para acomodarnos junto a los toldos y las sombrillas de la Grande Plage. Mientras tanto, mi padrastro encontró en Biarritz un abanico de perversiones que no había conocido en Londres, y se entregó a ellas sin medida ni pudor, para vergüenza y humillación de mi madre. Casi todos los días regresaba a casa... con mujerzuelas, a las que mi madre y yo oíamos reír, gritar y correr por toda la casa, mientras procurábamos escondernos en nuestras alcobas, muertas de miedo y de vergüenza. No sé de dónde podía obtener aquel hombre el dinero para el vino, el champán, la cocaína, el opio, la morfina y las prostitutas que utilizaba cada noche.

Todas las mañanas asistíamos al mismo ritual: mi madre le echaba en cara su desvergüenza; él se burlaba de su mojigatería victoriana y le reclamaba con una violencia insólita que fuera a visitar a su hermana. Tras esa entrevista —decía— idearían algún expediente para enviar a la tía Pauline a un asilo de locos, al tiempo que procurarían obtener su tutela y, por ende, el dominio de sus rentas y el usufructo de sus bienes. Mi madre aún se negaba a visitar a su hermana, y por lo poco que pude colegir de sus temerosas y avergonzadas palabras, deduje que las reticencias de mi madre se debían a cierta actuación suya —muchísimos años atrás— en la que también anduvo envuelto mi padre, Alfred Czewolski, duque de Wüschzslandau und Hø. Si pudiera precisar, señor Miet, las causas de aquellos temores y reticencias, lo haría; pero todo lo que puedo decirle es que mi madre *sentía* que *no tenía derecho* a acudir a mi tía Pauline en busca de apoyo y sustento.

Seguramente, señor Miet, debo hacer referencia al episodio más repugnante del que fui testigo involuntario. Mi amiga Eliza Watson, que, como creo haberle dicho, hizo un curso de enfermería psiquiátrica en una famosa institución londinense, me asegura que redactar precisamente ese episodio me hará bien, y puede que tenga razón, si es que consigo concluir su relato sin entregarme a las náuseas.

La modesta Villa Laurentia contaba con un frondoso jardín trasero —lo mejor de aquella casa decadente, combada, torcida y con las paredes desconchadas, sin duda—, en el que mi padrastro pasaba las mañanas dormitando en una hamaca como las que utilizan los indígenas en América o en alguna de las butacas de mimbre. Un día, al no encontrar a mi madre por las dependencias habituales de la casa, me atreví a salir al jardín, y el espectáculo que se presentó ante mis ojos infantiles fue tan deplorable que me quedé paralizada, en el umbral del jardín, sin poder apartar la mirada...

Resultaba que la muchacha de la librería Operclaritz, que se ocupaba de repartir por las villas y los hoteles los libros que se compraban o se prestaban, se encontraba delante de mi padrastro, bailando desnuda y moviéndose con una lujuria que jamás he vuelto a advertir en mujer alguna, ni siquiera en los espectáculos de *music-hall* de Londres, a los que mucho más adelante fui con mis amigos. Ignoro cómo aquel hombre consiguió convencer a aquella niña para que se sometiera a sus lujuriosos deseos; tal vez no tenía más de dieciséis o diecisiete años. No sé qué pretendía aquella muchacha al ceder a los vicios de mi padrastro. Cuando pude recobrar el aliento, me aparté espantada de aquella escena de perversión. La niña se llamaba Aitzane Palefroi y todo lo que puedo decir de ella es lo que ya he dicho: que era la aprendiza de la librería Operclaritz y que se ocupaba de repartir por las villas y los hoteles de Biarritz los libros que se le encargaban a la librería. No sé cuándo comenzó aquel juego vicioso, pero puedo confirmar —me asalta la náusea— que mi padrastro le entregó su alma negra a aquella joven. Si digo que Dios los había castigado a ambos con su perverso comportamiento, no estoy sino constatando una verdad. Y ahora comprenderá el porqué de mi afirmación, señor Miet.

A partir de aquellos días, Aitzane se presentaba en casa con cualquier excusa, y se encerraba con el caballero Perth-Williams en su alcoba. Oí a mi madre murmurar para sí que aquella muchacha no era más que una prostituta y que se dedicaba a menudear con sustancias prohibidas y narcóticas a los mismos que solicitaban sus *servicios bibliotecarios*. Supongo que se trataría de cocaína o morfina, o alguna otra semejante, aunque probablemente también beberían, o fumarían opio, o cáñamo, o lo que quiera que sea eso que se fuma, y se entregarían a los vicios más nefandos y abominables. A veces se oían gritos —probablemente hacían aquellos teatrillos de la sicalipsis; aunque, a decir verdad, ni lo sé ni quiero saberlo—, y en más de una oportunidad tuve ocasión de ver que Aitzane venía acompañada de otra muchacha, o de una mujer, o de un joven.

Comoquiera que fuese, Aitzane enredó a mi padrastro en una madeja de vicio y perversión, hasta el punto que se negaba a salir de casa y enviaba a los criados a buscar a Aitzane por toda la ciudad de Biarritz, y se enfurecía si no conseguían encontrarla y la pagaba con mi madre o conmigo, que nos veíamos obligadas a correr escaleras arriba y escondernos en nuestras alcobas. Y él se quedaba rondando por los salones de Villa Laurentia, o salía al jardín, gritando como enloquecido: «¿Dónde está Aitzane? ¿Dónde estás? ¿Dónde está esa muchacha?». Y si pasaban dos días sin que Aitzane Palefroi viniera por casa, él mismo salía —incluso a altas horas de la noche— y la buscaba como un lobo rabioso desde el faro hasta la Côte des Basques, y entraba a la fuerza en las casas y los establecimientos donde creía que podía estar, hasta que los guardias lo llevaban a la gendarmería o lo apaleaban los borrachos en un callejón.

No se sorprenderá si le digo, señor Miet, que la razón de aquellas repentinas desapariciones de Aitzane Palefroi era la avaricia. La avaricia. Si el pecado de mi padrastro era la lujuria, el de Aitzane era la avaricia. Si acaso transcurrían dos o tres días sin que aquella pequeña Salomé apareciera por Villa Laurentia, ello se debía a que el caballero Perth-Williams no había podido conseguir lo que ella le exigía. Supimos de ese gusano en el corazón de la aprendiza de librera por mi propio padrastro, que una noche entró en el salón donde mi madre y yo cenábamos y le exigió el anillo de boda «para pagarle a Aitzane». Venía tembloroso y sudoroso: había estado husmeando y hozando en el tocador de mi madre en busca de aquel anillo, pero solo había encontrado el estuche vacío de la joyería Boucheron de Londres, que ahora esgrimía como si fuera un delito.

«¡Dámelo! ¡Dámelo!», le gritaba a mi madre. Y apartó de un manotazo a Lucía, que era una criada española, y por la fuerza le quitó *Le Prince Charmant,* que era el nombre preciso del pequeño diamante azul que llevaba engastado el anillo nupcial con el que el caballero Perth-Williams emponzoñó el espíritu de mi madre. Recuerdo con una lástima nostálgica que mi madre apenas hizo ademán de rechazar semejante idea, y dejó que aquella alimaña, enloquecida y feroz, arrebatara de su lánguida mano el precioso anillo. Cuando mi padrastro subió las escaleras para reunirse con Aitzane y con otras dos muchachas que habían venido con ella, mi madre clavó su mirada en mí y, con dos lágrimas surcando sus mejillas, me dijo: «Ya nada importa, Olivia. Mañana iremos a ver a la tía Pauline».

Y así fue. Al día siguiente, de buena mañana, nos encaminamos hacia La Comète, la villa donde vivía mi tía. Nos abrió la puerta una joven muy habladora que tuvo la amabilidad de distraernos y ofrecernos té hasta que mi tía se dignó recibirnos. Todo lo que hizo mi tía en aquella ocasión fue ofensivo. Yo no dudo, señor Miet, que mi madre pudiera haber herido sus sentimientos en el pasado, pero no creo que —lo que quiera que fuese— mereciera semejante rencor.

Nos recibió en un salón oscuro y raído (¡y nosotras que íbamos a pedirle ayuda!), con el aspecto lúgubre y mortecino de la casa de la señorita Havisham, y nos preguntó reiteradamente quiénes éramos, insistiendo en que no recordaba que tuviera ninguna hermana.

«Pauline, perdóname», le dijo mi madre mientras mi tía volvía el rostro hacia una ventana encortinada por la que apenas entraba una rendija de la ardiente luz estival. «Yo no tuve la culpa... No quise hacerte daño, Pauline. Tienes que ayudarme. Soy tu hermana. Soy Dorothée. ¿No te acuerdas de mí? Pauline: ayúdame. Ayuda a tu sobrina. Mírala, es Olivia», le decía.

Pero mi tía, cuando se decidía a volver la mirada, me observaba como si fuera un bicho nauseabundo, como si le diera asco, o como si no pudiera soportar tenerme cerca.

«¿Cómo ha dicho que se llama usted?».

«Dorothée. Soy Dorothée Bellay...».

«Ah, qué coincidencia. Yo también me apellido Bellay. Debe de ser un apellido bastante común. Sin embargo, mi criada me ha dicho que usted era la señora Perth-Williams».

«Pauline...».

«Verá, señora Perth-Williams. A mí me encantaría ayudarla. A usted y a su encantadora hija. Por desgracia, sufro graves problemas nerviosos. Mi familia me trajo aquí para curarme, y me enviaron a muchos médicos, pero mi cabeza no mejoró. Estoy loca, ¿sabe usted, señora Perth-Williams? No puedo disponer de mi dinero sin permiso de mi albacea. Oh. Qué lástima. Lamento muchísimo estar loca, señora Perth-Williams. Tiene usted una hija preciosa. Creo que yo también habría podido tenerla. Estuve a punto de casarme con un hombre maravilloso, pero los seres humanos sólo tienen una vida, como sólo tienen un amor, y si esa vida o ese amor se malogran, ya nada se puede hacer, salvo vivir una vida malograda y acariciar la melancolía de un amor podrido. ¿Había pensado eso alguna vez, señora Perth-Williams? Alegrémonos, señora Perth-Williams, por las personas que tienen una vida y un amor».

Mi madre, lo advertí al mirarla en aquella lúgubre penumbra, pareció rendirse a las locuras de aquella mujer, y no insistió: ya ni siquiera deseaba pedirle dinero y estaba segura de que la tía Pauline ni quería ni tenía ninguna intención de concedérselo.

Dos días después ocurrió la tragedia.

Discúlpeme, necesito mis barbitúricos. Tal vez mañana pueda continuar...

27 de febrero de 1943

Supongo que conoce Biarritz lo suficientemente bien como para que no tenga que repetirle que la Côte des Basques es seguramente la playa más virulenta y arriesgada de esa parte de la costa. La diminuta bahía del Port Vieux —antaño una ensenada donde descansaban al sol las barcas de los pescadores— solía acoger a niñeras y doncellas con sus protegidos, pequeños que gritaban cuando las olas espumosas burbujeaban en sus pies y correteaban por la arena sin reparar en las molestias que podían causar. Así que la población de Biarritz se dividía entre los bañistas elegantes y distinguidos —que generalmente ocupaban la Grande Plage y Miramar— y los bañistas más estrafalarios, los artistas y los pobres, que íbamos a la Côte des Basques, donde nadie juzgaba a nadie y donde las violentas olas estivales rechazaban las finuras de los ricos y las debilidades de los infantes.

Allí era común ver a los alemanes más extravagantes, a un grupo de coristas americanas —del Earl Carroll Vanities serían, o de algún espectáculo semejante—, a diversos artistas —como la pintora Sarah Chambers, que solía admirarnos con aquellos cuadros en los que únicamente se veían líneas rectas, llamados cubistas—, a ciertos nadadores expertos, a muchachos jóvenes que se atrevían con los baños de sol prohibidos y a viejos solitarios cuyas miradas e intenciones resultaban confusas y desagradables.

Aquel 23 de julio amaneció un día limpio y resplandeciente, con el cielo azul y el mar turquesa, con olas espumosas rompiendo en las doradas arenas de la playa. Mi madre y yo bajamos a tomar las aguas bien temprano, pero ya había jóvenes turistas disfrutando del benéfico salitre del mar, ejércitándose en las arenas y luchando a brazo partido con las implacables olas; un grupo de varios pintores se arracimaba junto a la rocalla, todos ellos dispuestos a plasmar en sus lienzos la lúgubre silueta de Villa Belza o los emocionantes e imposibles colores de la mañana, ideando estallidos marinos en la roca de Cachaous o en la fragata de Le Boucalot.

Después de tomar un *bain de soleil*, cuando ni siquiera las olas vaporizadas conseguían aplacar el calor asfixiante de aquellos días, mi madre —taciturna y con la vida amargada tras los últimos acontecimientos— decidió refrescarse en el mar. Yo le advertí que aunque el día era maravilloso, apenas soplaba brisa, y el sol iluminaba de alegría Biarritz, el mar parecía un poco agitado, y en la lejanía se observaban espumas constantes, como si en el fondo de los océanos se estuvieran librando batallas desconocidas. Por mi parte, no me atrevería a más de un *bain de pieds*.

Mi madre se adentró un poco en la gran playa, hasta que las olas empezaron a romper contra su torso. Se volvió hacia mí y, saludándome con la mano en alto y dedicándome su mejor sonrisa, me gritó: «¡Olivia! ¡Olivia!». Aquellos gestos se quedaron grabados en mi memoria para siempre. Fueron como una despedida: una espantosa y horrible despedida. Aunque, en realidad... no eran más que un saludo.

Creo que uno de los pintores que se encontraban en la playa confundió por completo la circunstancia y, desnudándose, se adentró corriendo en el mar, como si mi madre estuviera pidiendo ayuda. ¡Pero no estaba pidiendo ayuda! ¡Bien segura estoy de eso! Al pasar junto a mí, aquel hombre delgado quiso agarrarme del brazo, pero yo no necesitaba su auxilio, pues las olas apenas me rozaban la rodilla, y giré el brazo lo suficientemente rápido como para que no me pudiera asir. Nunca olvidaré la mirada furiosa de aquel hombre: ¿por qué me miró con centellas en los ojos si pretendía ayudarme? Se adentró furioso en el agua y, entonces, una mala ola derribó a mi madre. Pero... señor Miet, ¡mi madre no corría ningún peligro! ¡Mi madre no necesitaba el socorro de aquel hombre! Sin embargo, aquel pintor se adentró en el mar pidiéndole a gritos que se tranquilizara y diciéndole que él procuraría salvarla. ¡Él era el único que creía que mi madre no estaba tranquila y seguramente la única persona que suponía que mi madre necesitaba ayuda en aquel momento! Cuando llegó a la altura donde se encontraba mi madre, otra ola mala los derribó a ambos, y entonces fue como si una poderosa corriente los arrastrara hacia el interior. Mi madre manoteaba enloquecida, y aun creo que la oí gritar varias veces mi nombre..., pero aquel hombre le impedía moverse con libertad, y ambos, como en un torbellino, fueron engullidos por las olas del océano.

En la playa, otras personas comenzaron a gritar, a pedir socorro y auxilio, y a llamar a los *maîtres baigneurs*. Uno de ellos corrió por el dique, hacia Villa Belza, y desde allí saltó al mar, pues mi madre y aquel hombre habían asomado por última vez cerca de aquel espolón. El *maître baigneur* se lanzó con cuerdas y salvavidas, y en medio del oleaje —en esa parte las corrientes y las ondas son horribles— los tres parecieron estar luchando, como si desearan ahogarse los unos a los otros, y no como si desearan salvarse.

La pintora Sarah Chambers me cogió de la mano y me sacó del agua, y me abrazó mientras observábamos, en medio de una multitud de curiosos, el horrible espectáculo que tenía lugar bajo el siniestro palacio de Villa Belza. Para mí todo comenzaba a adquirir unos tonos de irrealidad que jamás han perdido. Ante usted, o ante los desconocidos, puedo admitir que esos defectos en la percepción se deben a mi corta edad en aquel momento, pero yo sé que algo se quebró en mi mente y que jamás podrá recuperarse. A veces, pensando en ello, recuerdo a mi tía Pauline Bellay, porque al parecer a ella le ocurrió otro tanto..., un episodio desagradable tal vez, o quizá un desengaño, o un sobresalto, o un espanto, y la cabeza se trastorna para siempre. Tal vez yo heredé ese defecto, y ver morir a mi madre, y a aquel pintor loco, y al pobre *maître baigneur*, me conmocionó de tal modo que ni mis pensamientos se acomodaron jamás a mis sentimientos ni los sentimientos a la vida, ni entendí jamás que la vida guardara ninguna relación con mi persona. Desde aquel día todo a mi alrededor me pareció una ensoñación o, como dicen los pintores modernos, *pure surrealisme*, y ni siquiera la morfina o los barbitúricos consiguen que los objetos recuperen sus perfiles y siluetas, o que las líneas rectas vuelvan a ser rectas y la perspectiva de los panoramas y los paisajes adquieran de nuevo sus proporciones justas.

Viví en un torbellino de conmociones todo lo que aconteció después: la aparición de los cadáveres en la playa grande, la violencia de mi padrastro al abandonar Biarritz, el desprecio con que se despidió del ataúd de mi madre en la estación, los gestos compasivos en la gendarmería, la soledad del regreso a casa...

No creo que la trágica muerte de mi madre condujera al caballero Perth-Williams a un estado de perversión superior al que ya anidaba en su podrido corazón. Simplemente, al regresar a Londres, seguramente encontró algún medio económico para poder entregarse a sus vicios sin mayores consideraciones. Cuando contrajo su enfermedad, ni siquiera se dignó volver a la misérrima casa que habíamos alquilado en

Harrow, al oeste de Londres. Aunque no lo merecía, fui a verlo al hospital donde lo estaban tratando con arsénico o con mercurio, o con lo que se traten esas enfermedades asquerosas. No sobrevivió a mi madre más de un año y medio.

Abandonada y sola en el mundo, algunos amigos de mi madre procuraron averiguar si me correspondía algo por ser la única descendiente de los Bellay por aquella rama, pero mi tío me envió a un abogado desde París para comunicarme que —bien por deseo de mi abuelo o bien por negligencia— todo el negocio de sedas quedaba en manos de la otra rama familiar o, en términos más sencillos, yo no tenía derecho a nada..., aunque mi tío no dejaba de reconocer que aquello era ciertamente una injusticia y —por caridad, digo yo— se me asignaba una renta anual de ciento veinte libras, que se extendería a lo largo de los siguientes años, hasta que cumpliera la mayoría de edad a los veintiuno o encontrara con quien casarme.

Cuando cumplí los quince años tuve que trasladarme a una casa aún más miserable, a uno de los barrios más pobres del sur de Londres, en Mitcham, donde pude alquilar un cuarto y donde imaginaba que tal vez podría encontrar algún empleo que, a mi edad, pudiera proporcionarme alguna dignidad.

Estuve sirviendo en casa de un pastor, en casa de una pareja judía con tres hijos, en casa de una *spinster* gruñona, en casa de dos caballeros *decadentes*, en casa de una corista elegante y sus alegres amigas, y en casa de... En fin, no es una nómina especialmente digna, por cierto.

Sin embargo, aquella existencia miserable que me

había conducido en el plazo de diecisiete años de una suntuosa mansión en Londres a las cocinas más sucias de un prostíbulo suburbial, aún me tenía reservada una sorpresa: y lo cierto es que debería haber estado acostumbrada ya a una vida de accidentes incomprensibles. Cierto día, cuando salía a las once de la noche del edificio donde vivían mis señoras —seis coristas tan tristes y tan profundamente deprimidas como el mundo en aquellos años—, se presentó ante mí un hombre altísimo y rubio, con aspecto de militar, y embutido en un abrigo negro imponente. Preguntó mi nombre y si podía confirmar de algún modo que yo era Olivia Czewolski, hija de Alfred Czewolski y Dorothée Bellay. Naturalmente, podía demostrarlo, y no sólo por los documentos que mi madre había guardado, sino por otros muchos que seguramente se conservarían y se podrían consultar en los registros oficiales del reino de Inglaterra. Aquel hombre me advirtió que tenía una trágica noticia que darme, y era que mi padre, Alfred Czewolski, duque de Wüschzslandau und Hø, acababa de fallecer en su castillo de Hø, cerca de la frontera danesa. Su cuerpo, me dijo, sería enterrado en el gran panteón familiar de la cripta de Ste Kathrine, donde habían reposado los restos mortales de los miembros de la familia desde tiempos inmemoriales.

Las leyes de Alemania, y las nobiliarias de la familia, en todo caso, no obligaban a traspasar el título a los varones de otras ramas, de modo que —en breve— aquel hombre me confirmó que yo era la heredera del ducado de Wüschzslandau und Hø, como hija única del duque Alfred Czewolski. Por desgracia, la lamentable situación económica de Alemania tras el final de la Gran Guerra —me advirtió aquel caballero, administrador de mi padre desde antiguo— no permitía que me pudiera hacer muchas ilusiones. En realidad, me dijo con un gesto de lástima, como si fuera su culpa, no podría contar con más de cincuenta mil libras anuales, pero aun así, confiaba en que durante los próximos años el condado diera suficientes beneficios como para poder aumentar esa cifra hasta obtener casi el doble. Desde luego, el castillo y las posesiones de Hø restaban una buena cantidad a mis rentas anuales, pero eso no impidió que desde aquel momento me sintiera una reina. O, al menos, una noble danesa, que es lo más elegante que se puede ser en este mundo, según mi amiga Eliza Watson.

Creo, señor Miet, que esto es cuanto puedo decirle a propósito de mi vida y, sobre todo, a propósito de los espantosos sucesos que arruinaron mi niñez en Biarritz. No supe —ni me ocupé jamás de saber— qué fue de mi tía Pauline, ni de aquella joven prostituta llamada Aitzane, ni sé si la pintora Sarah Chambers, que me protegió aquel triste día, sigue viva o murió, o si sigue residiendo en aquel pueblo o regresó a Inglaterra. No he querido volver a saber nada de Biarritz y, si he tenido ocasión de viajar, nunca he cruzado el Canal, pues el simple sonido de la lengua francesa me recuerda los tristes días de mi niñez, cuando perdí a mi madre y me vi condenada a girar en torno a la existencia podrida del caballero Perth-Williams.

Espero haberle sido de alguna ayuda en la investigación que está llevando a cabo. Ojalá algún día pueda leer su libro —espero que tenga mucho éxito— y me sea posible comprender qué ocurrió exactamente aquella mañana en la Côte des Basques, cuando aquel mar me arrebató para siempre la niñez y buena parte de mi vida.

Sinceramente suya,

Olivia Czewolski

Stammesherzogtum Wüschzslandau und Hø

30
Marcel Galet
Fotógrafo *(continuación)*

En aquella época era costumbre en Biarritz —no sé si lo sigue siendo— ir a ver la puesta de sol a algún promontorio desde el que se gozara de buenas vistas oceánicas. La mayoría de los turistas se reunía en el paseo del Casino, en la famosa *promenade* vespertina, donde la emoción de una apasionada velada nocturna empezaba a adivinarse en las ruborizadas mejillas de las jóvenes, ardientes tras un día en la playa o practicando deportes en el campo de golf, montando a caballo o en bicicleta, u ocupadas en otras actividades. Los más avisados solían apiñarse en la subida de Bellevue, o en la Atalaya, o en el Rocher de la Vierge. Sólo los muy románticos solían subir hasta la Perspective de la Côte des Basques, donde el sobrecogedor panorama del océano cumplía todas las esperanzas de los enamorados, ofreciéndoles sensacionales puestas de sol dignas de los pintores más coloristas.

Personalmente, mi lugar favorito para este tipo de espectáculos era la *esplanade* del faro. La Punta St Martin, donde se levanta el imponente faro de Biarritz, es a menudo un lugar ventoso y desapacible, pero en aquellos días especialmente calurosos del verano de 1925, la *esplanade* era al atardecer un paraíso de frescor y tranquilidad, donde el espectáculo fabuloso de la puesta de sol podía disfrutarse en toda su intensidad. Algunos días la prodigiosa esfera titilaba en naranjas imposibles, o en rosas y malvas fulgurantes, o en rojos incandescentes, o en amarillos deslumbrantes. Su esfera estallaba en mil reflejos sobre el azul marino, y si había jirones de nubes en el cielo, las pintaba de añiles, y rosas, y magentas, y otras mil tonalidades que ninguna paleta de pintor podría mezclar jamás.

Vilko y yo habíamos llegado por nuestros propios medios (Vilko no tardó mucho en recuperarse del *accidente* en la escalera de su casa, aunque me temo que su tobillo y su orgullo quedaron bastante lastimados), pero Beatrix se presentó pasadas las ocho en su formidable Vauxhall rojo. (Bueno, señor Miet: hay veces que uno no tiene más remedio que reconocer ciertas verdades aunque sea de mala gana). Y cuando saltó del vehículo sin abrir la portezuela tuve un atisbo de las razones que impulsaban a mi amigo a adorar sin remedio a aquella mujer. Traía —escúcheme bien, señor Miet— un pantalón blanco inmaculado que se ensanchaba airosa y paulatinamente hasta cubrir casi totalmente el calzado, junto a un *débardeur* de punto azul y blanco que anunciaba a los cuatro puntos cardinales su procedencia Chanel. Había prescindido de cualquier tocado, pero no había olvidado sus implacables gafas de cristales azules, con las que podría ver *le coucher du soleil* sin lastimarse los ojos.

Se acercó sonriendo, me dirigió unas imperceptibles «mariposas» con los dedos y, respecto a Vilko, creo que dejó descansar una mano en su brazo, aunque es probable que ni siquiera lo tocara. No podía apreciar a aquella mujer por muchas razones —especialmente por aquel extraño modo con que se conducía con mi amigo—, pero estaba dispuesto a admitir que, en nuestra indagación de los sucesos acaecidos en Biarritz aquel verano, «ella sabía tocar mejor el piano», como se decía en aquella época.

El sol estaba empezando a ejecutar su danza diaria, lanzando destellos gloriosos entre las lejanas nubes violetas del cielo, entregado a un espectáculo sublime para el que parece tener una especial vocación.

Vilko repartió cigarrillos y nos dio fuego a Trixie y a mí; luego apagó la cerilla, como era preceptivo, y se dio fuego a sí mismo con un fósforo nuevo. Creo que, mientras observábamos sin mucho interés las evoluciones de aquel sol narcisista y presumido, Vilko protestó por el estilo de su último artículo para Montagnard. Dijo algo como que se estaba comportando como un «reportero de casino» y que, si no tenía pruebas de lo que creía que había ocurrido, más le valía callarse y ceñirse a los hechos tal y como se presentaban clara y nítidamente. Puedo ver ahora mismo a Trixie resoplando mientras expulsaba el humo de su cigarrillo.

«¡Por Dios, Vilko! —exclamó—, sabes perfectamente que no son imaginaciones nuestras. Tú viste la carta de James Hett, igual que yo. Que esa bruja de la pensión Métropole diga ahora que no existe carta alguna no significa nada, querido».

Trixie era capaz de decir «querido» de un modo que cualquiera podría entender «estúpido» o «pobrecito», o algún término al mismo tiempo ofensivo y condescendiente.

«Tengo algo que deciros», añadió, aplastando el cigarrillo con la puntera de su zapato. Se acercó a Vilko y entrelazó su brazo con el de mi amigo. (¡Ese tipo de cosas me ponía enfermo! Era capaz de ofender a Vilko del modo más insultante y, al cabo de medio segundo, demostrarle que le resultaría prácticamente imposible vivir sin él).

«He estado trabajando toda la mañana —dijo—. No como vosotros, holgazanes. He ido a la librería Operclaritz y he conseguido que esa avarienta mujer me enseñara los registros de préstamos de libros. ¿Para qué? Para saber por dónde andaba y a quién visitaba nuestra jovencita Aitzane. Y el resultado es que el señor Perth-Williams y su familia tenían un sorprendente interés por determinadas lecturas».

«¿Qué lecturas?».

«Las mismas que acumulaba nuestra inocente jovencita en su buhardilla».

Vilko observó de reojo a su displicente amada, que deslizó sus gafas azules por su nariz para mirarlo a los ojos. *«À tout jamais»,* murmuré para mí, alegrándome de mi condición escasamente romántica y brindando por no encontrarme jamás en una situación semejante.

«Adelante, Trixie: cuéntanos», le dije, resentido aún con ella por haberme hecho subir a aquel globo aerostático en el que sentí todos los terrores que deben preceder a una muerte segura.

Trixie sonreía abiertamente y, observando a Vilko, que parecía asombrado por las evoluciones de Apolo jugando con las olas en el horizonte, le estampó un beso en la mejilla.

«Os diré lo que creo que ha ocurrido en vuestro

apacible pueblecito estival —dijo—. Resulta que la familia Perth-Williams viaja hasta Biarritz para visitar a la hermana de la señora, *mademoiselle* Pauline Bellay, cuyas facultades mentales por cierto generan serias dudas. El caso es que...».

«Un momento, un momento, Trixie —interrumpí—. Entiendo perfectamente una visita de ese tipo, pero parece que la señora Dorothée y su marido, Lucius Perth-Williams, tenían algún interés en evitar que se conociera esa relación... Vilko lo supo de casualidad porque la criada de la señorita Pauline Bellay sufre una verborrea incontenible. Y yo también supe que la señora Perth-Williams era la hermana de la señorita Bellay por puro accidente: porque el superintendente de la Poste es casi como la criada de la señorita Bellay... ¿No te parece que es como si estuvieran ocultando...?».

«Hay familias que prefieren guardar cierta reserva ante la evidencia de un miembro... digamos...».

«Oh, vamos... —repliqué—. Puede que la señorita Bellay sea un tanto excéntrica, pero todo el mundo considera que es la *dame distinguée* de Biarritz».

«Ese título es un tanto burlón, Marcel —contestó Vilko—. Esa mujer viste como antes de la guerra, habla como antes de la guerra y no habla de nada que no sean sus vacaciones en San Sebastián... antes de la guerra. La señorita Pauline Bellay vive en un mundo que ya no existe. Aquí, en Biarritz, puede permitírselo...».

«Olvidaos de esos detalles: no los conocemos y seguramente no los conozcamos nunca. Lo interesante, queridos, es que tenemos un anillo de quince mil francos adquirido en Londres por un enigmático caballero llamado Williams; que ese anillo aparece en el dedo de una jovencita que llevaba con demasiada frecuencia libros (de determinado y peculiar estilo) a la villa de los Perth-Williams; que alguien convenció al pintor James Hett para que acabara con la vida de la señora Perth-Williams en la playa...».

Vilko jugueteaba con los dedos de Trixie mientras observaba aquella esfera incandescente temblando sobre el negro océano.

«Así que Lucius Perth-Williams se enamora perdidamente de Aitzane —continuó mi amigo— y, enloquecido por esa pasión, le entrega un anillo de extraordinario valor. No contento con semejante desvarío, decide acabar con la vida de su esposa y su hijastra, tal vez imaginando una nueva vida de amor eterno con la joven aprendiza de librera en alguna isla paradisíaca de los Mares del Sur. ¿No es eso? Bien. Entonces, después de cometer el crimen, se da cuenta de la locura que ha cometido y huye desesperadamente de Biarritz, casi a escondidas: envía el cadáver de su esposa a París, al panteón familiar de Père Lachaise, y él regresa a Londres con su hijastra. Aderecémoslo con un poco de melodrama: seguramente arrepentido por el crimen, ayuda a su hijastra en todo lo posible, le cede todas sus posesiones, y él se convierte en eremita en las escarpadas alturas de las Highlands...».

«Vilko...».

«Bien. No importa lo que haga ese hombre: Lucius Perth-Williams ya no está al alcance de la gendarmería francesa. Continuemos...».

«Semejante relación —apunté— no podía pasar

desapercibida para el enamorado de Aitzane: Alexandre Saint-Barthélemy. Loco de celos, decide llevarla a un hotel oscuro y allí le proporciona la dosis suficiente de morfina o *coco universel* u opio o cualquier otra sustancia, y, aprovechando las calles vacías y oscuras de Biarritz durante las primeras horas de la galerna, carga con ella...».

«Dickens», murmuró Vilko.

«Sí, carga con ella hasta los acantilados de Villa Belza y la arroja al océano. Naturalmente, los remordimientos no tardan en amargar las horas y los días de...».

«Hugo».

«Sí. Los remordimientos no tardan en amargar las horas y los días de Alex, y, no pudiendo soportarlo más, se presenta en la fiesta de compromiso del Palais y se descerraja un tiro».

Trixie dejó escapar un nosénosénosé.

«Marcel..., yo sigo pensando que... ¿Qué sentido tendrían entonces aquellos insultos que dirigió a Margulee DuPont? Yo estaba allí, y oí claramente que llamaba "bruja" a Margulee. En fin: sigo pensando que Alex acabó con la vida de Aitzane porque se lo ordenó Margulee DuPont. En este laberinto estamos perdiendo el hilo, y no sabemos qué ocurre entre el episodio de los Perth-Williams, la muerte de la aprendiza y el espantoso espectáculo de Alex Saint-Barthelémy en el Palais».

Vilko murmuró algo y siguió fumando con parsimonia. Beatrix apoyó la mejilla en su hombro, pero los cristales azules de sus gafas no dejaban traslucir ni el más mínimo rastro de emoción. Sus labios brillaban en rojo con los últimos fulgores del día; sin embargo, aquellas sonrisas que volvían loco a mi amigo Vilko parecían haber desaparecido de momento.

«¿Cómo es eso que dices siempre, Vilko?», le pregunté.

«¿Qué?».

«Sí..., eso de que el presente no es...».

«El presente era innecesario».[107]

«Sí, claro. Eso es», murmuré para mis adentros, atisbando por primera vez aquel verano la verdadera esencia del amor que enlazaba a aquellos dos seres perdidos en un mundo del que ya apenas comprendían nada. El tiempo, como un torrente implacable y sucio, los había arrebatado de su adolescencia: la única época de sus vidas que tenía sentido. En el tortuoso y caótico caudal de los días y los años habían vuelto a encontrarse, pero apenas eran capaces de verse como eran antaño, salvo cuando creían reconocer en el otro una sonrisa, o un gesto, o una palabra de los viejos tiempos. Había un algo trágico en aquella relación, señor Miet. Era como si aquellos dos seres hubieran estado amándose siempre, desde que tenían quince años, y sin embargo jamás hubieran tenido el valor o la suerte de haber emprendido juntos el camino. Bueno, supongo que algunos amores desgraciados son así..., ¿no le parece?

De repente, Vilko, dejando caer al suelo con displicencia los restos humeantes de su cigarrillo, repitió que no conseguía encontrarle sentido a los insultos de Ale-

107. En or.: *«Le présent n'était pas nécessaire»*. Aunque se sospecha que puede ser una cita de algún texto poético, no se ha podido establecer con fiabilidad su pertenencia a ninguna obra literaria concreta.

xandre Saint-Barthélemy en el Palais. Y se negaba a creer que Alexandre Saint-Barthélemy hubiera acabado con la vida de Aitzane Palefroi sólo por despecho. Y si era por despecho, ¿por qué culpaba a Margulee DuPont? Por otro lado, estaba seguro de que Margulee DuPont era una pequeña zorra a la que le traía sin cuidado lo que Alexandre pudiera hacer o dejar de hacer. Aitzane Palefroi no era más que una sirvienta para ella, jamás una rival.

«Aitzane Palefroi es quien va dejando correr el hilo en este laberinto —dijo—. El hilo nos lleva de la villa de los Perth-Williams a la casa de los Saint-Barthélemy, y de allí a la pensión donde malvivía James Hett, y de allí a la casa del juez DuPont y su hija Margulee, y de allí a la casa de la señorita Pauline Bellay, hermana de...».

Y se interrumpió.

Beatrix pareció comprenderlo de inmediato.

Se apartó levemente de Vilko, con una admiración suspendida en sus labios abiertos, como si todo el tapiz criminal de Biarritz se hubiera presentado nítidamente ante sus ojos en aquel preciso instante.

«Oh, Vilko... Diez años de odio hirviendo. ¿Crees que es posible?».

Vilko torció el gesto: puede que al principio la idea le hubiera parecido buena, pero, como en un destello, su gesto advirtió que aún albergaba muchas dudas. En su mente seguía el hilo de Aitzane Palefroi por el laberinto de Biarritz. Yo procuraba seguir tras él y tras Beatrix, pero me costaba imaginar, en aquella oscuridad, dónde giraban y qué camino escogían.

¿Sería cierto que todo había empezado en la mente enferma de aquella mujer diez años antes? Sumida en un pozo de desesperación, la señorita Pauline Bellay había estado cocinando su venganza durante dos lustros enteros, observando el borboteo de su odio en un caldero durante horas, días, semanas, meses, años..., enloqueciendo con cada amanecer, perdiendo el rumbo cada anochecer, caminando de una esquina a otra de su habitación durante horas y días enteros, hasta caer rendida y desesperada en un rincón, anegada en lágrimas o con el corazón seco y podrido para siempre, recibiendo como una maniática a los psiquiatras vieneses y parisinos, o negándose a tomar las sales de litio o la cocaína de los psicoanalistas austrohúngaros. De pronto, el motivo de su enajenación, su hermana, se presenta en su casa... ¿para pedirle perdón... o para humillarla? Beatrix seguramente había intuido algo cuando murmuró aquello en el globo aerostático: «Vaya con nuestra melancólica señorita Bellay», dijo. Por alguna razón, señor Miet, si situábamos a la señorita Bellay en medio del laberinto, todas las piezas se ordenaban como por ensalmo.

Los tres habíamos llegado a una solución semejante, aunque ninguno hubiera dicho ni una sola palabra.

«¿Es posible que tras el espantoso encargo de James Hett estuviera la señorita Bellay?», pregunté mientras el océano comenzaba a devorar al sol entre destellos púrpuras. Ni Trixie ni Vilko apartaron la mirada del atardecer. «¿Es posible que las acusaciones de Alex en el Palais fueran dirigidas a la señorita Bellay y no a Margulee DuPont?», añadí, casi para mí.

De estar en lo cierto, señor Miet, la señorita Pauline Bellay podría haber comprado la muerte de su hermana al desesperado James Hett. Aitzane iba a llevar libros a ambas casas, recibió *Le Prince Charmant* del señor Perth-Williams y, seguramente, antes de partir, la confirmación de que la señorita Bellay había estado tras la muerte de su esposa. Es probable que Aitzane Palefroi fuera más ambiciosa de lo que imaginamos y, desde luego, a juzgar por sus lecturas, era evidentemente menos inocente de lo que Biarritz en general creía. Tal vez amenazó a la señorita Bellay con difundirlo todo si no..., en fin, un chantaje vulgar. Así que la señorita Bellay volvió a utilizar el mismo sistema que en la ocasión anterior, y encargó a un pobre desgraciado la muerte de la ambiciosa aprendiza de librera. Ésa era la única explicación que permitía entender que Alexandre Saint-Barthélemy no se hubiera interesado lo más mínimo por el anillo de quince mil francos y, por otra parte, que recriminara a la señorita Bellay un crimen que había cometido y con cuyos remordimientos no podría sobrevivir. Puede incluso que Aitzane no supiera nada de su anterior crimen, pero que la señorita Bellay sospechara que sí lo sabía y, aterrorizada, decidiera dar un paso más en su espiral de locura. Es posible que, en un giro perverso, le prometiera a Alex una cantidad de dinero que luego se negó a entregarle, conservando para sí la posibilidad de acusarlo de la muerte de una joven inocente. Alexandre Saint-Barthélemy, tras cometer aquel asesinato, cualesquiera que fueran los motivos o las razones, tal vez se había percatado de la absoluta enormidad de su crimen en la persona de una Aitzane a quien él consideraba inocente..., pero nadie puede estar seguro de eso. Ni de eso ni de tantas otras cosas, señor Miet.

Creo que —con algunas variaciones o precisiones— los tres habíamos llegado a la conclusión de que tal podía ser el desarrollo de los acontecimientos. Bueno, señor Miet..., mi amigo Vilko tenía razón: todo cuanto acontece no es sino la energía cinética de nuestros actos en el pasado. Y un proceso de eterno desorden, un triste viaje hacia el caos, el horror y la desesperación. La historia de la señorita Bellay.

«Tenemos una conversación pendiente con cierta dama», dijo Vilko.

Ambos se levantaron y se alejaron, los brazos entrelazados, hacia el fabuloso Vauxhall rojo de Trixie, casi sumido en la oscuridad. Seguramente aquella inminente conversación con la señorita Pauline Bellay lo resolvería todo de una vez. Sí: y ahí concluiría la aventura estival. Vilko podría redactar su artículo final para *La Petite Gironde*, yo podría añadir algunas fotografías góticas y siniestras de Villa Belza, o de las calles de Biarritz al anochecer, o del faro, o de «los terribles quince escalones del Hôtel des Princes», para contribuir al paisaje criminal que dibujaría mi amigo. Acudiríamos a la gendarmería, o al tribunal, o a la alcaldía, y demostraríamos punto por punto la necesidad de llevar a cabo una investigación oficial, y la obligación de interrogar a la señorita Bellay, y enviar una provisión judicial a Londres para preguntar a Perth-Williams, y... En fin, eran asuntos de los que ya no tendríamos que ocuparnos. Para entonces, el mes de agosto ya habría tocado a su fin: me despediría de Tessa —con alguna tristeza, es cierto— y podría regresar a Burdeos para seguir desordenando el universo, en la medida de mis posibilidades, naturalmente.

El prodigio esférico y naranja había desaparecido en los abismos del océano. Las sombras se habían adueñado de la *esplanade* del faro. Recuerdo que se me ocurrió pensar que todo se había hecho oscuridad cuando Trixie y Vilko se alejaron en el Vauxhall rojo.

Y..., bueno..., fue al día siguiente cuando todo se... En fin... Todo se...

31
El formidable Khalil Kimal (Antoine Rénard)
Lanzador de cuchillos

¿Un libro? ¿Va a escribir un libro?

Sí, no me importa. Hablaré con usted. Saldré el próximo año, si Dios quiere.[108] Me juzgaron y me condenaron por más delitos que a Joseph Vacher, y no creo que haya en Francia ningún fiscal tan imaginativo como el que me imputó todos aquellos crímenes y un juez tan crédulo como el que escuchó todas sus mentiras.

Verá. Para quien ha nacido al abrigo de la miseria, en un campamento de mendigos, pordioseros y limosneros, la vida se reduce a una escena vergonzante en la que el tiempo de exposición debe ser el mínimo posible y, a la vez, debe obtenerse el máximo aprovechamiento. Seguramente no me entiende. No importa. Son cosas que sólo entienden los miembros de la pordiosería. Para lo que le interesa a usted, basta con que sepa que a los diez o doce años vi en una plaza de Tou-

108. La entrevista a Antoine Rénard (de nombre artístico, «el formidable Khalil Kimal») se celebró en la prisión de La Santé de París, de trágico recuerdo tras los terribles crímenes acaecidos durante la ocupación nazi. Según las notas de Miet, el encuentro tuvo lugar a finales de julio de 1943. En esta misma prisión estuvo encarcelado Guillaume Apollinaire, acusado de robar *La Gioconda*, en un turbio episodio en el que Pablo Picasso no queda muy bien parado.

louse a un mago que era capaz de embobar con sus trucos a los niños, a sus padres y a los abuelos: las mujeres abrían los ojos como platos y sonreían encandiladas con los malabares de aquel hombre con chistera y levita; los niños sonreían incrédulos ante la posibilidad de que tuvieran decenas de golosinas en las orejas o el mago pudiese meterse un pañuelo por un oído y sacárselo por el otro. Las madres se tapaban las admiraciones al comprobar que un billete que había ardido claramente a la vista volvía a estar tan nuevo y brillante como antes del sacrilegio monetario; y los hombres no dejaban de sorprenderse ante el talento de aquel hombre que era capaz de adivinar exactamente qué carta habían escogido del mazo.

Para mi mente de mendigo aquello sólo tenía una lectura: había un modo especial de engañar al mundo, un modo de arrebatar el dinero a los demás sin que los gendarmes te persiguieran y te encerraran en el calabozo, un modo de conseguir dinero, y fama, y agasajos, y sonrisas, y felicitaciones, que consistía en engañar a los demás. (El espectáculo, la emoción, la fantasía, la imaginación o la alegre ilusión son incompatibles con la desesperación y el hambre, ¿lo sabía?).

Por todos los medios quise aprender el arte de aquel hombre con el fin de ser un honrado mendigo que atrajera los aplausos (y los francos) del público sin necesidad de huir de la autoridad. Durante algún tiempo estuve al servicio de un faquir, pero este negociado no se ajustaba bien a mi pretensión de vida cómoda y fácil, y cuando aquel hombre pretendió que me tumbara sobre una cama de clavos, o me caminara sobre cristales, o que me atravesara de parte a parte de la cara una aguja, decidí abandonarlo. Luego me incorporé a un circo, pero lo único que pude aprender allí fue a limpiar el estiércol de los caballos, los camellos, los elefantes, los tigres, los osos, los leones y los perros. Tuve también otros empleos desgraciados, de los que salí con tantos palos de los gendarmes como de mis amos; estuve seis o siete veces en los calabozos y dos en una prisión, acusado de robo, estafa, contrabando, escalamiento, falsificación, perturbación del orden público, escándalo, amenazas y otros delitos con nombres tan extraordinarios que nadie imaginaría que fueran delitos.

Para cuando cumplí los treinta o los treinta y cinco años —de esos detalles uno nunca puede estar seguro—, ya tenía pensado un elaborado plan con el que podría ganarme la vida buenamente, sin necesidad de acudir a aquellos gremios de delincuentes que tan mala existencia me habían dado. Yo deseaba una vida apacible y sosegada, en la que pudiera engañar al mundo y conseguir su dinero sin acabar siempre molido a palos o comiendo la sopa de cebolla de la gendarmería: quería ser como aquel mago de la plaza de Toulouse. Y si él lo había conseguido, ¿por qué no yo?

En la feria de Montauban, que era muy buena en aquellos tiempos, descubrí el trabajo al que me iba a dedicar el resto de mi vida y el que me iba a proporcionar el sosiego, el dinero, el aplauso y la fama que tanto ansiaba. Junto a la carpa de una adivina zíngara, dos siamesas unidas por el cráneo y un grupo de mujeres forzudas, se había instalado el gran Piotr Yurenko, un formidable ruso cuyas habilidades me dejaron completamente obnubilado. En un escenario entarimado, adornado con numerosos objetos punzantes y cortantes, como hachas, machetes, flechas y cuchillos, el gran Piotr Yurenko lanzaba todas aquellas armas sobre una hermosísima joven que permanecía atada, encadenada o sujeta de mil formas sensuales a una cruz, a una diana, a una rueda giratoria o a... ¡Aquello me maravilló! ¡Los cuchillos, las hachas y los machetes volaban y cortaban el humo del escenario y se iban a clavar con violencia y un emocionante «*tchok*» en la madera, a escasísimos centímetros de la blanquísima piel de su ayudante.

Esperé a que concluyera el espectáculo y, después, le rogué y le supliqué al gran Piotr Yurenko que me enseñara los secretos de su arte. Para asombro de este que le habla, señor Miet, aquel hombre estaba tan borracho —¡había actuado tan borracho!— que ni siquiera se dignó prestarme atención. ¿Cómo era posible que aquel hombre tuviera tan singular puntería en aquel estado de embriaguez? ¿Cómo era posible que...?

Naturalmente: porque todo era mentira.

Al día siguiente volví a asistir al espectáculo y, decidido a descubrir el engaño, me coloqué en los primeros bancos de madera. «¡Es asombroso! ¿Cómo puede tener semejante puntería?», exclamaban los espectadores. Los cuchillos, como las flechas o los machetes volaban a tal velocidad por el escenario que eran incapaces de verlos. Y aunque hubieran tenido la vista de un halcón o de un lince... tampoco los habrían visto. Yo me percaté del truco enseguida porque siempre he estado acostumbrado a pensar que el mundo es un engaño y un embuste, y que pocas cosas en este mundo son como parecen.

La maravillosa muchacha que acompañaba al gran Piotr Yurenko se llamaba Svetlana. Ella fue quien me enseñó cómo eran los artilugios que utilizaban, y cómo Piotr conseguía que los niños y las mujeres permanecieran en perpetuo asombro hipnótico con sus túnicas, sus turbantes y los brillos de sus joyas, mientras que los hombres clavaban sus pupilas en la blanca piel desnuda de Svetlana y en sus insinuantes caderas, en sus pechos, en su sensual melena rubia, en sus grandes y gélidos ojos azules y en sus lujuriantes labios encarnados.

Ya estaba pensando yo cómo imitar aquel productivo negocio, cuando el cielo vino en mi auxilio inopinadamente: el gran Piotr Yurenko falleció tras una cena en la que al parecer consumió algún producto nocivo que le pudrió las entrañas en menos de dos horas.[109]

«Mira —me dijo Svetlana con su gélida y peligrosísima voz—. Por detrás de la rueda, giran los engranajes y, cada vez que yo presiono esta pequeña palanca con mi pie, aparece violentamente un cuchillo a mi lado, precisamente donde tiene que aparecer. Los cuchillos de Piotr desaparecen en un bolsillo oculto de su túnica justo en el momento en que parece lanzarlos...».

109. Este extraño párrafo ha llamado la atención de los especialistas, que han teorizado sobre la posibilidad de que Svetlana y el propio Rénard envenenaran a Piotr Yurenko. Se ignora la relación que tenía el lanzador de cuchillos con su ayudante Svetlana, así como la relación que posteriormente tuvieron Rénard y la hermosa rusa. Aunque no se tiene constancia cierta de las andanzas de Svetlana tras los sucesos que aquí se narran, Pascal Hémi apunta que esta Svetlana pudo ser la famosa médium y espiritista londinense de posguerra (Svetlana Split) que aprovechaba las *séances* para envenenar a sus clientes y apropiarse de sus bienes.

¡Qué prodigio! Y, sin embargo, ¡qué extraordinaria sencillez! El ojo del espectador creía —con toda seguridad— que el cuchillo, o la flecha, o el hacha volaba cortando el humo del estrado e iba a clavarse a escasas pulgadas de la divina Svetlana. Sin embargo, la gélida nereida rusa no corrió jamás el menor peligro, pues ella decidía qué cuchillo y dónde aparecería a su lado, por detrás, vibrando como si acabara de clavarse en la madera.

Como al gran Piotr Yurenko ya no le servían de nada las túnicas de seda, los turbantes emplumados, los fajines, los broches, las cadenas y las joyas, junto a toda su parafernalia hindú, unos breves retoques de hilo y aguja sirvieron para que yo pudiera lucirlos en todo su esplendor. Si la divina Svetlana hubiera sido una mujer dada a sonreír, probablemente se habría alegrado del cambio. En todo caso, tuve que buscarme un nombre adecuado, pues un lanzador de cuchillos no puede llamarse Antoine, como cualquiera comprenderá. Así que mientras practicaba el arte de la simulación y hacía como que lanzaba un cuchillo que, oportunamente, caía en el bolsillo apropiado de mi túnica, pensé en el nombre y la identidad que más me convenía. Mis torturas intelectuales concluyeron el día en que la gélida Svetlana, con su fúnebre y lujuriosa sensualidad, se presentó ante mí con unos pasquines preciosos que...

Oh, verá... Creo que aún me queda alguno...[110]

110. No se ha traducido el contenido del pasquín pues no se ha considerado imprescindible para la comprensión de la línea argumental. Georges Miet conservó el folleto original entre sus documentos.

El sábado, día 22 de agosto de 1925, el formidable Khalil Kimal (es decir, yo) acariciaba la posibilidad de alcanzar por fin la fama y la gloria artística, y de paso una buena cantidad de francos.

Acabé de cenar en el Hôtel des Princes, en Biarritz, más cerca de las ocho que de las nueve. A pesar de las leyendas que se contaban a propósito de «los terribles quince escalones» del hotel, acordé con Svetlana que nos albergaríamos allí: no era tan caro como otros establecimientos de la ciudad y, sin embargo, aún conservaba cierta elegancia de los viejos tiempos.[111]

Svetlana había conseguido (¿qué no podía conseguir la divina Svetlana?) una función en el Cabaret Biarritz, que se encontraba en los sótanos de Villa Belza. En una reunión de la que no se me dieron más explicaciones, Svetlana había firmado un contrato por el que el formidable Khalil Kimal actuaría en el Cabaret Biarritz la noche del día 22 y la noche del día 23 de agosto. Villa Belza, el viejo caserón gótico que se levanta en los acantilados de Biarritz, gozaba en aquellos años de una fama asombrosa. En sus jardines atlánticos se celebraban prodigiosas fiestas y lujuriosas orgías durante todo el verano, y no había vicios, placeres y perversiones que no se permitieran en la segunda planta, en un gabinete llamado *Aux secrets plaisirs*. También había restaurantes cuyos pecados gastronómicos no le iban a la zaga a los carnales. En la zona noble había un escenario en el que solía tocar una fa-

111. Las leyendas y la mitología popular sobre los «terribles quince escalones del Hôtel des Princes» siguen muy vivas aún en Biarritz. Por razones legales —el Código Penal lo prohíbe taxativamente— no podemos anotar aquí en qué consistían las perversiones que se atribuían a los clientes de los sótanos de Des Princes. En todo caso, el lector habrá recibido con la adqusición de su ejemplar un código exclusivo (y de un solo uso) de acceso a una página web donde se explican pormenorizadamente, y con abundantes ilustraciones, las razones por las que se hablaba de «los terribles quince escalones del Hôtel des Princes».

bulosa orquesta, y a menudo cantaban coros y señoritas de inmaculada belleza.

Para asistir a los espectáculos más singulares había que bajar una escalera de caracol, por donde se accedía al Cabaret Biarritz. Según los anuncios que pagaba la empresa en ciertas publicaciones selectas de la ciudad, los asistentes tenían la posibilidad de admirar asombrosos números, a los que se añadían adjetivos como *bizarre*, *fantasque*, *baroque*, *biscornu* o *abracadabrant*.[112] El sótano estaba poblado por mesas y sillas sencillas, con unas lamparitas de tulipas rojas que conferían al lugar un aspecto casi infernal. Las camareras, extraordinarias representantes de la voluptuosidad y la lascivia femeninas, paseaban sus rotundas caderas entre las mesas, ofreciendo cócteles especiados, vinos cálidos y aromáticos, ardientes licores, cigarrillos, coco, efedrina y otras delicias sensuales, oníricas y narcóticas.

Según Svetlana, nosotros actuaríamos en quinto lugar. Abría el espectáculo una cantante cuya interpretación de *«Parlez-moi d'amour»* era, al parecer, verdaderamente arrebatadora. Después aparecería un grupo de lujuriosas y cárnicas bailarinas interpretando algún número arqueológico (tal vez relacionado con Egipto, que era lo más común en aquella época); a continuación, una banda de jazz musical interpretaría varias canciones populares; después se añadirían las dichas bailarinas para ejecutar seguramente algún número de charlestón. Y participarían también unas equilibristas famosas, como las Kimball Twins. Inme-

112. Esto es, 'curioso' o 'raro', 'peregrino, 'estrafalario', 'nunca visto'.

diatamente, con el tropical ambiente de una música hindú... (bueno, una música exótica: de la India o de un país lejano con palmeras y mosquitos, en todo caso), apareceríamos la divina Svetlana y un servidor, y ejecutaríamos un número que dejaría boquiabiertos y estupefactos a todos los presentes. Las candilejas del Cabaret Biarritz (¡eléctricas!) conseguirían deslumbrar a los espectadores, que *verían* volar las dagas, los cuchillos y los machetes, y ahogarían sus exclamaciones al *ver* cómo los puntiagudos filos se clavaban a escasos milímetros de la tersa y delicada piel de nuestra divina Svetlana.

Ése era el plan. Ah.

Ya estaba en la habitación, ordenando mi indumentaria (una hermosísima túnica de brocados dorados y azules, junto a un turbante con un enorme broche plumífero al frente, mis babuchas de puntera enroscada, mis cadenas, brazaletes y anillos de *oro*, etcétera), cuando llamaron a la puerta. Pensando que sería la divina Svetlana, siempre pendiente de los más nimios detalles, grité «adelante» y seguí con mi tarea.

Gran sorpresa, señor Miet, temor y preocupación. Porque quien entró en mi cuarto no fue la divina Svetlana, sino... ¡un gendarme! ¿Pero qué demonios...? Mi cuerpo se tambaleó cuando sentí que las rodillas comenzaban a temblarme. ¿Por qué me perseguían ahora? ¿Qué había hecho? ¡No era justo! Me había convertido en un honorable hombre del espectáculo, pagaba en los hoteles donde dormía, abonaba la cuenta en los restaurantes donde comía, y todo cuanto precisaba salía de mi honrado bolsillo: ¡no había ninguna razón por la que la gendarmería quisiera apresarme de nuevo!

Cuando le expresé al representante de la autoridad mis enojos, aquel hombre procuró tranquilizarme. «Oh, no se preocupe, señor..., señor Rénard. Ese es su verdadero nombre, ¿verdad? Antoine Rénard. Claro. Sí, bueno, señor Rénard —añadió—, no se preocupe. Es sólo una visita de cortesía, señor Rénard. En Biarritz nos gusta que los artistas estén cómodos y seguros..., señor Rénard».

Yo no sabía qué decir, porque aquel expediente era lo más extraño e incómodo que me había ocurrido en la vida.

«Estaba pensando... —añadió el gendarme— que tengo en mis archivos una ficha policial con el nombre de un Antoine Rénard..., pero, desde luego, no puede ser usted. Naturalmente. Creo que si pilláramos a ese sinvergüenza aún podrían caerle quince o veinte años. Dicen que envenenó a un hombre o algo así..., no recuerdo. Un ruso, creo».

Me senté abatido en la cama, convencido de que el Cabaret Biarritz jamás presenciaría las sobrecogedoras habilidades y la extraordinaria puntería del formidable Khalil Kimal, ni podría espantarse con los peligros a los que se veía sometida aquella lujuriosa ninfa de los hielos siberianos... Todo se había acabado para mí, o eso creía.

«Pero usted no tiene de qué preocuparse, amigo Rénard —me dijo, aproximándose y apretándome con su manaza el hombro izquierdo—. No. No tiene de qué preocuparse. Buenas tardes».

Mi sorpresa fue mayúscula, pues parecía que verdaderamente sólo había sido una visita de cortesía y que no deseaba nada de mí: incluso *parecía que podía ser cierto que creyera* que el envenenador de la ficha policial y yo éramos personas distintas. Casi estaba exultante de alegría al verlo marchar. Ya había abierto la puerta para salir cuando, de pronto, volvió a cerrarla y se giró.

«Un pequeño asunto..., amigo Rénard —dijo, regresando a mi lado y sentándose junto a mí en la cama—. Tengo un amigo..., oh, está muy preocupado, ¿sabe? Mi amigo tiene una amiga..., una dama excelente, ¿sabe, amigo Rénard? Una dama importante de Biarritz, ¿sabe? Y mi amigo está muy preocupado porque hay un grupo de individuos..., periodistas y gente así, de mal vivir, ya sabe..., que andan metiendo el hocico donde no deberían. Y están molestando a una dama honrada. A una verdadera *femme distinguée*. ¿Me entiende, señor Rénard? A mi amigo le gustaría complacer a esta dama que digo y librarla de semejantes entrometidos. ¿Me entiende, señor Rénard?».

Si quiere que le diga la verdad, señor Miet, yo no entendía nada. Y no sabía cómo podía ayudar yo al amigo de ese gendarme y a la dama elegante de Biarritz. Pero algo tenía por cierto: que fuera lo que fuera, tendría que hacerlo si no quería que aquella ficha policial de un envenenador con mi mismo nombre saliera a la luz... en las salas de un tribunal.

«¿Qué hace usted en su espectáculo, amigo Rénard?».

«Lanzo cuchillos».

«¿A quién?».

«A Svetlana. Una rusa que viene conmigo».

El gendarme pareció meditabundo.

«Hoy no se los lanzarás a la rusa».

«¿Ah, no?», pregunté sorprendido.

«No. Esta noche sacarás a escena a alguien del público y le lanzarás los cuchillos a esa persona».

«Pero eso no puede ser, señor gendarme: verá, en realidad, no lanzo los cuchillos. Hago así, como si los lanzara, pero los meto en un bolsillo de la túnica; y en el momento preciso Svetlana pulsa un resorte y aparece un cuchillo junto a su mejilla, o junto a su cadera, o entre las piernas... No se puede hacer con otra persona, señor gendarme, porque hay que saber el truco».

De momento, no supe por qué sonrió. Aunque no tardé en averiguarlo.

«No va a haber truco, amigo Rénard. Lanzarás los cuchillos de verdad».

«Pero eso es peligrosísimo, señor. ¡Los cuchillos son reales! Suelo cortar un periódico con ellos..., ¡rrrrraaaasssh!, para convencer al público de que están afiladísimos. Y nunca los he lanzado de verdad. Y tengo muy mala puntería, señor. Podría herir a la perso..., podría mat... ¡Dios bendito!».

El señor gendarme se levantó tras darme unas palmaditas en el hombro, se dirigió a la puerta de la habitación y antes de abrirla, sin girarse para hablarme a la cara, añadió:

«Procura estar atento, amigo Rénard. Esta noche yo estaré allí. Me acercaré a un grupo de personas: una pintora judía, un próspero empresario, un homosexual desesperado, un literato baboso y repugnante, un proxeneta parisino (probablemente con una o dos zorras), un caballero apático y aburrido, una *flapper* pervertida y una mujer con un llamativo mechón pelirrojo. Saludaré a todos cortésmente, pero a la mujer del mechón pelirrojo le daré un beso en la mano. Esa mujer tendrá la fortuna de participar en tu fantástico espectáculo, amigo Rénard. Se llama Beatrix. Asegúrate de no tener puntería. Adiós».

32
Mathias DuPont
Magistrado juez emérito en Saint-Denis, isla de Reunión[113]

A 24 de septiembre de 1942
Rue Malheureuse
Saint-Denis, la Réunion

Estimado señor Miet:

Recibí con sobresalto —y con asomos de indignación, *addiicientur*— su carta del día 19 del mes pasado, en la que me advertía que estaba recabando información para componer *sic* «una novela sobre los terribles acontecimientos acaecidos en el dramático verano de 1925». Habría querido, en el preciso instante en que *dom* Louis Coutinho (mi secretario) me leyó el contenido de semejante misiva, tomar recado de escribir y declarar con sentencias firmes y sólidas, sometidas a toda la implacable fuerza de la ley y la razón, el espanto que me produce semejante intención.

Por fortuna, el inexorable paso de los años me ha convertido en un ser prácticamente ciego, inválido, casi paralítico, que precisa ayuda para levantarse, para acostarse, e incluso para comer y beber. Y digo *por for-*

113. En realidad, la isla de Réunion o la Reunión, que pertenece a los territorios franceses de ultramar, nunca fue utilizada —al menos oficialmente— como destino de destierro.

tuna, porque así pude meditar durante horas cuál debía ser mi conducta hasta que *dom* Louis llegara al día siguiente y pudiera coger la estilográfica y escribir lo que yo le dictara. Y tras reflexionar pausadamente, en este sofocante lugar inmundo al que me ha condenado la República, decidí enfrentarme al recuerdo de aquellos días con la heroica idea de combatir y derrotar las nefandas componendas y las repulsivas conspiraciones que se tramaron a mis espaldas y que concluyeron en este vil destierro, del que soy víctima desde el año 1926.

Procuraré que *dom* Louis Coutinho no pierda el hilo ni se le escape ni una sola palabra para que todo quede claramente expuesto y todas las mentiras y embustes, rebatidos en todos sus extremos. Y puesto que no se me permitió defenderme en plazo y forma cuando era ocasión, me aferraré a ésta para declarar que en absoluto cederé a las ignominias públicas *nequáquam* y ostentaré mi inocencia y mi hoja de servicios sin tacha, al tiempo que desvelaré el siniestro complot que se urdió contra mí, mi familia y mis amigos, para escándalo de la República y escarnio de la justicia.

Que los periodistas son la peste bubónica de nuestro mundo moderno es una verdad insoslayable que nadie en su sano juicio pone en duda, señor Miet, salvo tal vez quienes se benefician de los hábitos maliciosos de esa casta infame. Fueron precisamente dos periodistas quienes sembraron la cizaña en Biarritz para que las murmuraciones, como pestilencias etéreas, recorrieran las calles de la ciudad desde el faro hasta la Côte des Basques. Sus nombres los diré sin ambages, rebozo o reticencia: Paul Villequeau (alias Vilko) y Marcel Galet. El primero, un asalariado del mejor pagador, olisqueador de pudrideros y metomentodo desahogado; el segundo, vil secuaz del anterior, era fotógrafo pornográfico, retratista del vicio, imaginero de la desvergüenza. Ambos, seguramente instruidos por una mente no menos perversa pero tal vez más ladina que la suya, decidieron que los acontecimientos casuales, los accidentes ocasionales o las desdichas fortuitas eran crímenes, conspiraciones, confabulaciones, conjuras o intrigas. Y, señor Miet, le diré cuál es la razón de semejante retorcimiento mental: vender periódicos. ¿Qué, si una turista inglesa, imprudente hasta el extremo, se adentra en las turbulentas aguas de Biarritz y se ahoga, hemos de decir la verdad y perder la venta de varios miles de ejemplares, que se venderían a buen precio diciendo que una honrada dama de la ciudad hizo llamar a un artista mendigo y, con la promesa de un pago dinerario monstruoso, le encomendó que la ahogara a ella y a su hija? ¿Y qué, si una joven enamorada, viva imagen de la tragedia grecolatina, se arroja a las amorosas olas, llevada por el amor desdichado y acaso no correspondido? ¿Diremos la verdad, pudiendo conmover los espíritus aldeanos fingiendo que un joven, seguramente abonado por la misma dama distinguida, acabó con su vida y —rememorando cuentos góticos— la cargó por las oscuras calles de la ciudad y la arrojó al mar sin piedad para fingir un suicidio? ¿Y qué, si este joven, viendo que su amada se ha quitado la vida, corroído por los remordimientos, se descerraja un tiro en la boca ante el mundo, con espíritu penitencial? ¿Diremos la verdad, pudiendo asombrar al mundo con la invención de una historia laberíntica de intrigas y falsas acusaciones? Y finalmente, ¿qué, si en un espectáculo nocturno, un inexperto e imprudente lanzador de cuchillos comete el desdichado error de...?

Pensará usted, señor Miet, y con razón, que es mucha invención para tanto suceso; y se responderá usted mismo también, y con más razón aún, que no hay barreras que detengan el ansia de vender periódicos. Pero vender periódicos no sería un detestable oficio en sí mismo si ahí remitiera el vicio. Para vender periódicos y contar con la aquiescencia del mundo, tanto el pornográfico retratista como el plumífero reportero decidieron que sus embustes debían corroborarse con falsedades arrimadas a la realidad, y así fue como acudieron a instancias superiores con la idea de difundir sus desvaríos. Desesperados tras lo acaecido a la señora Ross Buttgereit-Dientzenhofer en un infame antro de la ciudad, Villequeau y Galet acudieron a la alcaldía y después —oh— a los tribunales de Bayona, de Dax y de Burdeos solicitando su nauseabunda justicia, y sé de buena tinta que llegaron a enviar cartas, requisitorias y peticiones a los Altos Tribunales de París.

¿Podré repetir aquí, sin que me hierva la sangre anciana que aún recorre mis venas, los infundios con que encizañaron las cortes de justicia de nuestra amada República?

Según esta canalla infame —canalla infame, bien digo—, nuestra querida *mademoiselle* Pauline Bellay, *femme distinguée* de Biarritz, compendio, modelo y colofón de todas las virtudes femeninas, había amasado durante años un odio cerval hacia su hermana, la señora Dorothée Perth-Williams (*née* Bellay, naturalmente, y antes dicha señora Czewolski, por estar casada con un hombre de ese apellido). ¡Qué ignominia! ¡Pensar que nuestra *mademoiselle* Bellay podía odiar o malquerer a su adorada hermana, con quien siempre se mantuvo en los más cariñosos y fraternales términos! Mas, ¿se paran en estas tiernas emociones esos sinvergüenzas? ¡No! Propalaron que, viniendo la señora hermana a Biarritz para la temporada estival, nuestra amada Pauline Bellay sentiría la implacable necesidad —oh, necios rufianes que acusáis— de acabar con la vida de su hermana, para lo cual contrataría los servicios de un artista mendicante con el cual tendría, al parecer, alguna relación. Ah, lástima: el pobre artista muere ahogado en el intento de acabar con la señora Perth-Williams. ¡Miserables infames, que precisáis difamar a un héroe que quiso salvar la vida de la señora Perth-Williams, y sólo por vuestra viciosa imaginación lo convertís en asesino!

¿No bastan estas calumnias para descreer toda la historia? El embrollo intelectual de estos Villequeau y Galet es tal que aseguraban en sus informes a la Fiscalía que el marido de la tal señora Perth-Williams había estado en tratos carnales con una niña de dieciséis años, que por cierto no era otra —según estos truhanes— que la aprendiza de la librería Operclaritz, la pobre suicida Aitzane Palefroi. Como no les bastaba esta fantástica fabulación, pusieron por escrito —¡por escrito, óigame, señor Miet!— que el señor Perth-Williams, en su podrida lascivia, había regalado a la aprendiza un anillo de diez o quince mil francos, o alguna cantidad semejantemente ilusoria.

Estos felones dijeron a todo aquel que quiso oírlos

que nuestra dignísima, queridísima y apreciadísima Pauline Bellay comenzó a temer, tras el desgraciado fallecimiento de su querida hermana, que Aitzane Palefroi supiera o intuyera que había sido ella quien había ordenado semejante crimen por ahogamiento; según estos indeseables, mi adorada Pauline temía que en Villa Laurentia se hubieran comentado tales extremos. *Item* más —dicen los indignos calumniadores—, que sabiéndolo a ciencia cierta Aitzane Palefroi, chantajearía del modo más bellaco a nuestra pobre Pauline, amenazándola con acudir a la justicia o a la gendarmería, donde la acusaría de haber inducido el ahogamiento marítimo de su hermana.

Aprovechando la miseria en la que se encontraba el pobre Alexandre Saint-Barthélemy —hijo de uno de nuestros héroes nacionales—, suponen estos miserables que *mademoiselle* Bellay lo tentó con dinero para evitar los chantajes y las amenazas de la aprendiza librera, a lo cual accedió poco antes de aquella intempestiva galerna estival.

¿Cómo resuelven estos facinerosos la desesperación del joven Saint-Barthélemy en el Hôtel du Palais? Dicen —ah, malnacidos— que antes de quitarse la vida con un arma de fuego, acusó claramente a mademoiselle Pauline Bellay de haberlo inducido a asesinar a Aitzane. ¡Yo, señor Miet, yo estaba en aquella cena, y no me pareció que ese joven acusara a nadie de nada! (Llamó «bruja» a una mujer, y me parece que seguramente sería la dicha Beatrix Ross, pues era conocida por su liviana vida íntima, aunque jamás se me ocurriría difamar a nadie sin tener pruebas veraces y definitivas, desde luego).

¿Puede imaginarse algo más descabellado? ¿Puede concebirse algo más ruin? ¿Puede sospecharse algo más villano?

No dudan estos malandrines en calumniar a todas las personas que se cruzan en su camino: la señora Perth-Williams, una liviana que le robó el marido legítimo a nuestra Pauline Bellay; el señor Perth-Williams, un vicioso enfermizo, adicto a las juveniles bellezas de Biarritz; el señor James Hett, un miserable vendido al crimen; Aitzane Palefroi, una prostituta ambiciosa, proclive a todos los crímenes imaginables; y el joven Alexandre, un asesino suicida.

Oh. ¡Cuán penosa resulta esta ofensiva enumeración!

Mas, ¿les bastaba a estos malhechores semejante quimérica ficción? No: al parecer tenían que alargar su ridícula conspiración hasta el final del verano, cuando sus patrones periodísticos podrían imaginar otro folletín sanguinario con que alimentar a las modistillas y a los horteras del mercado.

Se les ocurrió erigirse en protagonistas de una ridícula fabulación, y concibieron la ilusoria aventura de que habían desvelado una historia digna del señor Holmes o de alguno de esos *detectives* de quiosco, comoquiera que se llamen. Y por eso, cuando la dicha Beatrix Ross Buttgereit-Dientzenhofer sufrió aquel desdichado accidente en el Cabaret Biarritz (indecente antro para mujeres indecentes) de Villa Belza, a estos periodistas zarrapastrosos no se les ocurrió otra cosa sino abundar en sus visiones y espejismos perturbados y sentenciar que la propia Pauline Bellay había comprado al lanzador de cuchillos, o que incluso yo mismo —por tener una honesta amistad con tan dignísima señora— habría sido el instigador de semejante desastre. ¿A quién, señor Miet, en su sano juicio se le puede ocurrir que a un magistrado, con treinta años de carrera judicial, se le pase por las mientes siquiera imaginar una solución tan sanguinaria y criminal? ¿Acaso tengo la culpa yo de la mala puntería de aquel infame lanzador de cuchillos —delincuente conocido, por otra parte—?

Redactaron cartas, informes y memoranda; sembraron la duda, la discordia y la maledicencia; se refocilaron en la ignominia, la ofensa y la infamia; se recrearon en su propia imaginación perturbada, en sus quimeras y falsías. Y finalmente, el dicho Villequeau y el dicho Marcel Galet firmaron en *La Petite Gironde* de Burdeos un repugnante artículo donde daban pábulo, con informaciones falsas y ausencia de pruebas documentales o policiales o periciales, a toda suerte de embustes, y dieron salida así a todas sus fantasías detectivescas. Naturalmente, si por mí hubiera sido, habríamos actuado legalmente contra esa estirpe canalla, contra todo su organigrama confabulador y contra el periódico mismo, pero el consejo de mis asesores me indujo a dejar pasar aquello como la crítica del vulgo infame a las altas instancias de la honorable justicia.

Tanto *mademoiselle* Bellay como un servidor asumimos con humildad penitencial las ofensas que se nos hicieron, y mansamente dejamos que esas infamias se dispersaran como el humo, pues lo que *ciertamente* carecía de fundamento *ciertamente* no podía tener repercusión en ningún ámbito.

Por desgracia, el Consejo Superior de la Magistratura de la Tercera República se hizo eco de semejantes rumores y, aunque juiciosamente se negó a incoar expediente alguno y, desde luego, a abrir ninguna investigación sobre semejante dislate, consideró oportuno apartarme de la judicatura nacional enviándome a esta alejada isla, sita en mitad del océano Índico, donde las calores y las humedades han podrido para siempre mi calma, mi sosiego y mi salud.

Vea usted, y considérelo honrada y juiciosamente, si no tengo derecho a lamentar mi destino y la injusticia con que se me ha tratado. Casi veinte años van contados desde que el Consejo Superior me envió a estos desolados paisajes volcánicos y me encomendó la justicia de estos campesinos... tan amables y bondadosos que en quince años casi no tuve nada que juzgar, salvo su tendencia a disfrutar de los placeres carnales demasiado a menudo y con demasiada variedad. Vea usted, y considérelo honrada y juiciosamente, si no tengo derecho a la indignación ante las ofensas de las que fuimos objeto tanto la señorita Bellay como un servidor, y asimismo mi señora esposa, que falleció poco después —y no dudo en atribuir su muerte a esos indeseables Villequeau y Galet—, y mis dos inocentes hijitas, Margulee (hoy, hermana Marie-Béthanie) y Fabienne (de cuya espiritualidad y ciencias astronómicas podría hablar largamente). Vea usted, y considérelo honrada y juiciosamente, si no tengo derecho a la queja lastimosa: tras haber pasado en esta isla negra los mejores años de mi vida, alejado de *mademoiselle* Bellay, a quien tuve el honor de admirar sinceramente durante nuestra amable vida en Biarritz, y hoy condenada a vivir en un asilo, no he logrado sino alcanzar el título de magistrado juez emérito, con un tercio de los emolumentos que me correspondían y con la orden del Consejo Superior de la Magistratura de no abandonar la isla de Reunión en los próximos veinticinco años... como si la salud de un hombre pudiera resistir tanto tiempo en un lugar tan húmedo, tan caliente y tan lleno de insectos.

Deposito mi confianza en usted, señor Miet, y espero que su libro sirva para proclamar y difundir la verdad y esclarecer unos hechos que, aunque luctuosos y deplorables, no fueron sino producto de la casualidad y el accidente. Asimismo, ojalá Dios quiera que todas las ignominias que se propalaron contra la señorita Bellay, contra mí mismo y mi familia sean recusadas por el poder de la verdad y de la decencia, pues la justicia debe resplandecer siempre y en todo lugar, y la mentira y la infamia, como corresponde, deben humillarse en el fango y pudrirse para siempre en el olvido.

Magistrado juez emérito M. Mathias DuPont
En Saint-Denis, Isla de Reunión

Secretario
Dom Louis Coutinho

33

Paul Villequeau (Vilko)[114]

Reportero

«Biarritz ya no existe».

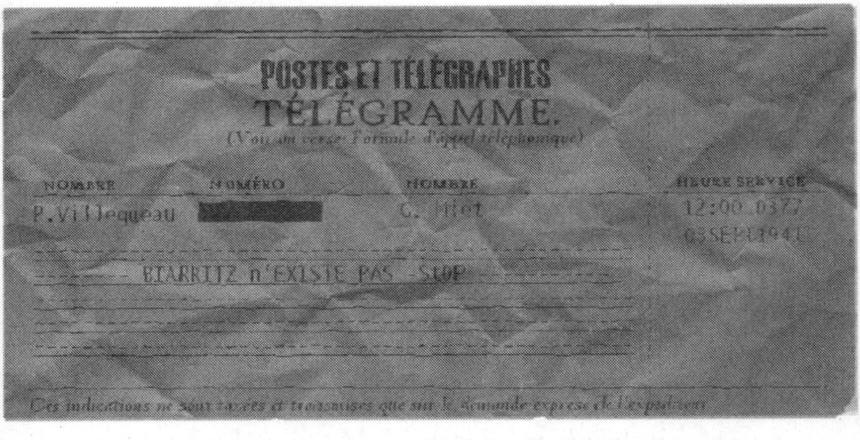

POSTES ET TÉLÉGRAPHES

TÉLÉGRAMME.

NOMBRE	NUMÉRO	NOMBRE	HEURE SERVICE
P.Villequeau	[redacted]	G. Miet	12:00 0377 03SEP1941

BIARRITZ n'EXISTE PAS STOP

114. Paul Villequeau envió este telegrama el día 3 de septiembre de 1941 desde un lugar desconocido (*«réperage réservé»,* precisa el documento en su envés). Aunque no tenemos constancia de que Georges Miet le enviara una carta o se pusiera en contacto con él por algún otro medio, cabe suponer que así fue; en todo caso, sigue planteándose la pregunta de quién le proporcionó a Georges Miet el paradero de Paul Villequeau —cualquiera que éste fuese— y, sobre todo, cuál sería la petición del escritor. Presumiblemente le solicitaría, como en el caso del juez DuPont o de Olivia Czewolski, una memoria de lo ocurrido. Por desgracia, Villequeau se negó en redondo a dar su versión de los hechos: todo cuanto envió a Georges Miet fue este cortante telegrama en el que sentenciaba que Biarritz ya no existía (presumiblemente, para él). El incendio de la peluquería en la que Miet guardaba toda su documentación impidió para siempre el esclarecimiento de estos detalles.

Adenda

«Le présent n'était pas nécessaire»

Aunque el remate final de las entrevistas de Georges Miet (abierto, impreciso, vago y equívoco) resulta especialmente atractivo para los lectores modernos, que suelen apreciar estas conclusiones abruptas y nebulosas, no deja de ser cierto que los más han insistido en averiguar los extremos y la resolución completa del caso.

El editor francés, consciente de que su clientela prefiere una literatura de apariencia más «intelectual» *(pour donner à penser),* cerró el texto en este punto y no añadió ni una coma más. El editor español, por el contrario, ha insistido en la necesidad de proporcionar al público una información complementaria, a modo de adenda narrativa, elaborada a partir de la documentación dispersa que se posee de Georges Miet.

En todo caso, ha de advertirse que la documentación disponible a tal efecto —exhaustivamente estudiada por la profesora Ofelia Dunst y su equipo de colaboradoras de la Universidad de Bourges (v. *Bibliografía*)— no ofrece datos concluyentes ni argumentos definitivos sobre lo acontecido tras la tragedia del Cabaret Biarritz. En varios casos, además, las circunstancias especiales del caso no permiten sino abordar las hipótesis de la profesora Dunst con muchas prevenciones y suspicacias.

En resumidas cuentas, puede avanzarse que a partir de diversos artículos periodísticos, anotaciones marginales de Georges Miet en los cuadernos de entrevistas y en hojas sueltas, así como en el envés de facturas, telegramas, servilletas de papel y otros documentos irrelevantes *(éphémèra)* que afortunada y casualmente guardaba junto a los textos principales, se han podido establecer unas líneas generales que podrían considerarse el «cierre» o «conclusión» de esta aventura estival.

Para empezar, los documentalistas modernos cuentan con el testimonio único —y ciertamente revelador— de un periodista de origen polaco llamado Ernest Szarko, que trabajaba para *La Nouvelle Gazette Illustrée de Biarritz* y que se encontraba en el Cabaret Biarritz la noche en la que tuvo lugar la tragedia. Según el artículo firmado por el señor Szarko,[115] tras diversos «números de habilidad y puntería» con flechas y hachas, en los que el formidable Khalil Kimal demostró su pericia con la divina (y, *sic*, *«sensationelle blonde»*) Svetlana, el lanzador de cuchillos invitó a una dama del público a someterse a su emocionante pericia. Aunque hubo varias señoritas aventureras dispuestas a correr el riesgo, el propio lanzador eligió finalmente a «nuestra distinguida visitante, la señora Beatrix Ross Buttgereit-Dientzenhofer», que a rega-

115. Puede consultarse en HMB, ref. 334/8, *La Nouvelle...*, domingo, 23 de agosto de 1925; también hay transcripción íntegra del artículo en la compilación de la profesora Muletier (v. *Bibliografía*).

ñadientes —al parecer—, pero entre los vítores de sus amigos, accedió a las tablas del Cabaret Biarritz. La cárnica y transparente Svetlana ató convenientemente a la dama a una rueda de madera —entre los aplausos y hurras de los presentes— y se apartó para que el fabuloso Khalil Kimal ejecutara su peligrosísimo número... Y entonces, inopinadamente, sobrevino la tragedia: nadie esperaba que semejante cosa sucediera —como es natural—, pero el lanzador, con una frialdad aterradora y con extraordinaria violencia, lanzó el primer cuchillo —*sic*, «de dos palmos de afilada y acerada hoja»—, que fue refulgiendo destellos de un extremo al otro del escenario, hasta clavarse de un modo atroz «entre el hombro y el cuello de la dama», explica el periodista con anatómica precisión.

«Se hizo un espantoso silencio», afirma el reportero en su artículo.

Los amigos de Beatrix Ross —«señaladamente el caballero Charles Fevert, la pintora Sarah Chambers y la joven Georgina Jane Whiters, todos ellos distinguidos visitantes estivales en nuestra hermosa ciudad»—, apenas pudieron desembarazarse de la aterradora conmoción que los paralizaba, subieron rápidamente al escenario con la voluntad natural de prestar auxilio a la herida.

El reportero —en el último párrafo, y ello podría ser muy revelador, dependiendo de las circunstancias— no deja pasar la ocasión de advertir que por casualidad se encontraba presente un representante de la gendarmería, que no tardó en apartar al lanzador de cuchillos a un extremo y, tras oír su declaración entre bambalinas, lo arrestó y lo llevó a los calabozos a la espera de las decisiones judiciales pertinentes. Pero el artículo concluye abruptamente en ese punto.

Dos días más tarde, también de un modo abrupto y verdaderamente extraño, el mismo periódico —aunque no el mismo periodista— denunciaba los artículos de Paul Villequeau en *La Petite Gironde*, tachándolos de «retahíla de calumniosos embustes contra autoridades y señaladas personalidades de nuestra amada villa».

En este punto, la historia recopilada por el autor de «las entrevistas de Biarritz» parece colapsar y todos sus personajes se desvanecen como por ensalmo.

El siguiente dato relevante —tal vez, pues hay muchas dudas al respecto— aparece en un apunte garabateado de mala manera en un recibo de lavandería.

La crítica especializada no ha podido averiguar dónde consiguió Georges Miet la información para anotar en el envés de dicha factura de lavandería el siguiente apunte: [ref. 33/984] «HSEsprit-Bordeaux-DrTrssé». Como cualquiera puede colegir, el apunte hace referencia al famosísimo y heroico doctor Émile Tressé, del hospital Saint Esprit de Burdeos. El doctor, condecorado y elogiado sin fin por sus intervenciones quirúrgicas durante la Gran Guerra y por los hallazgos de su equipo de investigación en el *interbellum*, explicó pormenorizadamente en una revista universitaria (*Le Bistouri Française*, de Lyon, mayo 1926; pág. 145) una extraordinaria operación en la que había participado: al parecer, la paciente —citada como B. R. B-D.— había sufrido un accidente en el que se le había seccionado la garganta con un cuchillo de grandes dimensiones, afectando a nervios y arterias vitales, aunque milagrosamente había sobrevivido el tiempo suficiente para llegar al hospital Saint Esprit, donde el prodigioso médico pudo salvarle la vida tras una operación de extrema dificultad. Tanto Dutel como Dégourd (v. *Bibliografía*) dan por segura la opinión de la profesora Dunst: según la docente de Bourges, esa paciente era Beatrix Ross, aunque de ningún modo nos atreveremos aquí a dar esa sugerencia por cierta o incuestionable.

Los esfuerzos de los investigadores para intentar cerrar de algún modo la «narrativa» de los acontecimientos de Biarritz no han cesado hasta dar con claves que, si bien no son más que leves indicios, pueden coadyuvar a esclarecer los extremos que más interesan a los lectores partidarios de una conclusión ajustada a la retórica tradicional.

Entre los cuadernos taquigrafiados de Georges Miet se encontró una brevísima carta de la oficina de la Cunard en Liverpool (International Mercantile Marine Co.), en la que se certificaba y confirmaba que, «efectivamente», los pasajeros por los que *preguntaba*, de nacionalidad francesa y de nacionalidad británica, respectivamente, habían embarcado el 22 de julio de 1927 en el RMS *Carmania*, en Liverpool, con destino Nueva York. Es obvio —o al menos muy probable— que Georges Miet *preguntó* por Paul Villequeau y Beatrix Ross, pero como la carta de la Cunard no los cita expresamente, es imposible saber con certeza si se trataba de ellos o no, por mucho que la profesora Dunst y otros investigadores estén dispuestos a repetir hasta la saciedad que efectivamente ese «feliz viaje» tuvo lugar.

Y poco más es lo que puede adivinarse del famoso Vilko y su amante Beatrix, pues sus nombres se perdieron en el anonimato de la gran ciudad americana..., si es que alguna vez llegaron allí. Un último apunte lo constituye el texto que aparece en el envés del telegrama que se reproduce en el último capítulo de este libro (pág. 442): la profesora Muletier, que ha dedicado largos años de su vida al esclarecimiento de las «entrevistas de Biarritz» (v. *Bibliografía*), está convencida de que ése fue el último homenaje que Georges Miet dedicó a Paul Villequeau y a Beatrix Ross, con quienes por fuerza tuvo que encariñarse, aunque no llegara a conocerlos. En fin, como es fácil suponer, el texto que garabateó Miet en el envés del telegrama reza:

«Le présent n'était pas nécessaire».

Vega
(1966-2013)
in memoriam